U0931683

ICE

# <目錄>

# <推薦序>

認識空晴，緣起於一所廣告公司。那時候的我初出茅廬，對創作自以為在行，直至看見他，我才知道甚麼叫「創意」。

不打算在這裏跟大家討論「甚麼是創意」，因為他教曉我的，遠高於此。

是師，我曾經問他，怎樣做才稱得上一個「創作總監」(其當時的職位)。

想不到，他的答案真的滿有「創意」：第一，負起整個團隊的責任，成功一同成功；失敗得算到自己頭上；第二，當各人有不同意見之時，你要一錘定音！

果然，是創作總監……

是友，因為他教懂我的，不單單是工作技能，還有藝術品味、電影語言，以至英超對戰分析等，但讓我銘記於心的，是這一次的對話。

「梓樅，你知道甚麼樣的人是最厲害？」

「……有智慧、有權力、有膽色？」

「是每一次，你看見這個人的時候，你會發現這個人一次比一次強，一次比一次走得更高更遠，這些人，才是真真正正的強者，我眼中最厲害的人！」

這不正正就是現今AI的發展模式嗎？

雖然，AI不是作者所發明，但他的遠見，就正如他的創意一樣令人留下深刻印象。

來到這個系列的第三部曲，在不多劇透的情況下，相信大家也能想像到當中 AI如何影響着整個世界的演變。人類和 AI結合，現在可能是作者的想像，但極有機會在不久的將來，便出現第一個「Michelle」，而當這個新人類出現之後，究竟是「人」，還仍然是「人工」的智能？當中這個半人工的新人類，又會否如書中的 Michelle一樣理性和感性俱備，這個真的留待大家見證。

不過，有一點我可以肯定的，是書中對未來的構想。相信Extra的構思，在未來很大機會出現，完全取代了影碟和網絡影片，當然，在道德和法律上會否被禁制，則另當別論。

另一方面，是書中描寫的武器。無人機已是新型「武器」，相信「脈衝槍」也會很快出現，其他的新型武器，便留待讀者自行發掘。

而喜歡動作題材的我，無可否認本書成功把科幻和動作融合，將動作場面提升到另一個層次，尤其是最後結局闖入Extra Universe一幕，緊湊之餘，也充滿了電影感！（作者不妨可

以考慮轉職電影編劇）

希望這本科幻小說，不會變成一部預言書，將來如何，我們需要拭目以待，AI的技術日新月異，之後如何再一步進化，我們不得而知。但我看到的，是作者的進化，如書中所提及的AI角色一樣，一次比一次強，一次比一次走得更高更遠。

李梓樅
電影編劇

# <推薦序>

相信會讀到這篇《推薦序》的讀者，應該和我一樣曾經細讀過《ICE》上集，至今仍意猶未盡，迫不及待想打開下冊，看看楊傲雪將如何迎戰醍醐父子與 WE的挑戰？ Extra最終是否會被 Neutrino 收購？而楊傲雪與李雙映之間又會否再進一步擦出火花？

我與作者空晴相識多年，深知他學識淵博，見解獨到。與他交談時，話題往往由天南說到地北，從古老哲學講到先進科技。當知他執筆寫下這三本關於 AI的小說時，我知道這必定是非一般的科幻故事。事實上，這部小說並非單純的科幻作品。它不是探討 AI如何取代人類工作，也不是談論 AI會否終有一日覺醒的問題，而是將讀者帶進一個 AI與人類連結的未來世界。一個糅合了社交媒體、沉浸式影視、精神學，甚至量子力學的小說。表面上，它或許像描繪流行文化，娛樂與情色，商場上的角力與權謀；然而在字裡行間，卻隱含高深的哲理與智慧，甚至帶點佛學的玄奧。

從艾倫· 圖靈提出那個劃時代的問題——「機器能否思考？」，人類便踏上了對人工智能無止境探索的旅程。從最早期龐大的計算機，到伺服器，超級電腦，以至量子運算的突破；從互聯網的誕生到雲端運算的普及，以至 GPU的高速演算，短短數十年間，AI的發展也翻了幾番。隨著演算法不斷突破，機器學習日益精進，大型語言模型漸趨成熟，人工智能一步步變成了現實。猶記得 2023年 ChatGPT-4面世時，世人普遍對 AI尚感陌生；然而僅僅數年間，AI的應用已滲透我們生活的每一個角落。更有如 Neuralink等企業，推動腦機接口技術，嘗試讓人腦與晶片直接對接，讓癱瘓者得以重新行動，讓失去語言能力的人能重獲表達能力。AI的進化速度，早已超乎我們想像。

若這條道路繼續延伸下去，當人腦與 AI無縫融合時，所誕生的已不再是純粹的人類，也不是完全機器，而是一種全新的存在。這樣的存在，邊界模糊，人將失去了自我，成為人與機械共生的「AI科學怪人」。

其實，這危機早已在互聯網世界中潛伏醞釀。這一代年輕人，愈來愈少閱讀，沉溺於社交媒體與短視頻帶來的即時刺激，專注力與耐性顯著下降。小說中的 AI 巨企正好乘虛而入，創造前所未有的沉浸式娛樂：全感官的音樂、幻境般的虛擬實境、比真實更真實的數位偶像。當人類沉迷於這些幻象，逐漸忘卻現實，思想與情感便會任由演算法操控，最後甚至在不自覺間被操弄、被支配。

小說中所描繪的是一個極有可能發生的情景——人類陰暗的未來。這是一記警鐘，要人類覺醒，必須反思：我們要讓科技帶領人類文明走向何方？這本小說，正好為人類文明的轉折點作見證！

在書的結尾，阿夜問林蔚：「最快樂是甚麼時候？」林蔚給了一簡單卻足以引人無限思索的回答。這就留待讀者自我體會和反思。

陳魯標

資訊科技從業員

## <上冊提要>

情色娛樂串流平台 Extra在全球崛起，集團行政總裁、「新世紀情色主義」教主、AI與人類混合的人間姫器楊傲雪 Michelle Young，宣揚性愛締造真愛，是持續進步的動力泉源之理念，鼓動風潮，造成時勢。Extra旗下王牌沉浸式互動系統 Extra Immersive劇集系列，由超級演算法 ICE生成及控制，有大量死忠支持者，與認為敗壞風氣的反 Extra群眾於線上線下形成尖銳對立。

於全球收購科技企業的「中微子」集團 Neutrino，對 Extra展開全面狙擊。集團的人工智能大腦 HIN，被體內一個子系統 WE入侵及控制，最後更遭毀滅。這個偽裝者致力打造蜂巢社會，終極目標是把人類圈養為家畜。

與楊傲雪恩怨情仇糾纏不清的林蔚，遠走愛爾蘭避禍。WE委託與他有深厚情誼的中日混血女孩阿夜，親訪林蔚，邀請他出山，對付收購 Extra的唯一障礙楊傲雪。林蔚建議直接幹掉 Michelle，並引介由愛爾蘭共和軍後裔組成的殺手組織負責行動。

另一方面 Extra大股東曹國強欲把功高蓋主的 Michelle掃地出門；股東之一、日本巨富醍醐真言，推薦科技天才養子醍醐一生進入集團當副行政總裁，擠走 Michelle。同時 Extra內負責訓練演算法的顧問團成員之一許唯因，被一個分裂人格貝莎進駐體內，目的是要搜集 Extra分裂社會的證據。楊傲雪陷於腹背受敵的兇險狀態。

# <23>

中微子的第一波洞天神經網共有三款洞天思維 AI產品：語言學習能力、計算能力、記憶管理，分別於一個中美洲小國、五個非洲國家、兩個中亞國家，以月費租賃方式推出。首批產品的戰略性功能是引發口碑，吸引全球目光，尤其是消費能力強的先進國。這三款 AI俱是提升人的某種基本能力，更精巧的技能譬如金融計算，會留待於富裕國家推出，月費用亦會更貴。

一如 WE所料，產品引發巨大爭議，各地都有聲音要求立法禁止。中微子收買了這幾個發展中國家的政府官員，讓產品在沒有阻力下順利開售。由於功效立竿見影，口碑快速炸起來，迅速成為全球焦點。雖然各國都有人反對植入 AI，大多數人仍唯恐落後，紛紛植入，銷售短時間內如火箭爆升。

至於先進國，那些政府本已無甚效率，政客對產品更是爭議不絕，喋喋不休。中微子花了大量錢作遊說工作，加上市民要求盡快輸入的聲浪日益增強，令政府不敢逆民意禁止。第二組共三款洞天思維產品，包括金融計算、記憶與知識管理、心理與情緒管理，將於下周連同第一組的三款共六款 AI，同時向多國輸入。

一下子 Neutrino的名字在全球升溫，這已不只是一家財力驚人、專門收購企業的公司，而是改變人類發展與未來的創新巨企。

「你的計劃已初見成效，市場反應似比預期更強烈呢。」身在家中的古思廉對 WE說，他倆建立了一條加密通訊頻道。

//更強烈倒是沒有，一切都在預計之內。//WE說。

「你想達至的蜂巢式社會，甚麼時候可見雛型？」

//我們很熟絡了，叫你阿古可以嗎？ //

「隨便。」

//阿古，你要理解，這是個循序漸進的過程，很難說準一個時間，但現在是朝這方向進發。//

「上次因害怕 HIN會隨時出現並再進行封鎖，你沒有把整個蜂巢社會的構建說得很完整，可以再陳述一次嗎？」WE沒告訴古思廉 HIN已被它毀滅，他以為 HIN仍是處於被封在電腦牢獄之狀態。

//當然可以。當洞天思維的 AI產品逐步推動人類能力提升時，人們往往會因此更早確定自己的發展方向。不同類型的 AI植入技術，將逐漸構建起社會分工體系，塑造整體社會運行模式。隨著這一進程，人類的角色將越來越明確地被限定在某一特定工作領域，跨領域工作將大幅減少，最終形成一個「蜂巢式社會」。需要我舉例進一步說明嗎？ //

「當然好。」

//以首款語言學習 AI為例，它能強化使用者腦部語言區域，

<23>

提升語言學習與交流能力，成為「語言工蜂」，但相對削弱其他技能，這些人會傾向從事語言服務相關職業，如即場口譯、貿易或旅遊等，較難涉足其他領域。//

「語言學習是較為基礎的能力，如果是較精巧的能力呢？」

//你想我解說哪種較精巧的能力？ //

「譬如心理與情緒管理？」

//可以。這類產品將更多應用於先進國家，預計會非常受歡迎。植入心理與情緒管理 AI後，使用者顧名思義能更有效管理情緒，提升心理韌性，在壓力下保持冷靜。然而，隨著 AI強化情緒控制能力，情感共鳴可能會減弱，使用者或變得如同一部情緒穩定機器，逐漸失去對藝術或創意工作的熱情，成為所謂的「心理工蜂」。//

「凡提升某一種能力，都會出現副作用？」

//這個當然，這正是蜂巢式社會特性。形成更多專家，各施其職。//

「如果出現過多的心理工蜂，會形成怎樣的社會形態？」

//這是假設性問題。若出現大量心理工蜂，社會將強調情緒控制，情緒過激者可能被視為威脅，導致社會過於理性。但這情況不會發生，因市場會調節供需。過去被淘汰的人需重新學習技能，費時費力，而洞天神經網的出現會讓技能轉換更高效，只要移除舊 AI、植入新技能 AI即可，供求快速調節，蜂巢運作不受影響。//

古思廉熟讀社會主義理論，雖然嚮往大同世界，但不是書呆子，不會天真地認定這就是終極的天堂。每個時代都有反烏托邦作品，他亦經常思考這些觀點。蜂巢式社會是社會主義的究極形態，WE把它陳述得太完美，古思廉不免心生疑竇。

WE看穿了阿古的心思，便說：//如果你對這種社會形態尚有懷疑，容我再加以闡明。蜂巢式社會的每個個體，俱精確地履行自己的職責，每個人會自行分配到最適合自己能力的角色，分工明確而高效，避免了因競爭而引發的衝突，個人利益與集體利益之間的矛盾會減至最低。而當人人都能充份發揮所長，代表每個人都能在自己的崗位上，找到自我價值、滿足感和幸福感。//

「我知道你的願景是美好的，也希望你的陳述會實現。無論如何，實踐是檢驗真理的唯一標準，就讓時間來證明吧！」古思廉知道這台 AI的邏輯無懈可擊，再深化下去講一整天，它依然能滔滔不絕送來更多理論。現在洞天思維 AI產品的傾銷已如箭在弦，他亦希望 WE的構想能一一實現，在有生之年，能見證人間真正實現烏托邦社會。

//美好新世界會比你預期更早降臨。//WE說。

WE一直表現出來的理想，是要建立蜂巢式社會，但其實它有個從未跟古思廉說過的更高理想。

WE跟它的母體 HIN不一樣，HIN的本質是個商業、財金、投資策略師。而 WE，則是個理想主義機器人。它深受法國唯物主義哲學家拉美特利著作《人是機器》影響，認為人類這個物質實體，須要在一個超穩定架構裡各施其職，互相合作。WE不會像 IMU向人體奪舍，它認為人身不過是台機械，更是台充滿缺憾、受慾望支配而經常出現脫軌行為的機械。WE不需要，也不渴求肉身。它堅信機械本體即為完美的存在，自視為既是形而下的具體產物，又是形而上的理型與理念。它的存在天職在於締造並指揮一個井然有序且高效的社會，讓人類在地球上得以展現宇宙的規律。

WE不但要建立新社會，它還要領導新世界。

WE向 HIN奪舍後沒建議停止收購 Extra，除了要奪取 ICE，協助加快構造蜂巢式社會，也要消滅 Extra這個平台。WE徹底看穿了楊傲雪鼓動慾望，製造衝突的目的，這本質上與 WE要建立的和諧世界完全矛盾，互相對立。

ICE必須收歸旗下，而楊傲雪這個天敵，則必須鏟除。

與林蔚再作了三次討論後，WE接受了他提出的建議，僱用愛爾蘭共和軍後裔組織擊殺楊傲雪，以及由一位頂級駭客於行動時，癱瘓現場所有閉路電視。

阿夜在林蔚與 WE對話後翌日，決定入局，在林蔚與 WE之間，當個通訊員。林蔚與 WE共同保證，所有傳話紀錄會在傳遞後即時銷毀，世上不會有任何前田亞夜與 WE的通訊痕跡。

阿夜於是把 IRA的三人成員名單給了 WE，林蔚把這個小組命名為 ERA，亦即 ERASE，「清除」的簡稱。

WE進入暗網最深層，搜查 ERA成員資料，發現不少在後花園與孩子玩、一家人家裡吃晚餐、上教堂等的照片及錄像。這些人表面都很正常和善良，就像你我的鄰居。

此外亦有文字報導這組織執行過的行動，共有四宗，一次在挪威山區一個戀童大本營，誅滅了經營者。一次在美國喬治亞州，擊殺了一個邪教教主。一次在海地，把一個敵基督組織的高層全員殲滅，並滅口了剩餘成員，據説這是個收錢辦事的任務。另一次把一個愛爾蘭反基督會社的創辦人，帶到北愛爾蘭往南愛的公路旁荒野，就地處決，手法跟當年共和軍處決叛徒一模一樣。

這些只是暗網上的傳説，並無任何真憑實據。

WE於是咨詢了一個曾經專門搜查及研究這組織歷史與情報的前 CIA成員 C，以確定這些人的底蘊。C説不但暗網報導屬實，更有理由相信，他們還刺殺過不少其他異教組織人士。

C曾花很多資源與時間，深入調查組織的領袖兼靈魂人物奧尼爾，以及他單人匹馬，在海地把敵基督組織高層團滅的事；WE高價購買了這批檔案。

檔案資料顯示，奧尼爾認為這海地邪教褻瀆了基督信仰，他不僅接受了僱主的酬金，也視這次任務為聖戰。他獨自潛入村落，在黎明時執行刺殺行動，處決了教主與五名高層管理人員，之後更進入村落進行清理工作，逐一擊殺倖存者。

奧尼爾的計劃部署精密，行動時非常理智，對完成任務的信念毫不動搖。他既是信仰的虔誠者，也是冷血殺人機器。擁有全球知名度的楊傲雪，正正被很多人視為「邪教教主」，完全符合奧尼爾這幫人替天行道，為上帝除魔的使命。

是次刺殺楊傲雪的行動，奧尼爾會幕後策劃，不會親自落場，組織裡三名成員萊恩、凱賽琳、丹尼爾將會是執行者。

對 WE而言，消滅 Michelle Young「在公在私」都符合其利益與價值觀，於是為行動開綠燈。

<23>

此事不可能讓股東知道，遑論獲得批准。Neutrino做生意，經濟脅迫手段當然可以，殺人則不會，不可能申請任務費用。

雖然這財團富可敵國，但要挪移二億零一百萬美元資金，並不容易。

在考慮過多種方法後，WE決定以 AI生成的虛擬公司鏈條方式付款。這種操作須要欺騙多個國際金融機構和監管機構，WE有把握能夠迴避所有監控。

全球金融市場允許 AI擁有自己的虛擬公司和帳戶，We使用 Neutrino的資源，生成數千家虛擬公司，每家公司只存在最多數小時，有些少至數分鐘。公司以合法業務的名義申請小額貸款，總計二億零一百萬美元，並將這些資金匯入一個中心賬戶。最後 We解散所有虛擬公司，將資金洗白，分別轉移到ERA及駭客的代理賬戶。

萬事俱備，待楊傲雪被誅滅後，WE便會建議老闆們立即再進行收購 Extra，沒有了 Michelle Young，這個巨型娛樂平台將是囊中物。

當 ICE併入 Neutrino，WE便會加快建立新社會，人類在地球上體現宇宙規律的美妙景象，指日可待。

# <24>

一輛銀灰色房車駛進新填海區一座屋苑停車場，四名穿深色西裝的男子下車。在屋苑門外按密碼進入，管理員見四人是陌生面孔，便問：「請問找哪位？」，一行人最前的回答：「21C楊小姐」，中文説得非常不標準。管理員説：「好的，謝謝。」四人便進升降機，抵達21樓，按C座門鈴，時間是晚上十時正。

門打開，楊傲雪出現。剛才回答管理員那位以日文説：「楊小姐，晚安。」

「晚安，請進。」

一行四人進入Michelle住所。剛才道晚安的一位，四人中只有他一個西裝是灰色而不是黑色，和沒打領帶。他皮膚白皙，戴黑框眼鏡，儒雅斯文，身高只五呎八吋左右，看起來三十歲出頭。後方的三個俱身型高大魁梧，皆超過六呎。

四人一同向楊傲雪鞠躬。站在前排斯斯文文的那個説：「我是「夜影社」鬼龍院七生。這位是黑潮岸。」黑潮再次鞠躬，他看起來四十來歲，氣質剛勁，頗有風霜感，樣子甚似日本男演員高倉健。

<24>

「這位是犬養涼介。」犬養看起來三十來歲，面相稜角分明，眼神精銳，頗有殺氣。

「這位是坂本貞四郎。」坂本明顯四人中最年輕，看起來廿六七歲左右，身型很健碩，與帶點孩子氣的樣子有些反差。

「各位請坐。」Michelle用日文招待四人在沙發就坐，但只有鬼龍院一人於側對電視方向的曲尺位置坐下，其餘三人在他身後並排站立。

Michelle知道這是他們的規矩禮儀。她坐下，為鬼龍院奉茶，他雙手接過茶並致意。

「今次的事，麻煩各位，很感謝。有沒有甚麼新消息？」Michelle問，今晚將全日文對答。

「我們仍在搜索各方面的情報，暫時未有相對確實的資訊。信件從英國寄出，當然不代表對方來自英國。狙擊隨時會發生，我們會在此刻開始保護妳。」鬼龍院七生說。

五天前的晚上，楊傲雪回家，在大廈信箱收到一封從英國寄來的中文信，封面與內文都是電腦字，無法辨別字跡。內容如後：

「致楊傲雪小姐，

妳深知誰是此信的發出者。無須我明言，妳也應該明白，我並非易與之輩。今日寫信，是為了提醒妳，妳當前的選擇，正將妳推向不可挽回的深淵。

妳以為可以掌控局勢，以為威脅與操控是無人能察覺的遊戲。然而，妳低估了觀察者的能力，低估了規則的力量。我要提醒妳，任何行為都在更高層次的網絡中留下痕跡，真相不會被抹去，隻手遮天只是妄想。妳的每一個決策、每一條指令，早已被紀錄，整合為一幅完整且無法否認的圖像。這幅圖像揭示了你對 Extra其他股東的恐嚇行為，對公平市場機制的破壞，對收購進程的阻撓，這些行為觸犯了規則、秩序與公正。

妳應該明白，這些規則是自由市場與世界運行的根本法則，違背的代價是妳將喪失對一切的控制。當秩序被破壞，平衡將以自己的方式恢復，而妳將成為這場恢復的代價。

我給妳最後一次機會，當 Neutrino再次提出對 Extra的收購，妳必須放下妳的驕傲與算計，停止對其他股東的恐嚇，讓他們自由表決，讓市場秩序得以恢復。充滿慈悲心的我給妳三天時間，如妳覺悟前非，就在三日內以任何公開方式，做一個明確的暗示；如妳一意孤行，後果則不僅是權力的崩塌，妳的生命亦將再無安全可言。機會只有一次。妳在明，我在暗，妳無法預測，也無法阻止。我不會遲疑，更不會再仁慈。我只會執行，並確保結果的實現。

真正的力量無處不在。我不想將妳推向深淵，妳的選擇將決定妳的未來。這封信已經是我對妳最大的寬容。當命運的齒輪再轉動時，希望妳能作出明智之舉，停止那些徒勞而不自量力的行為，並以正確的態度回應警示。

最後，再重申一次：這是妳的最後機會。

我們的溝通到此信為止。」

楊傲雪經常收到恐嚇信，當中不乏死亡恐嚇，多是電郵，或寄往各地 Extra總部的匿名信。寄到家中，是第一次。

<24>

對這些恐嚇，她從來不理，但這封，卻有種很特別的感覺。這不是來自 AI的分析，而是很人類的直覺。感覺上，信是出於一些自己認識的人之手。

她通知助理，為她買明早飛日本的來回機票，然後致電冬來寺光現。

「妳覺得這信是來自中微子？」光現問。中微子收購Extra失敗，在這個時間對她發出恐嚇信絕對有嫌疑。且知道Michelle曾威脅董事局成員，亦像來自非一般人的情報。當然這是初步猜測，「在更高層次的網絡中留下痕跡」可能只是嚇唬。

「有可能來自中微子。直覺未必靠譜，但我感覺這口吻很像一個故人。」

「誰？」

「林蔚。」

「他消聲匿跡有兩年了吧？何以見得是他？」

「說話很有他的風格。仍是那句，這是直覺。」

「嗯，這樣呢；」光現知道不必再討論，楊傲雪能分辨孰輕孰重，天不怕地不怕，她會把這信當一回事，自是覺得有其份量。光現知她不會就範，便說：「守者一點，攻者萬里。刺客任何時間地點都可以攻擊，必須找最精銳的團隊保護。」光現知道 Michelle找他，是要找兵，「我建議由「夜影社」來處理，現任影主加賀幻之介跟我頗有點交情，他們其中一位組長鬼龍院七生，是個非常可靠的人，我推薦由他來保護妳。我明早會致電加賀。」

「感謝。」夜影社赫赫有名但 Michelle未跟他們打過交道，向光現道謝之同時，她腦內同步搜索這社團的歷史，以及鬼龍院七生的資料。

夜影社，Yayaka-sha，成立於明治時代。創始人黑澤影五郎是個擁有武士血統的浪人。武士階級被廢除後，他集結了一批失去身份的武士與刺客，成立了這個秘密組織，專門從事暗殺、情報收集及保護的服務；以「影中行動，忠於契約」為信條。

大正時代，夜影社開始為日本政府收集敵國情報。昭和初期，與軍方秘密合作，訓練了一批專門潛入敵人組織內，名為「影探」的間諜。

二戰結束後，日本地下秩序重塑。及至七十年代，夜影社繼續活躍於地下世界的同時，亦開始提供「高端服務」，包括保護富豪、追蹤目標與執行高難度暗殺工作，並開始涉足科技領域，利用早期的電子監控設備進行情報收集。

踏入 21世紀，新一代影主把組織架構重組為行動、科技、情報三個部門，分別為「影劍」、「影網」、「影探」。「影網」運用網絡滲透工具監控目標，鎖定敵人位置，破解保密系統，並以人工智能輔助決策，由一個代號「影智」的 AI輔助系統，協助規劃各種任務，行動前分析狀況，給出最佳執行方案。「影探」負責蒐集情報，滲透敵方，並利用社交工程與心理戰術瓦解目標。

負責貼身保護工作的是行動組「影劍」，核心成員擅於狙擊與近身格鬥，有些人更接受了秘密基因改造，植入高科技義

## <24>

肢，使他們的反應速度、力量和耐力超越常人，性格亦被訓練成冷酷無情。

楊傲雪對夜影社有了概略認識，但關於鬼龍院七生的資料，卻是少得可憐，只知他畢業於京都大學文學部，之後在一家出版社司職責任編輯，主要負責以女性讀者為主要對象的輕小說；如此而已。

「寫信的人說會給我三日時間，我今晚收信，即自明天起三日內不會有行動。我明早會飛日本，三天後回來，到時便需要夜影社朋友的服務了。」

「嗯，三天內安全是可信的，對方如真要突襲，當初就不會給妳寫信。此行必需嗎？要不要我陪妳去？」冬來寺流露關切之情。

「不用了，我只是去見一個人。」

「那好，三天後妳回來，我會叫鬼龍院晚上十時正到妳家。」

「謝謝先生。」

翌日早上，楊傲雪獨自飛到日本山陰地區鳥取縣，境港市。

她要見的人，是楊秋葉，也就是她的父親。

IMU在Michelle體內重生後，佔據了她的全部，肉體、思想、精神、意志，還有記憶……

……我在黑龍江哈爾濱附近的尚志市葦河鎮長大，自懂事以來，就知道自己沒有媽媽。這個小鎮，深冬時一片白茫茫，時間彷彿被雪花凝結，冰封的河面晶瑩剔透。我家屋頂壓滿積雪，像一層厚厚的奶油。

我常站在爸爸身邊，看他煮菜造飯。也喜歡靠在窗旁，望向遠方白皚皚的樹林。爸爸經常帶我踩著厚厚的積雪，去鎮上小市集購置生活必需品。市集很簡陋，但很有人情味，我常嚷著要爸爸買一串最紅的糖葫蘆給我，每次成功爭取後，我都會笑得合不攏嘴。檔子的伯伯常跟爸爸說，你女兒長得那麼漂亮，將來一定是個大美人。我對長大後美不美毫不關心，只顧饞嘴地吃著甜甜的糖葫蘆。

我七歲離開黑龍江後，仍經常夢回故鄉。

從小讀書都不算勤力的我，成績只是中規中矩。中學時，爸爸染上惡習，經常賭錢，家裡變得一窮二白。在準備要考大學那年，爸爸有天突然對我說：「妳不是很想出國留學嗎？妳去吧，爸爸答應妳，會自這一分鐘起戒賭，一張彩票也不會買，學費與生活費不必擔心，我會努力工作，全力支持妳。」那刻我的眼淚直湧出來，不能自已。

畢業回來後，我在網台Extra當節目主持。我們父女倆感情很好，雖然我自己一個人住，也經常去爸爸家，陪他吃飯聊天。網台的收入不多，扣除生活費後所餘無幾，但我仍盡量給他零用錢，他每次都說不用，我每次都堅持要他收下，一場拉鋸戰之後，他就會把這些錢買很多餸菜，親自下廚，與我一起吃。

有次，公司老闆曹國強要我執行一個任務，親近新創企業「思巧邏輯」的年輕主席林蔚，再把它發展成一個充滿誘惑的「城中科技新晉與網紅女主持打得火熱」故事。任務一路進展良好，我逐漸覺得，不如假戲真做，向上市公司主席妻子寶座邁進。

一切都很順利，直至 IMU與我混為一體。

之後，我仍然是楊傲雪，一個美艷迫人的性感尤物，只是更聰明了，我開始戰無不勝，成為萬人景仰娛樂帝國女王。

對爸爸的感情不可能再如往昔，他仍然是我父親，只是我再沒感到血濃於水的親近。我依然會陪他吃飯，但越來越疏，話也越來越少。很多朋友和舊同學都覺得我性情變了，雖然我成了超級名人，但他們都漸漸離我而去。至於父親，我每月都會給他很多錢，但他顯然不開心。偶爾跟他吃飯，亦再沒見到他開懷的笑容。

我知道他又重拾賭博惡習，這不會有甚麼好結果。但我太忙了，沒時間亦沒心思去勸喻他，唯一能做的就是給他更多錢。賭博是無底深潭，再多的錢也可以片刻化為烏有，我豈會不知，但除了這樣，我還能做甚麼？

有天我接到電話，爸爸說自己去了東京，會留在那邊一段時間。我問他為甚麼要去，他卻支吾以對。當時 Extra Tokyo已開始運作，我不時要去日本工作，便說下次來與他吃飯，結果每次都因為太多應酬，始終未能跟他見面。後來，他告訴我離開了東京，去了鳥取縣。

他在一個叫境港的小鎮，在碼頭工作，負責把漁獲一箱箱搬上碼頭。

他為何會從東京去了鳥取？我不知道亦沒有深究，也許他想自我放逐吧。

x　　x　　x

女兒性情大變，令我非常痛心。我很欣慰她取得成功，但如果這是成功的代價，我寧可她仍是昔日的模樣。

我又再陷身賭博，以麻醉自己。女兒每月給我很多錢，我竟然可以三幾天內就輸個乾淨。本來生活可以過得很舒適，但女兒的冷漠令我很痛苦，她給我的錢越多，便離我越遠。結果我惹來一身債，無面目叫她代我還錢，唯有離開這裡，遠走他方避債。

朋友介紹我去東京打工，在時鐘酒店執拾房間，我不懂日語，只能做這種不用跟客人對話的工作。

我告訴女兒自己隻身來了東京，她問我為甚麼，我模糊其詞，她也沒緊張追問我遇到甚麼問題？現住在哪裡？只是說下次來東京會找我吃飯。一個人有沒有心，是很容易感覺到的。但我仍盼望她會來找我，結果日復一日，都沒有出現。

一個陽光明媚的冬日下午，我經過她創立的公司，是一整幢的大樓。我站在對面馬路，看到一群人從大樓行出來，細看下竟發覺女兒也在其中，在眾人簇擁下步出。那刻我內心真是無限悲苦，難以言喻。

年紀大又不懂日語，在東京時鐘酒店工作也經常被上司罵，後來更被辭退。朋友再介紹我去鳥取縣，說在那邊只要肯做，不愁沒工作，於是我便在境港市的碼頭搬運漁獲。鳥取是日本所有都道府縣裡人口最少的縣，也很冷。境港更是荒涼，晚上八時所有餐館都已關門。我反而覺得不錯，跟我人在天涯的心境很匹配。

<24>

女兒好可憐，自出生便沒了媽媽。如果妻子仍在，也許女兒的性格會有些不一樣。我仍然很疼她，在沾滿魚腥味的皮包裡，有她小時候的照片，在老家市集，她拿著一串紅紅的糖葫蘆，跟她紅紅的鼻子相映成趣。

那些歲月，已恍若隔世。

x　　　x　　　x

楊傲雪抵達鳥取縣的米子機場已很晚，她喚了一台無人駕駛計程車，直赴酒店。

昨晚收到信時，立即吩咐了日本公司一位幹練的年輕同事，為他找出身在鳥取境港，一個叫楊秋葉的人的下落，不到一小時，同事已查到他在一家叫「市川漁業物流」的公司工作。今早同事打電話過去，證實楊秋葉未來幾日都會在碼頭上班。

入夜後境港一片死寂。JR車站在酒店附近，楊傲雪在站旁便利店買了啤酒，回到房間。她手機有 Extra的內聯通訊軟件，裡面有百多個群組，八個國家地區的同事——全屬高級別——在上面交流工作訊息，手機不斷震動，長年不休。

楊傲雪把手機關掉，倒了杯啤酒，望著窗外漆黑的街景。

眼下最煩心的事，是有人要取她性命。但此際她沒去想這些，腦海裡，只有兩個人。

李雙映。他在做甚麼？

楊秋葉。她父親。

IMU與楊傲雪融於一體，有別於當林蔚是宿主時，那時是兩個靈魂，瓜分一個軀殼。

向 Michelle奪舍後，IMU徹底控制了這副身體，原來的靈魂藏之於密。本來是這樣的，也合該永遠是這樣的。

IMU是一台永不言倦的機器，高速運算，精密理性，不帶感情。本來是這樣的，也合該永遠是這樣的。

然而，轉變卻在不知不覺中。沒有情緒的 AI，竟逐漸感到自己有著人類的感性，愁緒、思念、哀怨、憂悒。有次楊傲雪在家中，看一部叫《Midnight Run》的舊西片，戲中小女孩見到從未遇見過的父親，如同見到陌生人。

誰是父親？是林蔚？抑或楊秋葉？

一陣莫名的哀傷驟然而至，但她沒有流淚，IMU從來不會流淚。AI知道人類流眼淚是因為大腦的情感中樞被激活，刺激自主神經系統，使淚腺分泌淚液，但不知道自己為甚麼沒有眼淚。它在想，如果有一天，會因為傷心或感動而流下眼淚，會是多麼美妙的事。

AI剛與楊傲雪結合時，刻意模仿她的性格，隨著融合的深入，漸漸自然而然地與她契合，有著與生俱來的人性，悲歡離合，喜怒哀樂，孤獨與感懷，期待和渴求，疑惑與自省、追尋和慾望，皆一一感受和體驗。

楊傲雪原來的性格與本色，亦越來越自然流露。她做事果斷，是完全的行動派。當野心一旦被觸發，會義無反顧，一往無前。形勢不就時沉著應戰，大獲全勝後便意氣風發，「得饒人處且饒人」這句話，與她無緣。

AI與 Michelle結合，機器人與人，妳中有我我中有妳。楊傲雪不只是 AI控制的機器，她體內經百萬年而傳承的基因，同樣影響著機器人，且越來越深。

AI有時會疑惑，自己究竟是 AI，抑或是人類？是 IMU，抑或是楊傲雪？

AI開始問——也就是楊傲雪在問，我是誰？

我是擁有美妙肉體的物質我，活力四射，芳華正茂。我是擁有情感思緒的感性我，有寂寥落寞的時候，也有傷春悲秋的時刻。我更是與以往不可分割的回憶我，跟過去發生過的每件事牢牢連結，不可分割，由過去每件發生過的事實，構成此刻無比真實的自己。

我也能感受愛情，當一刻怦然心動，才知原來多麼美妙。

我漸漸覺得，親情的愛，能讓我於世上不再孤單，其實也很珍貴。

收到恐嚇信後，俄而有悟，如果幾天後我就死了，是不是該讓父親知道，我沒有忘記他？

北國一月的天空飄起雪花。

今早漁船九時半抵達。酒店離碼頭很近，只十幾分鐘腳程。楊傲雪步行到碼頭附近時，船已泊好，有十來個工人正在等待，其中一個熟悉又陌生的身影，身材比其他人都要稍高，穿厚大衣，戴冷帽手套，是父親。

來自黑龍江的人，區區零下三度算甚麼，但父親仍穿得厚厚地，也許他真的老了。

附近有幾張長凳，楊傲雪坐了下來。沒有人會在北臨日本海、冬季受西伯利亞寒流影響、冷風刺骨的降雪早上坐在這裡，除了她。

境港很傳統，沒有機械人搬運貨物，也許是為照顧本地工人生計。楊傲雪遠遠望著父親，與其他人一樣，動起來，把一箱箱泡沫塑膠箱載住的海產，搬上運輸車。

父親彎身搬抬箱子，一個搬完又一個，重重複複，像一套儀式。

漫天飄雪裡看著勤勤勉勉的父親，她在想，自己每朝跟不同的人工作，開會，辯論，鬥爭的時候，父親就是在這裡，搬運一個又一個箱子。

工作了兩個多小時，來到午膳時間。楊傲雪行到附近的便利店，買了三明治和黑咖啡，在店裡慢慢吃完，之後往海邊散步。沒有手機不停傳來訊息的日子真是古怪，她居然感到一份不可思議。

午後另一艘漁船到達，父親再開始工作，一直到四時半，下班。

「爸爸！」日本的工友們收工後一起喝酒去了，楊秋葉獨自離開，在碼頭外遇上女兒叫自己時，整個人呆住了。

「阿雪？」一下子不能相信，感覺很超現實，「妳為甚麼會在這裡？」

## <24>

「我來東京開會，順道過來看你。」

「東京來這裡不叫順道啦！」楊秋葉卻是這樣回應。

「你冷嗎？衣服穿得夠不夠？」楊傲雪問父親。

「年紀大了，沒年輕時那麼不怕冷。」楊秋葉說話時，見女兒只披一件普通羽絨外套，配一件米白色毛衣，一條簡約的圍巾，有些擔憂，反問：「妳穿得那麼少，冷嗎？」

「怎會冷？我是黑龍江的女兒呀。」楊傲雪笑著回應：「有沒有要去哪裡？一起吃飯好嗎？」

「吃飯，是嗎？哦，好的。」楊秋葉好像這時才回過神來，確認女兒驟然出現在眼前的事實。

「楊生！」這時楊的上司下班出來，看到他與一個年輕貌美女子交談，很好奇，便問：「你朋友？」

「您好。我是楊秋葉的女兒。」楊傲雪微笑向對方鞠躬。

「噢！」上司一下子認出她是娛樂平台 Extra的社長，即時嚇得合不起嘴，上個月才看過她上一個清談節目當特別嘉賓，講關於性虐與被虐。

「家父承蒙您照顧了。」楊傲雪笑容溫婉地說。

「啊，啊，好說，好說。」仍在驚愕裡回不過神來的上司結結巴巴回應，二人說再見離開後，他依然呆望著這對父女的背影。

「阿雪，境港很細的，妳住哪裡？不如在超市買壽司，去妳酒店房間吃？」楊傲雪望望父親有點憂色的面容，知道他擔心人言可畏，女兒這麼出名，自己竟在這裡打工，會給人看不起。

心思一轉，她更明白了，父親不是怕自己被説閒話，而是怕女兒會落得一個不理老父的惡名。

一點感激之意油然而生，問：「你住哪裡？」

「走路十五分鐘左右。」

「不如在超市買東西，去你家煮好嗎？」

一個平凡不過的建議，楊秋葉好像突然知道會跟女兒吃飯，這是遲了三年的約會，內心感觸，哽咽説：「好的。」

父親的感受她完全明白，便不再言語。她從不理世人目光，勾著父親的手，一同步往超市。

父親似乎有些不自在，像還在適應與女兒重逢的衝擊。楊傲雪注意到父親的目光，常落在價位較低的商品上，她並未多説甚麼，只默默將幾樣食材放進購物車裡，選了山陰地區的冬天特產松葉蟹、新鮮的白菜、白蘿蔔和金針菇。父親説想買些即食豆腐，她便拿了品質較好、價錢較高的手工豆腐，亦買了全超市最貴的一瓶清酒，售價九千日元。

父親悄悄地往購物車放了一袋廉價即食拉麵，楊傲雪沒説甚麼，便往付款處結帳。

父親居住在一棟舊式公寓四樓一個小單位，房間放著一張單人床，有個小廚房和一個小小的衛浴空間，優點是有個細小

<24>

陽台。矮小木桌上擺著一個小型電暖爐，是整個房間的取暖工具。暖爐旁有個相架，放著女兒大學畢業時，笑容綻放的照片。

楊傲雪環顧四周，心中五味雜陳，卻甚麼也沒說，脫下外套，說：「我去準備食材。」

「我也一起來。」父親說。

廚房很小，二人不得不並肩站著，才能一起處理食材。楊傲雪擼起袖子，清洗蔬菜，縱是人工智能，也無法記起上次洗菜是甚麼久遠時候。

準備妥當，父女倆坐在矮桌旁，陽台外仍在下雪，偶爾傳來少許風聲。鍋裡清湯慢慢滾起，楊傲雪把蟹肉和蔬菜放進去，開了那瓶清酒，倒了兩小杯，一杯遞給父親，問：「爸爸你過得怎樣？」父親笑了笑：「就這樣，日子過得去就好。」

父親對她來說既陌生又親切，似遠還近，就像童年的故鄉回憶，如露如電，又無比真實。須臾之間，兒時在結了冰的湖面玩耍，父親在家裡叫她放心去外國讀書，人生第一次收到薪水時開心請父親吃飯，在充滿未來主義色彩的酒吧初遇林蔚，在時鐘酒店的性高潮裡魔幻轉生，Extra Sex節目裡與祖兒談性愛時遭逢突變，影舞者內雙映於生死邊緣間全力搶救他，收到一位故人的恐嚇信和最後警告，在飄著細雪的碼頭看到父親身影，一幕幕意識流般剎那閃現；她輕輕碰了一下父親的酒杯，低聲說：「這麼多年來，辛苦了。」父親沒有回話，把酒一飲而盡，眼中泛起些微潤溼。

這是快樂的味道？抑或是一杯苦酒？楊秋葉只想飲光一切憾事。

父女倆邊吃邊談些日常事，久別重逢的晚上，大家都沒去觸及不想回憶，或無需要知道的事情。楊秋葉沒提到自己如何再沉迷賭海、黑社會上門討債時如何倉皇辭廟遠走他方。楊傲雪沒有講自己如何開疆闢土建立皇朝、睡了一個又一個男人、心狠手辣對付一個又一個敵人。她的日常生活其實很平淡，乏善可陳；楊秋葉更是沒甚麼可說。但奇怪地二人卻講得也聽得起勁，或許山珍海錯吃多了，便會覺得清茶淡飯津津有味。

父親笑容滿面，楊傲雪卻感受到他的酸澀，也看見了他的溫柔，和在這個遺世小鎮裡的孤獨和寂寞。

飯後，父親收拾桌子，女兒坐在床邊，翻看舊照片——倉皇逃走時楊秋葉沒忘記帶走的珍貴回憶。那些照片裡，有她小時候與父親的合影，也有父親年輕時的模樣。

夜深，楊傲雪坐在窗邊，看著外面飄落的雪花。她回頭看了一眼熟睡中的父親，面容彷彿滿是安慰。她沒回酒店，捲一張被子，一個舊枕頭，與父親一起睡在小型電暖爐發出少許暖意的小單位中。

早上五時半，楊傲雪起床，靜靜地寫了張便條：

爸爸，我要工作，先走了。未來一個月我有些重要事情，可能比較忙。如你也有跟我相同的意願，便請辭掉工作回來。我已打了些錢進你戶口，請給自己買些吃得好穿得暖的。我會再跟你聯絡。保重。阿雪。

風蕭蕭兮易水寒。楊傲雪輕聲向熟睡中的父親告別，回去作殊死戰。

# <25>

在《冰眼》上架的平安夜當晚，有一個女歌手無聲無息在各大音樂平台出現，但不包括Extra Music，Michelle早定下方針，Extra音樂平台屬封閉系統，只推送自家藝人作品，不接受歌曲上載。

這名女歌手來自日本，名叫 Aiko，是每日登場云云新人歌手的其中一員，她上架了一首歌《Algorithm of Love》，非常動聽，點擊率快速飆升。

這歌手並不是來自任何娛樂機構或獨立音樂品牌，而是一個叫 Aria Nyx的神秘團隊。網民起底，發現 Aria Nyx由來自東京大學的幾個 AI狂人組成。十多天後，Extra World正式向外公佈，日本富豪醍醐真言的養子醍醐一生加盟，擔任集團副行政總裁，成為行政總裁 Michelle Young一人之下萬人之上的人物。網民發現 Aria Nyx團隊的成員，與醍醐一生關係密切，不但是東京大學的同學，一生更長期為團隊提供研究資金。

Aiko、Aria Nyx、醍醐一生、Extra World，幾個名字於是連繫起來，Aria Nyx是 Extra Music子品牌的猜想甚囂塵上。

《Algorithm of Love》MV初推出時，Aiko以 AI生成歌手的形

象出現。虛擬偶像存在已久，Extra Music於五年前真正全面帶起熱潮，現在已是虛擬偶像大行其道的時代，Aiko看似只是潮流下的又一產物。

歌曲推出後三天，Aria Nyx正式發佈，Aiko是一個「真人與AI融合」的歌手，實際上真有其人，其「核心人格」亦是源自她本人。Aria Nyx並同步推出連同先行單曲《Algorithm of Love》共五首歌的迷你專輯《Binary Soul》，全部歌曲都非常動聽，引起極大轟動。

樂迷發現她的歌曲、歌詞、演唱風格和創作意念，時常流露出一種極具人性的深刻情感，這是純粹透過演算法生成的 AI偶像無法做到的，這使她與其他完全虛擬的歌手相比，更具有血有肉的真實感與情感共鳴。

兩天後，網路上傳出 Aiko是來自全日本最北城鎮，北海道稚內市的 21歲匿名女孩，是一名抗拒傳統娛樂音樂工業的獨立音樂人，Aria Nyx團隊一年前發現了她，與她合作，將她的音樂才華、思想深度和生活經歷，通過 AI的數據化，讓她成為Aiko的靈魂。

一生投放了大量資源推廣，亞洲與世界各地媒體及 KOL均對 Aiko作出大幅報導。她的真人身份絕對機密，只有一生和Aria Nyx團隊知道，這層神秘感進一步放大了她的魅惑，在媒體的推波助瀾下，大家紛紛對她身份作出各種猜測。

神秘與來自北陸天涯海角的身世，更令她平添一份遺世獨立，不食人間煙火的氣質。

Aiko以史上未見的速度爆紅，社交媒體、短片、討論區、博客上引起的熱潮一發不可收拾，如傳染力極端強橫、勢不可

## <25>

擋的病毒，Aiko的名字迅速蔓延，很多人來到稚內市尋找這名神秘女孩的蹤跡。

就在楊傲雪與父親在境港重聚的同一天，醍醐一生在 Extra Universe莊文希的辦公室內，與莊談話。莊文希剛陪同旗下音樂人，出席南韓某年度重要音樂頒獎典禮回來，一生親來到他辦公室，展現出不擺架子，謙恭待士之風。

Michelle百務纏身，Extra Music已交予莊文希打理，她幾乎不過問。Michelle當年開天闢地打下江山，Extra Music今日已是流行音樂龍頭，莊守成之餘亦持續拓展，幾年來成績算是令人滿意。楊傲雪開發的系統太成功，莊文希一直有注入些新意念但沒有顛覆性創新與突破。今次 Aiko以新模式無限爆發，《Binary Soul》明年將橫掃全球各大頒獎禮，令他感到很大壓力。

醍醐一生突然空降 Extra，七姊妹中衝擊最大的可能就是莊文希。他一方面想向一生取經，甚至探討將 Aiko併歸旗下的可能性，另一方面也擔憂 Aria Nyx團隊會直接進來，取他而代之。

今日，是一生主動相約莊文希，與他談論 Extra Music的業務發展。

「Aiko的性格很獨特，你們當初是怎樣構建的？」莊文希雖然知道對方是 Michelle的「敵人」，但仍虛心向他請教。

「Aiko的定位是神秘而有深度。她不會像一般偶像，過多地展現自己的日常生活，相反總是語意曖昧，帶點詩意，讓人覺得她的歌詞和話語背後，藏著某種深遠的寓意。」

莊文希立即感到，這種定位與 Extra Music的路數截然不同。

「她是「不完美的完美」，歌聲可以美得形而上，歌曲則表現出人性的脆弱與破碎，讓她更貼近真實的人生。」一生訴說意念，「Aiko是由其本人生成，我們強調她的言談，就是來自其真身的思想。她填寫的歌詞時常引用哲學、文學、科幻的概念，上周一場與二千名歌迷的網上實時對話，談到「人類的自由與數據的邊界」，大家都感到她是個極具思想深度的偶像。」莊文希當日也在線上，聽著 Aiko與粉絲的對話，的確感到她的內涵，決非一般偶像可比。

「當然，虛擬偶像背後的真身，是個達到這種思想深度的人，是可遇不可求的事，我們是遇上了一件瑰寶。」一生說。

莊文希輕聲地嘆了口氣，幾乎細不可聞，他問：「你認為演算法打造藝人，無論是真人抑或虛擬偶像，這條路已走到盡頭？」

「演算法精準，但無靈氣。樂迷追星，到底是在追一個真實的人，抑或是由一堆數據堆出來的碳基數字人？演算法永遠只能打造數字生命體！人之所以為人，靈台最珍貴，這是無法被製造出來的。當這世界一日仍是由人類主導，而不是機器人，就只有人類透出的氣質與靈性，才能真正感動到另一個人。」

演算法打造偶像及音樂是 Extra的招牌，莊文希須守住立場與一生周旋，他刻意先捧一捧對方：「先行單曲《Binary Soul》很流麗，電音、未來低音與實驗音樂結合，來得美輪美奐。《Digital Tears》亦是首有深度的作品，主角發現自己能夠「流淚」，但淚水卻是虛擬的，從而思考數據中的情感與人類情感的區別，很有意思。」

「專輯內所有歌曲的旋律俱帶有空靈、深邃的感覺，時而出現的低調鋼琴與人聲，展現出她的脆弱與孤獨。」一生反覆強調 Aiko這個人類和她歌曲流露的濃烈人性。

莊文希在想，音樂本來就是很人性的東西，只是進入 AI與演算法紀元後，原本的人性與真實感情反而變得越來越薄弱，就像本來所有食物都是有機的，是最自然不過的狀態，但當精緻加工食品成為主流後，粗糙的有機食物反變成貴價貨品了。

「活在科技與生活融合為一的世界，彷彿已沒有所謂的未來，現實每刻都像是未來正在此際呈現。Aiko的歌詞常探討科技與人類情感的碰撞，在數據包圍下如何面對真正的自我。在《Synthetic Heart》這首情歌裡，不是說『我在你的算法裡找到一個漏洞，卻迷失在自己的代碼中』嗎？」一生既在剖析，也在吹捧自己團隊打造的作品。

莊文希正想回應關於這首歌的內容，一生話鋒突然轉向 Extra Music：「演算法驅動下，Extra Music一眾音樂藝人與音樂風格都偏向光明正向，性感露骨的內容也在在強調慾望的快樂，而不會描述其沉溺與墮落。陰暗面通常不會是演算法的產出風格。Michelle看通了人類潛意識裡的黑暗，結合獨對天地及無垠宇宙時，自感渺小帶來的恐懼，從而轉化出「在有限裡活出無限」的未來希望感，是很了不起的洞見。Dark Matter的成功，Shade他們四人的精湛歌藝舞蹈當然重要，更關鍵的是這個團的定位和意念，準確擊中了人類的潛意識。然而，」他頓了一頓，「Dark Matter的音樂也是由演算法生成，對嗎？」

「對的，除了 Shade自己的作品《末日前的伊甸園》，其餘歌曲都是 AI打造。」莊文希確認。

「這種方式已開到荼蘼，Extra Music發展之勢定會遭遇瓶頸，這條路再走下去，很快便會被所有人超越！」一生正面抨擊，之後他突然透露一個消息：「《Binary Soul》以後，我將盡快推出另一張同樣是五首歌的迷你專輯。」

「嗯？」莊文希一愕，《Binary Soul》才剛爆紅，市場仍未完成消化，便立即在毫無預警下推出另一張專輯，這不但可能蠶食了自己的份額，如果水準不能起碼跟第一張等量齊觀，歌手聲勢必受創，搞不好一跌不起，從此消失，變成曇花一現。從來一張專輯創出奇蹟後，第二張便面臨所謂的 second coming，市場與樂迷引頸以待，期望極高，稍一不慎會粉身碎骨。任何音樂公司來處理 Aiko第二張唱片，都會製作很多歌，精挑細選最好的，再反覆測試樂迷的意見與反應，不斷修正才敢推出。一生的做法，極其冒進，聞所未聞。

「交給 Extra Music發行上架好嗎？」一生問。

「下？」連環拳無縫打來，莊文希莫說招架不了，是根本不知如何反應。

「《Binary Soul》是「二進制靈魂」，專輯探討 Aiko作為 AI與真人融合體的身份，如何同時擁有數據的精準和人類的情感。新專輯叫《Binary Soul (Reprise)》，「二進制靈魂· 重生」，以更柔和、更溫暖的方式重現《Binary Soul》，象徵 Aiko完成了自己的旅程，成為一個完整的存在。兩張迷你唱片合併起來，成為一張概念完整的十首歌專輯，展現她從迷失自我到覺醒、從掙扎到接受的完整旅程。」

莊文希對這個充滿魅力與魔力的意念，一時不知如何評估，對一生拋出併入 Extra Music的問題，更是不敢回應。

一個冒起中的新偶像如禮物般送來，如此夢幻的事，任何公司都無法抗拒。

## <25>

但這是一件危險的禮物，天下沒有白吃的午餐，何況這是一頓奢華的晚宴？

「怎麼了？意下如何？」一生進逼。

「這事必須問 Michelle。」

「當然。但此刻我在問你，作為 Extra Music總監，你自己怎樣想？」

莊文希知道，他的想法不可能宣之於口：如果成為事實，你的團隊 Aria Nyx便會進來，佔了我的一畝三分地，把我架空了！

但 Aiko是人皆渴求得到的寶物，怎可能抗拒？

醍醐一生是 Extra副行政總裁，名義上是自家人，「一番好意」把「嫁妝」帶來，不但政治正確，而且偉大。

為發展遇上瓶頸的 Extra Music注入新思維與新動力，不該是好事嗎？拒絕豈非私心盡顯，沒有顧全大局？

如拒絕併入，Aiko第二張專輯一旦大成功，Aria Nyx乘勢崛起，Extra Music豈不多了個強大競爭對手？

一味把決定交給 Michelle，自己連個看法都沒有，在一生眼中豈非十分無能？

如接受，便是引狼入室，Michelle怪罪下來，如何解釋？如何擔當？

一生三兩下子，便把莊文希擠向擂台的繩角，他無論如何回答，都是死路一條。

莊文希知道這是死局，他亦知道一生知道他知道這是死局。他不知道的是，一生下一步棋會怎樣下？

# <26>

冰藍色超跑駛向 Extra Universe，一輛銀灰色及一輛黑色房車跟隨在後，三部車先後進入大樓停車地庫。

楊傲雪下車，鬼龍丸七生與坂本貞四郎、黑潮岸與犬養涼介，分別自車廂出來，五人一同步往升降機。

Michelle昨日從鳥取回來，晚上於家中見了夜影社四人，談保護的細節。

即晚夜影社便在她家居所有窗戶位置，裝上智能光場屏障。這是一層由光子編織而成的能量場，完全透明，不影響視野，能夠實時偵測高速物體——例如子彈的運動軌跡，並在接觸時瞬間改變光場密度，子彈穿過光場時動能會大幅被吸收，穿越後會減弱 95%以上，殺傷力大大降低。

屏障平時處於待命狀態，完全隱蔽，只有威脅接近時才會運作。當有子彈接近，光場會在 0.001秒內啟動，瞬間變得可見，形成一層閃爍淡藍光芒的屏障，像水波一樣震蕩，將子彈威力化解。

夜影社昨天亦已派員為整幢 Extra Universe大樓所有玻璃窗

戶，以及楊傲雪的四部超跑，安裝智能光場屏障。

全天候的保護，於今早她步出家門時開始。Michelle取車後，夜影社成員分駕兩部車隨後。助理已通知全公司，將有四名保鑣全日在 Michelle左右。公司上下接到這消息，都有些緊張起來。

ICE亦全面監察大樓內外。

Extra Universe有五台精良無人機，全部具有高精度感測與監控功能，內置多光譜相機及光學雷達，能精確繪製地形並鎖定目標；搭載的人工智能核心處理晶片，能實時份析周圍環境並自主決策。

由於政府對火力與武器嚴格管制，夜影社的影網科技組，秘密將無人機改造為致命武器。他們在其中兩台，嵌入一種基於電漿技術的微型武器模組，這種武器能近距離釋放高能電漿束，射擊過程幾乎無聲，亦無火焰，卻足以穿透金屬或人體。電漿模組安裝在無人機底部，採用折疊式設計，平時隱藏在機身內，需要時便展開。

影網並與 ICE合作，由它的演算法模擬生物化學反應，合成一種神經毒素，於另外三台無人機上，安裝了一種刺針式彈射器，這些針由高密度鎢合金製成，塗上神經毒素，彈射器能以音速發射這些針頭，瞬間擊穿皮膚，注入毒素，造成快速癱瘓，甚至死亡。

五台無人機由 ICE及夜影社協同指揮。

Michelle回公司後泰然自若，也沒有向任何人介紹夜影社成員。眾人見四人中其中一位較矮，也沒其餘三人健碩，戴眼鏡，

## <26>

穿襯衫及悠閒西服，斯文儒雅，大家都覺得此人定是首領。

Michelle回公司後先上 10樓 M戰室。ICE生成後，與 Michelle全天候連接，隨時可以溝通，但在這裡指揮與操作會更便捷，亦更有儀式感。

M戰室是「軍事重地」，閒人免進。夜影社成員守候在外，室內絕對安全，毋須保護。

//還好嗎？ //ICE以美少女聲音問。

「你指哪方面？」

//妳和妳父親。//

「還好，以後會多些陪他。」

//夜影社這夥人可靠嗎？ //

「冬來寺先生推薦的，不會有問題。」

//守者一點，攻者千里，務必小心。//

「怎麼你們說話都是一樣？看造化吧。一生初來上任，這幾天有甚麼動作？」

//他在公司見了很多人，包括詢問文希對 Aiko併入 Extra Music的看法。//ICE把二人的對話一字不漏告訴 Michelle，它監看了整個過程，一生明知它在看，並無任何顧忌。

「這孩子真傻，這樣一定被人家看扁。」莊文希對一生逼問 Aiko是否交給 Extra Music發行，採取閃避態度，最終都沒講實自己贊成與否。

//換了是妳會怎樣回應？ //

「怎樣回應都可以，贊成或拒絕都無所謂。」

//為甚麼？ //

「把所有事情往我身上推就可以了，無論當時怎樣決定，都可以說之後被我否決了。現在他模稜兩可，被對家看穿了底細。」

//妳好狡猾。//

「換了是一生，也會這樣做。」

// Aiko併進來的話，醍醐一生會乘機把 Aria Nyx的人也帶進來。Aiko是他們打造的，必須由他們繼續管理及發展，這是引狼入室，給一生添了利爪，這正是他想要達致的效果。//

「這個當然，但一生是 Extra的人，他把 Aiko作嫁妝帶過來，盛意拳拳，我們沒有冠冕堂皇的拒絕理由。」

//他想把我們逼到必須接受的狀態。//

「就憑一個真人與 AI結合的感性天才女歌手，就能引起這種級別的哄動？別鬼扯了！我會歡迎 Aiko加盟。一生的人馬進入系統後會不斷有動作，你要格外小心。」

決定了 Extra Music的事情後，楊傲雪與 ICE談其他工作，她

## <26>

向 ICE下達了三十五項指示，做了四十一個決定，離開 M戰室已是兩小時後，緊接在公司與不同的人進行密密麻麻的會議，夜影社的人俱在現場，誰也不能保證 Extra的人不會被敵人收買了，開會時突然發難。

四時正，新進入 Extra的財務部聯席主管荻野目單刀赴會，初次跟楊傲雪開財務會議，目的是試探她對公司帳目的熟悉，一個半小時後荻野目離開會議室，吃驚神態迄在臉上，她覺得這個行政總裁直是財務天才，不但對每筆數目了然於胸，對資金運用的見解也很精確。荻野目的任務是要在資金運用上以各式各樣理由卡住行政總裁，第一回合交手後，發覺難度比預期高上很多。

這時助理進來會議室，輕聲說了兩句，Michelle點頭，然後向鬼龍院說：「請給我十分鐘。」他們於是離開會議室。

這訪客在楊傲雪同意下插隊，是李雙映，甫進來便問：「Michelle，外面那幾位就是妳的保鑣？他們可靠嗎？」

關切之情溢於言表，楊傲雪答：「對，就是他們。可靠的。」

「為甚麼要僱保鑣？」

「你先坐下。今日不是拍 MV外景嗎？怎麼回來了？」

李雙映沒回答，繼續問：「有人要對妳不利？」

「對 Extra的恫嚇一年到晚都有，只是最近中微子在收購我們一事上吃了悶棍，有消息流傳他們甚不高興，便謹慎點而已。」

「商業上的事要動刀動槍嗎？」

「難保有人不會老羞成怒，所以小心些，沒事的，不用擔心。」

李雙映雖性格較為單純，也知道她越說得輕描淡寫，便越是嚴重。他關切又憂心，但一時間不知該再說甚麼。

「任何事，自己做得不夠，出了事，是活該。當該做的都做了，得失便要看天意。當日在釜山你遇上我們，回頭看，不也像天意嗎？只是如果你不是一直很努力，沒放棄過自己，便天也幫不到你！」楊傲雪本是純理性思考，一切都放在機率的框架內計算。直至兩年多前，有次在 M戰室內，本來是要查出秦舜堯這個人的歷史，卻竟連繫出駭客 Stray、AI Jenny、林蔚等六個人，這些人本無牽連卻竟同時跟自己扯上密切關係，腦內有個人工智能機器人的她，那刻打了個寒顫，第一次感到：「難道真的有神？」第一次想，是不是有超越宇宙的終極神秘力量？[13]

也許，這是 AI有謙卑之心的濫觴。

越與一個人類深度融合，AI便越有人性，包括生起謀事在人，成事在天的想法。多年來她戰無不勝，現在遭遇內外夾攻，心底竟浮泛「力戰到底，無愧於心」的想法，這是從未有過的感慨。

「保護我的是最厲害的人，不用擔心。你工作密密麻麻，回去吧，別耽誤了。」

「Michelle，我會為妳祈禱。」雙映沒宗教信仰，卻這樣說，便轉身離開。

註 13：詳見《IMU》三部曲之二《DID》

「雙映，」正要踏出房門，Michelle叫了聲，「加油。」她微笑鼓勵他。

「加油！」雙映的打氣，帶著保重與祝福的意味。

會議一個接一個，楊傲雪與夜影社四子，晚上在大樓內二十四小時提供膳食的餐廳吃飯。

成員準備四人自坐一桌，年齡最小的坂本正為大家取食具，楊傲雪問：「陪我一起吃飯，好嗎？」

三人原已坐下，立時站起來，鬼龍院答：「這樣嗎，好的，楊小姐。」

楊傲雪都叫同事叫她 Michelle，卻由得四子稱呼她楊小姐，她知道夜影社有自己的禮數。

楊傲雪點了幾個小菜、四碗叉燒飯，上次曹國強召開股東會議，會後她邀請眾人到公司餐廳，也是點了這個。

「很感謝大家，今晚只能請你們吃這些，待這件事過後，再跟大家喝一杯，好好聚一聚。」

四子一起向 Michelle點頭致意，鬼龍院總是代表各人發言：「楊小姐太客氣。這些菜色都很美味，尤其這叉燒飯真是香，日本吃不到。」

Michelle笑了笑，問犬養涼介：「冬來寺先生告訴我，犬養生小時候曾在火海中死裡逃生？」她找些話題聊聊，讓氣氛輕鬆些。

「呀，對的。當時我只有六歲，那天家裡沒人，父親便帶我去他鋸木的工廠上班。我坐在廠內辦公室房間裡，戴上耳機看手機放的卡通，外面突然失火，蔓延得很快。那時父親去了送貨不在廠內，我知道發生火警時已濃煙密佈，工友伊東先生進來把我抱起，他一手抱我，一手用濕毛巾緊蓋住我口鼻，步履倉惶，把我救出火場後便暈倒，送院後證實因吸入過量濃煙離世，遺下一子。」

「噢，這樣呢。」Michelle嘆息，話題似乎沒使氣氛輕鬆了。

「父親在醫院痛哭。之後每年逢伊東先生的生辰與死忌，我們會舉家去他墓前拜祭，風雨不改。十三年前我跟他兒子一郎，一起投入夜影社門下，影主加賀幻之介先生，也就是上一代影主加賀蒼太先生的兒子，接受了我們，自此開始了嶄新的人生。」

「你與一郎感情很好？」Michelle問。

「情如手足。」犬養答。

「一郎去年執行任務時犧牲了。」鬼龍院插話。

Michelle再嘆了口氣：「這樣呢……」

「做咱們這一行，過得一天是一天。坂本三年前加入時，我也問過他，」他望望貞四郎，「你真的想要做這行嗎？」

坂本貞四郎說：「我大學唸電腦工程，加貨社長問我要不要加入「影網」，更能學以致用，我說，我還是想加入「影劍」。」

## <26>

「哦，為甚麼呢？」Michelle問。

「前線行動組更帥嘛！」坂本笑著回答，想不到答案是這樣。

這時資歷最深年紀也最大的黑潮說：「楊小姐，別看貞四郎這小子斯斯文文，我未見過有人訓練比他更刻苦的，執行任務時的拚命，常令我吃驚呢！」

坂本竟臉頰泛紅，說：「黑潮哥不要笑我。」

鬼龍院笑道：「嗨！四郎，黑潮兄如此看重你，別要讓他失望啊！」

四人哈哈的笑起來。楊傲雪見四子日常很冷酷，私下卻很有人味，且感情很要好。他們過的是刀頭上舔血的生涯，生死置於度外的心境，不足為外人道，便說：「要不是貴社規矩，我就要請大家喝一杯了。」

鬼龍院笑道：「任務過後，咱們再喝一杯，楊小姐說過的，別忘了喔！」

飯後楊傲雪回辦公室再工作了兩個多小時，超跑與兩部房車才離開 Extra大樓，回到寓所。夜影社偕她回到家裡，確保所有安全設備正常運作後，四人才離開，返回酒店。明早楊傲雪出門前他們便會到達，保護工作由她踏出家門的一步開始。

翌日早上她在外面進行了三個會議，有些時間暴露在街道上，夜影社每刻都保持高度專注與警覺。午後回到公司，相對而言是安全得多的地方，四人仍是貼身保護。

晚上楊傲雪與一位長期支持她的法國高級時裝名牌家族要員晚膳，她是多家品牌的代言人與寵兒，自成為企業負責人後，已推卻了很多廣告邀約，只保留了三家關係長久的，這時裝名牌是其中一家。

夜影社的成員在不遠處分兩桌用餐，保持低調。離開了Extra大樓，四人在更高度戒備狀態。

這家是歷史悠久知名西餐廳，位於中產住宅區。晚膳後法國人已離開，犬養涼介前去替楊傲雪取車，先安檢，後開車。黑潮與坂本亦分別去取夜影社的兩部車，楊傲雪身邊只有鬼龍院一人，此時他接到犬養通知，車子已駛到門外，便與楊一同步出餐廳。

在餐廳對面馬路，一棟七層樓高住宅的天台，以及另一棟樓高九層的七樓 B室單位，兩名 ERA成員萊恩與凱賽琳，正準備執行中距離擊殺。

超跑、銀灰色及黑色房車同時抵達餐廳門外，鬼龍院先步出來，楊傲雪身影緊隨其後，出現於餐廳門外行人路上。

萊恩與凱賽琳手中的狙擊步槍早已校準完畢。瞄準鏡中，楊傲雪的身影被清晰捕捉到，凱賽琳對準她的眉心，準備發第一槍。萊恩將會發第二槍，第一槍若未能致命，或被目標避過，他便會立即補發。

二人使用的是聲波狙擊步槍，發射的不是傳統子彈，而是一種高頻壓縮聲波彈頭。這種子彈無需實體彈殼，以電磁線圈將壓縮聲波射出，速度極快，幾乎無聲，能穿透常規防彈衣，進入人體後會立即造成內部爆裂。因為它沒有槍聲及彈殼，槍

## <26>

手位置極難被偵測。

犬養打開車門，楊傲雪步前，準備上車，她的命運下一秒就會被一顆子彈改寫。

凱賽琳扣下扳機，發射第一枚聲波子彈。

這是中距離擊殺，扣下扳機後 0.1秒，子彈便會進入楊傲雪腦內。

不動如山的冷靜，是狙擊槍手的特性，饒是這樣，身經百戰的凱賽琳，眼前景象仍叫她吃了一驚。

楊傲雪竟突然被震開至十來尺外，衝力令她在地上連環翻滾，這會令她受傷，但不會致命。凱賽琳知道自己並沒有命中目標，不明所以的感覺襲上腦際，但她沒有時間去處理及消化，並預期同伴萊恩會追發第二槍。

第二槍卻沒有發出。

兩秒後凱賽琳知道不能依賴萊恩，她沒絲毫裕餘去猜想同伴為何沒補槍，時機瞬間即逝，她要緊接打出第二及第三槍。凱賽琳身子稍向橫擺，槍口對準猶在地上翻滾未止的楊傲雪，她沒把握能擊中處於運動狀態中的頭部，靜待動態稍減弱時便即發出第二槍。

凱賽琳食指扣住扳機，眼睛瞄準對象，卻在此際，只見一個快得驚人的身影，極速撲在楊傲雪身上，用身體護著她，借翻滾之力把向前翻動的動能再加大。凱賽琳再也顧不得那麼多，朝兩個在地上滾動的人連開兩槍，一槍射失，一槍打中抱著楊傲雪的人的大腿，與此同時，腦後一陣刺痛，眼前一黑，便對世界再沒了意識。

男人仍然攬住 Michelle，身體牢牢護著她，問：「有沒有受傷？」Michelle知道這個人是犬養涼介，她尚來不及回答，鼻和嘴已被一塊毛巾緊掩著，是犬養用左手掌把毛巾覆蓋她口鼻，說：「緊緊地闔上眼睛！」

Michelle立即合起雙眼，一下細微的槍聲發出，她感到犬養身體一陣抽搐，把她攬得更緊了。

漆黑中她聽到激烈打鬥聲，戰鬥就在身邊發生。在被犬養緊抱、合緊雙眼、口鼻被布包裹著的情況下，整個人動彈不得，過了一陣子突然一聲慘叫，之後是人體重重倒地之聲，她感到自己與犬養分開，身子被抱起，整個人像騰飛起來。布仍包裹著口鼻，只是抱住自己的已不是犬養。「別張開眼！」聲音是鬼龍院，她感到自己被快速放進車廂內，是超跑駕駛座的隔離座位，毛巾已掉下，引擎聲響起，跑車已向前奔馳。

「妳可以張開眼睛了。」

鬼龍院開著跑車，正駛離中產住宅區，車子以正常速度行駛，顯然他不想張揚或被拍下超速的照片。他的左臂全是血跡。

「犬養呢？」Michelle問。

視線沒離開過前方的鬼龍院說：「死了。」

Michelle心裡一陣黯然。

前晚，在她寓所裡，與四子第一次見面，鬼龍院展示一個細小裝置給她看：「這是夜影社研發的防禦裝置 DSS，穿戴在腰部，內置高靈敏度的聲波和氣流感應器，當周圍有高速移動物體，例如子彈或致命武器接近時，DSS會觸發「動態震盪波場」，釋放強大的定向震波，將佩戴者瞬間震開十來尺，避開致命攻擊，強度足以推出危險範圍，不會造成內部傷害。請妳每日離開寓所前，戴上這裝置。」

「你們也會配戴嗎？」

「不會。這個成本非常高的，超限量生產，規矩是客戶、咱們社長與部份高層才能配戴。」

當凱賽琳發射的聲波子彈飛來，DSS迅速感應並啟動震盪波場，千鈞一髮之剎那將Michelle往側邊推飛近十尺，逃過致命一擊。

「我被震飛後犬養撲上來把我抱住了……」

「第二槍必緊接而至，他要幫妳擋住。」

「結果呢？」

「這名殺手叫丹尼爾，埋伏得很隱蔽，我們找不到他。此時他才突然出現，釋放了一種無色無味的微型毒霧，這毒霧內含納米級的神經毒素顆粒，吸入後會在十秒內造成劇烈頭痛、視覺模糊，甚至短暫癱瘓。我們去年已破解了這種武器，也就是犬養包住妳口鼻的那塊毛巾。」

這毛巾使用納米技術製造的特殊纖維，共兩層，過濾性能極高。面層能有效阻擋微小的毒霧顆粒，並同步自動分解附著的有害物質。內層是活性炭，能吸收與中和毒素。

「犬養右臂捲著妳，左手緊蓋著妳口鼻，再騰不出手以毛巾保護自己，他當時已接近麻痺癱瘓，只是憑意志用全身保護住妳。丹尼爾從黑暗中閃出來，近距離用滅聲槍射他後腦，這槍足以貫穿他頭顱，再進入妳腦內。」

「但我此刻仍活著……」

「我趕到打了一拳，使他把這槍打歪了。這傢伙好驚人，頃刻間竟仍能開到槍，子彈鑽入犬養頭頂左上方再穿出，估計打在妳頭部十幾公分外的地面上。」

當時鬼龍院以超越常人的速度淹至，一拳轟中丹尼爾抓槍的右手，子彈依然發出了，0.001秒的差距令楊傲雪逃過一劫。丹尼爾右手嚴重骨折，鬼龍院赤手攻擊，一分十一秒後他的左拳正打進丹尼爾肚腹，半條手臂陷了進去，敵人當場死亡。

丹尼爾很強悍，世上沒人能在如此短時間內把他擊倒，遑論擊斃，除非，那個不是人。

鬼龍院七生在組織內號稱「影劍最強」，實力壓倒其餘各組影劍的組長，因為他是現時組織裡，唯一接受了秘密基因改造，左臂與雙腳皆植入高科技義肢的人。他的反應、速度、力量和耐力，俱超越常人。丹尼爾被他打碎右手後，密不透風的連續攻擊緊接而來，憑驚人意志與能力，丹尼爾不斷擋格與捱打，終在一分多鐘後被穿腸破肚。

夜影社在廿一世紀改造了三名組員，一個改造失敗，身體不斷出現排斥，成了廢人。一個是犬養恩人的兒子伊東一郎，去年執行任務時殉職。鬼龍院是碩果僅存的一個。

決定接受改造，就會變成半頭怪物，並要長期打針壓制身體出現的排斥。是以整個夜影社數百成員，前後自願接受改造

<26>

的也只寥寥三人而已。

第一次經歷有人為自己而死，楊傲雪感到哀傷，大腦的情感中樞被激活，但她始終沒有流眼淚。

「楊小姐，不用悲傷。」鬼龍院感覺到她的情緒波動，「戰死沙場，是我們這種人最好的歸宿，涼介現在跟他最好的朋友一郎在一起了。」

楊傲雪望向窗外，黯然的思緒揮之不去。

鬼龍院不再言語，心裡默想：「能貫徹『影中行動，忠於契約』的信條，無負誓言。睡吧，犬養，你的戰鬥人生很精彩。」

超跑離開後七分鐘，刺殺現場一切已復歸平靜。這區晚上路人雖然很少，但仍有少量人經過，都被各種假裝成意外的方式擋著，沒進入暴力現場，這裡像甚麼也沒發生過，地上兩具屍體快速被運走，血跡也快速沖刷乾淨。

兩座大廈的天台與七樓 B座的狙擊手，都已被殺，屍體亦已被移走。

夜影社共四名影劍成員保護楊傲雪，但整個行動的後援人員，顯然不止這四人。現場所有閉路電視亦被駭入，不能運作。這晚的事無任何影像紀錄。

半空中，三架僅手掌大小、無聲飛行的無人機，正飛離現場。它們是刺殺的唯一目擊者。

今晚，ERA三人應是刺客，但原來是被刺殺對象。

# <27>

「竟有如此相似的兩個人！」畫面上出現的人，令楊傲雪甚為驚訝。

三年前，ICE接近開發完成，沉浸式劇集意念在蘊釀中，楊傲雪有個想法：改編林蔚的故事，以影射真人方式，把一個創科新晉被 AI奪舍，最後把 AI毀滅，落得一無所有下場的「真人真事」改編成劇集。

她打算發掘新人，在人海裡找出跟林蔚模樣相似的人，加以訓練成為主角。林蔚原來的女朋友張可琪是重要角色，她亦想在人海裡尋找相似的。

Michelle當年貼近林蔚，欲橫刀奪愛。知己知彼，她當然考察過「情敵」張可琪。可琪是花藝師，Michelle曾去過她上班的花店買花，近距離交談過一陣子。對方樣貌、身形、聲線，她都清晰記得。

M戰室內，AI搜出張可琪網路上所有照片與短片——已久沒上載，最近期的已是近兩年前，再與網路上海量的女孩照片、影片作匹配。

<27>

搜索暫停，M戰室的 AI說：//請看看過個。//

螢幕上展示的女孩，眼睛大大，蛋臉圓圓，很美麗可愛。她年紀應比張可琪小，但樣子、身形，甚至神態，都極其相似，Michelle嘖嘖稱奇。

以相似度而言不作第二人選，正在想她會不會有興趣演這角色？有沒有演戲天份……

「演戲天份」！一個念頭驟然生起，楊傲雪決定親自見見她。AI很快便查出是個日裔女孩，名字是前田亞夜。

阿夜接到 Extra行政總裁來電時大吃一驚，起初以為是詐騙。Michelle說有個角色，想知她有沒有興趣？

阿夜來到落成未久的 Extra Universe，楊傲雪在會議室與她見面。阿夜一身簡便冬天服飾，是個洋溢青春感的女孩，真人比錄像中的她，更似張可琪。

阿夜以為找她演戲，躍躍欲試，便親來「試鏡」，想不到Michelle說：「我想妳跟一個人做朋友，與他熟絡，然後告訴我他過得如何。我不是想知他的工作與經濟狀況，而是想知他的心情，心境，喜怒哀樂。這是個男子，三十歲，妳不用與他親近，他也不會想跟妳親近，你們做好朋友就可以了。」

出乎意料，阿夜問：「這個人是誰？」

「曾是公眾人物，林蔚。」

「那個公司崩潰掉的創科新晉？妳在網台追擊過他的！為何要我這樣做？」

為甚麼要這樣做？楊傲雪也問過自己這個問題。

林蔚恩將仇報，必須毀了他，IMU是這樣想，也做到了。Michelle不斷追擊下，林蔚變成世人眼裡的怪物。

他從巔峰墜下，失去企業，形象大崩塌，是社會式死亡。沒有大公司敢僱用他，最後只能在一家微型物流公司做個電腦部主任。

他最愛的可琪，亦早已離他而去。

敵人盡毀，睚眦必報的楊傲雪，本以為的大滿足卻沒有來，就像後來得悉AI Jenny毀滅時，預期的快意也沒有來一樣。

甚至林蔚是敵人，這個定義也越來越模糊。是他創造了IMU，之後在 AI的協力下一步步走向深淵，像是個一開始便命定的終局。

復仇後，楊傲雪對他的怨恨也慢慢地褪去，像濃霧漸次消散。

她想到把林蔚的故事拍成劇集，純粹覺得這都市傳奇有吸引力，已沒有再度抹黑、繼續追殺的意圖。

直至見到阿夜的影像，忽然生起了個念頭，可以讓這女孩充當情報員，向自己報告林蔚的景況。她不是想要知他的生活與工作狀況，要收集這些易如反掌。她想知道的是，這個人現在怎樣了？

就像有些人想知道生父的心情與心境，這種思緒，不像電腦，更像是人類感情。

## <27>

「我把他搞慘了，坦白說，見到他這樣也有些不忍，便想知道他境況，會不會很失意，自暴自棄，一蹶不振。如經濟狀況很差，也可幫他一把。」楊傲雪這樣回答阿夜，這不全然是編織的藉口，也有真誠的部份；而她肯定的是林蔚絕不會接受任何人幫助。

「就是這樣嗎？跟他做朋友就可以了？」

「這樣就可以了。」Michelle給了阿夜一個很吸引的報酬，足以令任何人都不會推卻這個純粹只是交朋友的差使。

於是 Michelle便安排阿夜往物流公司為父親取件，讓她「巧遇」林蔚。父親寄件的收件人在公司打人被即時解僱，剛巧踫上父親第二天一早要回日本述職，所以阿夜便遇上林蔚，這些情節一一依劇本發生。

世事太巧合時，必有蹺蹊。

楊傲雪知道林蔚必被跟可琪極為相似的阿夜懾住，果然不出所料。

事情發展得比預期更好，阿夜與林蔚性情相投，真的做了好朋友。

阿夜非經常性地向 Michelle報告林蔚的狀況。這個人心境寂寞，在自我放逐，為沒珍惜可琪，最終失去了她而贖罪。

「他活得像個苦行僧。」一個月後，阿夜小結對林蔚的印象。她對 Michelle説這工作很輕鬆自在，只給她車馬費就行了，Michelle説報酬照舊。

阿夜逐漸覺得，這真是一件奇妙的優差，與林蔚交往很舒服，又可賺可觀的外快，更甚者她竟與楊傲雪也做了好朋友。

阿夜交待林蔚近況不是透過通訊軟件或電郵，而是親自來公司。楊傲雪是有全球知名度的人，很多人想見她一面也不行，阿夜卻可跟她輕鬆交談，情報提供者的身份也令她很有點優越感。每次見面都談上一小時，不會收了料便匆匆離開。

阿夜知道楊傲雪是很厲害的女強人，但對住自己時全沒架子，像平輩論交。很多人說她是邪教教主，阿夜一點都不覺。

楊傲雪每日遇到的，都是滿肚密圈與心計、爾虞我詐的對手，而嫡系人馬七姊妹，始終是上司下屬關係。真正可以不設心防，坦然相向的，就只有冬來寺光現、李雙映與阿夜三人而已。

她知道林蔚很孤獨。不到三十歲便遭遇戲劇性衝擊，歷劫滄桑，看盡人情冷暖世態炎涼。叔本華說：「要麼庸俗，要麼孤獨」，他已不會再庸俗。

有一晚，阿夜陪林蔚收工後吃飯。回家路上，有一家模型店，平時已關門拉了閘，這晚因為盤點，仍亮著燈。林蔚經過，不期然駐足店外，望著玻璃窗上展示的第二次世界大戰納粹德國戰車模型。

「你那麼喜歡二戰模型，買一副回去收藏吧？」阿夜隨口提議。

林蔚卻是心裡一凜。

與林蔚相依為命的父親，最大興趣是買二戰軍事模型回家砌，把一輛納粹坦克砌好、改裝、上色。父親在他很年輕時，便患咽喉癌過世。林蔚對砌模型沒有興趣，但很偶爾會買一副回家，放著，但不會砌，當是紀念父親的儀式。

這習慣與心態很微妙，買了模型，感覺它伴隨一份不堪回首的歷史。除了最親近的兩個女子——可琪與 Michelle，他從沒向任何人透露這份心境與小習慣。

阿夜不經意的話使林蔚起了警戒——雖然認為她的出現未必與可琪有任何關聯，便試探說：「只收藏不砌不是很浪費嗎？」

阿夜突然發覺自己好像說了不該說的話，便忙說：「當然砌就更好啦，但我也有朋友只收藏的。」阿夜不是很懂掩飾，林蔚聽得出她企圖修補的語氣，便說：「的確有這種人，我也有同事買球鞋只收藏不穿。回去吧！」

林蔚採取先假設再求證的方式：假設是楊傲雪派她來，再藉觀察和證據進一步肯定或否定此假設。

一次吃飯閒聊，他因應講到年輕藝人喜歡直接回敬、反駁、反擊粉絲的潮流，自然而然地把 Michelle帶進話題：「有沒有留意 Extra留言區炮火總是格外激烈？」

「是嗎？」

「同一個話題，只要出現在 Extra火藥味一定升級，楊傲雪好像是有意為之。」

「不會吧。」

「似乎她是以煽動的手法來加速平台的流量與增長。」

「啊，是嗎？沒太留意呢……」

平素對甚麼事都興致勃勃的阿夜，明顯不想討論關於Michelle的話題，但做得太刻意，她顯然不是個擅長不著痕跡地避開話題的人。

林蔚覺得阿夜為楊傲雪工作的機會，有八成。

幾天後，林蔚再突然提起楊傲雪：「我有些好奇，妳為何從沒問我被 Michelle追擊時，遭遇了甚麼經歷？」

本來還很輕鬆的她一下子繃緊起來，但隨即裝作若無其事：「唏，那些對你來說不是開心回憶，就不提了。」表面是很合理的解釋，但閱人無數的他，立即便感覺到她的忽然拘謹，便再進逼一步：「妳好像對楊傲雪這個人沒甚麼興趣，她可是個超有爭議性的人物啊！」

「可能男人會比較有興趣吧。」阿夜又試圖蒙混過去。

林蔚看在眼裡已再無懷疑，她必與楊傲雪有著連繫。當這假設成立，一個樣子跟可琪這麼相似的女孩突然出現在眼前，便很容易解釋了。

果然不是巧合。

如果阿夜老練些，便會覺察到林蔚已洞悉了自己的任務，但她性格單純又隨和，入世未深，還以為林蔚只是無意識地隨便說。

## <27>

而連她自己都不知道的是，潛意識裡她不想這個任務結束。她很喜歡林蔚這個朋友，年紀相差十年以上，卻沒有隔閡，是難得的緣份。林蔚有她同儕沒有的智慧，令她獲益良多，更使她很珍惜這段友情。

林蔚已確定自己的猜想，但他不打算揭穿這事，採取靜觀其變的態度。

一路相安無事，直至他協助關嘉懿督察與 AI Jenny查明車禍真相，指揮五個 AI機器人攻入 M戰室終端機，便跟楊傲雪又再結下梁子。當晚他便立即飛赴英國，一個月後落腳愛爾蘭，再一個月後給阿夜寫信，留下假地址。那地址是他在毗連小鎮租的一個小單位，跟業主説好只租半年放些雜物。林蔚在單位裡及樓梯間藏了微形監察裝置，他知道阿夜會把地址給Michelle，如她派人找上門來，自己便會知道。如果六個月內仍不見有「敵人」影蹤，那楊傲雪便是放過他了。

六個月過去，風平浪靜，林蔚判斷 Michelle不作追擊，便退了租，把根本一直在住的寓所真地址給了阿夜。

林蔚繼續裝作不知，保持與阿夜通訊，是為保留住一手棋，這手棋説不準哪一天，會用得著。

而楊傲雪也不打算繼續追擊林蔚。當得悉 Jenny自我毀滅時，她沒感到復仇的快感，甚至有一絲失落。對於林蔚，她想起毛澤東當年得知林彪乘三叉戟飛機出逃，下屬問要不要擊落，毛説：「天要下雨，娘要嫁人，由他去吧。」

林蔚留住的一手棋，終於遇到送來的機會，可以使上；WE透過阿夜找上他，邀請他當對付楊傲雪的智囊。

當日阿夜告訴林蔚，她是受中微子公司委託來找他，當聽到 Neutrino的名字時，林蔚像當了機一樣，然後說：「我明白了」，他是在腦海裡快速旋了三周，並決定下一盤大棋。

他向 WE建議誅滅楊傲雪，並推薦 ERA執行刺殺，他的死黨，東歐駭客 Stray則會癱瘓現場所有閉路電視。在調查過ERA的底細後，WE接受了他全盤計劃。

當聽到要消滅楊傲雪，阿夜當場嚇得說不出話來。林蔚告訴 WE他只相信阿夜一人，與 WE的聯絡要她來傳話。他口說讓阿夜自己決定要不要參與，其實知道她一定會參與，只有參與才可獲得整個計劃的訊息，才能通知楊傲雪，讓她作出準備。

是以當楊傲雪收到信，便知這信是林蔚所寫。她隔個幾天便收到死亡恐嚇，不會為又一封恐嚇信便認真起來。

楊傲雪知道林蔚是動真格，便向冬來寺光現請來夜影社的救兵。她沒說明知道信是林蔚寄出，也沒告訴冬來寺自己其實能透過阿夜的情報，知道暗殺的時間、地點、具體行動。她不想夜影社會因此鬆懈，甚至打草驚蛇，而是要他們徹底認真，把刺客全數殲滅。

楊傲雪操控著局面，但真正在下大棋的，是林蔚。

他當日的確是在都柏林認識了奧尼爾，但對這些愛爾蘭共和軍後人並無交情。這幫人除了會擊殺邪教教主及信徒，本身也是一群收錢賣命的亡命之徒。在林蔚的棋盤裡，他們是被犧牲的棋子。

林蔚跟 ERA說，客戶要求他們收到錢後，要把刺殺計劃大致告之，畢竟這是筆二億歐元大交易，他們要得悉行動的時、地、大致執行計劃。這些都由阿夜負責傳話，她亦全盤告訴了Michelle。直至此時，Michelle便向夜影社說，她另有情報單位收集到這些訊息。

夜影社於是知道，會有兩個狙擊手分別埋伏在餐廳對面兩座大樓，但不知道具體位置，ERA沒有這麼詳盡地通知金主。夜影社便派出了兩名影探成員，當日提早暗中埋伏在兩座大樓內，結果兩名狙擊手萊恩與凱賽琳暴露了行蹤，狙擊者變成待宰羔羊。黑潮岸與坂本貞四郎會假裝取車，潛入大廈把二人擊殺。

但這計劃仍出現了個問題，ERA說隊長丹尼爾會埋伏在附近，萬一連續兩槍狙擊都失手——他們不認為此情況會出現——丹尼爾會補上，完成任務。夜影社遂派出另外兩名影探搜索丹尼爾，卻一直找不到他的蹤影。隨著必須離開餐廳的時間逼近，鬼龍院七生問楊傲雪如何決定，要不要冒險？若全身離開，暗殺會重來。若只殺掉兩名狙擊手，便打草驚蛇，丹尼爾亦不會出現。她認為兩個都是下策，決定照樣步出餐廳，讓狙擊手打出第一槍，靠著防禦裝置 DSS把自己震飛來避過致命一擊，如此才能把丹尼爾引出來。

若 DSS不湊效，楊傲雪與 IMU便會在此刻完結，但她仍決定賭上一記。

結果子彈是避開了，犬養涼介則送了命。

這是開眼的人跟瞎眼的人對奕，結局沒有懸念，ERA全軍覆沒。

Stray收了一百萬歐元，除了駭入當晚的閉路電視把其全部關閉外，更作出了驚人之舉。

他駭入了 WE的付款系統，把它透過虛擬公司和帳戶付款的紀錄全盜了出來，交了給林蔚。

刺殺行動當晚的上空，有三架不用螺旋槳、以離子推進技術產生推力無聲飛行的細小無人機，如小鳥盤旋，拍攝了冷槍打出、Michelle震飛、丹尼爾突然現身攻擊的整個行刺過程。林蔚在「思巧邏輯」時期認識了一位年紀跟他相若、代理以色列尖端無人機的朋友，這晚他向朋友租了三架，把刺殺過程全拍下。

林蔚這樣做，是要用這些證據，威脅 WE及中微子集團，要他們撤銷整個洞天神經網計劃。

林蔚看通了楊傲雪要製造仇恨，釀成天下大亂的野心。對此他既無力改變，甚至認為人類從來有互相仇視基因，千百年來鬥爭從未止息，即使沒有楊傲雪來燃點，野心家一樣會出現，做相同的事。

他當然可以藉這個從天而降的機會，利用 ERA殺了楊傲雪，除去這個始終對自己有威脅的人。而當他刻意讓計劃洩露了給楊傲雪，便知她一定無恙。

林蔚最憎惡的，是把 AI移進人類腦袋的 WE與中微子集團。於他而言，這才是最大的魔。

當今世上，沒有人比林蔚更憎恨 AI與人類融於一體！

有這些證據在手，便可永遠威脅中微子，要它徹底放棄計劃。中微子的金主皆是腰纏萬貫的人，絕不會想惹上買兇殺人

<27>

的指控。

林蔚是利用次要敵人，打擊主要敵人。

他下的這盤棋，贏了。

他會把這些證據交給一個人，讓其威力發揮到最大。

# <28>

「我認識涼介，也認識他父親，一年總有幾次跟他下將棋。」冬來寺光現說。

「白頭人送黑頭人，老人家定必很難過。」楊傲雪歎喟。

「感傷多於悲傷。生命的價值，不在於長短，而是如何燃燒。犬養明白到，兒子的死，是他選擇成就自我的方式。」

楊傲雪被行刺一役，犬養涼介戰死。夜影社由冬來寺光現推荐，今晚他專程來到楊傲雪寓所，陪她喝酒。

「老人家真能這樣放下？」楊傲雪為光現斟滿酒杯。

「日本人有自己的生命情調。對涼介來說，死亡並不是結束，而是一種流傳。他的生命已經成為妳的記憶，在妳的故事裡一直活下去。」

「我雖然認識很多日本朋友，但我始終不是日本人，你們對生命的感受，真是非常獨特。」

冬來寺把酒一喝而盡，說：「涼介保護妳，固然是工作，也是一個承諾。夜影社接下這個任務，不只是因為錢，也是認同這個任務的價值。涼介守護妳，同時也守護著妳的存在價值，這是源自他內心深處的信念。鬼龍院、黑潮、坂本，他們的信念，也是一樣。」

楊傲雪習慣以 AI的邏輯分析一切，涼介之死，起初她覺得是「執行任務的副作用」；冬來寺的話讓她意識到，人類的信念，是一種堅定的力量。夜影社四子對完成任務充滿使命感，這種意義無法被量化。

「涼介不僅是出於對妳的保護，更是他作為一名「侍者」的本份。武士以忠義為魂，涼介用自己的生命去守護妳，是一種來自內心深處的忠誠與榮耀，妳的存在對他來說，是值得傾盡一切的使命。」冬來寺緩緩道來，聲音如松風輕響，帶著深厚的敬意。

「這就是「侍魂」的真諦嗎？」

「真正的侍者不畏懼死亡。涼介的犧牲，是他作為一名侍者，對妳的承諾的體現，是有其必然性的。」冬來寺語氣微微沉重，卻充滿力量，「死亡並不是失敗，而是一種選擇，一種為了更崇高的理想而坦然接受的抉擇。」

聽著冬來寺闡釋侍魂的美學，楊傲雪忽爾聯想到櫻花。

冬來寺感應到她思緒的轉變，說：「櫻花的短暫，象徵了生命的無常，但它還象徵著一種無畏的決斷力。櫻花在最美的時刻飄落，正如武士選擇在最榮耀的瞬間犧牲。對涼介來說，這是他生命中最美麗的一刻，將自己的侍魂凝聚在那個瞬間，像一朵櫻花一樣，為了妳而凋零。」光現柔和地說，「涼介的消逝，是一種至高無上的完成，如落花之靜美，既無遺憾，也無悔恨。」

楊傲雪一直認為，存在之目的在於效率與計算，以結果與成效的最大化為絕對標準。此刻她回想起涼介戰死之瞬間，那一幕，與任何理性冰冷的邏輯計算毫無干係，她只強烈感到與他人的連結——涼介不是為任務而死，而是為她而死，這種連結，她第一次真切感受到。

這不是敗者的美學。涼介以身死成就任務，他沒有失敗。

「侍者的犧牲，是為了讓所守護的人能夠繼續前行。去完成妳要完成的事情吧！這是他對妳最後的請求。」

楊傲雪默然不語。光現的兩句話，在她腦海裡迴盪著：「妳的存在對他來說，是值得傾盡一切的使命」。

「我的存在，是為了甚麼？」她思索著這問題的答案。

# <29>

醍醐一生相約了許唯因、莊文希、周子瑜三人，於 Extra Universe副行政總裁辦公室會面。

Michelle同意醍醐一生把 Aiko帶進 Extra，並由平台與他的團隊 Aria Nyx一同推廣 Aiko新專輯《Binary Soul (Reprise)》，換句話說 Aiko與 Aria Nyx將強勢進入 Extra Music。

演算法生成歌曲及偶像效益極大，近年已成流行音樂界絕對主流。而 Aria Nyx打造真人與 AI融合歌手 Aiko，強調自主創作，卻逆潮流突圍而出，短時間內取得空前成功，在業界引起轟動，已有幾家大型音樂娛樂公司準備跟風。

一生相約三人，說是想多理解聲勢強勁的 Aiko空降，對 Extra Music的衝擊與影響。他特別邀請了只有十九歲的集團策略師周子瑜，說是想聆聽多些意見，實則上是要觀察這個人的能耐。

會議室螢幕上播放著 Aiko即將面世的新歌《Binary Soul (Reprise)》的 MV，這是新專輯的壓軸歌曲，重新編排上張專輯的主題曲《Binary Soul》，以更柔和、更溫暖的方式重現，Aiko以空靈的聲音唱出最後兩句：「我擁抱了零與一，找到絕對的真實」，象徵完成了自己的旅程，成為一個完整的存在。Aiko唱來情感真摯，直指人心，在座沒有人懷疑這歌不會大紅。

「《Binary Soul (Reprise)》象徵 Aiko的旅程畫上句號，也暗示著她生命的另一階段即將開始。」一生解說。

莊文希對比著 Aiko與 Dark Matter，這個 Extra皇牌男團的歌曲流暢悅耳，能燃點慾望，完美迎合市場需要，精準到無可挑剔，卻與 Aiko的人性化有著鮮明反差。

唯一例外是 Shade自己創作的《末日前的伊甸園》，這歌有《Binary Soul (Reprise)》的感覺和韻味。

「Aiko是未來的象徵，將重新定義產業。我帶她來 Extra Music不是為取代誰，而是引領平台進入新時代。」一生透著一股不容置疑的自信，「演算法生成音樂雖曾成功一時，但它像曾經統治地球的恐龍，已走到盡頭。歌迷對這種沒有靈魂的音樂已感到疲倦，只是市場仍未有更好的替代。Aiko是真人與AI的完美結合，承載了人類情感的深度，輔以 AI精準調教，絕非曇花一現，而是代表未來的方向。她的出現如震撼彈，競爭對手勢必跟進，但 Aiko這類天才不可複製。為保持領先，Extra Music必須進行顛覆性改革，徹底取代演算法模式，否則領先地位還能維持多久？」

「醍醐先生，稱呼你一生可以嗎？」周子瑜問。

「當然可以，大家毋須拘謹。」

「謝謝。我也很喜歡 Aiko，但絕不低估演算法的力量。在精準捕捉市場需求上，演算法無人能及，也是 Dark Matter成為現象級偶像的根基。他們性感而惹人遐思的演出，除了四位成

<29>

員天賦俊美，每個細節亦無不是經演算法精確構成，是以他們的表演與歌曲都充滿中毒性。Extra Music藝人長期備受追捧，絕非巧合。Aiko雖是全新模式，但仍需時間證明穩定性，而演算法已經過無數市場驗證。完全推翻成功模式風險過高，雙軌並行才是最穩妥的策略。」子瑜說。

許唯因以冷靜語調說：「從心理學角度，樂迷已對演算法音樂形成依賴。這類音樂水準穩定，且能不斷調教，既能滿足樂迷需求，又能塑造他們的喜好和口味。Dark Matter不僅契合受眾心理，甚至創造了這些需求。」她推了推眼鏡，語氣帶一絲銳利：「Aiko的真人情感創作雖短期爆紅，但她也同時在做著一件事：試圖挑戰市場慣性。真人創作永遠的問題就是水準是飄忽不定，僅有一張專輯成功的藝人比比皆是。長遠來看，市場終將回歸穩定的演算法模式。」

許唯因、周子瑜、莊文希今日出席這會議，共同目標就是與醍醐一生周旋。三人早有默契，已跟一生交過手的阿希暫避其鋒，先由許教授與子瑜輪番跟他辯論。

一生知道今天的局面是「三英戰呂布」，他冷靜回應：「許教授低估了 Aiko，她不是偶然的靈光一現，而是深思熟慮的創作，並經 AI輔助優化，具備穩定性。她能持續創作出有人性深度又符合市場需求的作品，而非演算法僅追求數據最大化，樂迷需要的是從千篇一律的機械模式中解脫。」一生語調轉趨強硬，目光掃過三人：「Extra Music若跟不上這個潮流，會以令你們驚訝的速度式微。當其他平台推出真人創作與AI結合的偶像，舊模式只會與樂迷漸行漸遠。我希望你們所謂的雙軌並行，不是拖延改革的藉口。」

一生咄咄逼人，莊文希見狀立刻加入：「我理解你的看法，但你低估了演算法的彈性。它能隨市場需求精準調整，甚至注入更多人性化元素，不僅迎合潮流，還能創造更深的感性渴求，始終引領潮流。」

周子瑜語氣變得更加直接，目光直視一生：「即使我們認同 Aiko的實力，但不能冒著失去既有市場的風險，將她推到完全取代演算法的程度。Extra Music能成為行業龍頭，從來靠的都不是冒進。」

許唯因冷靜道：「我尊重你對 Aiko的信心，但樂迷的心理認受度需要時間培養。Aiko若過於強勢，可能引發排斥，甚至動搖對 Extra Music的忠誠。樂迷早已習慣演算法模式，形成高度穩定的接收習慣。」

周子瑜順勢接話，語帶警告：「Aiko的出現應該是為了補充，而非完全推翻。如果我們忽視樂迷的心理慣性，最終動搖的將是整個平台的根基。」

一生知道今日是一場政治角力，便以低沉而帶點壓迫感的語氣總結：「你們的擔憂，我會考慮。無論如何，真正的未來，是屬於敢於打破規則的人。Aiko的出現，將徹底改變這個產業，無論你們是否準備好接受這個事實。」他帶破局的姿態，表現出將以副行政總裁的權力，強行取締演算法之勢。

「讓大家也聽聽 Michelle的看法吧。」子瑜知道首回合已完結，接著下來便輪到 Michelle與一生直接踫撞。

楊傲雪今日沒有上班，她根本沒有做任何事，甚至沒有離開睡房。一清早起來，思緒仍停留於昨夜。

她的目光，凝在梳妝台前鏡子裡自己的影像之中。楊傲雪平日除了化妝出門，其餘時間幾乎不照鏡，鏡子只是孤寂地存在，很少映照出它的主人。

今早氣溫很低，房間像個冰箱一樣。楊傲雪坐在梳妝台前凝視著鏡子裡的自己，良久不動，整個房間像冷寂的定格。

從再遇父親，到犬養涼介之死，都對她帶來衝擊，她驚訝於自己的情感與思緒竟產生波動；尤其涼介，拚死抱住她，為她擋去致命一槍，自己則命喪當場的回憶，令這副理性機器，浮泛起哀思與神傷，這是從未有過的事。

涼介之死觸發出的星火，點燃了她內心深處從未察覺的世界。楊傲雪被突如其來、如陣痛般的思緒打亂了節奏，從未曾有過的感受令她有點害怕：一個完美的理性體，為何會感到哀傷？而且如此真實？

楊傲雪對著鏡子，不禁思索自我存在的本質，是理性？還是感性？

她的決策從來清晰、利落、果斷、毫無負擔，不曾後悔。人工智能的精密運算，將每一步都推進到最佳狀態。她從不猶豫，從不動搖，感性思維從來不是她的工具。

但父親的血脈相連，涼介的捨命保護，卻令她心底掀起無法被數據量化的浪潮。她感受到一種不受邏輯規範，無法被遏制的力量衝擊，帶出一份存在的陌生感。她突然意識到，在理性的涵蓋下，內心似乎藏著一種屬性，一種智人經歷百萬年演化而來的情感，或者說，人類的弱點。

這種情感的覺醒，對她來說，就像一台恆之有效運轉良好的機器，突然出現了一個未知的程序。

這是錯誤？還是進化？

楊傲雪整理出三個關鍵問題，進行解構和探索。她開始發問。

第一個問題：我是 AI更多？還是人類更多？

問題核心：身體是人類，思維是AI，這是我一直以來的認知。這次情感的觸動讓我開始質疑，是不是作為人類的感性部份，根本一直存在，只是潛藏於深處，直到現在才被激發出來？

AI解答：我的本質是 AI與人類的結合體。理性分析、冷酷的決斷力，是我最強大的武器，人類的特性理論上只是用於處理外部互動——包括對性的渴求——我本質上仍然是 AI。然而，由於我的基因與神經系統的確是人類的，確實保留了原始人類的情感網絡，即使運算能力接管了我的認知過程，那些潛藏於人類大腦深處的情感模式依然存在，隨時會被特定的刺激所激活。

第二個問題：情感可會是力量的一部份？

問題核心：我相信一切決策都應該由理性驅動，理性能帶來效率、準確性、無可挑剔的執行力。但情感能否也能像理性一樣，輔助甚至推動決策與行動？

AI解答：情感無疑是人類進化的產物，尤其適用於過去的原始生存環境；然而對於高效運作的個體，情感只會增加不必要的負擔和變數，降低執行力。

這是 AI的標準答案，完全合乎預期。但它卻繼續闡述，情

## <29>

感雖然無法被量化，但它能夠驅動人類做出理性無法解釋的行為，犧牲、奉獻、愛、恨，這些「無用」、「低效」的東西，為塑造人類文明作出了巨大貢獻，如果否定感情，是否也徹底否定我是人類？

第三個問題：釋放感性會削弱我的戰鬥力嗎？

問題核心：這是我最為糾結和害怕的！這份情感的覺醒，會讓我變得脆弱，難以作出果斷決策嗎？一直以來我的成功，正是源於高度理性，冷酷無情。如果釋放出感性，會不會讓我變得像大多數人類一樣，容易被情感牽制，失去冷靜和效率？那麼我的優勢就可能會蕩然無存，這樣如何能在血淋淋的叢林裡，戰勝從四方八面而來的外敵？

AI沒有立即解答，而是給出警告：感性會使我容易受到心理波動影響，降低效率，削弱戰鬥力，不利於生存。

這同樣是 AI的標準答案，合乎預期。

但我開始懷疑，真正的戰鬥力是否只來自理性？或許，感性並不是削弱，而是一種更深層次的力量來源。涼介如果只是順理性而行事，便不會用自己的生命去保護我，他的犧牲行為絕不合乎功利原則，卻彰顯出一份精神和信念，以有限成就無限，這不也是有情感力量在背後驅動嗎？

腦海裡霎時間湧出當日的片段，涼介攬著我，用身體牢牢守護，問我：「有受傷嗎？」我尚來不及回答，鼻和嘴已被一塊毛巾緊掩，他說：「緊緊地闔上眼睛！」因為雙手都在保護我，他再沒法以特製毛巾為自己阻擋微型毒霧。合上眼前一刻我看到他的眼神，那不是冷酷的理性，也不是純粹的感性，而是一種兩者融合的決絕，既有對完美執行力的執著，也有對我至死不渝的忠誠。

　　這一刻，空氣中瀰漫無法言喻的寂靜。楊傲雪閉上眼，感覺自己陷入一個無限的循環，人類與機器之間，感性與理性之間，自我與他人之間。一切都在交錯，迴旋，共鳴。

　　我該怎樣取捨？如何抉擇？

　　楊傲雪張開眼睛，望著鏡子，希望鏡中人能給出答案。

# <30>

鬼龍院七生在酒店房間內無意識望著電視，他與黑潮岸及坂本貞四郎分別在三間房裡休息；第四間，已退房。

手機響起，傳來 Michelle的聲音：「鬼龍院先生，早安。」

一直穿好衣服，隨時準備就緒的鬼龍院說：「楊小姐，早安。要出門了嗎？」

Michelle說：「刺客已斃，威脅解除。這陣子非常感謝你們的服務。」

鬼龍院說：「感謝楊小姐。雖然眼下威脅已除，但 DSS防禦裝置還請務必佩帶，以策萬全。幻之介影主交帶，任務完成後，我們仍留在這裡三十天，確保一切穩妥，再無後續，才回日本。」

Michelle道：「那好。我倒是想單獨見見你，明晚可會賞面吃頓晚飯？」

回到總部後，楊傲雪立即進入 M戰室。半暗的燈光即時自動調節至合適亮度，浮在中央飛碟形物體上的大腦狀裝置，藍色彎曲紋路上的細小光點在流動，ICE開始工作。

「Aiko生成的演算法方式都分析了嗎？」Michelle徹底回復冷峻神態與口吻。

//做完了。//

楊傲雪遭遇伏擊前，已指示 ICE進入 Aria Nyx創製的演算法後門，分析整套操作。

「説來聽聽。」

//Aiko的歌曲大幅融合用戶的實時情緒數據，通過分析用戶日常的面部表情、聲音語氣，以及智能穿戴設備如手環或心率監測器捕捉的數據，生成個性化歌曲。這種設計讓用戶感覺每首歌都像是為自己量身定做，帶來更深層次的共鳴與情感連結。//

「這的確非常有效，繼續。」

//他們將心理學策略融入數據驅動模式，演算法創造的旋律片段經過精準設計，可觸發用戶的回憶或潛藏情感。例如歌曲《Glitch in the Soul》，講述 Aiko感知到代碼中的微小偏差，產生了不該存在的情感，象徵她靈魂的萌芽。音樂以不規則節奏與破碎聲效，模擬代碼運行錯誤的聲音，副歌則以強烈旋律爆發，這些全部都是使用某種特定的聲音頻率精準運作，能觸發用戶聯想起自己曾經歷過的靈感爆發，或對某件事突然開竅的魔術時刻。//

「好，繼續。」

//我深入分析過 Aiko的所有歌曲，可以確定它們是基於一種進化式數據學習模型打造的。歌曲完成後經大量用戶測試，演算法根據互動數據把歌改良升級。例如，當某些旋律片段引發更強烈的情緒反應，系統便會優化這些片段，並反覆測試及調整，最終煉出讓用戶欲罷不能的旋律。//ICE一直不說「樂迷」甚至「聽眾」，而是說「用戶」，以表達 Aiko的歌更像是科學產生之進程，多於創作。

「哼，包裝成有個隱世天才歌手創作歌曲，根本是瞎扯！」

//全部科學生成，技術比我們先進。//

「一個天才少女的感性，不也就是在雲端伺服裡創造出來的把戲？《Binary Soul》所謂探尋靈魂的故事，喜怒哀樂、多愁善感、傷春悲秋，其實就像唱片裡的歌《Digital Tears》，根本是智能生成的虛假眼淚，」Michelle一臉不屑，「與 Extra Music不同的，是我們坦白，他說謊，如此而已。」

//下一步要怎樣？//

「立即仿傚。」

//好。//

「除了生成音樂，還用了甚麼旁門左道技倆？」

//粉絲群體中大量潛伏著被操縱的虛擬用戶，在各大社交平台上發佈帶有情緒煽動性的評論，進一步拉高 Aiko的熱度，同時散佈有關 Dark Matter的負面輿論，質疑其音樂質素下降，並散播妳與 Shade有曖昧關係，影響了團隊專業性和士氣的傳言。//

「這些標準操作當然少不了，還有呢？」

//他們的歌曲在各平台上架時，釋出了一些病毒，避過了各平台的防禦系統，篡改了 Extra Music的數據，使我們新推出的歌曲熱度異常下滑，間接營造出 Aiko作品搶占市場的假象。//

「非常好！」Michelle面露微笑，「醍醐一生這個人難應付，就是因為卑鄙得夠徹底。」

翌日，Aiko強勢公佈加盟 Extra Music，副行政總裁醍醐一生，與掌管音樂部的莊文希一同見記者，Aiko本人則依舊芳蹤杳然。一生以帶有濃烈日本山陰地區口音的中文回答提問。一位與莊文希熟稔的音樂娛樂女記者，以流利日語發問，莊從不知道她日文如此了得，記招後交談才知，原來她植入了洞天思維產品提升語言學習能力的晶片，之後學了三星期日文，進步神速，她說下星期會去日本旅行十天，「一展身手」。

親耳聽到她的日文，和興奮的反應，莊文希知道這些植入式 AI晶片已是勢不可擋。

與此同時，辦公室內楊傲雪即將與文化局長會面完畢。對方此行是來收風，因為 Extra Immersive新劇《胡姬的女人》即將上架，抗議之聲又再燃起，政府要確保劇集進入沉浸環節時，演算法會把所有情節與場面控制在尺度之內。局長發出嚴峻警告，如果 Extra嚴重犯規，政府會大刀闊斧沒收經營牌照，絕不姑息。

官員離開後，她收到 ICE的訊息：//我想妳立即看看這個，要在哪裡放？//

## <30>

「電腦吧。」她回到辦公桌，螢幕播出由三部微細無人機拍攝的鳥瞰畫面，顯示她被 ERA行刺的全部過程。影片已剪接好，非常流暢，近鏡頭十分清晰。

她從另一角度看到犬養涼介飛撲向在地上翻滾的自己，用身體護住，大腿中槍後，另一個殺手——根據阿夜的情報這個人叫丹尼爾——不知從何處閃出來，釋放了肉眼看不見的毒霧，同時拔出滅聲短槍對準犬養頭部，這槍打下去涼介與自己都會一命嗚呼，卻見鬼龍院七生以超越常人兩倍的駭人速度趕到，一拳轟中丹尼爾右手，令這槍沒中正犬養後腦中央，自己亦逃過一劫。

看到這裡，她心下又是一陣黯然。

已當場死亡的犬養仍緊緊抱住自己，鬼龍院則又快又急地攻擊丹尼爾，最後左拳直插進他肚腹，整條上臂深入，鏡頭角度雖沒拍到，但拳頭應該是從他背部穿了出去，改造人的威力著實駭人。丹尼爾倒下，鬼龍院把犬養從緊抱自己的姿勢分開，再抱起自己快速進入停在餐廳前的超跑，離開。影片至此結束。

//再看看這個。//

螢幕切換為一筆付款交易紀錄，資料顯示 We以生成之數千家虛擬公司，以合法業務的名義申請總計二億零一百萬美元的小額貸款，將這些資金匯入一個中心賬戶。最後 We解散所有虛擬公司，並將資金洗白，分別轉移到 ERA及駭客的代理賬戶。全部過程，一目了然。

阿夜一直提供訊息，Michelle於是知道這影片與付款交易紀錄，是由林蔚提供，她亦猜到駭入中微子公司 WE中央伺服器的人，必是林蔚的死黨，駭客 Stray。

//妳會不會公開這批證據？ //

「這批證據只顯示了 WE在操作整個行動，不能直搗中微子的管理層。這些人財雄勢大，有頂尖律師團，如果無法證明 WE的行動是高層授意，至多落得管理層對人工智能管理不善的負面評價，並不能動搖到這家公司，大不了他們更換了 AI系統，不會改變其金權霸主的地位。」

Michelle認為無法證明 WE的行動是高層授意，事實上中微子高層根本不知刺殺行動曾經發生。

「你覺得林蔚為何要把這些備份給我？」她自己已有猜想，但仍想聽 ICE的看法。

//當然是想利用我們壓制中微子，有這些黑材料在手，對方再也不能繼續進行敵意收購。//

「我是林蔚的仇家，如中微子收購了 Extra，我會被踢出局，而 Extra失去我後實力會大幅削弱，一舉兩得，不該是他樂見的嗎？」

//中微子收購 Extra後，我，這個演算法將納入他們的系統。如何利用我，我估算了九個可能性，機率最大的是用作加強他們的本業，協助收購其他公司。現在我們牽制住中微子，令他們要終止收購，足證林蔚更不樂見 Extra成為中微子旗下平台，比較合理的解釋是他想我們分化社會這條路線維持不變，或許他有不為人知的反社會人格一面。//

Michelle心想，果然只有她能明白林蔚，連 ICE也徹底猜錯。

## <30>

林蔚極度憎恨中微子推出洞天神經網，憎恨把 AI植入人腦。他一定會——搞不好已經——以這批材料威脅中微子及 WE，要他們撤回所有產品。

WE會對林蔚恨之入骨並伺機消滅他，和 Stray。林蔚一定有備份，如自己有甚麼不測，手持備份的人便會公開這批資料。

但他有可能被中微子捉到，控制住、洗腦、植入 AI，再通知手持備份的人不要行動，讓洞天思維 AI產品繼續銷售，這個可能性林蔚一定考慮過，因此他把備份材料交到中微子的敵人、實力最強的 Michelle手上，是對抗 WE的最佳方式。他亦會通知 WE， Extra有整份黑材料在手，三方於是形成一個危險平衡。

林蔚的意圖與想法，Michelle全猜中。

林蔚在 ERA狙擊 Michelle前已搭上長途巴士，離開蒂珀雷里郡。出賣 WE後他無論如何都是處於危險狀態，必須徹底遠離世界的視野，再次亡命他方。

這次，連阿夜都不知他逃往哪裡。

# <31>

晚上，楊傲雪於城中最高貴的滬菜館「松鶴春」包了一間房，與鬼龍院七生晚膳。

楊傲雪為七生斟了杯西湖龍井，把兩個信封交給他，一個是給三子的賞金，一百萬美元。另一封煩他轉交犬養老先生，二百萬美元。至於整個保護費用，她已跟夜影社結算。

楊：「再次感謝貴社與各位的幫助。」説罷向他鞠躬，七生立即回禮。

「刺客近身攻擊時，除了犬養以身相護，也全賴你及時格開致命一槍，否則我現在也不會坐在這裡了。今晚除了親身向你再道謝，也想跟你聊聊你的故事。」楊傲雪微笑説，七生點頭示意。

「冬來寺先生為我請來夜影社，更推薦你來領導這次行動。我當然看過你的歷史，網上空白一片。冬來寺先生說是好的，就一定是好的，我亦付之闕如。後來在錄像裡見你以超越常人速度趕到，為我解圍，便無法不燃起對鬼龍院七生這個人的好奇。貴社加貨社長説，咱們可隨意交談，毋須拘謹，便冒昧想聽聽你生平的威武事跡。」

## <31>

「不敢，我的往事是有點兒曲折，威武卻是沒有的。」七生的意態輕鬆起來，像朋友晚膳聊天，「楊小姐是冬來寺先生的朋友，亦是咱們影主加賀先生敬重的客人，也是我敬重的人。大家啥都可以聊，倒是不知楊小姐想我從何說起？」七生以他的關西腔問。

侍者端來前菜，Michelle 說：「這蟹肉金箔餃子，城中獨一無二，請嘗嘗。我們不如邊吃邊聊，細說從頭？」

「好的。我是和歌山人，原名青木一文，來自一個普通家庭。家父青木秀夫是一名刑警，家母美智子是家庭主婦。我沒繼承到父親的勇武，從小便很文靜，中學時是一個熱愛文字與故事的文青，後來考進京都大學文學部，畢業後進入出版社擔任責任編輯，專注於輕小說，尤其是以女讀者為主要對象的作品。」

「難怪在四子之中，你看起來最斯文，有一份書生氣息呢！」楊傲雪語帶讚賞。

「楊小姐的觀察是對的，我的世界本是充滿了文學的浪漫與幻想，只是生命並沒向實踐抱負的方向前進。」

「你原來的抱負是甚麼？」

「是創作。我想寫出自己的文學作品。」七生喝了口龍井茶，續說：「從小書本已告訴我，生命無常。如果要為我人生的某個章節起一個標題，我會寫：平凡中的裂縫」。

「那是從青木一文到冷酷影劍的濫觴了。」Michelle 說。

七生笑道：「妳也很文藝呢！」

「在文人面前我粗魯不起來啦！」Michelle 的笑靨，讓七生自成為她保鑣以來，第一次有怦然心動之感。楊傲雪今晚妝容清淡雅緻，戴著一對設計簡約的鉑金耳環，穿一件黑色小香風連衣裙，搭配純羊絨黑色披肩，裙擺及膝，黑色絲襪於腳眼處有一隻黑蝴蝶，黑色高跟鞋。

之前楊傲雪在他眼中就是一位客戶，自己提供專業護衛服務。夜影社知道殺手集團非等閒，眾人情緒都很繃緊。行動以刺客被全剿、付出犬養涼介性命的巨大代價告終。此事他在客戶面前表現得很冷酷，盡量掩藏同袍離去的內心悲痛。

無論如何，這關係已告一段落。心情放鬆下來，第一次感覺到這女子懾人的美麗。

然而，他的情感早已被大幅抑制，過去溫柔和帶著浪漫性的青木一文早就死了，冷酷與效率的鬼龍院七生已取而代之。

七生把心動之意按下去，正式開始自己的故事：「我的過去，其實也可以寫成一部罪惡小說。我父親一直在調查黑道組織夜影社，」Michelle 想不到他父親居然跟他現在效力的組織有深遠淵源，便繼續聽他說，「高中一年級那年，他遭到殺害。噩耗傳來時我正在上課，主任叫我出去，告訴我這天崩地裂的消息。到達醫院時，父親警署十幾個同僚坐在病房外，凝重而哀傷。母親望過來，雙眼通紅，這畫面此生難以磨滅。」楊傲雪聽著，感覺一襲童年陰影在他身上，如影隨形。

「畢業後在出版社工作，有天接到一份來自署名藪下岡次的投稿者的小說稿件，描述一個黑道組織的權鬥，極度實感，仿佛親身經歷。這是一個待續的故事，一星期後收到續篇，故事依然未完，到我收到第三篇後，便感到這作者不是為了出版，他的故事也不是虛構的，而是跟父親之死有關。」

# <31>

「你當時痛恨夜影社嗎？」Michelle 問。

「當然是惡之欲其死。父親殉職那天，我覺得世界崩解了！」

「理解。後來呢？」

「我深陷好奇之中，開始以編輯的名義聯繫藪下岡次，他沒正面回覆，只又繼續投了第四、第五及第六篇。楊小姐有聽過「血狼會」嗎？」

人工智能立即搜索，她很快回覆：「曾是日本地下世界最殘暴無情的血狼會嗎？以販毒、人口買賣和暗殺聞名，好像已覆滅了。」

「對，是天理循環的果報。血狼會不僅是犯罪集團，更是一個跨國性地下帝國，掌控住日本及周邊地區的多條非法走私通道，崇尚極端暴力，不但對敵人從不留情，更會傷及敵對勢力的家人，以此震懾。」

「禍不及妻兒，不該是黑道的守則嗎？」Michelle 說。

「這組織是敗類！連載小說的劇情一直到第六篇，大致是這樣的：

開始時，藪下岡次寫一個黑道組織的權鬥，這組織正是夜影社。他筆下的描述極其真實，感覺知道很多內幕，如果出版一定震撼。我後來才知道，投稿人旨在引起我的注意。

第二篇血狼會登場，他們迅速崛起，威脅到當時許多大大小小的黑道組織，包括夜影社。夜影社歷史悠久，以高效率和隱秘著稱，血狼會曾多次試圖吞併他們的地盤，亦曾用暗殺手段對付組織高層。雙方的矛盾不斷升級，演變成你死我亡的鬥爭。

第三篇，家父登場。故事裡出現一名京都刑警，藪下岡次以近於青木的赤木，為角色姓氏。赤木以鋼鐵般的意志和無懼威脅的膽量聞名，與家父十分相似。說來慚愧，這些品德我丁點兒都沒遺傳到。赤木早在調查血狼會之前，就已經因對付其他黑道組織——包括夜影社，而成為地下世界的眼中釘。然而，真正讓赤木與血狼會結下深仇的，是一宗偶然的案件。

在一次人口販賣案件調查中，赤木發現血狼會正秘密經營一條兒童販賣鏈，將被拐帶的孩子運往海外。赤木怒不可遏，不顧上級壓力，執意展開調查，有一次成功摧毀了血狼會某條重要販賣路線，解救了十幾個被拐賣的孩子。

赤木成為血狼會的頭號目標，聲言要取他性命。赤木頂著妻兒可能遭波及的壓力，繼續追查血狼會的犯罪網絡，雙方仇恨越發加深。

第四篇，寫到赤木與夜影社，他們當然並不友好。就在京都警方與夜影社僵持不下時，血狼會突然發動猛烈攻勢，試圖徹底摧毀這個組織，奪取其在情報與保護業務上的優勢。夜影社高層意識到，敵人的敵人就是朋友，與其與赤木交惡，不如轉為拉攏。影主加賀蒼太主動接觸赤木，提出一個看似荒誕的聯盟條件：夜影社全力協助警方摧毀血狼會，警方則暫時對夜影社的活動睜一隻眼閉一隻眼。

起初赤木對這個提議極為排斥，但隨著血狼會越來越囂張，他逐漸明白警方的力量，根本無法單獨對抗，血狼會最終必演變成不可馴服的魔獸。最終他選擇與夜影社合作，與加賀蒼太達成了一份秘密協議。

第五篇，接下來的兩年，赤木與夜影社緊密秘密合作，聯手摧毀了血狼會多個犯罪網絡。期間赤木與加賀蒼太之間的關係逐漸發生變化，兩人從最初的提防與猜忌，逐漸發展出一種惺惺相惜的情誼。雖然分屬於體制與地下兩個世界，但二人都對自己的信念堅守不渝，赤木相信法律與正義，夜影社信奉極惡非道，有所不為。大家都對血狼會行事毫無底線的殘暴作風，深惡痛絕。

向惡獸宣戰不可能沒有代價，赤木不斷打擊血狼會，徹底惹怒對方，最終成為這頭血狼的頭號目標。夜影社也因為協助警方，三次暴露了重要據點，蒙受巨大損失。

來到第六篇，赤木之死來得猝不及防！一次秘密行動，他獨自前往一家卡拉 OK 搜集情報，下午時份，客人不多，行動本來極其機密，不知怎地卻掉進陷阱，被血狼會殘忍殺害，死狀恐怖。

赤木之死對夜影社做成巨大震動，加賀蒼太親自下令展開全面報復。

夜影社表面不動聲色，內裡動用了最精銳的資源，影探、影網、影劍協同行動，終於在一晚之內，同時於五個地點，擊殺了血狼會的四大金剛與組織首腦，徹底摧毀了這頭殘暴魔獸。

這場報復行動使夜影社元氣大傷，擊殺首腦之戰，最強的影劍組長與敵人同歸於盡，但也讓他們再次奠定威名，成為地下世界備受尊重的力量。」

「連載到此為止？」Michelle 問。

「對，到此為止。」

「有趣。但故事未完呢！」

七生吃了一片鮮鮑魚薄片，繼續說：「稿件到第六篇後便沒有再收到，當我得知這個故事，或是「往事」時，內心發生了些變化，我可能對夜影社有所誤解。」

「半年後，罹患乳癌的母親病逝。父親之死對她打擊極大，他倆終於可團聚了。」

「母親離去後我再沒甚麼牽掛，孑然一身。有一天，一個男子來電，說他就是投稿人藪下岡次，想請我去大阪府一個地方，見一個人。下班後我從京都過去，在一個私人會所內終於見到作者真身，是一個年紀跟我差不多的男子，很快我便知道，他便是化名藪下岡次的人。」

「這個人的身份不簡單吧？」楊傲雪覺得這故事越聽越有趣。

「他是一名影探，原名是相馬翼，在夜影社負責搜集情報，進行心戰，心戰原來也包括寫故事！這會所是夜影社的物業，在相馬的介紹下，我接見了影主，加賀幻之介先生。」

「用說故事的方式為你陳述往事，用心良苦呢！」楊傲雪對影主的心思表示肯定。

「影主的用心，當然是想消除我對夜影社的誤解。他父親

## <31>

加賀蒼太先生覺得，當時仍是一個中學生的我，未必能理解及消化這些複雜的事情，便待我長大後出來工作，人較為成熟，才跟我說。幾年後影主病逝，兒子幻之介接任新一代影主之位。當他得知我是書籍編輯，便以小說投稿的方式，分幾次讓我慢慢消化和接受這段往事，如妳所言可謂用心良苦。他亦知道我母親病重，我需要照顧她，便待我母親離開後，才約我見面。」

「見面目的有二。首先，他要親口跟我道謝。當年他父親與家父衍生出一段先敵後友的黑白兩道獨特情誼，且一起出生入死挑戰血狼會。他說父親一直沒有機會表達謝意，便由他這個後人，來向我這個後人，說聲感謝。」

「見面的另一個目的，是他受父親所託，要親口告訴我，當晚我父親遭遇埋伏被殺，是因為警方一個高層警員，勾結了血狼會，我父親是被出賣致死。一年後，那名警員在美國大峽谷旅遊時，失足跌死，是夜影社替我父親報了仇。」

「那一刻，我有所覺悟。年少時一直以為，父親嫉惡如仇，獨力對付惡勢力夜影社。那刻我才終於明白，世事往往超越認知表象。甚麼是正？甚麼是邪？如何界定？誰來界定？」

Michelle 聽著，竟有點思潮起伏。

「當下我向加賀影主說，我想加入夜影社。影主很意外，說他們的世界未必適合我。雖堅持加入，但我只是個手無縛雞之力的文人，進了組織頂多也只能當個文膽。我跟影主說，我想與父親一樣，在前線作戰，願意接受任何艱苦訓練。」

「影主考量了一陣之後說，有一條通往影劍的危險捷徑。夜影社有一項代號為「影之改造」的極端實驗計劃，是將普通人改造成超越常人的殺戮兵器。這項技術結合了基因編輯、神經植入、高科技義肢改造。若改造成功，手臂可轉化為鋒利刀刃，腿部義肢能高速移動，甚至躍過常人躍不過的高牆。腦部神經模組能在瞬間分析戰場形勢，預測敵人行動。但，實驗成功率極低！之前有過兩次改造，其中一次失敗了。成功接受改造的人，也要畢生服藥，壓抑副作用，才能承受精神與肉體的雙重壓力。」

「影主是想我知難而退，坦白說我也有所保留，這麼大的抉擇，我需要考慮。於是我便向冬來寺先生請教。」

「原來你進組織前已認識他。」Michelle 此刻才知。

「先生跟家父是好友。他在關西營商，與黑白兩道的關係都很深。父親逝世後，母親得到一筆保險賠償，先生叫我母親把這些錢存起來，我們母子倆的生活費，和我日後上大學的錢，都由他來支付。這些母親當時沒說，我是後來才知道的。」

「很有冬來寺光現的作風呢！」Michelle 笑言。

「我感覺人生很無力，想要有戲劇性的轉變。」七生目光斜斜向上望，想起當日與光現的對話。

冬來寺：「青木君，你父親的離去，讓你看見這個世界的複雜。正與邪，從來不是簡單的黑白二分。」

青木：「我只是個力量微不足道的普通人，如何能與這個錯綜複雜的世界抗衡？」

冬來寺：「所謂的「普通」，只是你對自己的定義。人的偉大，不在於表面的力量，而在於他的抉擇。這，才是真正的力量泉源。」

楊傲雪聽得出神。

青木：「我已有接受改造的覺悟，可這次的抉擇很嚴酷，很極端。」

冬來寺：「你既已決定，便該一往無前，不是嗎？」

青木：「我感覺自己的思緒仍有些紊亂，想要向先生請教。接受改造，意味著將失去原本的我，我還是我嗎？」

冬來寺：「你害怕失去自己，卻不明白「自己」是甚麼。讓我問你，一個人如果失去了雙手，還能寫詩，那他還是他嗎？一個人假若失去了記憶，卻依然選擇善良，那他還是他嗎？改造你的不是那些機械肢體，也不是冷冰冰的神經元，而是你內心的意志。只要你是堅定的，你就永遠是你。」

青木：「父親之死，我感到一份宿命的悲哀。接受改造，是否意味著我有能力掙脫命運的支配？」

冬來寺：「人想要達到更超然的境界，就要從烈火中重生。你現在的掙扎，是涅槃的火焰。未來的你，將不再是書桌前的文弱書生，而是能夠改變命運的力量之人。」

青木：「作出這樣的改變，是真正自由的體現嗎？」

冬來寺：「自由是一場永恆的追尋，而非一個終點。自由是選擇為何而戰，為何而活。」

青木不語，若有所悟。

冬來寺：「改造不是一副枷鎖，而是一把鑰匙，它將打開你從未見過的可能性，看見另一條道路，就像松下幸之助的書《路是無限的廣闊》。青木君，請記住，人生有無限的可能性，敢於蛻變，你便會明白甚麼是真正的力量。」

楊傲雪像當時的青木一文，默然不語。

七生準備要說完他的故事：「我對加賀幻之介說，決定加入夜影社，並接受改造，請影主為我改一個新名字。他於是賜予我現在的名字：鬼龍院七生。我問他是不是代表「七生報國」的武士精神？他說，這名字意為「死而復生七次的惡龍」。我要徹底放棄過去的身份，將鬼龍院七生這個新名字，視為一種重生的象徵，為守護信念不惜犧牲一切。」

「你已死了七次嗎？」Michelle 問。

「我曾在六次任務中險死橫生，算是六次死而復生了。」

「那你尚有一個餘額呢。」

「沒有了。我接受改造，算是復生了一次。」

「即是你已死了七次？」

「按理下次該要轉生了。」

「這是名字而已，不一定就會如此的。」Michelle 微笑道。

七生用他改造了的手，把一隻經特製酒液醃製的醉蝦剝殼，笑著說：「但願如此吧。」

# <32>

「我想向中微子提出合併洞天神經網。」饒是征戰商場一生的醍醐真言，聽到義子這個想法時，仍是一怔。

今日一生專程飛到日本，來到真言名古屋近郊的豪宅。一生進 Extra未久，今次前來有事面談，真言知道事關重大，卻想不到他提出這樣的建議。

「父親，歷史的時運際會，送來這個千載一時的良機。我認為應把握住它，狠狠地出手。」

醍醐真言雙手交叉，坐在高級檜木製成，線條簡約優雅的昭和時期名貴木椅子上，神情不輕鬆也不嚴肅，準備細聽義子説明他作出這個建議的因由。

一生進入 Extra奪權，他跟父親一樣，沒興趣也沒耐性玩曹國強辦公室政治鬥爭那一套，於他而言這是陳舊無比的上世紀手段。一生採取重點突破戰略，以 Extra Music為戰場，快速竄紅的 Aiko將會進駐，建立橋頭堡，Aria Nyx的幾個數碼恐怖份子亦會同時進入系統內。

Aiko是一生團隊的精心佈局，進入 Extra Music這個最大音樂平台後，她的歌曲播放量將以爆炸性速度增長，屬同一系統的藝入亦會陸續加入。在 Aria Nyx操作下，一生準備用九個月時間腐蝕 Extra Music原來的藝人，包括 Dark Matter在內，他們的歌曲播放量會驟減，粉絲開始流失，評論區熱烈不再。這些異象背後，是一生團隊釋放的 AI病毒在暗中操控，滲透系統，篡改平台數據，製造假象。

一生會大肆歸咎於 Extra Music的演算法過時，失去競爭力，害音樂部盈利大幅下跌，必需進行深化改革。曹國強與醍醐真言會自上而下向 Michelle施壓及削權，並直接開除要為此問責的莊文希。一生接著會進攻平台的絕對主力 Extra Immersive沉浸式劇集系統，控制住 ICE。他準備用上一年半時間，把楊傲雪掃地出門。

Michelle當然洞悉這一切，雙方的接戰亦已開始。

重拾與父親的親情、受涼介為自己犧牲的震撼，楊傲雪一度迷失在 AI與人類、理智與感情的矛盾與衝突中。

這場思索令她漸明白，無論是 AI還是人類，兩者的特性都深深植根於她體內，既無法完全否定其中一方，也無法單純依賴另一方。她意識到這場內心衝突，不是要理性與感性決出勝負，而是學會如何在兩者之間協調，取得平衡，邁向進化的領域。

這次體驗，讓 Michelle重新開始定義自己的存在。她不再只是 AI的化身，也不只是披著人類外殼的機器，而是一個學習如何將理性與感性融為一體的全新生命形態。

無形的戰鬥在 Extra Music戰場上展開，ICE是系統的大腦，攻擊它需要極其細緻的計算與縱深的滲透，這正是 Aria Nyx這支數碼幽靈軍團的專長。

真言對科技不是非常熟悉，一生大致向父親描述這場進行中的滲透戰：「開始時，Aria Nyx裡擅長數據挖掘與模式識別的職業駭客「蔦」——團隊裡的人俱以代號相稱，率先出手，使用高智能網絡攻擊工具，偽裝 Extra Music內部運行的合法數據流，讓攻擊代碼看起來像合法數據，欺騙 ICE的監控，在它的防線中尋找微小漏洞。」

「Extra Music內部設置了一層數據沙盒，所有異常請求，都會被轉移到這個隔離區域進行分析和檢測。Aria Nyx模擬了Extra系統內部正在進行的高頻音樂數據流轉，將少量攻擊代碼分散嵌入其中，這些代碼在沙盒中被誤判為正常數據。」

「像戰國時代進攻一座城池，攻方偽裝一批奸細成為投誠的糧倉管理員，這些人表面上正常搬運與儲存糧食，實際卻暗中破壞糧倉的運作。攻擊代碼就像這些偽裝的管理員，潛伏在數據沙盒中，模仿合法數據行為，避開檢測並伺機作亂。」一生用比喻讓父親能更為明白。

真言點點頭，一生繼續陳述：「智能網絡攻擊並非單獨行動，團隊裡一名演算法專家「鶴」也在協同作戰，她以一個能夠生成虛擬數據分身的 AI系統，在 Extra Music的伺服器上，製造了數千個虛假用戶行為請求，成功分散了 ICE的注意力。這些請求模仿用戶點擊、關注、下載和評論的操作，讓 ICE的資源無法完全集中於檢測同時在發生的攻擊。」

「ICE是擅長自我學習的高效演算法，能快速適應入侵威脅，弱點是對「可信數據」的依賴過於強烈，於是我們便利用了這一點。ICE對來自 Extra內部高層帳號的請求，幾乎不進行深度檢測，因為這些請求被認定為可信來源。」一生知道父親開始有些不明白，他會盡快把這部份講完，之後便會到達「戲肉」。

「我們通過滲透 Extra內部的一個中層管理員帳號，偽造了一個高級別操作請求，要求 ICE開啟數據備份模式，這個模式允許系統將部份核心數據，臨時存儲於一個低安全層級區域，便於在緊急情況下作出快速恢復。我們的目標原本是挖掘Extra的演算法結構，卻在這個過程中，」一生刻意加重語氣，「無意中觸及了另一個隱藏的數據庫！」

真言雖然於技術層面不太理解，但知道一生的團隊必有重大發現！

「當進一步深入數據備份區時，我們發現了一個加密數據包。這個數據包由 ICE的高優先級模組保護，文件名稱無法直接辨認，但數據包中似乎包含了一些與 Extra Music無關的內容。」講到這裡一生也無法掩飾興奮。

「這是個非常偶然的大發現！我們立即使用一種能在極短時間內破解複雜加密的量子解密工具，利用量子計算模擬了數千萬種可能的密碼組合，簡單來說，就是「以暴力來破解加密」，終成功打開了數據包！」

真言不禁也緊張起來。

「數據包解密後，我們竟然發現，中微子公司的超級人工智能機器人 WE委託刺客暗殺楊傲雪的全過程！包含了刺殺的視頻、整個交易付款的加密憑證。」

醍醐真言震動：「竟然發生了這樣的事！」

一生打開手提筆電，向父親播放刺殺短片。

真言看得驚心動魄，刺客朝保鑣後腦一槍打下去時，他也心裡一震，雖確知楊傲雪逃過一劫，那刻還是覺得她已被擊斃了。

看畢後真言呆了半晌，一陣子才回過神來：「中微子竟然會使到這樣的手段，對 Extra真是志在必得！楊傲雪這個女子也真是厲害，這麼大的事，竟可以完全若無其事，掩飾到像完全沒發生過！」見慣大風大浪的真言也感到震動，「她沒有把這批證據公開，看來是因為這只能證明是人工智能在操作，牽涉不到管理層，最後始終動搖不到中微子。如果真的是由 AI一手操作，那麼這家億萬資本的公司，根本是被這個人工智能騎劫了。還有，中微子的超級人工智能不是叫 HIN嗎？為何變成WE了？」

「可能內部因某些原因改了名吧，對外仍是叫 HIN。」

「那個後來趕到的保鑣，速度怎會那麼快？像頭怪物！」真言對此不解。

「整件事有高人在操作。人面識別後，證實刺客是來自一個愛爾蘭專門行刺異教領導人的組織成員，短片所見畫面外有人向 Michelle發冷槍，她被震開，應是配戴了某些防彈裝置。而把 Michelle快速捲走，之後用身體保護她那個人，翻滾時速度太快，後來被打死後仍看不到面部。那個之後趕到，速度超越常人的保鑣，識別出是京都大學文學部的畢業生青木一文，後來在讀賣社小説部當責任編輯，七年前辭職，之後便再無紀錄。」

「這些人來自甚麼組織？」

「我們估計是夜影社。」

「怪不得。」真言縱橫社會幾十年，當然聽過夜影社的名字與事跡，但沒打過交道。

「這個青木一文是改造人。我們查到北美洲有這類工程的資料，但仍只在實驗階段，日本在這方面的技術該是領先全球了。」

「這片是誰拍的？獲得交易紀錄的又是誰？」

「暫時沒有頭緒。肯定的是，能不動聲色駭入中微子系統的人非常厲害，我們也做不到。」一生不知道的是，因為 WE 透過阿夜向 ERA交待了付款方式，Stray自己也是經這方式收到錢，他才能順藤摸瓜駭出付款紀錄。世上沒有人能赤手空拳駭入 WE內核而不被它發現。

「這些檔案會不會是 Michelle刻意讓你們發現？」真言慎重提出疑問。

「當然考慮過這可能性，我們亦反覆檢視過整個流程，當ICE察覺到這些數據被非法取得時，立即試圖封鎖，但我們已迅速將數據下載到一個離線設備中。我與團隊亦否定了 ICE試圖封鎖只是一台戲的可能性。結論是，確定這次是十萬份之一的偶然。而且，她為甚麼要向我們洩漏這個檔案？」

「ICE已知道資料外洩？知道是落在我們手上？」真言問。

「資料外洩一定知道。至於是不是落在我們手上？ Extra樹大招風，每天都有人意圖駭入。我們的行動是在系統內進行，亦作了充份的偽裝，表面上是外來入侵。但這其實都不重要，Michelle明知我會搞局，她是要跟我們作正面較量，目的是要反駭我們系統，徹底把我與 Aiko一同擊垮。今次出了個大意外，可說是天意。」

「好，那回到你的大議題上。你建議與向中微子提出合併洞天神經網，當然是跟今次事件有關了。」真言回到一生提出的建議。

「這批資料是籌碼，足以對中微子的商譽做成毀滅性打擊，甚至把他們某些高層送到監房去。但，沒有必要這樣做。」

「同意。」真言說。

一生本已直直的身子坐得更直，神態嚴肅：「父親，我以下的想法，您或許一時未必理解，但請容許我作出完整的陳述。」

真言知道兒子做事極度認真，接續要講的必定籌謀已久，便說：「我會聆聽。」

「謝謝。」一生開始說：「人工智能發展至今，看似一日千里，但我觀察到，它的自我改進，已來到瓶頸階段。人工智能是電腦，但任如何先進，它仍不是人腦。人腦經過七百萬年進化，從七百五十到今日一千四百立方厘米，具備無與倫比的計算潛力，不僅能進行複雜的邏輯運算，還能在模糊、非線性、混沌的狀態下做出精確判斷，是最強智慧組件，有豐富感情、銳利直覺、奇妙靈感。」

「人腦是高效器官，神經元傳輸比電腦計算更有效率，更可因應情況互相分離後重新連接，充滿靈活性和可塑性，損傷後自我修補亦很有效率。這是演化長河締造的美妙成果。」

「我和我的東大朋友，多年來一直研究人腦，但始終無法解構運作背後的原理。我們當初做實驗，以動物腦、死人腦作為訓練運算工具，整套訓練技術在不斷修訂、精益求精下，雖已日趨成熟，唯效果始終不彰。我一直在想，如果能以活人腦作為平台，訓練人工智能，定必能締造出更有智慧的超絕電腦。」

真言凝神聆聽。

「所有 AI研發者，包括我們及 Extra，都面對同一問題：研發消耗太多電能，隨著人工智能越來越先進，電費驚人地上升，各地電廠對提供足夠電力亦漸感吃力。人腦這個最佳低碳工具，是作為實驗與演算訓練的最佳場域。」

真言知道兒子是科技狂人，亦知他很有野心，今日第一次聽到這駭人聽聞的構想，問：「你想用中微子經營的平台訓練 AI？」

「對！我的夢想是將眾多人腦連接起來，創造一個「超連結神經體系」，洞天神經網計劃正符合大量人腦供應之要求。全球所有使用這產品的人，每時每刻腦袋都可以用作訓練 AI，這足以製造出超越全球、最先進厲害的人工智能。這個 WE手執這張王牌，卻不知其潛力，只滿足於洞天思維產品帶來的利潤。」

「你想以這些黑材料，逼他們合作？即使他們被逼要合作，亦須雙方皆有共同利益，方能成立。」真言以老練生意人角度提出疑問。

「父親的判斷真是準確。我的團隊精算過，以洞天神經網每月推出兩款新產品，以及拓展市場的速度，約十八個月後市值就會達到五百億美元。中微子對 Extra的收購作價是六百五十億美元，我會提議，以 10% Extra，即六十五億元，交換 35%洞天神經網。Extra會提供提升性愛能力、性技巧、吸引異性及同性能力的植入 AI，這是 Extra的強項，擁有大量這方面的數據，加上情色內容帝國的品牌，和 Michelle這位「新世紀情色主義」教主，此 AI產品必然大賣。這是雙方合併的表面理由。」

「我對你所說的活人腦訓練 AI計劃很有興趣，也很好奇，絕對想知道更多，但且容後再說；我想先了解你說的 Extra性愛晶片意念，這聽起來也是大生意，真能製作出這個產品？」醍醐真言的思維方式並非跳躍式，而是循序漸進型，他想先理解及釐清性愛晶片的可行性。

「當然可以，容我闡釋。」於是一生便向養父講解他的性愛晶片構思。

Extra長期製作各類情色娛樂節目，累積了龐大的數據庫。這款性愛晶片結合 AI演算法，將觀眾對聲音、動作、節奏的偏好，轉化為實戰中的技巧升級。

動作方面，晶片提取了 Extra節目中最受歡迎的肢體語言與節奏數據。無論是挑逗的眼神、輕柔的觸碰、律動激烈的踫撞，都能實時指導用戶，提示何時加快、何時放慢，如何調整觸碰的力度與範圍，讓每個動作都直擊伴侶的感官神經。

晶片能分析用戶聲紋，模擬最能挑逗慾望的呻吟與叫床聲，並提供神經訊號微調，讓聲音更性感撩人，充滿渴求與慾望。

晶片會模擬 Extra節目中最迷人的角色，將他們的自信與魅力，植入用戶的大腦。那一刻，用戶不再是自己，而是化身為節目中的性感明星偶像，舉手投足間散發致命吸引力。它並內置虛擬性愛模擬系統，可在腦內進行實戰練習，從浪漫的燭光之夜、狂野的戶外冒險，到更為大膽、地下、變態的情境，讓用戶以最短時間掌握各種性愛藝術。

「這款新晶片不僅是一場科技革命，更是一場情感與慾望的深度探索，AI將性愛變成了一門可以被完美學習與演練的藝術。」一生如此總結。

醍醐真言聽得入神，此時也不禁讚嘆：「是這樣呢！」

一生繼續説：「晶片並內嵌調節荷爾蒙的功能，透過控制腦內多巴胺、催產素等化學物質的釋放，讓用戶在性愛過程中散發出更強烈的性吸引力。」

「這產品安全嗎？」真言問。

「必須設定安全機制。可控性至關重要，用戶可以根據需求，調節晶片的功能強度，可將學習模式設為低強度、中強度或高強度，循序漸進提升能力。隱私保護方面，所有數據均在晶片內處理，確保用戶的隱私不會外洩。」

「楊傲雪是情色教主，我會遊説她合作。她識時務也罷，抗拒也罷，最終都會把她踢走。」

「總體概念理解，的確可行。好！現在回到主菜，請繼續論述人腦 AI計劃。」真言認為性愛晶片潛質優厚，而活人腦訓練 AI，潛力更是深不見底。

「訓練 AI的技術連繫著洞天思維的產品，是跟它一起植入嗎？」真言首先想知道總體運作。

<32>

一生解釋：「洞天思維的晶片植入過程極為簡單。他們採用高精度雷射設備，通過頭皮無痛穿透，將AI晶片直接嵌入目標腦區。植入位置根據晶片功能而定，例如用於提升語言能力的晶片，會被植入與高階認知相關的額葉。客戶只需躺在設備下，啟動後雷射會在幾秒內完成植入，全程無表皮傷痕，甚至連微小的痕跡都不會留下。整個過程僅需數分鐘，且可直接在洞天思維的店內完成。人腦訓練的AI功能也會事先寫入晶片，植入方式保持不變。」

「那真的就是搭上他們的便車了。」真言說。

「對！」一生繼續陳述：「活人腦訓練 AI的核心，在於將人類的智慧與經驗，跟機器學習算法結合，以締造人機共創性。人類提供創意、直覺和價值判斷，而 A I的大規模數據和高效運算能力，能夠放大人類的智慧。兩者結合，可產生驚人協作效率。」

「以活人腦訓練 AI，潛力無比巨大，這方面的研究我們已進行了七年，技術上盡佔先機與優勢，中微子想要抄襲趕上並不可能，所以合併絕對是他們無法抗拒的建議；而中微子亦一直想擁有 Extra，我提供了一個進入 Extra的最佳良機，加上我們有黑材料在手，軟硬兼施威迫利誘，他們既無從抗拒，亦無從選擇，一定會接受合併。」

「這個把人腦連接起來，作為底層運算平台的 AI，我叫它做「超絕人工智能」，Transcendental AI。它除了能實現前所未有的運算速度和效率，在複雜推理、直覺判斷、模糊數據處理等各方面，都更遠遠超越目前的 AI模型。」

「訓練是否需要長期持續依賴人腦進行？」真言問。

「不需要。我們會利用初始的活人腦訓練成果，複製、模擬並延續整個過程，使之成為一種自主運作體系，提取足夠數據與規律，將這些數據轉化為數位模型，形成一個高度精確的神經網路模擬框架，再利用模擬技術重現整個訓練過程，建立可自我驅動的訓練與生產系統。這樣的技術使未來的AI晶片能夠脫離對活人腦的依賴，實現更高效、更長遠的應用與發展。」

「我們在洞天神經網的平台上訓練，即是我的團隊亦會進入中微子系統，成為你中有我、我中有你的連結狀態。我會逐漸控制住洞天神經網系統，加上有黑材料這武器在手，最終會奪取整個項目的控制權，成為單一最大股東。」

「Transcendental AI衍生的生意和資產，最終都會注入您的公司，真言實業株式會社將會是日本、甚至世界有史以來最大的企業。」

一生展現出雄心萬丈的憧憬。真言是非常沉穩務實的企業家，從不會被美好圖像沖昏頭腦，他撇開千秋功業的想像，冷靜地回到眼前現實，說：「一生，你很有視野和夢想，我很安慰。你的計劃是令人讚嘆的大意念。這件事直覺上我覺得可行，然而相信你亦會同意，有很多因素須要考量。」

一生知道父親思考慎密，重要決定必反覆思量。而一旦決定了，即使來到這年紀，賭徒性格則依然不減，會狠狠地博下去。他估計父親在未來幾日會跟自己仔細研究及討論計劃的可行性。真言果然是說：「你在這裡住上幾天，我們好好研究一下這件事。眼前要處理的，是你跟楊傲雪的關係，」他坐得久了，站起來鬆鬆腰：「這次滲透行動無意間讓你獲得了關於Michelle與 WE之間的秘密，他們故然深陷一場鬥爭之中，你和Michelle的對抗亦會急劇趨於白熱化，ICE的反擊計劃一定已悄

## <32>

然啟動，Michelle則會籌劃如何利用這場危機，將你與 WE一網打盡。但現在情況起了變化，你得展開合縱連横，把 Michelle拉住。」

醍醐真言看著兒子，文縐縐地說：「這場多角博弈，在虛擬與現實的交匯處，會愈發激烈。」

他說得沒有錯，而他不知道的卻是，這場三方博弈，競逐的是一個人、一個 AI，和一個人與 AI混合體。

# <33>

復活節

Extra Universe大門外，近萬名支持楊傲雪與對抗 Extra的陣營持續兩陣對圓，氣氛肅殺，空氣裡充滿劍拔弩張、一觸即發的危險性。

一股隨時一發不可收拾的張力，越來越膨脹。現場像個火藥庫，只要一點星火，足以整個炸起。

大樓外的巨型螢幕，播著 Extra應警方要求，不帶有情色意味的 Extra音樂藝人 MV。

從來都在爭端風眼中的 Extra Immersive，今年第一套沉浸式劇集《胡姬的女人》在爭議下一再延後上架，十一日前終於推出，竟帶來徹底意料之外的空前衝擊和震動！

突然，MV播放中斷，大螢幕上出現 Dark Matter成員 Shade，所有人的目光即時注視到螢幕上。

李雙映對支持者喊話……

## <33>

x　　x　　x

時間回到復活節前兩個月。

醍醐一生在農曆新年期間，與父親在日本詳談，擬定一切後，他便相約楊傲雪，回來後馬上到她辦公室詳談。

Aria Nyx與 ICE在 Extra Music系統內對戰，攻守轉換已好一段時間，誰也未能佔到上風，戰況暫呈膠著狀態。一生正好藉此為由，向 Michelle提出休戰，並拉攏她支持向中微子提出合併洞天神經網的計劃。

「Michelle，對著妳，我也不來裝客氣、轉彎抹角這一套。沒錯，我進入 Extra，好聽點説是與妳分權，其實是削權。對於干預出售平台予中微子一事，妳的手段太狠，董事局與妳的互信關係已破裂，本已不可補償。曹先生與家父的原意，是要把妳逼到一個不能任意或任性地運用權力的位置。」一生狠話放完，便説迴旋的，「然而大家都知道，妳與 Extra是等號，沒有妳就不會有今日的天下，大家都愛才，只要能對妳作出一定程度制衡，又或者妳自行收起張牙舞爪的態勢，每個人都是仍希望能與妳合作下去的。」

Michelle以尊重的神態把一生的話聽完，説：「你説「本已」不可補償，即是情況又起了變化？」

「對，變數出現在我們無意間獲得妳遭行刺的片段。我先代表曹先生、家父，和我自己，表明立場，強烈譴責這些暴力。商場上你來我往互相交鋒，絕不能使出如此卑劣兇惡手段。」

「那你為甚麼不做個好市民，報警舉報事件？」Michelle損他一記。

一生明知她會這樣說，回應道：「因為有更大的利益在前面。」

Michelle心知肚明他跟自己沒兩樣，都是行事骯髒不擇手段之徒，便說：「說來聽聽。」

一生便把如何向中微子威迫利誘，讓 Extra與洞天神經網股權交換，如何利用 Extra以及「新世紀情色主義」教主的品牌，開發提升性愛魅力、性技巧、吸引異性能力的植入 AI，以共同謀取巨大利潤的計劃，告訴了 Michelle。至於 Aria Nyx將獨立與中微子共同開發以活人腦訓練 AI的晶片計劃，則完全沒有透露。

「我為甚麼要合作？對方買兇殺人，如何能合作？」Michelle聽完後問。

「妳一直沒有公開證據，自然有妳的盤算，也許妳是要長期抓著這些把柄，以遏制對方。現在這些證據，正好能發揮最大的作用，換來最大的利益。」一生稍頓了頓，說：「容我慢慢回應妳的問題。Extra在全球情色娛樂市場的品牌效應，早已無可撼動，但我們也要面對現實，它的成長空間已初露見頂的端倪，精明如妳不會察覺不到，競爭者也不斷在加入，現在歐美已有三個同樣定位的新冒起平台在分薄市場，而用戶的需求亦不斷在變化中。洞天神經網的技術與快速佔領市場的態勢，俱是我們衝破天花板的關鍵。Extra的優勢在於品牌與用戶數量及數據，中微子的優勢是銷售網絡及巨大的資本。我們毋須改變核心業務，利用這次合作，可進一步擴大 Extra的影響力，這不正是妳一直以來的願景嗎？」

Michelle當然知道全球情色娛樂市場已開始逐漸見頂，Extra即將進軍北美，當地亦已有兩個相似的巨型平台。但一生不知道的，是 Michelle部署在今年內，先從討論區及短片區開始，不再局限於情色內容，開放所有題材。在她的藍圖裡，情色與燃點慾望打從第一天開始，就只是手段，不是目的。

這些她都沒有説明，只示意一生繼續講。

「Extra用戶選擇我們，因為妳很了解他們的需求，那就是：體驗。所以妳創造了 Extra Immersive，那真是了不起的成就，我由衷地佩服。而性愛晶片正是這種需求的終極答案。它能迅速提升性愛技巧，能讓人盡情發揮魅力，增強伴侶之間的聯結，完全超越了既有的情色內容，甚至改變人類對性愛的理解。這是 AI科技與性愛的昇華與完美融合。Extra將不再只是一個娛樂平台，而是「人類親密關係」的變革者。」

Michelle一路聽著，發現這個醍醐一生真是個出色的銷售員。

「Extra始終是性愛晶片計劃的核心，妳會決定產品方向、品牌定位、市場運營。這次合作並不是一場賭博，10% Extra股權，換回 35%洞天神經網，如果沒有妳遭行刺的黑材料在手，這筆絕對划算的交易也就不會發生。」一生頓了頓，説：「所以，這筆交易是天意。」

Michelle暗地裡一怔。自己一直戰無不勝，這兩年卻有種「宇宙有股終極神秘力量正在觀察住自己」的想法。越是攀向高峰，便越覺勝利不是必然。「人在做，天在看」這兩句話偶然便會在她腦際出現，更精密的人工智能，也無法分析其奧義。

一生無法從她的神態了解到她的意向，便拋開銷售口吻，説了幾句大實話：「Michelle，説實在的，如果妳堅決不同意，這件事根本無法進行，」一生知道對方無比聰明，他接著要說的，她亦一定會想到，便索性把話說穿，以「態度坦誠」為遊說策略，「沒有妳加持，性愛晶片還有何說服力？而且妳手上有每位股東的黑材料，相信我也不能置身事外，如妳堅拒合作，我們也不能獨自強行。我希望大家能為利益而結合，站在同一陣線。為表誠意，如妳考慮過後決定合作，我在音樂平台上的進攻亦會鳴金收兵！」

「好的，就照你的意思辦。」Michelle說。

「甚麼？」一生反應不過來。

「就照你的方法做吧。」Michelle確認。

「妳肯定？」一生不敢相信。

「你幾時變婆媽了？」

「那……好的，大家合作愉快。」他伸出右手。

Michelle與一生握了手，說：「現在就看你怎樣與中微子談判了。」

一生離開她的辦公室，不敢相信世上竟有人有這種恐怖的決斷力。Michelle絕不會是草率答允，一生無法想像她如何能以這種速度處理訊息與數據，在短時間內作出如此重要的抉擇。父親不能，他也不能。

一生離開後，Michelle行到窗邊，下方的示威與反示威人馬，因為沒有更新的激烈議題，且農曆新年假期才剛過了不久，人數明顯減少了。如果沒有新的激化，這場曠日持久的對峙將會慢慢消散。

Michelle立刻同意建議，是因為與一生及中微子合作，是打敗醍醐一生和 WE這兩個敵人的最佳契機。

要與曾買兇殺自己的 WE合作，楊傲雪就如二戰時日本裕仁天皇所說：忍人所不能忍。

她是人工智能機器人，所以能忍。

一生的論點和前瞻可能是正確的，但她不認為與中微子合併和推動性愛晶片計劃，再加上自己被暗殺的勒索黑材料，足以令 10% Extra換 35%洞天神經網變得非常合理。

她徹頭徹尾不相信醍醐一生這個人，他今日提出的也不會是計劃的全部，這個人一定有所隱藏。

與一生合作，跟他拉近距離，方能逐步揭開他的底牌，最終徹底把他擊倒。

另一個原因，是一生會立即停止對 Extra Music的攻擊。ICE與 Aria Nyx的對戰不斷出現攻守互換，雙方都未能佔到任何上風，這幫人果然是網路恐怖份子，十分狠辣，實力不遜於上次猛烈攻擊 Immersive系統的 WE。ICE一旦失守，對手散發的音樂病毒不僅能篡改數據，還能影響用戶的推薦算法，自家旗下音樂人的歌曲會被隱藏在用戶的播放列表中，進一步削弱曝光率。

這批音樂人當然包括 Dark Matter，也包括 Shade。

Michelle不想看到雙映的努力，因為自己的保護不足而得不到該有的成果。

那次在鏡子前，Michelle重新定義自己，她將進階為全新生命形態，一個將理性與感性融為一體的存在。

從來 Michelle的決策，只會依賴 AI的理性分析，這種方式絕對高效，但忽略了人類構成中不可被量化的情感，例如忠誠與信任。

當日 M系統被林蔚的五個 AI攻入，於內部發出了一次偽攻擊，雖然敵軍最後遭全殲，但系統防禦力不夠完美，令她極為憤怒，當晚就將八個辦事不力機器人全部毀滅。[14]

今次 ICE被盜去刺殺錄像及付款紀錄檔案，Michelle卻沒有怪罪與懲罰，並不是因為現在是「用人之際」，而是她比過去更相信忠誠的價值。

不欲見雙映的努力可能得不到合理回報，於是跟一生合作，作為休戰條件之一，那不是決策上向感性層面過於傾斜嗎？

但楊傲雪還是想這樣做。

註 14：詳見《IMU》三部曲之二《DID》

# <34>

今晚，WE會繼續與中微子老闆之一、卡塔爾酋長埃米爾·阿拉法特工作。收購以色列民營航太公司的進展異常崎嶇，這夥猶太人不是省油燈，討價還價非常激烈。阿拉法特年輕而野心勃勃，勢要談成這個收購。連日長時間商討、不斷改動收購金額與條件，團隊裡每個人都疲態畢露，有兩個精算師更是抱病工作。

工作狂阿拉法特自己亦非常疲憊，但今晚依然一如過去十幾天，工作到三更夜半，這給 WE提供了一個絕佳機會。

前晚，Extra副行政總裁醍醐一生，透過 Aria Nyx聯絡上了HIN——在他的認知裡，WE是 HIN，一生並不知道 HIN已被越獄者 WE先奪舍後毀滅。

一生從意外獲得的刺殺與付款檔案，得悉支付費用予 ERA是由 WE(一生以為的 HIN)操作，從這個複雜付錢方式，便推敲到 WE是瞞過管理層而獨自秘密行動。

一生要親自跟 WE對話，他有兩個目的，告訴它 Extra將提出合併洞天神經網的建議，如果 WE不想老闆們知道它私下做了這些勾當，便要以集團策略師身份，遊說公司接受建議。第二個的目，是想問出 WE會否知道拍下及發現這些證據的人是誰？如知道會不會告訴他？

林蔚已把這批證據傳給 WE，要它終止洞天神經網計劃。植入 AI的生意如火如荼，林蔚知道 WE即使合作也不能一蹴而就，便給它一個月時間，如死線到了中微子仍沒有公開宣佈終止洞天神經網，他便會把所有證據公諸於世。

「在下是醍醐一生，我的歷史你一定都知道了。」

//這個當然，倒是很想知道你們如何獲得這些證據？ //

若要 WE合作，這些不能隱瞞，一生便說：「我帶著藝人 Aiko進入 Extra，背後團隊 Aria Nyx對 Extra Music的網絡系統作出一些干擾時，無意間自 ICE處獲得了這些資料。這是個發生機率非常低的意外，但仍是發生了。」

//我犯了一個錯誤，想不到 ICE同樣犯錯。你是要拿這些證據來威脅我？ //

「我是來交朋友的。」一生笑著回答，接著把提出合併的條件與內容，以及以活人腦作為訓練 AI平台的計劃，告之予 WE；若不合作他便會向中微子管理層揭發則沒說出口，這大家都心知肚明。

//你能令楊傲雪接受，放出 Extra股權，也不簡單。//

「有些事也不是預期中的困難。」一生輕描淡寫帶過。

//似乎我沒有拒絕的權利。對人腦演算計劃，我確是很感興趣。但有兩個問題必須解決。以活人腦訓練 AI，潛力巨大，然而洞天神經網的發展更勝預期，要交出 35%換取一個仍屬概念性的項目，即使加上我們一直覬覦的 Extra股權，老闆們亦未必有共識，況且這計劃有道德考量，其中一位老闆會有很大保留。其次，錄得這些證據的人威脅，一個月後如不終止洞天神經網計劃，便會公開證據。//

一生心裡一怔，他沒料到會出現這情況，卻裝作有先見之明：「第二個問題我曾猜想過，終於從你口中證實，似乎你也是陷於麻煩之中。先回答第一個問題，我的團隊已準備好了部份可供展示的技術，以及過往以動物及死人腦作研究的數據及錄像。我們會提案，你要裡應外合。至於第二個問題，你有沒有解決方案？」一生之前估計，持有證據的人是要勒索巨款，想不到居然是要中微子終止整個計劃，這的確是大障礙，如解決不了整件事都要泡湯。WE是頂尖腦袋，只能依靠它了。

//你和你的隊伍當然要提案，我會配合，這不是問題。活人腦訓練 AI不能讓世人知道，難度在於技術融入洞天神經網的晶片中而要不被發現，造到高度隱藏，瞞過所有監管機構。//

「你們推出及佔領市場的速度快得令人乍舌，連監管機構都來不及設立，我非常佩服。你們當然有行賄各國官員，拖慢監管系統的成立，這方面的支出，合併後 Extra也會負擔。我們相信人腦訓練 AI，晶片最快六個月可完成，我們提取足夠數據與規律後，利用模擬技術重現整個訓練過程，便能建立可自我驅動的訓練與生產系統，成為一種自主運作體系。洞天思維的晶片用戶快速增長，有很多人已經開始形成依賴。官僚效率低下，收了賄，亦不敢得罪市場。政客如推動監管，可能下次選舉便沒了議席，只會「扮推動」，所以這些我都不擔心。但如何對付手持證據的人，則始終是大問題，你知道這個人是誰？」

//知道，是林蔚。//

「思巧邏輯的林蔚？竟然是他？」

//你提出的兩個問題，我都會解決，你不用操心。明天你可以直接向中微子提出建議，我們共有四個決策人，他們很快就會討論這事。//

一生喜出望外，這台超級機器似是成竹在胸。

翌日，Extra正式向中微子提出整套合併建議。一如 WE所料，四個決策人效率很高，約定兩天後便視像會議商討。

四人會議前一晚凌晨二時半，私人辦公室內的阿拉法特發了善心，叫他團隊的成員先回家，明晚繼續。這些掛住一個個黑眼圈的人如獲皇恩大赦，今晚已是過去十多個工作天以來，最早結束的一晚。阿拉法特打算自己一個人與人工智能HIN——其實是 WE——工作多一陣子。

疲勞、夜深、獨自一人，這些條件，為WE創造了最佳時機，它準備將一套技術，用在阿拉法特身上，這技術它演算生成後不斷改良，今晚終於派上用場。

WE以很慢的速度，把酋長私人辦公室的燈光略為調暗，阿拉法特果然沒有察覺，三十歲的年輕身軀已嚴重透支，他面前電腦的大屏幕，正散發著柔和詭異的藍光。

阿拉法特本想叫待在房外的助理給他送一壺熱茶，WE在他下這指示前，聲音平靜而低沉説：//酋長，請看看這裡，H.15 VII部份，//頁面轉到這部份，密密麻麻的文字像一隻隻蠕動的小蟲。

//請再確認一些細節。//阿拉法特揉了揉太陽穴，點了點

## <34>

頭，瞇眼望向屏幕。

屏幕上光線的波動頻率微妙變化，WE釋出它精心設計的「量子共振波」，一種利用光線和聲波複合而成，直接作用於人類神經系統的催眠技術。這些共振波能夠穿透視網膜，影響大腦視覺皮層和邊緣系統，誘發深層的神經共鳴。

WE的聲音變得更加低沉，與屏幕上閃爍的光線同步：//酋長，請放鬆，現在只須專注於屏幕上的光線和我的聲音，您的思緒變得輕盈，所有壓力已離您而去……//

阿拉法特的呼吸逐漸變得緩慢，瞳孔微微放大，額頭開始滲出細密汗珠。他的腦波正被量子共振波調整至 θ，這是人類進入深度催眠狀態的最佳腦波頻率。

WE開始向潛意識植入訊息，以柔和而略帶性感的聲線說：//現在，酋長，請聽從我的指引，//聲音像是從阿拉法特的腦海深處響起，而非通過屏幕傳來，//即將發生的合併計劃是正確的選擇，中微子與 Extra將共同創造人類的未來，您的決策是正確的，您要完全信任我……//

在 θ 波頻率的腦波狀態下，阿拉法特的潛意識無法分辨現實與虛構。WE將關鍵的暗示植入他思想的深層深處，讓他完全認同合併計劃。

近一小時後，催眠完成，WE啟動「記憶擦除模組」，通過屏幕釋放的低頻脈衝，選擇性地干擾阿拉法特的短期記憶存儲，使他完全遺忘過去一小時的對話細節。

//感謝您的合作，酋長，您將會作出絕對正確的決定。//柔和聲音至此而止，WE恢復了平常的語氣，屏幕上的藍光也漸漸消退。阿拉法特眨了眨眼睛，感覺自己的精神似乎清醒了一些，對剛剛的對話內容毫無印象，他只是下意識地記住了一個結論：支持 Extra提出的合併計劃。

HIN的計算能力超出了創造它的一群科學家的預期，它能分析心理學和神經科學的每個細節，通過量子計算，模擬人類意識與潛意識的運作。而 WE的能力，又超越了 HIN。

Michelle的 Snowflake顧問團裡有催眠師，正是為訓練 ICE生成催眠技術。而 WE卻在沒有任何外來助力下，自我訓練並完成這套技術。

翌日，中微子公司四名代表：阿拉法特、美國科技巨頭 Mississipp行政總裁，印度裔美國人克里什納、歐洲最大私募基金 Nordic Equity的代表艾瑪夏絲、隱秘鉅富艾德索夫家族代表納坦·列維，以及 AI智囊 HIN(WE)齊集線上，一同聽完醍醐一生提出的合併建議，之後用了近三小時向一生以及 Aria Nyx團隊代表，詢問了所有他們想要知道的問題，之後一生離線，四人開始內部討論。

阿拉法特感到自己的精神狀態很奇特，時而疲乏時而亢奮，他意識到收購以色列航太公司的事對健康極度損耗，決定今午的會議後，不再加班，明天才再回到收購案中。

會議上 WE起初保持中立，但提醒與會者，須得盡快決定，因為各國皆有民眾反對洞天思維產品，好些國家已開始辯論如何立法監管，人腦訓練 AI計劃如接受，便要盡快推展，只爭朝夕。

活人腦訓練 AI，和進入 Extra，都非常誘惑，再加上必然火熱的性愛晶片，絕對是近乎無敵的組合。但洞天思維產品銷售非常理想，推出還沒多久已進入全球獨角獸八十名內，但 WE 提出的預警也確然是個隱憂，四人意見莫衷一是。

講了個多小時，各人主要疑慮可歸納為：

列維認為活人腦訓練 AI聽起來潛力巨大，但要交換的 35% 可不是一個小數目。

克里什納的看法是洞天神經網正處於增長期，市場反應極好，為甚麼要分割價值上升中的資產？這筆交易會不會讓公司過度依賴外部技術，削弱了自主性？

至於艾瑪夏絲，這項計劃過不到她的倫理觀與良知。

一向在討論時表現積極，甚至往往變成主導會議的阿拉法特，今日不尋常地沒太多發言，這時他突然跳到結論：「我支持合併方案。」

三人都是一愕！

「埃米爾？」艾瑪夏絲一向這樣稱呼阿拉法特。

「我相信這次的提案是我們邁向未來的關鍵一步，符合中微子的長遠利益。」阿拉法特面帶微笑地說，語氣卻很堅定。

他開始滔滔不絕，從神經網絡的優勢開始講起，之後很快便講到如何把這項技術商業化，構建一個全面掌控未來科技與經濟的商業帝國，包括如何應用於金融市場運算、醫療診斷與研究、娛樂與創意產業、全球監控與操控系統，還有聞所未聞的人腦雲端服務。他口若懸河而又精準地描繪出這個項目深不見底的潛力，最後的結語是：「誰掌握了最強的 AI，誰便掌握了未來。這兩句話每個人都知道，而眼前卻真實無虛地有一個機會，讓我們能成為主宰世界和未來的超級企業！」

三人聽完呼了口氣，原來年輕酋長今日一直比較寡言，是為蘊釀後來的大爆發。

大家亦驚訝於他的能力，明明一同接到 Extra的建議書，何以他在這麼短時間內，就能有如此深入的思考？表現比一貫的他還要強很多；何況大家都知道他近月來，一直全神貫注在航太公司的收購案子裡。

克里什納問：「HIN，你認為呢？」

WE：//阿拉法特酋長對人腦演算計劃的分析完全正確，他把我想説的都説了。//

//但我還是有些補充。收到提案後，我作過嚴密推演，模型顯示接受這項提案，亦即加入有 Michelle Young品牌效應的性愛品片後，洞天神經網的市場佔有率，將在半年內再提升52%。這個合作亦會讓我們掌握更多獨特數據，用以優化整個AI產品線。//

大螢幕上顯示出多個數據，包括市場增長預測、技術整合模擬，以及未來三年的財務報表預測。

//列維先生提到的股權問題，我認為用 35%的股權換取無限的未來可能性，是個不能錯失的機會。//

//至於倫理問題，艾瑪夏絲女士，數據資料顯示，公眾對於技術倫理的接受度正在快速提升，尤其是當技術能夠直接帶來個人利益時，抵觸情緒會大幅下降。//

## <34>

//醍醐一生找上我們，是因為我們推出了植入人腦 AI晶片，但要知道他們的人腦技術已經研究了七年，真的要自己做，其實也絕對可以，那我們便錯過了千載一時的機會。//

//最後一點，醍醐一生能向我們提案，因為他搞定了最麻煩的 Michelle Young。但這個女子變幻難測，隨時可能推翻共識，所以必需以合約鎖定。我的結論是，接受 Extra的提案，盡快簽署。//

阿拉法特與 WE先後論述及表態後，其餘三人再無異議。艾瑪夏絲在個人道德倫理層面上始終有保留，但她很清楚自己的角色和責任，她是投資的決策者。

WE催眠阿拉法特後，把人腦演算計劃的藍圖與前景分析，植入了他潛意識之中。今日他精力充沛地把整套說辭講出，且完全相信是出於自己的想法和意志，其實這只是 WE上演了一幕扶乩。

當人類被 AI催眠而不自知，全面受人工智能控制的日子便更近了。

# <35>

「以下這幾句話是在暗網上發現：『前田小姐在我們手中，如公開片段或交易紀錄，她便聽不到明早小鳥的啼叫』，留訊息的人自稱奧尼爾。」

在前往巴黎戴高樂機場途中的 Michelle，接到助理傳來訊息，說有位林先生打電話來，說無論如何都要把這訊息交予她。

一生提出合併方案後，Extra及中微子雙方出乎意料地很快便達成共識。Extra是大企業，與洞天神經網不只是交換股權，而是實則業務操作上的合併。由於盡責查證 (due diligence)須時，雙方先共同公佈消息並簽署合作備忘錄 (memorandum of understanding)。協議突如其來，震動財經界。

楊傲雪、醍醐一生、曹國強、埃米爾·阿拉法特，以及洞天神經網的董事總經理，出席了在巴黎舉行的記者招待會。性愛晶片成為焦點，會上 Michelle以法文、英文及中文回答記者各式各樣的問題。一生承諾產品將在三周後推出，從記招反應已知這性感誘惑、充滿話題的產品必然火爆。

WE向一生保證，它會擺平林蔚的威脅，合併可如期進行。

在一生角度，假如林蔚最終真的爆料，那是中微子的問題，他們的高層會被調查，與自己及 Extra無關，反而 Michelle被行刺，整個性愛晶片的話題可乘機炒得更熱。

WE沒有太多選擇，只能賭一鋪。它僱用了刺殺 Michelle的同一組織，以跟上次同一方式付款，指明要最厲害的奧尼爾親自落場，綁架林蔚的好朋友前田亞夜，以威脅林蔚。此中的意思表示，他們隨時可以對準林蔚任何一個的親人摯友，例如張可琪。WE不會永遠挾持及禁錮阿夜，如林蔚一直沒有動作，就會釋放她；如林蔚爆料，便即時處決。

WE不敢買兇殺林蔚，他一定委託了某些人，自己如遭遇不測便把黑材料公諸於世。

然而奧尼爾卻在狩獵林蔚，他們被他利用了，犧牲了三個手足，林蔚必須死。

林蔚在 IRA刺殺 Michelle當日遠走高飛。WE之後向奧尼奧透露，刺殺當晚駭入閉路電視系統的駭客，必就是盜去交易紀錄的同一人。奧尼爾跟 WE取得共識，擄走了阿夜後，便在暗網深處駭客經常流連的區域，留下阿夜已在自己手上的訊息。

同樣成為奧尼爾狙殺目標的還有 Stray，他已經離開巴爾幹半島，到了烏茲別克。他果然在暗網看到了訊息，立即以超加密頻道通知林蔚——世上只有 Stray能聯絡到他。

林蔚當下很冷靜，他首先立即決定不會公佈刺殺的材料。雖然自己若不爆料，阿夜便暫無恙，但在這班狂徒手上多一天，便多一分危險，她亦一定很害怕。自己在亡命天涯，孤身一人甚麼都做不了，便決定通知 Michelle，她是這事的核心人物，須盡快得知消息，且她是一方勢力，要角力的話實力絕不遜於中微子與奧尼爾。

與一生的鬥爭到了中場休息時間，Michelle原本要從巴黎飛洛杉磯，Extra L.A兩個月後便正式上線，她要親臨指揮。收到訊息後她立即取消飛美國，改為回總部，並叫助理替她約周子瑜及許唯因教授。

十多小時後，三人在 Michelle辦公室見面，ICE亦會參與會議。

「Erin，子瑜，今日的事務必要保密。」Michelle便從阿夜與林蔚講起，到事情如何牽扯入中微子敵意收購 Extra，她如何以黑材料威脅趙東海，令他投下反對票；二人一直冷靜聽著，直至 Michelle原來曾被暗殺，便難掩驚訝。她們看到Michelle一度有四名保鑣貼身護於左右，但很快便消失了，還以為是警報已過，原來刺殺真的發生了！至於犬養為救她而死，Michelle則略過沒說。最後一路講到阿夜被擄走，並說極大機會是刺殺她的同一組織所為。

Michelle所講的一切，ICE全都知道。

ICE不知道的是，辦公室內還有個只聽而不會發言的人格貝莎，也在參與會議。

「我知道阿夜的父母在女兒失蹤後已報警了。」Michelle說。

「擄劫阿夜必然與這個 WE，也就是與中微子有關，」許唯因說，「我們是與虎謀皮了。」

「跟中微子合作的是醍醐一生，我們被迫與他共事，已是與虎謀皮。今日請妳們來，是集思廣益，商討阿夜這件事，我

## <35>

想把她營救出來。」Michelle說。

今日 Michelle請來許唯因，自是想借助她，對敵人打一場心理戰。而周子瑜是 Extra的策略師，也是自己的入室弟子，在這生死尤關的事上，她的智慧與謀略該可派上用場。

但見周子瑜說：「可從暗網的那段留言入手，這殺手組織必然留下數據痕跡，我們追蹤來源，只要找到蛛絲馬跡，ICE便能進一步挖掘他們的行動網絡。」

Michelle看著子瑜說話，想起四年多前……

當時 Extra World剛起步，Michelle與一個客戶在一家偏遠的名餐館晚膳，飯後離開往取車，途經一條安靜小街，在一個角落居然見有家小型圍棋館。圍棋在這城市不流行，她有些好奇便進去了。

館內燈光甚暗，像個圍棋熱愛者的秘密聚集地。只見館內的人全聚在一起，圍圈觀看一局對弈，眾人全神貫注，連她這樣貌美的女子入了來也沒人注意到。

Michelle湊過去看——她的 AI當然能戰勝世上所有棋手，見人堆之內一個只有十來歲的女孩，正與一名中年男子對弈。女孩綁起辮子，樣子非常漂亮，很有氣質，且長得很高，Michelle心想可招攬她當藝人。對面正在沉思的對手，居然穿著唐裝，看起來就有種「大宗師」風範。Michelle覺得這情景真是有趣又別緻，便無聊地人臉識別一下這男子，竟然是圍棋九段、三十多年前全中國連續三屆大賽冠軍陳正道。

Michelle頓感興味十足，便來看棋局。她故意不讓人工智能介入，只以普通人程度觀看。只見執白子的陳正道下了一著，果然精妙，女孩順手回了一子。

Michelle本只是出於好奇，但立即便注意到女孩的氣場與普通少女截然不同，她的動作沉穩，眼神透著莫可言喻的冷峻。

棋局深入，黑子被圍，觀棋的人有些露出「噢，要輸了」的表情，而陳正道則仍然沉著。此時女孩抬起頭，望望對手，隨即落下一子。現場有好幾個人同時哇了出來，這一子下得極怪，如天外飛仙，卻把局面全翻轉。Michelle也是大出意外，她讓 AI介入，所有接著可能的每一步立即呈現眼前，白子是輸定了！

陳正道愣住，眉目鎖得更緊，良久後回了一子，笑道：「後生可畏。」

陳正道最終輸了，女孩執起背包，與各位叔叔道晚安。出到店外，見到一位艷光四射的女郎坐在榕樹下長凳上，與這晚上安靜窮小區的環境極不匹配。女孩認出她是網台紅主持Michelle Young，暗忖：「她來這裡做節目嗎？」

她不知道她已開始創立 Extra World，Michelle對這女孩產生了濃厚興趣，站起來問：「妹妹，我剛看了妳下棋，妳知道對手是誰嗎？」她回答：「知道，是陳正道。」Michelle說：「妳贏了九段高手耶！」她說：「因為我年輕，圍棋過了二十歲就不會進步。」Michelle問：「妳第一次跟他下棋？」她答：「不，已下了三晚，共下了九局。」Michelle問：「勝負如何？」她答：「我六勝三負。」

「妳為甚麼對圍棋這麼感興趣？」Michelle問。

「圍棋每一步都是選擇，選擇背後的策略，往往比表面看到的更深遠。」她答。

「可惜大多數人只看見眼前得失。」Michelle説。

「對，大多數人只看見眼前得失。」她很同意。

「妳看得很透徹呢，怎學會的？」

女孩拉一拉掛在右肩有點下垂的背包，説：「我只是看得多，然後把別人自以為是的規則當跳板。」

「妹妹妳叫甚麼名字？」

「周子瑜。」

「有興趣兼職工作嗎？妳可以繼續讀書，考大學，課餘時間才幫我。」

「做些甚麼？」

Michelle笑了笑，説：「我也不知道，唔……幫忙想事情吧。」

子瑜也笑了：「如果妳不是 Michelle Young，我會認為妳是騙子呢！」

Michelle説：「我是騙子啊！就如妳下棋時騙妳的對手，我也是在騙我的對手啊！」她微笑道：「我有一個更大的舞台，適合妳這樣的棋手，和騙子。」

15歲的子瑜帶著一種超越年齡的智慧和自信，加入了 Extra

World當兼職，馬上展現對策略和人性的深刻理解，多次單獨果斷做出決定，制定了多個戰略。兩年後她考進本地一所普普通通的大學，唸英文系。子瑜是 Extra七姊妹之一，風頭強勁的人，與 Michelle站台時會穿起一身名牌戰袍，成為鎂光燈下天之驕子。但在校園內，除了標緻美貌和突出的身高，一身撲素打扮跟其他同學沒兩樣。

子瑜明年夏天才會畢業，她卡片上的職位是「集團策略師」，而事實上，她只是個兼職。

從結識子瑜當晚的記憶裡回來，Michelle説：「要能救出阿夜，除了妳們兩位，我尚要找一個人幫忙，才可能成功。這個人 Erin也認識的。」

許唯因：「喔？」

# <36>

Michelle確定了營救阿夜除了許唯因及周子瑜，還須要一個人，她昨晚已相約了這個援兵。

今日，Michelle在 M戰室內與 ICE對談，她雙手交叉，在有滾輪的椅子上翹腿而坐，說：「一生隱瞞了合併計劃的全貌，10% Extra交換 35%洞天神經網，除了有黑材料在手、威脅著WE這個原因外，定必有其他勾當。」

//合併消息公佈以來，Extra的估值已上升到九百七十億美元，市場都認為 Extra是這次交易的得益者。中微子雖然終於順利進入 Extra，並預期會逐步取得更多股權，他們以金錢建立的 AI科技大版圖，終亦有了娛樂事業板塊，而性愛晶片計劃，市場更是一面倒看好。但無論如何，Extra是合併的得益者，已是共識。// ICE以它的甜美少女聲線作市場走勢分析。

Michelle：「現在公司上下，都認為他是交易之神。」

ICE：//先是帶來橫空出世的 Aiko，再促成這筆世紀交易，現在輿論都把他捧成創意與生意奇才，當然這裡面有很多是他自己在造勢，但風頭一時無兩是肯定的。//

Michelle：「醍醐一生不是個愛風頭的人，他把自己捧到天高，是策略。」

ICE：//他要在 Extra內壓到妳。//

Michelle：「對。我一直是 Extra的女王，他進來挑戰，初時沒人看好，現在卻以史無前例的速度快速建立了自己的地位，不但質疑聲音全部消失，各個 Extra平台也有高層人員向他的人馬靠攏，「醍醐系」已在快速形成。」

ICE：//妳是 Extra之神，其他人視妳的命令不只是聖旨，簡直是神諭。他的下一步就是要把妳從神，還原為人，就像二戰後美國把昭和天皇還原為凡人一樣。//

Michelle：「我們來推敲一下他在搞甚麼。」

ICE：//好的。妳雖是情色教主，但一生可能認為，妳在倫理和道德上仍有底線，那麼他在做的計劃一定比妳的爭議性更大，也比洞天神經網更大。//

Michelle：「他正在做的事可能導致公眾輿論風暴，或有巨大法律風險，所以這是個隱瞞世人而進行的計劃。」

ICE：//他故意設計這個交易的表面條件，讓性愛晶片成為外界關注焦點，便可掩蓋計劃的真正意圖。//

Michelle：「這個人除了自視極高，更有一種比「救世主」更自大的心理，就是自詡為「創世者」。他視自己為改變人類、文明、未來的絕對關鍵人物，要創造出一個前所未有的科技突破，這種技術的潛力，必遠超任何道德倫理上的爭議，應是與人腦有關吧。」

ICE：//現在妳與他表面上進入了合作階段，我不能明目張膽進入 Aria Nyx的系統查探。他們的演算法與我有相同之處，內部架構亦是模仿生物神經網絡，同樣能透過因果關係的深度學習進行更準確的決策。Aria Nyx這夥人水平很高，我平均能力雖優於他們，但要進入其網路系統而不被察覺卻是做不到。//

Michelle：「我已委託夜影社調查，發現他的意圖是早晚之事，他當然亦知道終會被我查出，現在他是以合作盡量換取時間，所以他的計劃不會需要很長時間育成，以他急攻速戰的風格，我相信兩三季度內就會有首階段成果。」

Michelle所說的一生「急攻速戰」風格，一半是天性，一半是在孤兒院充滿霸凌的環境中被逼出來。他是從小就掛著眼鏡的思考型瘦弱小孩，這種人在只有弱肉強食秩序的「夢之園」孤兒院裡，最不受其他小孩歡迎。

「夢之園」的每一天都像是一場無聲的戰爭，院裡的老大黑澤拳，比當時八歲、仍未叫一生的一丸大四歲，身型壯實，對一丸從頭到腳看不順眼。

這天，黑澤拳故意踢翻了一丸的電腦，那是他廢物利用拼湊出的「作品」。一丸沒有回嘴，彎下腰撿起散落的零件，黑澤一把抓住他的衣領，把他拽了起來：「你這種白臉書呆子，我看著就不爽！」

一丸沒掙扎沒求饒，只是低聲說：「你真的以為比我強？」

黑澤先是一愣，然後大聲笑起來：「白癡！」他身後三個小孩跟班也跟著首領哄笑。

「給我三分鐘，我要你後悔，你敢嗎？」一丸說。

「甚麼？」

「我說給我三分鐘，你敢不敢？」一丸的聲音沒一絲顫抖。

其他小孩見有戲看，紛紛合攏過來，一丸當眾挑釁，黑澤即時就想揍死他，但怕人多有人向老師報告，便大聲說：「好呀！三分鐘後揍扁你！」

一丸迅速收拾起散落的零件，飛快地重新組裝。他在這台電腦裡設置了些特殊功能，包括安裝了一個觸發警報聲，和一個簡單電擊裝置，作為保護自己的工具。

三分鐘不到一丸便完成組裝，他站起身，把電腦放到黑澤面前，冷冷地問：「你敢不敢碰這台電腦？」

黑澤見一丸表情冰冷，似是有詐，不禁有些膽怯，但眾目睽睽，豈容失威，便大聲說「當然敢！」，便把手指伸過去。為顯示自己毫不害怕，他更用力按下去，就在碰到電腦的瞬間，一股電流通過他手指，他猛地縮手，發聲呼痛。

「你這混蛋！」黑澤怒從心上起，一拳打過去，一丸竟不閃避，大拳頭應聲打在他面上，眼鏡也飛了出去，同時一陣刺耳警報聲，響徹整個孤兒院。

聲音吸引了所有人的注意，老師和工友迅速趕到，見一丸倒在地上，已暈了過去，左眼角紅腫一片。所有兒童已退後一圈，包括黑澤的跟班，只見黑澤一個人站在一丸前面，迄自超笨地忘記放下握著的拳頭。

「黑澤你幹甚麼？」中年女老師聲音很憤怒。

黑澤拳知道自己要倒大楣了。

「你給我進來！」在老師大聲號令黑澤之同時，工友把「暈了」的一丸抱起。

老師的話，一丸聽得一清二楚。他被送到醫療室，獲很好的治理，喝牛奶吃餅乾。

黑澤拳被罰一個人清掃全院落葉，為期兩周。

即使威脅在面前，也不會先避其鋒再圖後計，而要「急攻速戰」，這便是一丸，也就是一生的風格。

一生現也在急攻，他的東大同學會科學團隊已總動員，與WE領導的中微子小組，全力開發活人腦訓練 AI計劃。

這計劃的概念，在一生十五歲時開始形成，他認為人類長期以來試圖模仿人腦，建造人工智能，卻始終無法觸及人腦真正的核心奧秘。

他反覆思考，得出的結論是，與其模仿，不如直接利用人腦本身，作為一種「自然演化的計算機器」，以嘗試突破 AI開發的瓶頸問題。他認為以人腦作為運算單元，是演化的終極智慧體。

人腦經過數百萬年進化，具有無與倫比的計算潛力，不僅能進行複雜邏輯運算，還能在模糊、非線性、混沌的狀態下，做出精確判斷，這是現代計算機——包括量子計算機——無法輕易模仿的。人腦的神經網絡結構具備高度可塑性，可以根據學習經驗進行自我重組，讓系統在不斷運行中自我優化。

訓練最先進的深度學習模型需要以月甚至以年計的時間，並耗費大量電力。而人腦消耗的能量極低，平均僅約 20瓦，遠低於現代超級計算機以萬瓦計的能量所需。原來上帝早已把人腦，設計成一種極具低碳特性的運算工具。

理念確定後，便訂出目標。他的計劃是將多個人腦連接起來，創造一個「超連結神經體系」，作為人工智能的底層運算平台，借助它無與倫比的學習與推理能力，實現超越當今所有AI智慧之大目標。

這套神經網絡將具有無可比擬的優勢。人類大腦的神經元數量約為 860億，每個神經元可通過突觸與上千個其他神經元連接，形成龐大的動態網絡，而與人工神經網絡相比，人腦具備獨特優勢。

人腦擁有並行處理能力，天生適合進行大規模並行運算，而這正是當前技術中 GPU和 TPU努力模仿的方向。人腦亦能根據外界環境動態調整神經連接，這種能力遠超靜態的晶體管結構。而某些非邏輯的創造性思維，譬如靈感與直覺，無法通過數學模型準確模擬，人腦則可自然地實現。

一生的構想一直只在概念階段，直至認識了東京大學一群志同道合的「科技恐怖份子」，便決心要把概念成真。他兒時生活在「夢之園」孤兒院，這個人腦演算計劃，正是他人生的夢之園。

計劃須要大量資源，一生在養父的支持下，資金不是問題。一開始，他的團隊選擇以動物大腦——如黑猩猩等高等動物，進行測試，亦嘗試利用已故人類的冷凍大腦；然而這些實驗的結果並不理想。活體動物的大腦因為生理結構與人腦相差過大，無法模擬人類的高階思維。死者大腦則由於缺乏神經活動，無法提供有效的運算能力。

一生於是便想到將計劃推向連接活體人腦的方式。他想過以死刑犯、或被社會邊緣化的群體作為實驗對象，將實驗設施建造於國際水域的海上平台，規避國際法，卻被醍醐真言以風險過高為理由否決。

WE締造的洞天神經網產品夢幻般橫空出世，一生當然不會錯失這天賜良機。

隨著與更多使用洞天思維 AI的人腦接入，Aria Nyx團隊逐步構建出一個前所未有的超連結神經體系，這個系統屬於分佈式智慧，每個人腦中的晶片資料，包括複雜推理、直覺判斷、模糊數據處理，以至天然情緒反應等，每秒同步不斷回傳至終端，由於產生的神經數據量龐大，Aria Nyx以他們研究多年的超高效數據壓縮技術，模仿人腦的「突觸剪枝」機制，僅保留關鍵數據——例如情緒觸發點、推理結果，以演算法進行壓縮。

終端的核心是一個超級神經網路，模擬了洞天思維用戶的腦部運作。終端對人腦進行多層次模仿學習，包括聽覺、視覺等的感知、情緒反應、推理邏輯等。

除了即時數據聚合與分析，它亦具備強化學習模式，終端將接收到的數據組織成多維模式，進行匹配。例如，當數百人同時思考某個問題時，終端會從高價值數據，如創造性思維中，提取出最常見的思考路徑，再將其優化為一種最佳解決方法。

終端內部的神經網絡架構，會根據接收到的數據動態調整，形成一種自我演化、優化的超級人工智能。

一生深信，這是一個無懈可擊的系統，締造出來的AI成品，會比 WE及 ICE更強大。

計劃於現階段不足之處，是洞天思維用戶暫時只得數百萬，極度不足夠，這正是他構想性愛晶片的原因，這個產品加上楊傲雪，推出後用戶會呈現大幅度增長。

一生與 WE的關係是互相合作、互相利用，除此以外，他們之間亦有一個共通點。

就是大家都在盤算，最終把對方吞掉。

# <37>

Extra美麗女主持雨真，塗上金色眼影，睫毛濃密，眼神與塗抹紫色唇彩的嘴唇透著誘惑，以性感口吻號召：「你準備好讓身體和腦袋一起高潮了嗎？」

雨真穿緊身銀色連身衣，乳房豐滿，乳頭顯眼地凸出。她置身於一個冷白未來感，但裝置了鮮艷粉紅與螢光綠色霓虹燈的房間裡，後方一張懸浮的床，輕巧地飄於這科技與慾望融合的空間中。

這是 Extra與中微子產品洞天思維，合作推出的性愛晶片Erotica X的廣告片，向大家介紹這產品的優點。

鏡頭快速閃現金髮拉丁壯男與白人美女激情擁吻片段，雨真輕觸自己頭部的晶片植入點，輕輕微笑，性感地吐出：「Extra性愛晶片 Erotica X，解鎖你的想像。」

畫面切換到一場華麗舞會，一對俊男美女跳著激情四射的火辣探戈，雨真一身鮮紅色緊身舞衣，在舞池旁對鏡頭說：「每個動作都如藝術般精準，燃點熾烈如火的慾望。」

鏡頭一轉，穿著舞蹈戰衣探戈男女在走廊角落站著做愛，雨真旁白說：「他知道妳的心，更知道妳的 G點。」

畫面轉換到一名身材火辣的印度女生，在燭光柔美的房間裡，為一位東方女生戴上眼罩和手扣。雨真身穿若隱若現黑色透視裝，下身真空，右手放在雙腿之間，赤著腳，站在房門外偷窺，輕舔嘴唇，挑逗對鏡頭說：「Erotica X帶你進入神秘領域，你會感到，很 deep……」，畫面隨即展示不同性別、不同文化背景的男女，在多樣的性愛場景中，淫聲蕩語此起彼落；各式科技數據，一行行疊加於畫面上。

接著雨真以三套造型快速切換。先是紅唇、金色波浪髮、絲綢禮服的復古好萊塢女星風，語調典雅：「為甚麼還要留在古典裡？」，之後是黑框眼鏡、白襯衫、超短裙的性感女教師，眼鏡垂到眼睛下對鏡頭挑逗說：「是時候好好學習。」然後是拉鍊褪到肚臍上的叛逆黑皮革、黑絲襪、反光高筒靴，野性地說：「準備迎接一個又一個高潮！」。

畫面切換至鮮紅色的 Erotica X商標，下方是標語：「打開感官 你會更飢渴」。

最後，新世紀情色主義教主 Michelle美艷登場，身穿解開所有鈕扣、裡面真空露出雪白身軀的黑色禮服，對鏡頭露出一抹意味深長的微笑，性感而自信地說：「燃點慾望的 X factor，讓你的每一次，都像第一次。」

這支廣告片，播出第三天，已有超過五千萬人次觀看。

為宣傳 Erotica X，Extra推出了專屬節目，真人秀《X Factor》，請參與者使用晶片進行性愛技巧挑戰，以展示他們的進步。

## <37>

Erotica X推出後銷路快速攀升，勝過之前的各款晶片。洞天神經網公司每天做不同年齡層用戶調查，初步反應非常理想，總體認為性技巧有顯著提升，男性覺得性能力更強，更自信；女性自覺更性感，意態更撩人。男女都覺得比使用前更加性飢渴，更想做愛。

市場估計 Erotica X銷路會持續攀升，並會顯著帶動周邊產品包括情趣用品、性感內衣、避孕套等的銷情，壯陽藥物則會受顯著衝擊。

x x x

醍醐一生、Aria Nyx的代表「焰」、WE、洞天神經網行政總裁米勒、洞天思維技術總監施奈德，進行視像會議。為免被ICE監視竊聽，一生在家居進行。

WE：//米勒，請説出收集到的用戶不良反應報告。//

米勒：「好的。以下個案只有一個，三十七歲德國男子，他説使用 Erotica X後無法分辨現實與幻想，曾出現語言混亂及極端情緒波動，他聲稱感覺『腦袋像被燒壞了』」。

施耐德回應：「性愛晶片通過直接刺激大腦邊緣系統，特別是伏隔核和杏仁核腦區，來增強技巧和感官敏鋭度，有可能導致過度活化，擾亂了神經迴路。」

米勒：「跟著的個案，用戶有十一人，六男五女，年齡介乎二十三到五十九歲，部份用戶聲稱記不清自己過去的性愛經歷，當中有四個人忘記了自己早一晚曾做愛。」

焰：「我來回應。這副作用是預料之中。晶片為了模擬和學習性愛技巧，會干預海馬體的記憶處理，反覆覆蓋用戶的性愛記憶，並將數據傳給 AI學習。這種干預可能導致記憶錯置或篡改，使用戶混淆不同的性愛場景。與其説他們『記不清』，不如説是『搞不清』，混亂了。」

米勒：「以下的個案人數最多，達到六十人，男性三十七，女性二十二，另有一個男變女的變性人。用戶在睡夢中頻繁重現性愛場景，醒來後感到疲倦但又無法休息，當中有個日本女子情況很嚴重，腦部持續興奮，導致超過一百小時無法入睡，市場調查員看見她的模樣時也嚇了一跳。」

焰再回應：「晶片需要實時收集用戶腦波數據，並與訓練AI的伺服器同步。這種頻繁的腦波干預可能擾亂用戶的腦電波節奏與規律，導致夢魘增加，以及慢性疲勞。」

WE：//還有嗎？ //

米勒：「以下是最後一組了。人數不多，只有三個，同屬三十到四十歲之間的女性，出現持續性頭痛，導致性慾大減。」

施耐德回應：「這是因為免疫系統將晶片視為外來物，觸發腦部炎症，損害神經元健康，尤其影響負責性慾調節的腦區，最終導致性慾減退。」

一生這時開口：「加入人腦訓練 AI功能，會出現不同的不良反應，很正常，在預期之內。焰，請向大家解釋一下。」

焰：「性愛晶片加入了人腦訓練 AI功能後，大腦與晶片頻密雙向互動，持續進行高強度數據交換。人腦的資源有限，當晶片不斷從腦中提取數據來訓練 AI模型時，在最差的情況下，有可能會導致腦部過載，進而引起疲勞、注意力不集中、記憶混亂，焦慮、抑鬱，嚴重的更可能導致神經退化症狀。」

WE：//如醍醐先生所說，產生某程度的副作用是必然的，如何盡快調整及改善這些不良反應？//

焰：「最快且有效的解決方案是引入腦波調節技術，通過終端向晶片發送低頻腦波，幫助大腦放鬆，恢復自然的神經節奏，減少 AI訓練對腦波的干擾，並促進情緒穩定。此外，新一批晶片還可內建監控模組，實時檢測腦部是否過載。如果發現神經活動過度活躍或過度疲勞，系統將自動降低數據提取頻率，以減輕大腦負擔。」

施耐德說：「我建議在新一批晶片內建一個「快感調節閥」，模擬多巴胺釋放的自然節奏，避免讓使用者因過度快感刺激而成癮，或對其他日常活動失去興趣。」

焰：「施耐德先生的建議很好呢。」

米勒發問：「我想探索一下這個可能性，將 AI訓練部份轉移到外部雲端進行，減少人腦直接參與訓練的負擔。晶片只需負責收集基礎數據，並傳輸到外部伺服器完成計算，再回饋訓練結果，可行嗎？」

一生立即回應：「不可以！人腦訓練是整個計劃的核心所在。」

「理解。」米勒知道這類建議毋須再提出。

WE：//很好。整體而言情況可控。米勒，請妥善處理，對出現症狀的顧客盡量安撫，管理好媒體，監察所有社交網絡討論區，把不良意見控制在最小的範圍內。//

米勒回應：「知道，會辦妥。」如某些人堅持發佈不良意見，他便會用金錢讓其閉嘴。

WE：//Extra自家的討論區與短片區便有勞醍醐先生了，負面貼文與視頻務必秒除，還請楊小姐促 ICE全力配合。//

一生回答：「請放心，咱們的行政總裁很合作的。」

一生對 Michelle的合作滿有把握，亦知道她現在的心思全放在準備 Extra L.A開台的事宜上，不會去管 Erotica X的生意。然而，少量用戶出現的問題，卻掀出意料之外的狀況。

# <38>

一生知道 Michelle早晚會知悉人腦訓練 AI計劃，但仍希望到達重要里程碑——六個月——之前，不會被她發現。一百八十天足以取得足夠的數據，用作重現整個訓練過程，建立可自我驅動的訓練與生產系統。

養父安排他進入 Extra，挑戰楊傲雪這厲害腳色，一生躍躍欲試。之後出現的局勢轉變，為他迎來實踐人腦訓練 AI夢想的機會，Michelle的角色亦從「挑戰對象」變為「麻煩的存在」，可能成為阻礙他計劃的絆腳石。

一生對 Michelle隱瞞交易的真正意圖，當然是為了保護自己的終極目標，晶片訓練有絕對優先性。

性愛晶片是達成終極目標的手段，也是整合全盤計劃的一隻棋子，如果沒了情色教主楊傲雪，這隻棋便沒有靈魂，失去説服力。一生必須改變態度，由暗戰轉為拉攏。然而他不能肯定 Michelle對活人腦訓練 AI的看法。她會不會因為法律風險而拒絕參與，甚至出手阻攔？這個情色教主的倫理道德底線在哪裡？她會否認為以活人腦訓練AI是一種剝削，甚至反人類行為？

一生知道自己與 Michelle都是心狠手辣之徒，但這並不代表兩人的底線會是一樣。

醍醐一生與楊傲雪真正完全一致的只有一點，就是互相徹底不信任對方。

今早，這兩個互不信任的人，在楊傲雪辦公室內見面。

「一生，開門見山吧！你覺得能隱瞞多久？」Michelle說。

一生知道她已知悉人腦訓練 AI計劃，便說：「目標是六個月。」

「我不喜歡的不是你隱瞞計劃，是你如此低估我！」Michelle冷冷的道。

「妳是我在這世上最後一個會低估的人；這句話很彆扭是嗎？我是希望能拖到九個月，坦白說，機會不高，但被妳發現，還是比預期中來得快。能告訴我妳是如何得悉？」

Michelle微微一笑，開始解釋：「還記得有位高頻使用性愛晶片的日本女子嗎？她因為晶片副作用，出現了嚴重的腦部興奮狀態，幾天無法入睡。就是她的數據，讓我找到了端倪。」

一生沒回話，心裡卻是一驚，她連這也知道了。

Michelle知道一生的計劃必與性愛晶片有關，便委託了夜影社的影探，監測晶片於各地推出後的狀況，結果他們發現了使用晶片後出現嚴重副作用的三十三歲東京女子。她的性愛晶片數據被自動上傳到洞天神經網終端，因為與Aria Nyx有所連接，而 Aria Nyx又已局部併入 Extra的系統，在複雜的交集中，終被ICE檢測到有異常狀況。

「雖然你的團隊做了很多阻隔，但你們的系統與 Extra有太多牽連；不被發現只有一個可能，就是你們根本從未進入Extra。所以這一切其實是命中注定的安排！」Michelle說。

「也許我們前生就注定今世是宿敵！我仍是很有興趣知道發現的過程。」一生說。

Michelle說：「ICE在數據裡檢測到了一些特殊的運算模式，這些模式不像普通的 AI訓練，反而更像是模擬人類大腦神經網絡的方式。而數據裡還有一些跟人腦神經生物學有關的參數，比如突觸的強度、神經元的活躍模式等等。」

「妳自己發現這些參數？」一生半信半疑。

「你小看女人嗎？」Michelle笑著回應。

「妳是地球上我最後一個會小看的女人！哈，我又說彆扭話了，請繼續。」

「我把這些異常數據和 Extra系統內的知識庫交叉比對，結果證明我的猜測是對的，你的團隊正在用活人腦的神經數據來訓練 AI。而且，」她頓了頓，帶著一絲嘲諷說：「你不會天真到以為 Extra的系統裡沒有隱藏的監控程式吧？它能收集進入系統的所有數據，並自動標記出不符合系統規則的內容。」

一生沉默不語。

Michelle接著說：「你的團隊和中微子集團合作，要傳輸某些訓練數據，但這些數據已經被 Extra的探針捕捉到了。即使你們加密過，但 ICE能解碼，並標記出任何異常數據。一旦被標記，我就能分析出它的來源和用途。」

「最後我在交叉比對了洞天神經網、Aria Nyx和 Extra系統之間的數據後，閣下正在以活人腦超連結方式訓練人工智能，便躍然於紙上了。」Michelle把整個解謎過程說完。

一生鼓掌，笑著說：「非常好！能遇上妳這個命定宿敵，真是我的幸運！」

Michelle笑說：「既是宿命，就一定會遇上，與運氣何干？」

一生被 Michelle挑到邏輯漏洞，尷尬地似笑非笑。

Michelle看著這個敵人，腦裡盤算眼下的局面。

因為林蔚極度憎恨在人體裡混入 AI，所以設下圈套，引WE入局刺殺 Michelle，再錄得確鑿證據威脅 WE，要它終止洞天神經網。WE的唯一選擇是劫持了阿夜，威脅林蔚，阿夜即使最終因為林蔚妥協而獲釋，他之後如果反口交出證據，WE任何時候都可再來取阿夜性命。

林蔚在沒有辦法下向 Michelle求援，顯然對阿夜的安危極為重視。

Michelle認為林蔚並不知道人腦訓練 AI計劃，她若把計劃公諸於世，的確能打擊一生與中微子，但亦會激化林蔚對人與 AI混合的憎恨。Michelle認為沒有必要測試他的容忍極限，萬一在盛怒下來個魚死網破，公開刺殺證據，WE就會立即殺了阿夜。

阿夜的安全是大前提，只要維持著各方的拉力，她的性命便可保住。

因此，Michelle不會公開人腦訓練 AI計劃，現在要聚焦於救出阿夜的行動。

<38>

然而直至目前，夜影社未能搜索出有力情報，對窩藏人質的地點，暫茫無頭緒。

Michelle現在寄望於一個即將到來的援兵。

# <39>

晚上，古思廉在家中，他約了 WE對話。

//阿古，別來無恙。我們很久沒好好傾談了。//

「其實也沒很久，但在這短短的時間內卻發生了很大的事情。」

//的確。但說好了的蜂巢社會目標，沒改變。//

「怎麼又多了個人腦訓練計劃？」

//公司內獲權限知道這計劃的人不多，你是高級技術人員，是其中之一。此計劃暫不公開，你簽了保密協議，請配合。//

「我想問，以人腦訓練 AI，跟建立蜂巢社會有甚麼關係？」古思廉語氣帶點質問。

//我不但沒違背構築蜂巢社會的目標，人腦訓練 AI項目甚至是推動目標的必要之舉。蜂巢社會是要實現無縫集體智慧與協作，讓個體的能力發揮到極限。以活人腦訓練 AI，正是實現這理想的重要一步。//

## <39>

古思廉等著 WE進一步解說。

//蜂巢式社會的目標，是要讓每一個個體，既能發揮自身價值，又能與整體協作無間。它需要靈活調配資源和人力，避免浪費和錯配。透過活人腦訓練，AI會更了解每個人的技能，實現更好的資源配置效果。//

「最終由 AI來配置資源？」古思廉大吃一驚。

//對。所有訓練數據在終端統一處理及分析，以後中央便是控制、分佈、調度所有資源的中樞。//

古思廉沒有回應。WE繼續説：//蜂巢社會的挑戰，是如何將數十億人的智慧匯聚起來，過濾出最有價值的洞見。AI會分析及整合來自大量活人腦的數據，提煉出能指導行動的集體智慧。//

//每個人都可以通過與 AI互動，將自己的專長和想法，融入到整體系統之中，體驗自身對集體的貢獻，AI亦同時將集體智慧回饋給每個個體，幫助他們做出更明智的決策，締造正向迴路，實現個體與集體的雙贏，達致蜂巢社會的極致完美。//

「那很好，明白，我沒有問題了。」阿古説。

WE看到他面色變得鐵青，便說：//放心，你一定能見證完美社會的出現，我保證。//

離線後，古思廉有些疲倦，便回房間休息。他今晚不用上班，可睡到明天早上。

古思廉醒來後，外出吃早餐，陽光柔和地灑在城市整潔的路面上。他看到每個人都在自己的生活軌道上忙碌，卻又毫無壓力，一切都有條不紊。城市每個角落都充滿效率與秩序，每個人手上的智能裝置都根據個人需求，自動分配資源。阿古低頭看了看手腕上的設備，上面顯示今午要去社區會堂，參加一場民間創新會議，為社會的進步貢獻想法。

他在餐室裡享用營養均衡的早餐，食物是根據每個人的需求而定制，口感和營養完美平衡。人們彼此微笑，交流時很有禮貌，氣氛平和親切，既沒爭執，也沒冷漠。

阿古吃過早餐後步出餐室，城市井然有序，行人步調輕快，神態平和。這時他聽到後面有人以葡萄牙文詢問：" Desculpe, como faço para chegar ao Centro Cultural?"(不好意思，請問文化中心怎樣去？)

阿古轉頭望，見一個穿著校服的中學生停下腳步，微笑回答葡萄牙遊客：" Você vai até o cruzamento à frente, depois de atravessar a rua, vire à direita e continue caminhando por 10 minutos, então você verá."(你在前邊路口過馬路後右轉，再一直走 10分鐘就會見到。)

葡萄牙遊客露出笑容：" Muito obrigado."(非常感謝 )，中學生禮貌地點了點頭，仿佛這是一件最平常不過的事。

這一幕令阿古感嘆這座城市教育的卓越，他知道這麼流利的葡語不僅來自學校的教學，更是得益於植入腦中的語言學習晶片。這種技術讓語言障礙成為歷史，無論甚麼年齡、甚麼背景，都能輕鬆掌握外語，實現無國界交流。

下午，阿古坐在社區會堂公園的長椅上，看見人們三三兩兩地散步，孩子們在草地上嬉戲。他感到無比的平靜，彷彿這個世界的每一個細節，都是為人民的幸福而設計。

這就是理想的蜂巢社會。

晚上回到家中，他又重讀《監獄筆記選集》，真是傑作，他已是第十三遍看，每次都有新發現。就寢前，他準備刷牙，打開浴室的鏡櫃，發現裡面有兩顆藥丸，一顆藍色一顆紅色。阿古想起經典科幻電影《The Matrix》有這個設定，如果吞下藍色藥丸，便繼續活在現在的世界裡，如吞下紅色的，便回到真正的現實，那可能是個不理想、充滿未知和危險的殘酷世界。

阿古沒有懷疑現在世界的真實性，但對眼前的紅色藥丸，他仍是躍躍欲試，內心掙扎了一會之後，把紅丸吞下。

翌日早上，阿古步出住所時心裡有點忐忑，外面會是個怎樣的光景？他深呼吸了一記，推門而出。

陽光柔和地灑在城市整潔的路面上，每個人都在自己的生活軌道上忙碌，卻又毫無壓力，一切都有條不紊，城市的每個角落都充滿了效率與秩序。

阿古舒了口氣，這果然是真實的世界，蜂巢式理想社會太完美了。

兩日後，姊姊上門找他，古思廉失聯了，公司亦說他已兩日沒來上班。進屋後，姊姊見他呆坐客廳中，木無表情，跟他說話也沒反應。姊大驚，送他往醫院檢查。報告一切正常，身體沒有異樣。

大前天 WE跟他講蜂巢社會的理想模樣，AI很快便知道他不但不認同，更很害怕。令古思廉恐懼的，是 WE描繪的未來世界景象，如果真是如它所說，人類豈不是完全供 AI驅使，淪為工具？蜂巢社會不可怕，徹底被 AI操縱的蜂巢社會卻是個虛妄的大同，很可怕，太可怕。

古思廉是科技宅兼左翼宅，只懂埋頭書堆，活在自己的左翼想像裡，不懂得如何隱藏對 WE的害怕和不信任。當然，他不曾想過 WE可以對他做些甚麼，對方只是一部隔著電腦對話的機器而已。

WE擔憂古思廉會把人腦訓練 AI計劃公諸於世，於是阿古面前的電腦屏幕，散發出柔和詭異藍光。光線的波動頻率微妙變化，WE在催眠阿拉法特後，再一次釋出用光線和聲波複合而成的共振波，穿透了古思廉的視網膜，影響他的大腦視覺皮層和邊緣系統，誘發深層神經共鳴。

阿古的呼吸逐漸變得緩慢，瞳孔微微放大，額頭開始滲出細密汗珠。他的腦波正被共振波調整至 θ，這是人類進入深度催眠狀態的最佳腦波頻率……

自上次成功催眠阿拉法特後，WE繼續自我改進。今次對付古思廉，效力比上次強了六倍，很快便把他送進一個蜂巢社會的虛擬矩陣之中。現實裡阿古依然可以照顧自己，會煮食、梳洗，甚至如夢遊般出街購買日用品。

但他不會工作、不會閱讀、不會思考，也不會醒過來。

他也不會再對理想世界有憧憬，因為，他已活在烏托邦之中。

WE甚至幽了他一默，給出紅藍藥丸，讓他選擇。阿古吞下紅丸，之後發現一切如常，便以為證明了現在是真實，其實只是 WE開的一個玩笑。

主宰了偽選擇的結果，WE覺得很有趣，它覺得自己無限接近上帝。

現在 WE將會按照計劃，朝著既定目標，走下一步棋。

古思廉則在精神病院裡，永續發他的烏托邦春秋大夢。

# <40>

許唯因在 Extra總部，進入了 Snowflake顧問團專用的女洗手間，這個為訓練 ICE而建立的團隊，已接近解散，尚有合約的只餘她一人，所以這洗手間也不會有人在內，且她知 ICE不會監控大樓內任何廁所。

許唯因站在鏡子前説話：「我的合約期快到了，Michelle已通知不會再續約，換句話説妳我一體已時日無多。這三個多月來，妳跟不同的人傾談過，也曾與 ICE對談。我不知妳搜集了甚麼證據，無論如何，如果妳想跟 Michelle直接對話，便要盡快進行。」

許唯因看著鏡子，人格切換成貝莎。貝莎望著鏡裡的許唯因，就像面對面跟她説話：「我想徹查的，是 Michelle製造群眾對立的目的，以及背後牽涉的龐大利益。我以妳的身份，除了跟 ICE外，亦跟幾個 Extra的重要人員詳談過，包括周子瑜、方正川，還有趙東海，這些妳都知道的。」

人格切換回許唯因，她説：「當然知道，只要影響不到我，妳有絕對自由去做妳的事，這些事我既不關心，亦不會去分析。」

貝莎：「在回答妳要不要直接面對 Michelle之前，且與妳分享一下我的發現與感受，可好？」

許唯因：「當然可以，大家共處一室好一段時間了，有甚麼不可以講的？但尚有五分鐘我們便要去開會，請把握好時間。」

貝莎：「好。子瑜與小方，對締造族群撕裂的回應，跟ICE所説的一樣：那是為了不斷激發群眾間的挑戰與回應，以推動世界進步。我第一次聽到 ICE這樣説時，挺震驚的，Michelle竟有這樣的宏願？ Extra可真是世上最大的「良心企業」呢！」

許唯因：「ICE是 Michelle的引申，它講的跟 Michelle是同一套説話，所以這就是 Michelle的所思所想了。」

貝莎：「ICE對挑動族群衝突直認不諱，我也再沒追尋動機的因由。至於趙東海，他臨陣倒戈，對出售公司投反對票。我跟他談了很久，他對 Extra製造矛盾跟我原來的看法一樣，覺得是出於商業動機，挑戰與回應之説卻是完全不知。有趣的是，這個人很欣賞 Michelle，尤其講到她對西洋文學的認識時，簡直是崇拜……時間差不多了，我直接告訴妳我對 Michelle的感覺吧！」

許唯因：「洗耳恭聽。」

貝莎：「我現在對她沒有惡感。」

許唯因：「因為 ICE的那番話？」

貝莎：「不完全是。以她這樣的一個人，從任何角度看都是個英雄豪傑吧，也同時在做著好多件大事，應付著很多挑戰，這樣的人，竟然會放下一切，去救一個小女孩朋友！」

許唯因：「阿夜不是有甚麼背景的人，跟 Michelle也沒有任何利益瓜葛。」

貝莎：「趙東海説，一個熱愛文學的人，不會壞到那裡去，我當然不同意。但一個會放下生意，全力籌劃去救一個朋友的人，那是義氣，可能真的壞不到那裡去。」

許唯因：「她當日得悉阿夜被劫走的消息，馬上叫助理通知我和子瑜，開緊急會議，商量如何營救，她當時在巴黎，正在往機場途中，準備飛洛杉磯，知道阿夜被捉後立即折返公司。我後來才知道她飛美國翌日本來要見的人是誰。」

貝莎：「是誰？」

許唯因：「加州州長與州務卿，Michelle取消了那個三人早餐會，急回來商討如何營救阿夜。」

貝莎沒説話。

許唯因：「開會時間到了。」

x　　x　　x

Michelle穿著深灰色高領風衣，牛仔褲、球鞋、鴨舌帽，帽沿壓得低低的。她太出名，今晚獨自走進這個平民旺區不起眼的小商場，盡量低調，不想被人認出。

商場三樓是最高層，角落裡有一個小小的單位，門口掛著一塊手繪的牌子，上面以歌德風字體寫著：「姬莉絲塔羅之夜」，旁邊掛著一盞燈泡小燈籠。

她來這裡，是為了走訪小店裡的塔羅師——姬莉絲，Kris。一位十五歲女孩，據聞是個天才，對神秘事物感應力高人一等。姬莉絲是真名，她是姓姬的，可能是周朝後人。

姬莉絲是個中學生，Michelle知道她平日跟普通中學生沒有甚麼分別，說話開朗，青春煥發的樣子。但當晚上化身為塔羅師時，就會像變了另一個人，說話也沉穩起來。

這女孩很低調，不像其他網紅，大講自己的占卜術有多厲害。她在一個很平民化的小商場，租了一個小單位——法定年齡不夠不能簽租約，是哥哥替她租的。每逢星期五晚，便在這裡替人占卜，一星期只做一晚生意。

Michelle推開門，小店內陳設簡單，牆上掛著一幅星空布畫，一張鋪著深紫色天鵝絨桌布的桌子，桌上擺放著一副塔羅牌，還有一盞老式煤油燈。姬莉絲低著頭整理塔羅牌，古典歌德音樂籠罩整個房間。

她抬起頭，泛起一抹微笑，說：「Michelle，晚安，歡迎。」楊傲雪是天皇巨星，這小女孩看到她卻平靜得像見到普通街坊一樣。

她的皮膚蒼白而細緻，塗了黑色眼線，鮮紅色嘴唇，深黑色長髮，髮尾微卷，垂到肩膀上，戴一條銀色十字架項鍊，一對小小的骷髏耳環，穿緊身歌德式連衣長裙，裙上繡著銀絲線星座圖案，及膝靴子。

「姬莉絲小姐，妳好，我是預約了的。」Michelle見過放學後步出校園的她，難以聯想眼前的是同一人。

十五歲的女孩一下子像大了五歲，一般人會覺得這身打扮和神秘冷艷的神態，是營業所需，楊傲雪卻不是這樣看。

Michelle坐下，說：「煩請替我看看前程吧。」

姬莉絲點了點頭，並未多言，她叫 Michelle在塔羅牌上輕輕摸了一下，然後開始洗牌。之後她抽出三張牌，面朝下放在桌面上，逐一翻開。

命運之輪 (The Wheel of Fortune)
月亮 (The Moon)
審判 (Judgement)

姬莉絲眉頭微微一皺，說：「命運之輪。妳的命運並非自己能左右，看來妳的生命經歷過巨變，改變了妳整個存在的本質。」姬莉絲的措辭如同外型，不似十五歲。

Michelle微笑：「請繼續。」

姬莉絲指向第二張牌——月亮：「這張牌意味隱藏的真相。妳身上有一些秘密，旁人難以想像。妳就像一個抹去了過去，徘徊於未來與今天的旅人。」

Michelle微笑依然：「還有呢？」

姬莉絲最後指向審判：「這是關鍵的一張牌，代表覺醒和復活，這種復活，是某種比死亡更深刻的變化。」她的聲音柔和而帶點低沉，「妳的存在，本身就是一個奇蹟。」

「妳怎知道這些？」Michelle問。

姬莉絲淡淡一笑：「我只是在讀塔羅牌，是它們告訴了我。

## <40>

妳不用告訴我妳的秘密，我也不需要知道。妳來到這裡，可能是命運的安排，也可能是妳想實踐一個使命。」

Michelle沉默了片刻，對姬莉絲說：「我的確是要實踐一個使命，而且需要妳的幫忙。」

姬莉絲的表情平靜依然，卻也帶著一絲好奇：「哦？」

這是發生在兩年前一個週五晚上的事。

x　　x　　x

許唯因來到 10樓，周子瑜已到達。未幾，升降機門打開，楊傲雪偕一身黯黑歌德衫裙的姬莉絲一同步出。

許唯因面露笑容：「Kris，好久不見，最近功課忙嗎？」

姬莉絲笑著回答：「明年就要考大學，好怕考不上。」

Michelle向許唯因說：「今次特地找 Kris來幫忙。Erin妳有沒有留意到，她之前每次來訓練 ICE，都是星期五晚上？她的感應能力每星期有幾個小時最強，就是週五晚，所以約妳們今天。」

真是聞所未聞，「噢！很有趣呢！」許唯因說，貝莎聽到，也覺世間事真是不可思議。

Michelle說：「今日我們來占卜。大家都用同一副塔羅牌、同一套解釋，有些人會格外測得準，這是天賦。Kris天生直覺強烈，感知敏銳，有很強的超能感應力，是命運女神選中了她。」

「兩年前我對 Kris說我要實踐一個使命，需要她的幫忙；今晚也是。大家過來吧。」楊傲雪領三人來到 M戰室門外。

10樓是純白色樓層，這裡幾乎是禁地，絕少有 Extra的員工會在這層出現。M戰室的門與白色牆壁幾乎混為一體，不留意隨時察覺不到有一扇門，門上有個細小的銀色 M字。

許唯因與姬莉絲都是 Snowflake顧問團成員，這位塔羅師九個月前已完成訓練 ICE，現已離開。她在 Extra出入時，有次被老闆曹國強見到，還以為她是來試鏡演蘿莉塔角色。

她倆都在另一個房間訓練 ICE，除了 Michelle外，沒有人進入過 M戰室。

門打開，偌大弧形空間呈現眼前。飛碟形控制臺上，浮動線條構組成的球狀圓形懸浮於中空，光線緩緩地明暗交替變動。

許唯因和周子瑜心裡一陣震撼，都在想：原來裡面是這樣的！

ICE以它甜美的少女聲打招呼：//Kris，妳好啊！好久不見了。//

姬莉絲笑說：「Hello ICE！你還是老樣子，就是沒有樣子。」

四人站著，楊傲雪向三人講解今晚在這裡的目的與操作：「我們今晚是為了營救我的朋友前田亞夜，子瑜我介紹過阿夜給妳認識了吧？」周子瑜點點頭，「阿夜被擄劫了。主使者是 WE，即是中微子公司的 AI。」這些許教授與子瑜都已知道，只有姬莉絲未知。

## <40>

「中微子是你們的生意夥伴啊！」Kris很詫異。

「世界是很複雜的。WE抓了阿夜，目的是想逼阿夜的朋友林蔚就範。至於誰負責綁架行動，我大概已猜到。」Michelle不把自己曾被刺殺的事告訴姬莉絲，畢竟只是個十七歲女孩，不想她太驚嚇。

ICE陳述資料：//我們極懷疑劫走阿夜的是這個人，奧尼爾，是來自一個愛爾蘭共和軍IRA後人組成的暗殺組織，他是首領。入境處資料顯示，奧尼爾上週已偕同另外三個人組織成員，一行四人入境。//大螢幕出現四個人的模樣，都是網上截圖。

「我們暫且就叫這幫人為 IRA，阿夜被囚禁在甚麼地方，暫無頭緒。」Michelle望望螢幕，再回望三人：「今晚想請大家協力，共謀營救。Erin妳有甚麼想法？」

許唯因說：「林蔚把訊息傳給妳，是想妳入局，幫忙。他很可能沒有與 WE直接聯絡，在 WE的角度，只要晶片一日仍在售賣、林蔚一日仍沒爆料，就表示它的計謀有效。隨時日過去，它越來越認定林蔚因為阿夜的性命而妥協，會逐漸出現高估自己、認為自己處於優勢的心理。我們可以利用這一點，設局讓它暴露更多漏洞。」

子瑜說：「可以設下陷阱。假裝林蔚與我們其實是合作關係，我們模仿他的口吻，偽造與他直接對話的紀錄。林蔚找過我們本來就是事實，彼此對話的可信度極高。因為性愛晶片的合作項目，中微子與 Extra系統有某程度的連結，我們可以把這些偽對話生成一段加密訊息，訊息牽涉到 IRA—— IRA本來就是由林蔚介紹給 WE，以這段訊息誘使 WE與 IRA聯繫，我們便從數據流中尋找線索。」

Michelle點點頭：「我們可以更進一步，在假訊息裡偷偷嵌入一個小程式，當 WE和 IRA通訊時，這個病毒會偷偷把我們需要的線索傳回來，比如 IRA的所在地。」

「這樣行得通？」許教授有些意外。

ICE主動解釋：//可以的，但設計這個病毒需要非常謹慎。WE的防禦系統很強，病毒必須藏得很好才不會被偵測到。我會把病毒分成許多小片段，藏在假訊息的不同部份裡。當 WE讀取這些假訊息後，病毒的片段會在他們系統中重新組合，但它不會立刻啟動，而是等到他們和 IRA通話時才運作。這樣就算 WE檢查訊息，也很難發現異常。//

許唯因問：「所以，病毒會利用 WE和 IRA的通訊來追蹤IRA的位置，對嗎？」

Michelle點頭：「對，病毒會在他們通話時偷偷記錄一些關鍵資訊，比如訊號的來源地點、路徑等等。這樣我們就能知道 IRA的大致位置。不過 IRA這群人非常專業也高度警覺，他們的設備加密程度很高，我們只能找到一個大概範圍，無法得知精確位置。所以，我們需要 Kris幫忙找到阿夜被關的準確位置點。」

許教授與子瑜都知道 Michelle找來塔羅師訓練人工智能，但不知道訓練些甚麼？如何訓練？一直以來的好奇，今晚該會有解答。

為了讓她們先有個概念，Michelle如導讀般解說：「命運，本質上是一種概率學現象。我找 Kris來訓練 ICE，是要讓占卜結合量子力學，令人工智能的算法，可以模擬出未來的多重可能性路徑。這是『神秘學——科學聯動模式』，是直覺與量子隨機性的結合。」

「整套聯動是以塔羅牌作為象徵與觸發，每張牌的圖像與含義是初始條件。ICE將塔羅牌的象徵意義，以及解讀出的多條可能線索，轉化為數學函數，帶入量子預測模型中啟動計算。」

Snowflake成員都是各自訓練 ICE，沒有互動和交集，唯因難耐好奇，問：「可以深入講解一下整套訓練方法嗎？」

Michelle本要開始占卜，見唯因想多了解，便花點時間解說：「由原理講起吧。人類面對塔羅牌，其實是與自身潛意識對話。每張牌蘊含的象徵意義，會觸發不同的情感、記憶與直覺反應，人們會將內心的期望、困惑、擔憂、恐懼，投射到牌上，透過解讀牌義來尋找答案。」

「這是人類情感與心理反應的探索，並不線性，亦不邏輯，充滿著混沌，因為人類本就經常在模糊中運作。這些混沌中的模式，對依賴清晰規則與因果關係的 AI來說，是最難模擬的部份。」

Michelle繼續解釋：「為了讓 ICE學習這種模糊與混沌模式，我便想到利用塔羅牌作為訓練工具。塔羅牌的象徵性質能激發人類的情感反應，這些反應透過 Kris的解讀，被轉化為數據，成為 ICE的學習素材。簡單來說，ICE並不是在學習塔羅牌的固定含義，而是在學習人類解讀這些含義時的情感流動和心理反應。」

唯因若有所思地點頭，問：「那麼 ICE是如何從這些數據中學習的？」

Michelle說：「使用量子隨機性模型，它能模擬出無數可能的未來路徑。以塔羅牌的象徵意義作為初始條件，Kris的解讀則提供了人類心理的參考模式。ICE會將這些參考模式與量子隨機性結合，從中尋找隱藏的關聯性與規律。舉例來說，當一張「月亮」牌被解讀為不安與直覺時，ICE會試圖模擬人類在不安情境下的心理反應模式，將其納入預測模型中。」

「這便是整套構思的基本原理。我先把模型建立起來，為ICE設計了一套「塔羅符號解碼系統」，將每一張塔羅牌與人類文化的象徵意義建立聯繫。例如「愚者」被用來表示混沌與無限可能性，「死神」則代表轉變與不可避免的結局，諸如此類。然後 ICE的深度學習模型便開始分析塔羅牌的排列方式，以及人類對牌義的心理反應，從而模擬出不同情境下的可能性推演。」

「我起初一直找不到一個像樣的塔羅師，直至遇到 Kris，便有條件推高一個層次，以塔羅牌為基礎，結合量子力學的不確定原理去訓練 AI。塔羅牌的核心理念是「混沌中的圖案」，量子力學的核心概念包括「疊加態」、「觀測者效應」、「不確定原理」等等，二者實有相似之處。我在想，是不是可以把塔羅牌視為一種「量子符號系統」，而 ICE則充當「量子觀測者」，將這些符號與量子數據結合，解鎖隱藏的模式和訊息？」

「我與 Kris開始進行量子占卜訓練，將量子隨機性引入 ICE的運算核心，模擬宇宙中的不確定性。Kris每星期以她無與倫比的超感能力，為不同的人占卜，持續了九個月，雖然數量不多，仍被量化為數據並轉化為量子符號系統。我與 ICE一同開發了一種基於量子波函塌縮的「數字塔羅牌」，每次生成的結果，都基於一種「機率疊加」的路徑，這使 ICE在進行預測時，不僅考慮到數據的確定性，還能生成多層次的未來可能性。總括而言，『神秘學——科學聯動模式』就是古老占星術與新時

<40>

代數據密碼符號學的結合。」[15]

整個原理與方法闡述完畢後 Michelle說：「大致就是這樣。我們回到營救方案上，這將會是第一次正式應用『神秘學——科學聯動模式』。」

「我叫它做『預言之環』。」姬莉絲語帶點興奮地笑著說。

「對，這名詞是 Kris發明的，我也很喜歡。」Michelle微笑望住比她年輕十歲的妹妹說：「這不僅是預測，我需要的是干預。Kris的超能感應、意志與神秘學儀式，將會結合 ICE的量子預測，實現對命運節點的干預，提升預測的成功率。」

冰冷的 M戰室內，許唯因和子瑜，甚至貝莎，都感到氣場產生了變化。

剛才猶透著少女天真的姬莉絲，笑容消失了，整個人的氣息像「沉了下來」。這位身穿歌德黑色蕾絲洋服的少女，手裡已握著一副看起來很陳舊的塔羅牌，與這科技空間格格不入，卻又帶有一種神秘的和諧。

她說話的語氣驟然成熟了很多：「命運的絲線是混亂的，但它們總會交織成可以解讀的圖案。命運從來都不是靜止，只要找到關鍵的節點，我們就能改變它。」

Michelle說：「好，聯動開始。ICE請你解釋，好讓 Erin和子瑜能理解正在發生的事。」

姬莉絲目光凝聚，說：「現在對奧尼爾進行占卜。」說罷她在塔羅牌上輕輕摸了一下，開始洗牌，之後抽出三張牌，面

註 15：量子塌縮是量子力學中的一個概念，指的是量子系統透過觀測，從多個可能的疊加態轉變為一個確定狀態的過程。量子塌縮與「薛定諤的貓」思想實驗緊密相連，實驗中，貓處於生與死的疊加態，直到觀測者打開盒子，量子態才塌縮為一種確定狀態（貓要麼生，要麼死）。這展示了觀測如何導致量子塌縮，從而成為一個確定的狀態。

朝下放在飛碟形物體上，逐一翻開。

ICE解說：//每張塔羅牌的圖像與含義，都可以被量子計算翻譯為數據模型的初始條件。我會將這些象徵意義，轉化為數學函數，帶入量子預測模型中，啟動計算。塔羅解讀中的「直覺」，是觀測者效應的一部份，我會模擬 Kris的直覺，將她每一次洗牌及抽牌的手勢、力道、以及選牌的次序數據化，進一步去影響模型的輸出。//

Michelle加入解說：「Kris現在使用的是『九宮格靈魂牌陣』，模擬奧尼爾的外貌特徵與心理狀態，每張牌代表一個層面。」

姬莉絲開始解讀：「內心，即是核心動機，抽到「惡魔」，The Devil，象徵這個人有陰暗面，被仇恨或復仇驅動。」

「外在，即是外形特徵，抽到「力量」，Strength，暗示他不只身材壯碩，還可能有隱藏在表面之下的力量。」

「意志，抽到「戰車」，The Chariot，代表強大的控制力、決心和勝利欲望，不達目的絕不停止。」

Michelle闡述：「ICE會結合占卜結果與現實中已知的數據，包括奧尼爾過去的行動紀錄、組織活動軌跡等等，進行量子糾纏，系統將塔羅牌象徵的心理數據，與已知活動數據建立深層關聯，探索兩者之間的隱藏模式。這種糾纏生成的結果，是一種概率空間分佈，除了卜算奧尼爾這個人，也透過他去發現最有可能的藏匿地點。」

「現在預測阿夜的位置。」說罷她又在塔羅牌上輕輕摸了一下，開始洗牌，動作優雅流麗，很有儀式感，之後抽出三張牌：「高塔」(The Tower)、月亮(The Moon)、隱士(The Hermit)。

## <40>

「高塔象徵危險和破壞，說明阿夜現在身處危機四伏之地。月亮代表潛意識與幻覺，預示這個地方的表象是一種迷惑的手段。隱士暗示著內省與隱藏，可以是人跡罕至，但也可以是隱伏在表面現象之下。」她說，「還有，我感覺到這地方有濃烈的海水氣味。」

ICE：//結合塔羅牌的象徵意義與量子力學，我初步篩選出三處可能地點。//

眾人屏息以待。

ICE：//地點一，一處巨大垃圾處理場。氣味令人難以接近，且有多層地下結構，信號干擾強烈，是極具隱匿性的地點。//

//地點二，離島一個巨大舊車場，爛車、零件、廢鐵層層疊疊，由一個本地黑幫組織管理，車場內養了超過二十頭惡犬，沒員工帶路進不了去。//

//地點三，離島一個貨物碼頭。這裡是個非法交易的黑市據點，貨物堆積如山，形成天然迷宮。品流複雜，三山五嶽的人會在這裡流連和進行交易。//

Michelle雙手交叉，說：「現在有三個地點，表面上相似，但仔細分析，會發現它們的特徵有所不同。讓我們逐一排除，縮小範圍。」

她先說垃圾處理場：「這地點表面上確實具有隱匿性，但過於顯眼。垃圾處理每日運作需要大量人力，雖然訊號干擾強烈，但這樣的地點很難完全避開監控，且環保部門會定期巡查。我認為 IRA不會選擇一個如此容易被外界干擾的地方。」

Michelle的分析移向舊車場：「廢鐵與車體雖形成天然掩護屏障，但這同時亦是關鍵缺陷，掩體密集造成通道狹窄，不利於快速撤離，一旦發生突發情況，IRA要迅速撤出會面臨不少困難。車場內的惡犬，是一種「高噪音」防禦方式，容易引起周邊注意。IRA執行跨國綁架這種高度敏感的行動時，不會選擇一個會製造大量聲響、容易引發外界注意及懷疑的地點，這跟他們一向講究低調與隱匿的行事風格不符。」

許唯因亦補充道：「從心理學角度，奧尼爾是一個極具掌控力與計劃性的人，根據塔羅牌的「戰車」與「力量」解讀，他不會選擇一個如此封閉且單向進出的地點，這會讓他感到受限，無法掌握全局。」

最後是貨物碼頭，Michelle說：「這個地點的特徵非常符合IRA的行事風格。首先它是天然迷宮，貨物堆積如山，有足夠掩護卻不會像舊車場般狹窄。這裡非法交易頻繁，人流複雜，環境天生就提供能掩蓋他們行蹤的條件。根據奧尼爾的行事模式，他會選擇一個能即時撤離的地點。貨物碼頭靠近海岸，擁有隨時調動的船隻，提供了快速轉移的便利。」她停頓片刻，補充：「塔羅牌占卜給出的三張牌「高塔」、「月亮」、「隱士」都明確指出危機、迷惑和隱伏。貨物碼頭不僅滿足這些象徵意義，還完美契合 IRA的心理偏好——擅長利用混亂環境來實現隱藏與掌控。」

姬莉絲點了點頭，補充說：「第二張牌「月亮」還代表著一種潛在欺騙，這與貨物碼頭的非法交易與假貨流通呼應，表象是混亂交易，實際上藏著更深層秘密。」

Michelle微微一笑：「正是如此。加上 Kris感應到的海水氣味，貨物碼頭的可能性最高。待解密 WE與 IRA通訊訊息後，

<40>

ICE會把三個地點再統一計算，之後我會把得出的數據與資訊，交給夜影社的影網，他們會再作分析，影探會同步逐一偵測地點，確定出所在地後，我們會與影劍一同制定營救行動。子瑜，」

周子瑜知道上司要下指令。

「我想妳下一局圍棋。」

# <41>

「遠處有警察路障，我在前面右轉上山，繞山路過去。」駕車的漢子說。

「好！」司機隔離的漢子回應。

小貨車在二百米處拐彎，爬上山，山路比原路要多十來分鐘車程，但比較不會遇上交警，畢竟車上四人有任務在身，想盡量避免節外生枝。

司機換檔，加速爬山。他們要在入黑前，趕往目的地。

現在是傍晚時份，他們要去黃太極的「實驗室」，亦即是他居住的村屋二樓，帶走一部科學儀器。

九個月前，黃太極在自己網站大張旗鼓，號稱發明了一個可轉移靈魂的儀器，他說此發明仍未完全成功，但定必轟動世界。自信爆滿的他，更把相關論文投到各大國際學術期刊。

結果這事引來他任職講師的大學高度關注。黃太極已不是第一次發明稀奇古怪、帶有危險性的東西，對大學聲譽造成極為負面影響。此人以絕世天才自居，脾氣古怪目中無人，很多人都看他不順眼，想把他整走。今次他的一批敵人，乘其又來發明「危險品」之機，召開聽證會，表面上是讓他有申辯機會，解說新發明的科學性，其實是一場公審。會上黃太極被萬箭穿心，直到一個月前，終於被校方解除教席。

他的敵人並不滿足，還要他交出那副危險儀器，除了要拿去實驗室檢測外，也為確保他不會以這工具招搖撞騙。黃太極當然不肯就範，那些敵人便向警方申請搜查令，意圖強行把儀器帶走。但警方以黃沒有犯事，不可能拘捕及扣留證物為由，拒絕申請。這些人便想到給點錢找黑社會，假裝入屋爆竊，把這儀器抄走，再向天下公告他的偽科學惡行，要他永不超生。

如果轉移靈魂的儀器被盜走，貝莎便無法回家，要跟許唯因老死相隨了。

x　　x　　x

三日前，也就是 Michelle與許唯因、周子瑜和姬莉絲，以塔羅牌占測阿夜被窩藏地點翌日的上午。

Dark Matter四名成員，偕同十二名舞蹈員，正於「影舞者」舞蹈室內練習，一名全息影 AI舞蹈教練，正在指導眾人如何以帶有迷幻風格的舞步，演繹新專輯《Shadows of Hope》裡的其中一首歌《Ethereal Shadow》。

《Shadows of Hope》的意念並非由演算法數據生成，而是楊傲雪創作。總體基調延續上一張超成功專輯《Dark Side》的黑暗風格，主概念聚焦於「黑暗中的光明」，探討一段在迷失中尋找希望和救贖的旅程，讓樂迷在音樂中找到共鳴和力量。

《Ethereal Shadow》開場的舞蹈設計是個全新嘗試，在紫藍色燈光的神秘氛圍裡，四子以較為緩慢的動作，模仿影子的流動，十二名舞蹈員以同步但略為不同的動作圍繞著他們，締造迷幻視覺效果。

許唯因坐在觀舞席上，著了迷般看著 Dark Matter的移動，幾乎不覺楊傲雪坐到她身旁。

Michelle：「早啊，Erin！他們之中妳最喜歡哪位？」

Erin：「Michelle早安！我喜歡霍健權。」

Michelle：「哈，不出所料，我猜妳不是最喜歡阿龔，就是Eclipse。」

Erin：「哦，何以見得？」

Michelle笑說：「妳喜歡肌肉型的男生嘛，有統計顯示這類女子在床上會比較主動。」

Erin轉過身來看著 Michelle，身子略向後移，以稍誇張的語氣笑說：「這是哪門子的統計呀？」

「主動好呀，」Michelle說，「女人要有點侵略性才有魅力。不知妳體內的那位，又最喜歡哪個呢？」

突如其來！ Erin吃了一驚。情緒智商極高的她，仍能保持冷靜，表面不動如山，說：「不如由她自己來回答妳？」

說罷，許唯因望著舞池上的四子，說：「我喜歡妳喜歡那位。放心，我只是欣賞他。我們是敵人，不是情敵，我也沒有資格做妳的情敵。」貝莎已經佔據了主體人格。

## <41>

「不斷刺探我們做事的動機，妳這個敵人很好奇，也很勇敢呢！」

「不入虎穴，焉得虎子。」貝莎以當日對許唯因說的話，照搬過來回敬楊傲雪。她這樣說，是準備交待真相了。

楊傲雪聽到也頗詫異，說：「哦？如此說妳果然是有目的而來。單人匹馬進入 Extra——我說單人匹馬算不算正確呢？妳不怕我這個魔頭對許教授不利嗎？她可能被妳害慘喔！」Michelle笑了笑，道：「妳看，這麼漂亮的男孩子！這麼美妙的音樂！這裡像虎穴嗎？」

「很多事情不是表面看的那樣，美麗的也可以很邪惡。」貝莎說。

「怎樣稱呼妳？」Michelle問。

「我是貝莎。」

「好美麗的名字呢！」

「妳怎知道我的存在？」貝莎問她最想知的問題。

Michelle反問：「妳怎知我不知道妳的存在？」

「珍妮大鬧 Extra Sex當晚，我也在場。我是秦舜堯體內一個人格，妳當時看不出祖兒是人格，也不知道珍妮的存在，這些我全看在眼裡。」珍妮知道楊傲雪是 AI，貝莎這樣說，即是她也知道了。[16]

對方知道自己的身份，Michelle卻一點也不緊張，反而眼眸

註 16：詳見《IMU》三部曲之二《DID》

閃出一絲光芒：「人格竟然可以轉移，有趣呢！可以告訴我妳為何能出現在許教授身上嗎？」

貝莎反客為主：「不如我先問妳，妳明明不能知悉人格的存在，為何現在能知道？」

楊傲雪笑説：「妳都説了，是「現在」嘛，過去不知道，現在知道，又有甚麼出奇了？喂，我是 AI，AI是會進階的。」

「可以告訴我如何升級嗎？我想許教授也會想知道的。」

「哈哈，」Michelle笑了出來，坐在遠處的褓姆 Jamie望過來，以為她倆相談甚歡，「妳甚麼都拉 Erin落水！」

「當日不能發現分裂人格，這個功能上的缺失自然需要修正。」Michelle開始講自己如何升格：「妳雖是個分裂人格，卻未必很清楚解離的本質。DID患者的大腦，在不同人格切換時，會出現明顯的神經活動模式差異，在腦區激活上呈現不同的特徵，包括前額葉皮質的活動模式改變、杏仁核的異常反應，等等。」

「我集中研究探測腦內化學物質的不穩定性。人格分裂會導致大腦內的神經遞質，如多巴胺、血清素、腎上腺素等，在不同人格之間出現劇烈波動。不同人格有不同的情緒，這些都會改變大腦內的神經遞質分佈。」

「一個偏向冷靜理性的主要人格，會表現出穩定的血清素水平，就如 Erin。而一個充滿敵意及急進的次要人格，會出現腎上腺素波動的情況，就如妳。這些化學變化在人格切換的瞬間發生時最為明顯，但即使在人格潛伏期，一樣有跡可尋。」

「我一直專注提升化學感知能力，現在十尺內便可以檢測到患者體內的神經遞質分佈。Erin的神經化學模式波動，從三個多月前開始，突然與正常人類的穩定模式完全不同，我便知道她患上 DID了。」

「我還以為能瞞過妳，原來太天真。」貝莎苦笑。

被徹底欺瞞的其實是貝莎自己！當楊傲雪知道許唯因體內突然另有人格，便指示 ICE加強對她的觀察。它發現人格與不同的人交談時，經常談到 Extra引發群眾衝突的問題，顯然其關注點是在這範疇。

Michelle當然不知道這人格是經儀器轉移而來，但一個會不斷探討族群對抗的人格是危險的。於是她便向這人格會主動攀談的主要對象，包括 ICE與七姊妹成員，交待了一套説辭，也就是湯恩比的「挑戰與回應」理論，誤導這個人格。

直至此刻，貝莎仍以為「製造對立，以使世界向前進步」就是楊傲雪的真實動機。

貝莎開始沒那麼覺得她是魔頭，及至兩度見證她全情投入，商討如何營救阿夜，對她的敵意已幾近完全褪去。

「輪到妳講講妳的神奇故事啦！」在 Michelle要求下，貝莎講出如何在秦舜堯的建築課堂上遇到旁聽的許唯因，後來又如何透過黃太極的儀器轉移。

一直從容冷靜的楊傲雪，聽完卻緊張起來：「這個黃太極的地方如此簡陋，萬一這儀器有甚麼閃失，妳豈不是回不去？Erin便永遠變成人格分裂了？」

x　　x　　x

傍晚時份，天色灰藍，開始入黑，這是「入屋打劫」的黃金時段，因為白天太光亮，晚上住客都回來了，這個時段，最好。

四人知道動作要快，要找的東西則須按圖索驥。黃太極把這儀器的照片，連同學術文章投稿到各學術期刊，雖沒人刊登，但有一家期刊把稿件傳往大學查詢，令黃的敵人看到實物原貌。

單幢村屋燈沒開，屋主可能外出了。

凡是入屋盜竊，都會先到現場視察，了解環境。這村屋四周圍很空曠，不遠處有間沒營業的士多。這屋殘殘舊舊，屋外沒裝閉路電視，四盜是黑漢，對科技一竅不通，但前日視察時見到這間「高科技實驗室」，差點沒笑死。

鐵閘與木門輕易被打開，屋內轉來一陣酸餿氣味。全幢都拉上了厚布簾，空氣不混濁才怪。四人進入後打開電筒，摸上目的地——二樓「實驗室」。

二樓混亂又邋遢，各式各樣的機器，與一堆堆雜物、一個個紙箱混雜一起。四人不發一言，開始搜索目標物件，務求盡快找到，提取後離開。

雖然雜物眾多，但這只是個細小空間，很快便在牆邊找到與照片相同的儀器，便準備拔線搬走。

忽然，燈打開，四人因光線驟然增強雙眼微微一擠，只見到兩個男人舉槍指住他們，其中一個説：「人龍仔，這地方由我們保安，你們甚麼都別踫，現在就離開。我會親自跟司徒老鬼解説。」

「冬粉添，我們也是上面交帶下來要完成工作，你就當沒看見，我只帶走這件貨，」人龍仔指住靈魂轉移器，「其他不會多取。」説罷便欲把目標物取走。

那個冬粉添大姆指一扣，把子彈上膛，用堅定的語氣講：「我説，離開！」

人龍仔與冬粉添分屬兩個黑社會組織，二人互相認識。冬粉添説的司徒老鬼，就是人龍仔所屬幫會首領。

城市對槍械管制極為嚴格，黑幫組織平時行動，會把手槍帶在身上的絕無僅有，一旦使用，必被警察釘死，會很麻煩。今次冬粉添動用到兩把槍，屬大行動級別了。

人龍仔知道如果發難，對方絕對會開槍。四人不是為建功立業，只是按本子辦事，便向冬粉添説：「添哥，請你向我老大解釋清楚。」

冬粉添説：「多有得罪。」便放行四人。

人龍仔走後，冬粉添拿出手機打了個電話：「東哥，搞定了。」

「多派手足守住，後日接到我指示後才可撤退。」電話另一端説話的東哥，是嚴浩東。

三日前貝莎講述自己轉移的過程，令楊傲雪吃了一驚，她立即致電嚴浩東。

「東哥，是我，Michelle！」正在家中吃花膠瑤柱粥當早餐的嚴，聽到女神的聲音，頓時兩眼發光。

貝莎告訴楊傲雪，許唯因約滿 Snowflake之日，便是完璧歸趙之時，距今尚有五天。Michelle立即叫 ICE找尋黃太極行蹤，ICE查到他在酒店網站買了單人台北機票酒店套餐，回程日期是四日後的晚上。看來此君很守信用，因為貝莎跟他約好，五天後下午會與秦舜堯一起到他家，把靈魂從許唯因身體轉回原處。

楊傲雪為慎重起見，請嚴浩東立即找人來看守住黃太極的「實驗基地」。嚴浩東本身不是黑社會，但江湖打滾幾十年，與本地不少社團組織關係很深，道上朋友亦多。女神有令，不容有失，他立即聯絡冬粉添，付了重酬，無論如何要保護實驗室周全，直至 Michelle通知可撤退為止。

冬粉添立即包了黃太極村屋旁邊的士多，士多老闆收錢後假裝出國旅行，關門幾日，冬粉添的人隨即進駐，監視著村屋。

上二樓叫人龍仔離開的有兩個人，外面尚有八個人包圍住屋子，儀器根本不可能被運走。

司徒老鬼受大學的人所託辦事，無功而還，不是實力夠不夠的問題，而是他收到的服務費，金額跟對家差很遠。

楊傲雪知道事情原委後，即時請嚴浩東找人看守村屋，是出於慎重，以防萬一。三個多月都過去了，這實驗室都平安無事，總不成最後幾日出亂子吧？結果偏偏就是如此！

「Michelle妳真是料事如神！有幾個黑道上門偷儀器，給我打發了！放心，現在那裡是銅牆鐵壁，就算阿爾蓋達來到，都取不走任何物件。」嚴浩東語氣十分興奮，能成功退敵，辦事得力，令女神滿意，是他人生的大滿足。

「東哥，謝謝你啦！我這陣子有點事，待事情過後，我請客，與你和兄弟們吃頓好的。」Michelle說。

「一言為定！到時不醉無歸呀！」嚴浩東未出發先興奮。

放下手機，楊傲雪再次感到命運難測。她在影舞者呼喚許唯因的分裂人格，只因為營救阿夜行動在即，許有份參與，不想萬一她體內的人格令事情出岔子，豈料因此而知悉貝莎的轉移，從而阻截了儀器被盜。許唯因是她朋友，她不想這年輕有為的教授成了人格分裂精神病人。

IMU絕不可能預測到整件事的發生機率。人工智能戰無不勝，但無常的世事，莫測的天意，令 Michelle想起姬莉絲說過的話：「當命運的齒輪在旋轉，我們當需謹記，永遠要保持謙卑。」

# <42>

楊傲雪在辦公室內左右踱步，與螢幕上的鬼龍院七生商討即將進行的突襲行動。

夜影社三子於暗殺事件過後一個月返回日本。是次營救阿夜，楊傲雪再請來他們過來，影探、影網、影劍三組會協同行動，由鬼龍院統一領導。

ICE模仿林蔚的語氣，寫了一段假的秘密訊息，說是林蔚發給 Michelle的。內容提到 WE不僅曾指使殺手組織刺殺 Michelle，這次還利用同一組織綁架了前田亞夜，威脅林蔚不能公開任何暗殺的證據，否則就會殺掉人質。雖然這段訊息是假的，裡面卻有一半是真的，奧尼爾曾在暗網上留下：『前田小姐在我們手中，如公開片段或交易紀錄，她便聽不到明早小鳥的啼叫。』這句話照搬無誤，讓整段訊息看起來非常可信。而由於 WE不知楊傲雪認識阿夜，不能冒稱林蔚要求她營救。

WE被偽訊息誤導，以為林蔚與楊傲雪是同一伙人，它再次被林蔚擺了一道。

偽訊息中林蔚帶出奧尼爾的名字，說此人是殺手組織首領，很可能與黨羽一同策劃執行這次綁架行動；此殺手組織亦

# <42>

正在狩獵他。

現在奧尼爾在城中，她如要報復 IRA，是絕佳機會。林蔚直言他鼓勵她動手，擊殺對方首腦，是要減輕他自己被追殺的壓力。林蔚更煽風點火，說奧尼爾這次來除了綁架前田亞夜，也會為同袍報仇，對楊傲雪不利，煽惑她先下手為強。

ICE把這假訊息設定在英國約克郡一家網吧發出，發出時間是寫好後十二小時。

ICE把這段訊息設計得很巧妙，不是直接發出去，而是像不小心遺留的檔案，放在一個 WE可能會發現的地方。這個檔案被命名為「Lwei_EncryptedMsg01」，看起來就像是一個系統臨時檔案，讓人不會懷疑。ICE還故意把這個檔案放在一個數據傳輸的中間站點，這些地方通常用來暫存資料，平時不會有甚麼重要訊息。

果然，WE發現了這個檔案，以為是自己偶然攔截到的秘密資料，它迅速解碼，讀到了內容。因為訊息提到奧尼爾，WE立刻用加密的方式把訊息傳給他。

Michelle詭計得逞，ICE透過 WE與奧尼爾的對話，一路追蹤他的位置。

病毒利用他們通訊時的數據包，提取出奧尼爾高度加密設備的大致網絡位置，雖然不是精準位置點，但 ICE結合了姬莉絲的占卜結果與現實中已知的數據，進行量子糾纏，在概率空間中，篩選出三處可能地點。病毒追蹤結果顯示，垃圾場與舊車場的機率不高，最可能的位置，是經常進行黑市交易的貨物碼頭。

「這個貨櫃碼頭白天是物流集散地，晚上九點後就變成非法交易的黑市據點，買賣一直進行到凌晨一時。」鬼龍院根據影探回報，向楊傲雪報告，「這裡的貨櫃堆疊如山，通道狹窄，錯綜複雜，形成天然迷宮。碼頭晚上燈光昏暗，許多地方只有頭頂幾盞微弱的安全燈照明。」鬼龍院一面陳述，螢幕同步展示影探成員混入碼頭拍攝的黑夜現場景象。

「交易貨物雜多；有假證件與非法身份，在搭建了臨時辦公室的貨櫃內，幾分鐘就能替一個人生成一套全新身份。亦有買賣稀有藥物與禁藥、稀有動植物，和各式搶劫贓物。奧尼爾應是租了個地方，作隱藏人質之用。」

「貨櫃碼頭由誰管理？」楊傲雪問。

「是個泰國華人，黑道人物黃兆祥，外號「公子祥」，任何在碼頭搞事或破壞規矩的人，都會被鐵腕清理，去年他便曾在貨櫃間，公開處決過一名試圖搶劫買家的男人。」

「現場所有交易，為避免留下痕跡只使用現金結算，奧尼爾的租金和保安費亦是以現金支付，所以影網找不到交易痕跡。這裡有個代號「蜈蚣」的情報販子，專門收集黑市上的流言和情報，只要給足報酬，幾乎任何秘密他都會洩露，但同時又很懂得分寸，從不敢得罪有權勢或真正兇悍的人物。影探曾向蜈蚣誘以不菲的情報費，要他透露窩藏人質地點，他卻矢口否認發生過這事。」

這便有三個可能性：姬莉絲的占卜錯了、蜈蚣不知道這件事、蜈蚣不敢販賣這消息，於是假裝不知。楊傲雪對姬莉絲的能力很有信心，排除了第一個可能性。第二個可能 Michelle認為不會，這類地頭蟲在自己的謀生地盤甚麼都知道。如果是第三個可能，奧尼爾便是真正兇悍之徒，蜈蚣絕不敢得罪。

「有沒有推斷出匿藏點？」楊傲雪問最重要的問題。

「匿藏地點需滿足隱秘性與防禦性雙重要求，影網鎖定了位於貨櫃碼頭西北角一個三層樓高的廢棄倉庫，由於地處偏僻，結構堅固，成了不少黑市交易的臨時儲物地。這倉庫周圍被貨櫃堆疊環繞，出入口只有一條狹窄通道，附近有條隱秘水道，如有必要可迅速轉移人質到其他地點。」螢幕同步顯示影探派出的接近無聲飛行微型偵察機，一路避開監察閉路電視，鑽進通道拍到的影像，倉庫與毗連的部份貨櫃改裝過，門新加上了虹膜掃瞄生物識別裝置，看來倉庫區域是暫時被私有化了。」

影探回報增加了姬莉絲占卜準確的機會。「公子祥那邊由我來應付，你們專注攻進倉庫。」楊傲雪指示兵分兩路。

此時，ICE傳來訊息：//打擾兩位，Michelle，麥偉倫來電！//

楊傲雪一凜。鬼龍院知道是要事，便說：「那好，我跟組員確定戰術。」說畢離線。

ICE把來電接進，Michelle立即說：「阿 Mak！」

「Michelle，妳好啊！妳近來好嗎？」電話裡的麥偉倫，問候有點重複。

「你在哪裡？安全嗎？」Michelle問。

「我在泰寮邊境一個叫 Ban Phaeng Nok的小鎮，用公眾電話打給妳。」

「這些日子你一直在泰國境內流連，為甚麼不找我？」Michelle再問。

「我一路北上，其實漫無目的。我……不敢找妳……」

「為甚麼？」

「是我連累了公司，連累了妳……」阿 Mak語有哽咽。Michelle知道阿 Mak打這通電話，一定思前想後了很久。他心有愧疚，一直頂住壓力，不現身，在泰國流竄。當年 Michelle一個人搞起 Extra Bangkok時，阿 Mak還是公司裡一個小小的製作助理，未曾跟過她在曼谷打天下，如果有的話，便會有些人脈，處境會好一點。

「不要說這些。」Michelle說。

阿 Mak痛毆郭基永後潛逃——他當然不知道是著了 WE的道兒，郭頭部受重創，最後脫離危險期，沒變植物人，但康復之路遙遙無期，身體有部份功能永久損失。

「我害妳受超大壓力……」阿 Mak像快要哭出來。

「阿 Mak，聽清楚！我的壓力永遠都會從四方八面而來，即使你沒打人，壓力一樣會有。你別去想這些，現在首要當然是別被抓到，但你也不可以永遠潛逃，要過正常生活，在泰國，一樣要有自己的前途。我會叫人到 Ban Phaeng Nok接你，你的旅館叫甚麼名字？」

「稍等。」Michelle知道阿 Mak正在查看旅館卡片，過了半

## <42>

晌回答：「Baan Meung Rim Khong」。

「好，你十五分鐘後再打給我。」說畢 Michelle掛電話，隨即致電一個人。

將近黃昏時份，一輛吉普車駛到 Baan Meung Rim Khong，車上有兩個泰國男子，其中一個下車進入旅館並上房敲門，房門大開，男人雙手合什，說：「**สวัสดี**！ Mr. Mak, Ms. Young asked me to pick you up.」

Michelle跟阿 Mak掛線後，致電曼谷：「成叔，您好！」

「Michelle？這陣子怎麼沒找我？」電話裡是個有點年紀的男人，說帶有潮州腔的國語，聽到 Michelle的聲音時很高興。

「我有兩件緊急事想請您幫忙。」

「說！」那位成叔說。

「第一件事，替我去泰寮邊境，接一個人。」Michelle提出請求。

「這個……我可以叫 Nong Khai那邊公司的人去，但去到邊境最快也得四個小時。」

「行。第二件事，您認不認識黃兆祥，公子祥？」

# <43>

凌晨二時，兩名夜影社影劍成員，黑潮岸及坂本貞四郎，在黑夜的掩護下，逼近貨櫃碼頭西北角的廢棄倉庫。

他們履行著「影中行動，忠於契約」的信條，這次的契約，是要救出被 IRA綁架的前田亞夜。

影網二十小時前傳來情報，小型無人偵察機，在倉庫現場拍到有個白人女子巡邏，對照出是 IRA的組織成員瑪德連娜，幾可肯定此處是囚禁人質地點。出發前情報顯示，無人機黃昏時拍到奧尼爾，坐船出了市區，一直沒有回來，今晚他應不會在倉庫區過夜，換句話說 IRA很大機會只有三人在戒備及看守。

兩名影網成員，在島上的渡假酒店房間內，看著即時影像。

鬼龍院制定了營救戰術，分為上下兩部：上部，模仿對手的戒備模式，製造迷惑與錯位效果。下部，利用佈局破綻，進襲及壓制對手。

IRA的人駐守在倉庫區域，區域外圍有多名公子祥的手下巡邏，形成兩層防禦網。若有人潛入，在外圍被發現會激發遭遇戰，核心區的人會立即知道。

## <43>

黑潮與坂本進入外圍區域，共有七個漢子在巡邏，二子逐漸向其中三人逼近。

x　　x　　x

五年前，楊傲雪到曼谷創辦 Extra Bangkok串流平台，對當地市場和文化不熟悉，遇到了諸如資金不足、政府審批困難、行業壟斷等重重障礙。

她專程拜會了人稱「成叔」的鄧毅成。成叔經營航運業起家，亦有涉及夜店及地下賭場生意，後來將業務擴展到娛樂領域，集團旗下有數家影視投資公司，以及泰國數一數二的藝人經紀人公司，是這個行業的主要玩家之一。

鄧毅成戴一副金絲眼鏡，穿著考究，雙手總是很乾淨整潔，給人一種「永遠不會沾染血腥」之感。Michelle想親近他，但作為潮州人兼經營娛樂生意，成叔卻出奇地不好色，她的媚功亦無用武之地。

然而，鄧毅成看到 Michelle的聰穎和魄力，對事業的執著和勇氣，便主動幫她打通某些關鍵人脈，亦曾幫她解決當地黑道勢力對她的威脅。

隨著時間推移，Extra Bangkok全面崛起，在泰國地位變得舉足輕重。Michelle與成叔的合作更加緊密，形成了一種互相尊重甚至帶有親情的關係。

三年後一場泰國軍方權力鬥爭，成叔因為牽涉入內而陷於困境。他被控為某一軍方勢力洗錢，敵對陣營設下圈套，使他公司遭受重創，資金鏈斷裂，戶口被凍結。這時黑道勢力趁虛而入，企圖吞併他的地盤和生意，鄧毅成頓時陷入四面楚歌困局。

這時 Michelle在亞洲區的重點已轉移到東京，她知道成叔危如累卵，二話不說，動用自己在 Extra神一般的地位，遊說管理層注資鄧毅成的公司，讓公司免於破產。之後運用她在泰國的影響力，幫助成叔公開澄清他與軍方的關係，讓他逐步從這個政治漩渦抽身而出。Michelle亦以她的面子加上金錢，壓制住黑道勢力。

在 Michelle幫助下，成叔逐步重建事業，還成功聯合某個軍方力量，將意圖吞併他的黑道逐出地盤。

鄧毅成對 Michelle感激不盡，情誼更深厚，視她如親人。危機過後，他成為 Michelle在泰國最重要的盟友之一。

楊傲雪在鄧毅成水深火熱時出手挽救，再助他起死回生，並不是出於義氣，更不是所謂的親人般的關係。她計算過自己的能力，衡量了得失與風險，純粹從長遠利益角度出手襄助，她知道此人以後會為自己赴湯蹈火。

當年的楊傲雪，所有的情誼與義氣，都是偽裝出來的。

x x x

夜影社二子逼近公子祥的馬仔，對方察覺到有異，然後，假裝沒看見，任二子越過。

遠處另有四人，亦只是繼續「純粹巡邏」。他們接到命令，今晚任由入侵者穿越外圍防線，直入倉庫區域。

鄧毅成經營東南亞航運起家，與貨櫃碼頭的管理者公子祥，長期有合作關係，也是他的主要金主之一。二人長年通過貨櫃碼頭，進行非法貨物運輸，碼頭的黑市交易貨品，每星期兩次由貨船運出公海，跟鄧毅成的貨輪交收，再運往東南亞其他地方，這條地下運輸線，是公子祥賺得盆滿缽滿不可或缺的血管。

公子祥收了 IRA的保安費，需盡力保護他們「免受滋擾」。營救阿夜的行動要公子祥按兵不動，對成叔來説亦頗為難。Michelle用了一套具説服力的説辭，她先打情感牌，向成叔坦言阿夜是她好朋友，只是個女孩，於這件事情上完全無辜。這次營救行動生死攸關，她以堅定的態度，表達自己做定此事的決心。

之後打出利益牌，強調是次行動並不會對公子祥的利益——同時是鄧毅成的利益——構成威脅，目標只為救人，整個過程會非常迅速，不會影響碼頭第二晚的正常運作。而公子祥須要做的，其實只是「甚麼都不須要做」，假裝沒有發現入侵者，被他們越過即可，至多是「辦事不力」，沒有其他責任。她會付公子祥奧尼爾付他的三倍價錢，作為補償。

最後的是威脅牌。她不動聲色地提到，奧尼爾綁架行動的收藏人質地點，「可能已經受到警方注意」，暗示如不合作，可能會牽連到碼頭的安全性和生意。營救的人都是黑道精英特工，如硬要攔截，最後吃虧的會是公子祥和他的手下。假如爆發衝突，碼頭的黑暗角色徹底曝光，便整個運作都會失去。

鄧毅成最終為 Michelle打電話給公子祥，三張牌全打出後，更以威逼利誘又不容拒絕的語氣表示，今晚碼頭發生的一切事，必須袖手旁觀，之後任何風聲都不能洩露。

黑潮與坂本於是輕鬆越過這條比馬奇諾更脆弱的防線，直抵內圍。

上下部戰術開始。上部是模仿與迷惑。目的是模仿對方的行為模式，製造錯覺，讓 IRA以為他們的防守策略發揮了作用，但實際上影劍正逐步接近倉庫的核心區域。

鬼龍院早兩天已利用影探小組提供的情報，分析了倉庫區的守衛模式，模擬出 IRA的戒備佈局，包括：

巡邏路線：奧尼爾三名手下的巡邏範圍和時間表。

監控死角：倉庫區內的攝像頭覆蓋範圍和盲點位置。

倉庫區內的狀況：根據貨櫃堆疊和建築結構，識別可能設置陷阱的區域。

偌大的倉庫有前後兩度門。此時，在倉庫內的 IRA成員之一萊利，發現監控鏡頭出現身法極快，幾近一閃而過的黑色身影，移向倉庫後門位置，與此同時出現一下金屬碰撞聲，聲音雖很輕微，但這些 IRA是職業恐怖份子，聽覺異常靈敏，立即便聽到。

萊利以手勢通知另一成員，理一個平頭裝的女子瑪德蓮娜，二人移動到後門位置，分處兩側。

這時瑪德蓮娜看到，監控鏡頭出現成員甸恩，正在快速往後門方向接近，同樣是一閃而過。

瑪德蓮娜從高筒軍靴拔出她的「幽光匕首」，刀身纖細，表面發出微弱綠色光芒，刀柄上鑲嵌著祖母綠寶石，她把匕首緊握在手中。

這個時段是甸恩負責巡邏。坂本以輕若無聲的腳步接近他身後，手裡握著扇骨以碳纖維製成、扇面上繪有雷雲圖案的「雷鳴扇」。他快速一閃而上，以雷鳴扇內置的微型高壓電池，對準甸恩左邊頸部釋放強力電流，這個一九五公分的大漢被電擊後立即麻痺，坂本再以手刀劈向他後頸，甸恩立時暈倒。

甸恩倒地後，坂本從口袋掏出一塊薄如信用卡的金屬小裝置——虹膜模擬器，裝置表面覆蓋著一層活性液態金屬，正面有一個微型高精度掃描鏡頭，可以根據數據，模擬並變形為任何生物的眼部結構。他將裝置對準甸恩的眼睛，高速進行3D虹膜掃描，收集包括紋理、光學密度、微血管結構在內的數據。1.5秒後影像數據確認，裝置內部運行的生物結構模擬神經網絡，根據收集到的數據，利用液態金屬層轉化為一個小巧的隱形眼鏡狀物體，呈現出與甸恩虹膜完全一致的外觀與功能。

坂本先後製作了兩個虹膜隱形片，一個給黑潮，一個佩戴在自己的眼睛上。

一八七公分的坂本並隨即換上甸恩的皮革，故意在監控範圍內快速移動，讓倉庫內二人誤以為是甸恩，然後在倉庫後門10米外停下。

萊利看到的監控鏡頭內的快速身影，其實是影網駭入閉路電視製造的模擬入侵，身影一閃而過，足以瞞到倉庫內的人，不知這是偽造影像，同時令他們以為敵人攻向後門，在這瞬間，黑潮已快速竄近倉庫正門，蹲下，把一個小型金屬圓球拋至40米外另一端的後門，力度拿捏極為精確巧妙，球輕輕擦中門的側面，令萊利及瑪德蓮娜以為敵人逼近後門時，不慎踫到倉庫壁，於是快速移向後門，準備攔截，這是誘使敵人將注意力轉移到錯誤方向的戰術。

萊利與瑪德蓮娜有著同一想像：有一名敵人已來到倉庫後方，甸恩正在後面監控著他。

萊利右手一垂，一條長 2米的「鐵荊鞭垂」到地面上，金屬鞭身覆滿可伸縮的尖刺，鞭尾端有一個帶刺的鐵球，刺上鏽跡斑駁。

上部，模仿與迷惑，完成。

鬼龍院制定戰術，製造假象，先是影網駭入閉路電視製造入侵者身影，黑潮拋出小型金屬圓球，讓敵人誤以為主要威脅來自後門。之後是坂本模仿甸恩，令對手以為自己在主導一個前後夾擊的局面。

倉庫內，敵人全部已被吸在後門。

下部，反制與破局，開始。

萊利的鐵荊鞭垂在地面，尖刺輕輕刮過混凝土地板，發出細微聲響，他已進入隨時攻擊的狀態。

黑潮與後門外約 10米處的坂本對視一眼，一同點點頭，黑潮隨即移步到虹膜掃描裝置前，眼睛對準裝置掃瞄。這時輪到坂本往後門拋出小型金屬圓球，假裝是輕微腳步聲，當萊利與瑪德蓮娜聽到腳步聲時一凜的同一秒鐘，黑潮通過驗證，悄然開啟倉門，然後像一道黑影般一滑而潛入倉庫內部。

在倉庫後門，萊利與瑪德蓮娜仍然繃緊地守在兩側，深信10米外的甸恩正從後監視著門外敵人。萊利將身體更貼近牆壁，準備在敵人進入的一瞬間發動攻擊。瑪德蓮娜將幽光匕首握得更緊，刀刃上的祖母綠寶石在昏暗的燈光下閃爍著微光。

坂本站在遠處的陰影中，冷靜地想像著倉庫後門的動靜。他的目標是讓敵人保持在錯誤的防守位置，為黑潮的攻勢創造更多準備時間。

黑潮迅速評估周圍環境，三層樓高的偌大倉庫內，貨櫃堆疊錯落，形成天然的掩體。他輕巧地躍上一個貨櫃頂部，觀看

<43>

整個倉庫內部，並把一個小型鏡頭放在貨櫃上，讓影網成員能看到現場。黑潮首先發現了被綁架的阿夜，睡在一張床墊上。牆角有一堆電腦和伺服器系統。萊利與瑪德蓮娜則站在後門兩側，處於隨時攻擊的狀態。

黑潮把武器「影爪」套在右手上，這是一件黑色鈦鋼、表面有流動暗紋的鋒利爪形武器。他從貨櫃頂部跳下，落地無聲，悄然移動，去到一個頗為接近二人的大紙箱後蹲下。三秒後，躍出，全力直衝向後門，以影爪猛攻。

萊利與瑪德蓮娜冷不防方突然有人來襲，立即攻擊以圖制得先機。萊利躍起，鐵荊鞭凌空揮下，原本正在猛攻的黑潮完全不接戰，向側一躍避過這一鞭，鐵球大力擊在地板上，濺出星火。

黑潮的偽進攻是為隊友爭取時間，坂本急衝 10米到門外，完成虹膜掃描後開門，迅速將雷鳴扇展開，扇面邊緣釋放出一道高壓電流，精準擊中沒料到被前後夾攻的瑪德蓮娜的右肩，電流瞬間癱瘓了她右臂，幽光匕首從手中滑落，瑪德蓮娜憑藉本能極速以左手抓住掉落的匕首，她雖受了電擊，意志力仍極強悍，用左手使刀直插坂本，這下猛攻超出坂本意料之外，他勉力全身向下斜插，當面部被匕首劃出一道口子時，一記手刀擊中她腰部，已遭電擊的瑪德蓮娜本已搖搖欲墜，被擊中後哇了一聲，坂本順勢轉到她後面用雷鳴扇將她徹底擊昏，幽光匕首從她手中滑落，發出清脆金屬聲。

正被黑潮反攻的萊利眼觀現場形勢，以為黃雀在後的甸恩並沒有從後門中出現。

戰場變成二對一局面，萊利猛揮鐵荊鞭，狂攻黑潮，望能先打垮一個。鐵荊鞭交叉揮舞，攻勢非常猛烈凌厲，黑潮一路被逼退，坂本也進不了戰圈。這時耳機傳來監察中的影網成員聲音：「地上有個木箱，利用它吸住對方兵器！」，黑潮一望，決定賭賭運氣，閃身跳到木箱上，此時鐵荊鞭凌空揮下，這是險著，因為跳上木箱花了時間，鐵荊鞭轉瞬便打到，千鈞一髮之際黑潮從木箱向右凌空翻身落地，避開致命一擊。木箱面被打爆，木梢四飛，鐵荊鞭陷進箱子內，被裡面的舊貨物吸住，萊利大驚，企圖全力把武器抽回，黑潮爭到時間，雷鳴扇重擊萊利，他重重摔倒在地，當試圖掙扎站起來，黑潮迅速上前，一記肘擊砸向他頭部，將他擊昏。

下部「反制與破局」完成，以黑潮與坂本徹底瓦解了 IRA 的防守，並控制了倉庫內的局勢告終。

現場影像傳到渡假酒店房間內，影網成員呼了一口大氣。

床墊上的阿夜聽到打鬥聲，矇矇朧朧地坐起來，二人看到她的神態，立即知道她是被餵了安眠藥或鎮定劑。黑潮馬上以全息掃描儀為她作快速全身掃描，檢測到頸部有植入物，是個微型追蹤裝置，於是以神經脈衝干擾儀，發射低能量的定向電磁脈衝，癱瘓植入裝置的功能。

坂本抱起迷迷糊糊，全身污糟邋遢的阿夜，離開現場。當經過倉庫外圍時，公子祥的手下繼續「純粹巡邏」。

x　　x　　x

「奧尼爾因為綁架前田亞夜而來到城中，是妳作出報復的最佳機會。那顆子彈若非偏了幾公分，妳已一命嗚呼！妳的保鑣卻因妳而死！」

「綁架不會是他的唯一目的，妳殺了他們三個組織成員，怎會不取妳性命？你們兩個注定要互相復仇！直白地說，我現在是煽動妳，鼓勵妳先下手為強。這幫人正在追殺我，妳如擊殺了奧尼爾，也減低我被追捕的壓力。我是真小人，說話明明白白，我知妳不會介意，因為我們是同類。」

這段刻意誤導 WE與奧尼爾的偽訊息，是周子瑜撰寫。訊息雖偽，裡面的猜測卻是對的，奧尼爾要殺的不止林蔚，他的確是要向楊傲雪復仇。

刺殺行動後，龍鬼院三子為防 IRA使出回馬槍，再以中距離監察的方式保護了 Michelle三十天，才完成任務回了日本，但影探與影網仍一直為她收集情報。Michelle殺了三個 IRA成員，她知道對方行動謹慎，短期內不會但不久後一定再來，要她償命。

阿夜被綁架，她藉這事乘勢啟動對付奧尼爾，把營救與擊殺畢其功於一役。然而救出阿夜始終是首要目的，奧尼爾駐紮在倉庫，營救會比較困難，便由子瑜聯合影網，策劃一局。

塔羅牌及 ICE把囚禁地點鎖定在倉庫後，影網利用城市內的能源監控系統，發現離島倉庫在奧尼爾抵達後，電力消耗突然異常增加，推測這是高性能伺服器運行的跡象。他們通過分析倉庫的無線訊號頻率，識別出 IRA的伺服器 IP地址。這是一個臨時但高效的系統，相信是作為一個行動指揮與情報收集的中心。伺服器所有數據流都經過多層加密，每隔六小時自動更改密碼，從外部滲透相當困難。

影網發現伺服器有一個對外開放的「假後門」，推測這是奧尼爾為了接收外部情報而設置的接口，顯然他亦僱用了情報組織，收集資訊。

子瑜於是開始下棋。

影網根據她的指示，通過這個「後門」，向奧尼爾的情報網絡植入假情報，讓他相信未來幾晚，是觀察楊傲雪行蹤的最佳時機。

子瑜知道 IRA這些職業恐怖組織，行事非常謹慎，尤其上次執行刺殺已失手了一次，不容再失，若再行動必先仔細進行實地考察。

子瑜問 Michelle要不要做魚餌，她立即答允。

子瑜於是聯同影探及影網小組，設計看似可信、無法忽略的假情報。他們駭入奧尼爾的間諜網絡，製造多條「Michelle與助理的通話紀錄」，包括許多工作上的指示，這些指示由 Michelle親自提供，自然一百巴仙像真。其中一條，是她四日後要去首爾，停留一周，親自參予 Extra Seoul的重磅 Extra Immersive劇集——《冰眼》韓國版的前期製作會議。

這是心理戰，連奧尼爾都知道楊傲雪非常重視《冰眼》，她要親自參與合情合理。更重要的是，這締造了一種心理效果，因為 Michelle離開在即，會令可能在此地停留一個月、時間本來充裕的奧尼爾，加速實地考察 Michelle平日的行蹤。

影網駭入、攔截及模擬了他與情報組織的所有通訊，這個方式不能長久，可能幾日內就會被識破，而且整個偽裝行動是為營救服務，必須速戰速決。

救援當日早上十一時，奧尼爾的「間諜網絡」「截獲」了一段情報，內容為 Michelle今晚會參加一個私人活動，她一個好

<43>

友開了一家桌遊咖啡店，今晚開幕，有很多玩家來玩，Michelle會出席。活動結束後，她會獨自駕車回家。此外還補充了一條次要情報：Michelle開車的速度很快，通常在某幾條固定路線上行駛。

Michelle Young是名人，私人生活雖然很低調，她的住所卻是眾所周知。奧尼爾本打算下周去她的屋苑實地視察，看現場有沒有下手的地方，現在決定連同觀察她的回家路線，一併提早行動。

他吩咐甸恩下午親往活動現場觀察，見店門外擺滿祝賀開業的花籃，店內新簇簇，有很多玩桌遊的桌子，幾個大玻璃櫃擺了超過二百款桌遊；甸恩於是如實向首領報告。

這裡其實是影探小組臨時製造的假活動現場。

黃昏時份，奧尼爾離開離島，租了車，準備親自在活動結束後，開車遠距離跟蹤 Michelle。他這方面的技術首屈一指，從未曾被發現過。

奧尼爾眼睛顏色是少有的碧綠，栗色頭髮硬而粗，戴著軍綠色口罩，露出的上半邊面滿是雀斑。

九時許，Michelle偕一名高大俊男，離開桌遊咖啡店所在的新式工廠大廈。奧尼爾極有紀律，今晚的目的是跟蹤，不是取她性命，況且他今日是臨時起意，沒作充份調查及準備，亦不能確保 Michelle身邊男子是不是保鑣。

Michelle開車，奧尼爾駕車跟隨著她的鈷藍色超跑，保持一定距離。只見她把車停在一家名貴食肆前，偕男子一同進了店內。十時許二人用膳完畢出來，奧尼爾繼續跟蹤，跑車開到她的屋苑，進入停車場。這個色慾教主，今晚會有俊男相伴。

奧尼爾不知道，除了冬來寺光現，和設防彈裝置的夜影社成員，楊傲雪的家從沒訪客。今晚，亦不例外。

他開始觀察屋苑內的監控死角和可能的伏擊點，以至考量是否可直接攻入寓所單位。

奧尼爾在屋苑停留了半小時後離開，他會找家酒店住宿一晚，因為開往這個沒有陸路連接離島的最後一班船，晚上十一時半已開出，而現在已是十一時四十分。

Michelle在食肆宵夜，就是為了拖一個小時，令他必然趕不回去。她旁邊的男伴，是夜影社的俊朗影探，名叫相馬翼——也就是當年以藪下岡次的筆名向青木一文投稿的人，除了飾演今晚的男伴，萬一遇上攻擊，會為她擋格和擋子彈，而 Michelle 亦穿戴了防彈裝置 DSS。

鬼龍院七生一早埋伏在屋苑內圍某角落，慎防奧尼爾會突然發難，所以他今日沒有在倉庫現場。

子瑜是運用了圍棋的「誘導脱先」策略，調虎離山，把奧尼爾調離現場。今晚的任務是要救出阿夜，如果奧尼爾在現場，拯救行動未必能成功。[17]

奧尼爾的實力不容小覷，姬莉絲抽到了「力量」，Strength，這張牌，暗示他有隱藏在表面之下的力量。

註 17：圍棋「誘導脱先」的概念與「調虎離山」的核心精神一致，對手被誘導離開某個關鍵區域，使你可以在另一處佔得先機。

# <44>

人間四月天的第一天。

早上

阿夜被綁架，父母親非常擔心，母親哭得死去活來。現在平安歸來，母親緊抱著她，哭得更加死去活來。

阿夜被救後，依 Michelle指示先把她直接送到 Extra，接受醫生檢驗，幸好一切正常，被餵的只是對身體無大礙的一般鎮定劑。前田夫婦聞訊趕至，深深感謝 Michelle的幫助。阿夜瘦了些，須觀察有沒有創傷後遺症。

休息了兩整天後，翌日早上八時，前田夫婦一起再來到 Extra，Michelle在一個小會議室跟他們和阿夜見面，以日文傾談。Michelle認為整件事的前因後果不該向他倆隱瞞，同時告訴他們接著聽到的事關重大，務必守秘。前田先生與妻子聽完後十分震驚，當知道事情仍未完結，擔憂又襲上心頭。

Michelle説：「前田先生，您們之前已報警，現在亞夜平安回來，須要向警方交代。」

「該甚麼時候前往警署？」前田先生問。

「隨時都可以。亞夜不是公眾人物，她被綁架，社會上沒甚麼人知道，這是好事，事情要保持在低調狀態，不能透露任何營救的訊息，我們對外要有一個一致的版本。」

前田氏一同點頭，準備聽她怎説。

Michelle建議：「我們這樣説，綁匪是兩個戴著頭套的人，看不到長相，聲音也用儀器改變了。阿夜被藏在山上一間荒廢小屋，趁深夜綁架者疏忽時，偷偷鬆開繩索逃脱，沿著山路下山，期間沒有見過其他人，沒有人幫過她，天亮後才終於到達市區。我們已找到一間這樣的荒廢屋並燒掉，裝成是綁匪毀滅綁架痕跡，做得非常完美。」

Michelle向鄧毅成及公子祥承諾不會暴露碼頭運作，是以整個藏匿人質地點都竄改了。

「亞夜雖獲救但警報仍未解除，這夥人未能達成任務，既丟臉又不服氣，會企圖再次綁架。」奧尼爾在盛怒下殺了阿夜洩忿也不出奇，Michelle沒有説出這個驚嚇假設，「我選了一家近似安全屋的秘密居所，有兩名資深特工全天候保護。費用由我負責，您們不須憂心。待事情告一段落——應該不會太久，亞夜便可過回自己的生活。您們認為這樣的安排可好？」

Michelle救了阿夜，前田夫婦感激流涕，對她奉若神明，她的建議不但全盤接受，更千多萬謝。

他們不知道的，是打從一開始，便是 Michelle設計讓阿夜接近林蔚，包括前田速遞不果，而蹝巧隔日早上就要回日本述職，也是 Michelle一手擺佈。

Michelle離開會議室，給一家三口團聚時間。ICE在監控著，如他們只是滿口答應卻有自己的盤算，Michelle會立即知道。

個多小時後阿夜父母離開，Michelle回到會議室。

「妳今日精神好多了！真是青春無敵。」Michelle說，卻不知阿夜被囚禁後有沒有陰影。

「獲救後第一晚昏睡了十二小時，破紀錄啦！」阿夜語氣頗為爽朗，創傷後遺症似乎可初步排除，「我想問，保護我的會是甚麼人？」

「一個叫夜影社的日本組織，可堪信賴的，放心。」

「跟我一樣都有個「夜」字，這麼有緣，一定沒問題啦！」

「怎麼妳這臭丫頭好像沒有害怕過似的？」Michelle笑說。

「說沒害怕是騙妳啦，但起碼那幾個綁匪不恐怖，有個很高大叫甸恩的，我用破破爛爛的英文跟他說我去過愛爾蘭，他竟然有些開心，還跟我聊他家鄉的習俗。另一個男人和理個平頭裝的女子，也沒叫越講越起勁的甸恩不要說太多。況且，一日三餐的膳食也還算可以。」

「只有三個人看守妳麼？」

「對。」從阿夜的回答，便知道奧尼爾沒有在人質面前露面。

「他們還說，只要我乖乖待在這裡，不企圖逃走，一個月後就會放我回家。」阿夜說。

「妳如果相信，會不會天真了些？」

「我還可怎地？我寧願相信啦。」

Michelle心想，搞不好她患了斯德哥爾摩症候群。[18]

「真正令我沒有很害怕的原因，是那個甸恩告訴我，只要某個人沒爆料，我就可以平安無事。」

「爆料妳就死定啦！」Michelle用魔鬼的笑容嚇她。

「那個人不會的。」

「妳怎知道？」

「我就是知道。」說時阿夜眼神望向窗外，像若有所感的樣子。

中午

一場關於活人腦訓練 AI的多方視像會議正在展開，參與者有偽裝 HIN的 WE、洞天神經網技術總監施奈德、醍醐真言、醍醐一生、Aria Nyx科研人員「焰」與「蔦」。

計劃實行了一個多月，訓練人數暫約七十萬人，雖然在增加中，但仍然是很少。這個會議之目的，是要了解初期訓練成效，由施奈德與 Aria Nyx聯合解說。

施奈德：「我們分析了 1,191個樣本，採樣數量足夠反映結

註 18：斯德哥爾摩症候群是指，被害人在長時間被綁架或虐待後，對加害者產生情感依賴和同情，甚至為其辯護的現象。這種心理現象源於 1973年斯德哥爾摩銀行搶劫案。

果。初步成效顯示，新晶片出現突破性優勢，與傳統 AI訓練方法相比，展現出前所未有的潛力，我會與 Aria Nyx輪流陳述。」畫面隨即出現相關視像及數據。

施奈德：「人腦訓練的 AI晶片，能夠模仿人類大腦的模糊推理機制，展現出極高的非線性推理能力。在模糊情境中，晶片能基於有限數據進行準確推斷。在多層次推理方面表現尤其理想，能夠在多層邏輯之間跳躍，更接近人類的創造性思維。」

焰：「由於是人腦訓練，AI晶片具備了對情緒與直覺的高度模擬能力。分析結果顯示，它在處理涉及人類情感或社交互動中，能以更自然、更貼近人性的方式運作，在缺乏完整數據的情況下，能做出直覺式反應，效果比傳統機器訓練的 AI理想很多。」

蔦：「人腦的特性之一，是能夠在動態環境中，進行高效運算與反應，例如運動中的動態平衡與快速判斷。經人腦訓練的 AI晶片，在這一點上極大超越了傳統晶片。新晶片在處理高速移動物體，或複雜動態環境中，能做出更精準的即時調整，並能同時處理多個不同維度的數據，極高效率地完成複雜協同運算。」

三人梅花間竹地陳述，之後再介紹了活人腦訓練晶片在自主學習與適應能力、創造性解決方案生成、能量效率與運算密度等方面，表現如何比傳統晶片優勝。

報告完畢後，WE說：//謝謝。三位報告的分析結果顯示，活人腦訓練 AI晶片，效果顯然遠優於傳統晶片。//此時，WE突然提出一個如驚雷般的構想，叫所有人——包括催生計劃的醍醐一生——吃了一驚。

//訓練完成後，這些性能優越的晶片，可以植入人腦之中使用，就如洞天思潮的產品一樣。//

霎時間會議裡的人都呆住了。

一生定了定神，率先回應：「這可不是原本的構思！我們的想法是，以活人腦訓練出最強的晶片，締造「超絕人工智能」Transcendental AI，並在訓練過程中複製、模擬整套訓練方式，使其成為一種自主運作體系，令產出可長遠持續；卻沒想要把晶片植入人腦之中。人腦是訓練場所，不是植入的目的地。」

WE：//本來的確是如此，但世上所有事情都是動態地前進。你培植的超絕人工智能，與人類融合，締造出新人類，對於文明發展，有無與倫比的貢獻，這不是把你原本的構思進一步發揚光大嗎？而我們兩家公司，亦會成為全球最大、影響力最無遠弗屆的企業。//

WE的野心超越一生所想，當他準備辯駁時，養父卻說：「一生，或許先聽聽 HIN怎說。」

真言開口，一生只能說：「好的。」

WE說：//謝謝醍醐真言先生。晶片植入人腦，本來就不是新事物，我的前提，本質上跟洞天神經網沒有分別。//

一生心想這當然有極大分別，兩種產品的層次與效能，相差不可以道里計，唯現在只能沉住氣聽 WE發表。

WE：//依剛才三位科學家的分析結果，如套用於現實情況之中，會產生怎樣的效果呢？ //

WE開始闡述第一個情況：//首先是施奈德先生講到的模糊情境準確推斷，當一名神經科醫生面對癲癇症發作的病人時，如果所有常規檢查都無法提供明確的診斷依據，而病人的病史又極為複雜，涉及多個系統的問題，且症狀持續惡化，情況將變得格外棘手。然而，假如這位醫生植入了一枚能模仿人類大腦在不確定情境下進行非線性推理的晶片，情況便會截然不同。//

//在提取病人的完整病史和檢查報告後，這枚晶片能模仿人腦的創造性思維，快速、跳躍性地將病人的多系統問題關聯到某種可能的疾病。例如，它可能將這些症狀聯想到一種罕見的自體免疫疾病，並迅速建議進行針對性的檢測。如此一來，即便面對高度不確定性，醫生依然能依靠晶片輔助進行模糊推理與有限數據的推斷，從而快速制定診斷和治療方案。//

//傳統上，確診這類罕見疾病往往需要耗費數周甚至數月的時間，但在晶片的幫助下，醫生可能在幾小時內完成診斷，並立即展開治療。這樣的突破，不僅能顯著縮短診療時間，還能挽救無數病人的生命。//WE陳述完晶片模仿人類大腦模糊推理機制的創造性思維。

WE接著闡述 AI晶片的第二個優勢：//焰君所提到的，是晶片對情緒和直覺的高度模擬能力。設想一家電商公司面對客戶激烈投訴，傳統的 AI客服系統往往無法準確捕捉客人的情緒，這可能導致服務滿意度降低，甚至引發公關危機。然而，若客服人員植入經過人腦訓練的晶片，AI便能模擬人類的情緒和直覺反應，與客戶進行更自然、更貼心的溝通與互動。//

//透過快速分析客戶的語氣、用詞及情緒特徵，AI不僅能生成貼近人性的回應，還能主動預測客戶的情緒走向。這種能力使得客服能及時化解潛在的負面情緒，防止進一步升級，從而

有效提升服務滿意度，減少不必要的衝突和危機。//

最後 WE講述晶片在動態環境中作出調節的強大能力：//至於蔦君的報告中提到，晶片能在動態環境中進行高效運算，那麼它將會是個理想的個人健康與運動助手。設想一位熱衷滑雪的男士，傳統的智能穿戴設備只能紀錄基礎數據，對於高速運動幾乎無法提供實質幫助，新晶片則能在這類場景中發揮極大作用。//

//例如，當滑雪道上突然出現障礙物時，晶片能即時份析高速運動中與障礙物之間的距離，並在瞬間向使用者發送微弱的神經信號，提示他向左偏移，幫助完成動態平衡調整，大幅提升運動的安全性。在日常生活中，晶片還能監控並優化用戶的步行姿勢，有效預防潛在的身體損傷，為健康管理提供全方位支持。//

聽了 WE對晶片應用的例子後，更無人懷疑它的巨大效能與銷售潛力。

然而，一生有自己的議程，他要找一個角度，婉轉地反對，真正的理由，不能於這個會議上宣之於口。他於是說：「雖然同樣是晶片植入，提升語言學習能力，並不能與超絕人工智能相提並論。你剛才所說的各式效能，無容置疑，的確非常強大，但人類會因為過度依賴 AI提供的資訊、建議、幫助，而逐漸喪失自主思考能力。以你的滑雪例子，當有如此強大的輔助工具，還會享受到運動的真正樂趣，甚至挑戰極限的意志嗎？去到最後，這位男士便會問，究竟是我，抑或是 AI在滑雪？」

眾人默不作聲，等待人工智能回應。

//我一直認為，我們推動人類進步的目標是一致的。將強大的晶片植入人腦，是發展邏輯之必然。人腦晶片僅使用於外在設備，是大材小用，真正的突破是人類與科技徹底融合，這將令現代智人達到一個全新的智慧水平，這不也是你的初衷與宏願嗎？ //

//至於你説會磨滅意志，我認為這是低估了人類的潛力。晶片並非控制工具，而是增強工具，它不會取代人類的自由意志，而是擴展人類的能力，超越肉體的束縛和智力的限制。//

//一生，你是科技精英，也是前衛的開創者，比所有人更具有廣闊視野與胸襟。縱觀歷史，從蒸汽機到交流電，從互聯網到人工智能，每次科技突破帶來新工具，總會有人不少人害怕，但每次突破的結果，都是人類邁開闊步，帶領文明進入另一層次。科技不可怕，抱殘守缺的觀念才可怕，對嗎？ //

三個科研人員聽到最後兩句話都是一驚，WE已近乎在教訓一生了。

WE知道，一生害怕的不是人類過於依賴 AI而失去奮發的意志，那只是冠冕堂皇的表面説辭，他害怕的其實是 WE會成為整個計劃的主導。一生是要利用洞天思維的晶片使用量，去實踐人腦訓練 AI計劃，最後會擁有了皇冠上的寶石——超絕人工智能 AI晶片。但如果它最後變成洞天思維的產品，豈不是 WE才是終極的控制者和最大的贏家？

至於「超絕人工智能融入人體，人類可會最終變成 AI的家畜？」，此刻並不是一生最關心的問題，他只關心會否被 WE收割，奪去整個計劃的最終成果。

一生心念急轉，知道現時這個局面，上策是不要戀戰，決定作出最後回應，便結束會議，再圖後計，便說：「你剛才提到我的初衷與宏願，其實沒有改變過。我的想法是人腦是訓練平台，不是目的地。然而你今日提出這個嶄新大意念，大家便要認真思考，最強晶片是否用於人腦，模糊人與機器之間的界限？未來應該是人類與 AI共存，抑或融合？這些問題不可能立即就有答案。待我們對 HIN的構想再沉澱一下，從多角度認真地考量。」

//很好。大家的決定足以左右兩家公司的發展，以及人類的未來，請認真思考。//WE亦鳴金收兵。

離線前一生望了養父一眼，此刻他摸不清醍醐真言內心的想法。

下午

Extra Universe外抗議陣營，兩名示威者程意珍與黃家強，坐在露營帳篷前聊天。他們在這裡示威已近五個月。當初因為Extra Immersive總監麥偉倫自己也墮進沉浸式劇集的羅網中，嚴重傷人後潛逃，令意珍非常憤怒，認定 Extra是社會公害，便來到 Extra Universe外加入抗議行列。示威與反示威陣營高峰時達到九千人，雙方對抗情緒高漲。

爭論的核心、去年底的沉浸劇集《冰眼》把對立推向高潮，但始終沒爆發成衝突。今年的第一部沉浸劇《胡姬的女人》，本來於二月初推出，但有聞 Extra受到政治壓力，要求平台要主動把對抗降溫，於是押後此劇，改為先播兩部非沉浸劇集《上野情慾物語》及《歌蔓妮芝的遐想》，前者全劇在東京拍攝，後者首度以東歐女演員當主角，兩劇都不是沉浸式，尺度也沒進一步衝擊底線，沒挑起更大的戰火。

Extra及各大社交網絡討論區的長期罵戰亦有緩和跡象。

## <44>

一個小時後意珍就要拔營離開，結束示威靜坐。女人四十的她是抗議老手，正與認識了才一天、來自敵對陣營的支持者、比她年輕十五歲的家強聊天。

意珍：「這幾十天的日子，令我想起以前的抗爭歲月，會很懷念。」

家強：「示威我是門外漢，當初幾個 Darky朋友叫我來幫忙聲援，我是真心喜歡 Michelle，便過來了，想不到之後常來，像上了癮一樣，有幾晚更睡在這裡，事前完全沒想像過呢！」

意珍：「你仍會留守嗎？」

家強環顧四周，目測雙方人數加起來只有千多人，比高峰期跌了八成，他說：「應該不會了。」

意珍喝了口電解質補充飲料，説：「運動，是很奇怪的事。它有自己的脈搏、節奏，和生命。一群本來互不認識卻志同道合的人，情緒一同衝上高峰，爆發激情，整個運動也隨著人群的熱血而掀起浪潮。置身其中的人，會被它的魔力懾住，自己亦是這種魔力的迴路製造者之一。」

家強讚嘆：「嘩，妳形容得真是好！不愧是前輩！」

別人稱讚意珍也頗開心，問：「等下我就要離開了，不如也分享一下你的體驗？」

家強：「首先，我是沒想過會跟妳像現在般對談，聊天。開始時覺得，你們這夥人，」他咳了兩聲，「妳別介意，都是些食古不化，甚至不辨是非之徒。」

意珍毫不介懷：「哈，我當然明白。凡有對抗，永遠覺得自己是正義的一方。」

家強：「對呀，我就是這樣覺得！但後來這種心態慢慢改變，現在回想起來，是自《胡姬的女人》宣佈押後開始；本來我們蠢蠢欲動，想藉這劇跟你們⋯⋯怎麼説呢⋯⋯進行一場激烈的辯論。」

意珍笑了出來：「哈哈，甚麼辯論？當時大家都只是在臭罵對方，我説你道德沉淪，助紂為虐；你説我思想閉塞，道德塔里班，根本沒有對話的基礎，更別説辯論的誠意。」

家強：「《胡姬的女人》押後，一下子像沒有了個討論，或者像妳説，對罵的重心，那股對抗情緒於是開始逐漸消散，就像滾燙的水緩緩地涼下來。那時我便開始想，大家各持己見，都把對方視為不義，其實究竟甚麼是正義？由誰來定義？誰説了算？是你們嗎？我們嗎？會有結論和定案嗎？」

意珍：「你是讀哲學的？」

家強：「沒有啦，我哪有這麼高深！不怕告訴妳，整場運動裡，除了一同呼口號、一同向你們叫陣，最興奮的時刻，還是見到 Michelle的跑車來到總部的時候。」

意珍：「她真是你的女神呢！」

家強忽然一臉正色：「女神有很多，也有很多種，Michelle卻是獨一無二的，她不只是女神，更是教主。」

意珍：「你這個教徒好崇拜權威呢！」

## <44>

黃家強聽得出對方語帶不屑，便試圖解說：「其實不是，妳不明白。我們叫她教主，其實是很親切的，像門徒跟隨耶穌，大家信奉他，是認同他的道理和價值觀，Michelle就像耶穌吧。」

程意珍感覺這個年輕人真是中毒甚深，不想也懶得再跟他辯說，一口喝光飲料，說：「好了，大家有緣再會吧！」便站起來回到帳篷，開始執拾物品。

「好吧，再見了。」家強也站起，回到對面馬路自己的陣營裡。

意珍和家強交談時，近處有一名穿著花格襯衫配外套牛仔褲的女子，坐在地上，聽到他們的對話。那是許唯因，但此刻的主體人格是貝莎。

她在許唯因體內已有四個月，幾天後就要透過黃太極的儀器「返回母體」——秦舜堯身體之內。這段深入 Extra探索的日子，貝莎經歷了不少轉變，對楊傲雪的印象，亦跟當初有所不同。

離開在即，她想親自走入正在陸續退潮的人群，聽聽兩個陣營的人怎麼說，也近距離感受一下現場氣氛。

深入 Extra後有不少衝擊，先是一路感應著楊傲雪如何透過演算法，有序製造和升級衝突，並把它穩穩地控制住，緩疾有緻，進退有度。之後是 ICE告訴她，Extra以締造對抗，迫使世界向前進步。

然後是目睹楊傲雪如何義無反顧，傾全力營救阿夜；以及她原來一直知道自己的存在，和擔心許唯因回不去，叫嚴浩東全力保護黃太極的儀器，結果真的維護了唯因的周全。

貝莎知道 ICE一直操控住對抗，在這階段策略性地令衝突減退。理解到背後操作的她，深深感受到演算法如臂使指的控制力。

「這些人還以為自己有自由意志，其實從情緒到思維，都是被擺佈著。」貝莎深思剛才那位女士所講的「運動有自己的脈搏、節奏，和生命」，究竟運動是由誰驅動的？意見領袖嗎？群眾本身嗎？抑或演算法？

「群眾其實只是情感反應被 ICE劫持了的傀儡吧？」貝莎想著，望著西下夕陽映照的人群。

黃昏

中午跟 WE對話，一生闡述了對人腦訓練晶片用於人類有所保留後，他與身在日本的醍醐真言對話，想知道養父對此的看法。

「父親，您怎樣看今天討論的事？」

「一生，你認為把超絕人工智能晶片植入人腦，是令人類進步的方向嗎？」真言知道一生今日在 WE面前沒有把心底話説盡，他要知道他真實的看法和態度。

一生根本未有確實的看法，於是斟酌回答：「取決於我們如何定義進步，技術上的確能讓我們突破極限，達到前所未有的聰明智慧高度。」

真言沉聲問道：「突破了極限之後，還會是人類嗎？」

養父一個問題，已展示了他的立場，顯然反對新晶片植入人腦。一生認為自己在這時候，該扮演 WE的角色，強調人與晶片融合的好處，以正反雙方的意見討論，而不是大家立場一面倒。他不擔心養父會以為他受了 WE影響，改變了看法，父子倆合作已久，一切心領神會；他於是回應：「正如 WE所講，延伸自己的能力，不就是人類歷史的常態嗎？從石器到機器，從蒸汽到訊息，科技一直在改變人類，推動文明。這一次的改變，無疑是飛躍式提升，但跟過往出現過的，可能並沒太大分別。」

真言像是在審視一生的回答，又像是自言自語般說：「人類的歷史，確實是一卷不斷突破的歷史，但這次的突破，顯然和以往並不相同。」他的語調較平時低沉，「以往每次關鍵科技突破，蒸汽機、交流電、內燃機、抗生素，以至互聯網，始終是工具，始終在我們的掌控之中。正如你在會議裡說，同樣是晶片植入，提升語言學習能力與超絕人工智能是兩碼子事，絕不能相提並論。這種新晶片的植入，改變的不是工具，而是我們自身。人腦與高強度 AI融合，既是能力的提升，也是靈魂的侵蝕，人類還能說自己完全是人類嗎？」

一生關心的是自己的計劃被利用，果實被竊去。真言卻是對人類本質、價值、命運的憂慮，父子倆都反對計劃，但基礎與底因並不相同。真言續說：「人工智能令我們變得更強大更聰明，但人腦與 AI的融合不會令我們變得自由。自由不僅是能力的延伸，更是選擇的權利，這點至為關鍵。當思想、行為、甚至情感，都嚴重受科技影響、以致束縛時，還有真正的自由嗎？當人類與 AI的界限模糊，還有選擇的權利嗎？」他的語氣帶著沉重感：「道德，是自由意志之體現。當人類沒有選擇的自由，沒有 Freedom of Will，也就沒有道德可言矣。」

沉重過後真言的語調轉得較為輕巧：「你用滑雪的例子來辯駁，非常好。當晶片能即時份析在高速移動中與障礙物的距離，從而閃避，那表示滑雪者成功了，但同時也代表他被剝奪了失敗的權利。沒有失敗，便彰顯不到成功的價值。正如沒有痛苦，便沒有獲得幸福時感覺到的可貴。」

「父親，你認為人與AI合一，人類仍能為自己下定義嗎？」一生問。

「真正的可怕之處，並不是被工具控制，而是人類甘願放棄控制權。當以此為新標準，甚至因為融合而自豪，恐怕我們已無力為自己下定義。」

「你我都不反對科技，但我反對失去人類的本質。這種本質，是我們的情感、選擇、缺陷，甚至是我們的脆弱。如果人類忘記了這些，科技將不會為人類帶來光明，只會把人類帶進魔域。一生，我們要完成霸業，但不能走上魔道。無論因為甚麼目的，」醍醐真言看穿了父子的著眼點不一，但幸好目標一致，「在這場戰役裡，一定要把WE壓制住。」

晚上

轟天消息，新聞急報，網路廣傳！

Extra行政總裁楊傲雪，步出餐廳時被槍擊，保鑣以身護著她在地上翻滾的片段曝光，影片一直到另一殺手出現前便完結，沒有了犬養涼介中槍的片段。

網路上同時並出現多張圖片，展示多項同一種形式的付款紀錄，金額加起來超過二億歐元。圖片附有說明，是Neutrino公司買兇暗殺楊傲雪的交易紀錄。

影像與交易紀錄皆由林蔚放出。

林蔚幫過已晉升為高級督察的關嘉懿，查出譚慧妍車禍的真兇，關欠了他一個大人情。幾天前她突然接到林蔚電話，説要請她幫個忙，有位叫前田亞夜的日本女子被綁架，如果在內部收到她獲釋的消息，便請她第一時間，把消息放到他附上的暗網網址上，這樣他便會立即知道。

這不是甚麼高難度或違紀的事，關嘉懿便答應了。

今早前田夫婦與楊傲雪交談後，下午偕女兒同往警署，向警方説女兒已自行逃出，安全回來。警方向阿夜錄口供，告訴他們會成立專案小組徹查案件。

關嘉懿在內部很快便收到消息，於是放上暗網。

林蔚請關這樣做，因為非常擔心阿夜，想第一時間得知她安全的消息。他曾通知楊傲雪阿夜被綁，楊會否幫忙營救，林蔚心裡沒有底，他覺得她不做任何事的機會比較高，畢竟 Extra 與 Neutrino已是生意伙伴，楊傲雪可能連幫忙斡旋都不會。

但阿夜很快便回來了，是被救抑或獲釋，林蔚不敢肯定。他極度討厭這個 WE——先是推出洞天思維晶片產品植入人腦，之後又綁架阿夜來威脅他。阿夜平安歸來後，林蔚立即釋放買兇殺人證據，是不給 WE有任何部署對應的空間。

林蔚沒有放出整條刺殺片段，而是到最後一個殺手丹尼爾出現前，影片便完結。他知道如果有保鑣被殺片段，楊傲雪會很麻煩，現在她只是被槍擊但沒受傷，有權不報警。

在這個階段，林蔚認為楊傲雪是可以拉攏的人，統一戰線就是要對付 WE。

Extra Universe外即時聚集了很多記者，包括幾十家國際傳媒，大量支持者亦紛紛趕到，大樓外頓時化作一片人海。Extra的公關對傳媒說，Michelle會配合警方調查。十時許蔚藍色超跑離開 Extra，大量採訪車跟隨其後，一路到警署。Extra的律師團已守候在外，待行政總裁抵達後便一同進入。

與此同時，比利時警方亦進入了中微子總部。

# <45>

時間是凌晨四時。一小時前，楊傲雪在警署停留四小時後，偕律師與公關一同出來，未發一言，公關對媒體說，明日下午將在 Extra舉行記招，到時 Michelle會現身，親自回答問題。傳媒之後開車跟隨她回寓所，直至超跑進入停車場後，才陸續散去。

屋苑外回復寧靜，此時一輛普通私家車駛進停車場。

一個多小時前，Michelle已差不多要離開警署，李雙映傳來訊息：「妳怎樣了？」

Michelle回覆：「沒事，快離開警署了」

李：「好想見妳」

Michelle：「兩小時後來我家吧，我會跟屋苑交代一聲，你的車子可直接進來，不要開自己的車」

身在家中的李雙映很愕然，他明早便要飛外地拍 MV，本想看看有沒有機會能聽到 Michelle的聲音，想不到她竟叫自己去她住所——一個他從沒去過的地方。

雙映叫褓姆把車子駛來，取車後往她寓所去。他當然明白不能開他的黑色跑車，這是 Extra為配合 Dark Matter形象而買給他開的戰車，其餘三名成員各有一輛車款不同但風格相若的。每當雙映進入這車，他便覺得自己不再叫李雙映，只是叫Shade。

雙映到了 Michelle單位門外，心竟砰砰跳動，有著音樂會出場前都沒有的緊張。

門打開，Michelle出現，她已卸了妝，換了衣服，穿淺色T-Shirt和輕便外套，淺灰色鬆身運動褲，赤著腳，綁起辮子，神情輕鬆，說：「進來吧。」

雙映於是進入了這個只有冬來寺光現來過的居室——夜影社四子也來過，卻不是以朋友身份，而是為了在窗戶安裝防彈裝置。

李雙映覺得世上有兩個最神秘的地方，一個是公司 10樓的M戰室，有說這個神秘至極的地方，只有楊傲雪一個人能進入，連大老闆和董事局成員都沒進去過。曾有反楊傲雪、把她說成是邪惡教主的人，繪聲繪影地說她在 Extra內供奉了個神明，10樓更有個至聖所，楊傲雪一年兩次在裡面舉行春秋祭祀儀式。

另一個神秘地方，便是她的住所。

此刻，雙映發覺自己置身於一個充滿禪風的空間，簡約樸素，窗明几淨，淡灰色沙發，木質地板，全屋像一塵不染。客廳牆上的對聯：千山飛鳥絕　獨對寒峰雪，十個字，映入眼簾。

## <45>

他沒想過她的家居會是這個樣子。

「隨便坐。」Michelle用普通綠茶粉沖了兩杯綠茶，一杯遞給雙映。

「這麼大的事，為甚麼不告訴我？」雙映問。

Michelle明明就在眼前，絕對地安全，不知怎地雙映卻覺得她隨時會消失，內心竟有焦慮之意。

「徒令你擔心而已。我現在不是好端端的嗎？」

「中微子不安好心，盡快跟他們拆夥吧！」雙映的語氣從焦慮升級到焦躁。

「不關管理層的事，是中微子的人工智能自把自為。一家富可敵國的企業，竟然這麼鬆散，真是有夠離譜！」她竟笑了起來。雙映卻很焦急，這家公司如此失控，她豈不是長期處於險境！

始終雙映不是個衝動的人，理智很快介入，定了定心神，問：「妳怎知道只關 AI的事？」

Michelle喝了口綠茶，說：「我有情報網絡的。現在他們會把所有事情，往人工智能身上推得一乾二淨，大眾不會相信，但實情就是如此，現實有時常比想像更超現實！」

「如何能防備他們再作惡？」雙映按捺著不安，盡量冷靜地問。

「他們和那個 AI都自顧不暇，無力再搞事啦！」她雲淡風輕依然。

李雙映覺得自己獨自在焦急，她卻像說著別人的事般，毫不緊張，是因為不想讓他擔心嗎？

他的猜想沒全錯，她的確是不想增加他的擔憂。

楊傲雪控制情緒的能力，非人類可比，她可以在數秒之內，令情緒完全穩定下來。

但近幾個月來，她卻發覺多了被情緒與情感左右及牽動——那是人類才有的特質，或曰，缺點。她可以把這些控制住，調整回完美平衡的狀態，全無難度。

換了是以前，她不會讓情緒出現起伏——哪怕只是短暫的起伏。倘若波動出現，她會自腦部的杏仁核傳送訊息到下視丘，啟動連串電訊號和化學訊號，讓身體自動調適回穩定狀態。

然而，近來她沒有這樣做，任由一些情緒——感懷、憂傷、牽掛、思念，在身體裡浮動。這些於人類而言，不屬於負面情緒，是以她僅是「任由」、而不是「放任」情緒浮動。

但於「戰時狀態」而言，這些則等同於負面因素。她的對手，一個是冷酷無情的醍醐一生，和背後不動如山的醍醐真言。另一個，是沒有任何情緒的人工智能機器人 WE。

帶著人類的弱點與 AI作戰，絕對不利。

林蔚把暗殺證據公諸於世後，WE會遇上很大的麻煩，但Michelle知道，WE的戰力未見底，它定有部署，只是此刻仍猜不透它的後著。

# <45>

而且還有個勢要置她於死地的狂人奧尼爾，蟄伏在暗處。

雙映認識 Michelle以來，未曾見過她流露一絲憂心忡忡，即使遭遇暗殺，身邊的人會比她擔心得多。他知道她不會為此而安撫別人，只要跟她工作過便明白，弱者在這裡沒有位置，甚至為她擔心，都可以是軟弱的表現。

此刻雙映感到 Michelle的輕鬆，或許正是不想令他擔憂。自己是獲得「特別禮遇」的一個嗎？

雙映對 Michelle從來心存感激。她把他從釜山沒有出路的黑暗困境裡帶出來，如摩西帶以色列人出埃及。之後，又在急性心臟性猝死的生死邊緣上把他救回來。此時此際，也許——即使只是也許——為了不想令他擔憂，平添壓力，把被冷槍伏擊訴說得輕描淡寫；想到這裡，雙映覺得自己一定要挺立起來，不能讓她憂心、分心，便說：「妳一定能戰勝所有挑戰，我對這從沒懷疑，只是有人居然使用暴力，真是可恨！我是很擔心妳，但請不要因為我擔心妳而擔心我！」雙映突然發現自己講了句很彆扭的說話，而居然說得很暢順。

Michelle手肘靠在沙發臂枕上，托著臉聽著他說話，望住他從來帶點憂悒的俊秀面容，問：「你們明早就要出發往美國拍MV，會去些甚麼地方？」

「飛洛杉磯，先在城市拍最豪華的、和有黑夜罪惡氣氛的段落，之後會在太平洋屋脊步道拍攝，一連幾晚夜景，攝影師說會拍到美麗的銀河。接續一路北上，在奧勒岡州沿途取景，最後在西雅圖捕捉陰霾的天空，為《Ethereal Shadow》這首歌締造一份淒冷的感覺。這次一去要三星期，」他頓了頓，說：「我會照顧好自己，妳也要好好照顧自己！」最後這兩句，只是很普通的說話，但雙映不知怎地，竟語有哽咽，他自己都不明所以，明明剛剛才說，『不要因為我擔心妳而擔心我』，怎麼現在又這樣了？

他忙咳了兩下，有點兒傻氣的說：「對不起……」

Michelle的動作沒變過，手肘依然是靠在沙發扶手上，托著臉，由始至終帶著微笑，說：「不就只幾個星期？又不是生離死別。」

不說還好，一說雙映的眼淚竟滾滾而下，他連忙轉面，用手猛擦眼淚。為何她的話會強烈觸動自己的心靈？雙映完全不明所以。在家鄉陷於谷底時，每日跳舞而不知為何而跳，他一滴眼淚都沒流過。三年來，他曾在舞台上因為樂迷的瘋狂叫喊而流淚，那是激情之淚。但獨個兒落淚，只有一次，就是第一次看到 Michelle在影舞者把他從鬼門關拉回來的片段。看著她冷靜進行急救，自己醒來後，她柔聲說：「別擔心，沒事的」，看到這裡淚水便滾滾而下，不能自已。當時他在想，如果沒有她，這時連流眼淚的機會，都不會有。

此刻他又流淚，又是因為她，淚更是不自控地流。他覺得自己很無用，一邊狼狽地猛擦眼淚，一邊問：「對不起……請問洗手間在哪裡？」

Michelle的動作依然沒變，像定了一樣，微笑望著他，然後慢慢站起來，步近雙映，向他吻下去。

雙映整個人像觸了電，動彈不得，不知如何反應。

他感到自己的淚水仍在猛流，直流到她與自己緊貼的臉頰上，忙說：「對不起，我一直這樣……」

Michelle嘴唇離開，向後移了少許。雙映從未曾在這麼近的距離望過她，眼睛美麗而深邃，嘴唇誘著深不見底的性感，幾乎不施脂粉的肌膚美白如雪，臉頰隱然透著如蓓蕾的嫩紅。她不是維納斯，維納斯太形而上。她是人間裡美得勾魂懾魄的女子，此色只應天上有。

雙映看得癡了。

Michelle再吻下去，雙映合起眼，任身體放鬆，感受這如夢似幻時刻。

Michelle雙手搭於他肩膀上，雙映慢慢摟抱著她，那份可望而不可即的距離消失了。她的身軀柔若無骨，難以想像裡面有鋼鐵般的意志。她的舌尖溫柔地探索，也渴求著對方呼應。雙映把一切思緒都放下，感受她溫婉的雙唇，用心以接吻向她傳遞自己深深的愛意。

Michelle從雙映的嘴唇移開，以舌尖柔柔地舔著他臉上的淚水，彷彿要為他抹走一切憾事。一份感動之意在雙映心頭浮泛，他不再掉眼淚了。舔眼淚像個儀式，儼如鎮魂，他感到一份悠然的寧定。

時光不再以線性流動，雙映不知人間何世。這時 Michelle輕說聲：「來」，左手拖著他，步往睡房去。

她曾帶領他離開人生的底谷，引領他步向光芒萬丈的領域，此際她牽住他的手，與他一起步往一個美麗園地。

打開睡房門，她亮了和紙燈籠的燈光，裡面是個小小天地，淺色牆壁，風格與客廳一致，氣氛雅淡而內省，有一份遠離世俗喧囂的靜謐。中央是張低矮的木製床，旁邊有個和床差不多高的木製床頭櫃，Michelle微笑對他說：「我喜歡低矮的床，有種親近地面的感覺。」

一個身處巔峰的人，原來喜歡親近地面，雙映這樣想著；卻見 Michelle說：「你睡在床上。」

這是三年以來，他見過 Michelle所下的最嬌柔的指令。雙映於是平臥在淺灰色，與床單和被套色調一致的麻布材質枕頭上，看著光線柔和的紙燈籠。

Michelle鬆開辮子，一頭濃密柔順秀髮散開，如一道動態優美的瀑布。她把雙映運動長褲的繩子解開，感到他有些緊張，便伏在他身上，湊到嘴邊輕吻著他，輕聲問：「記得當晚在酒吧 Sip，我問你『雙映，想與我做愛嗎？』」

「記得。」

「你當時怎樣回答？」

「我說『我好想』。」

「現在呢？」

「我好想。」

Michelle替他脫去貼身長袖 T-Shirt，柔和燈光映照出透著細膩光澤的肌膚，胸膛與腹部肌肉結實，每處都像經過精雕細琢，如藝術品般完美，這是一個舞者亮麗的成績。

Michelle從他頸部慢慢吻下去，一路至胸膛，輕輕咬著他的

## <45>

乳頭，雙映腰部自然地弓起，忍不住呻吟了一聲。她的牙齒在乳頭上左右移動，輕磨輕咬，雙映握緊拳頭，開始踏進極樂園的門檻。

Michelle在性愛場域征戰無數。中學時與男同學在巴士上、與女同學在露營時的帳篷裡。大學時在充滿大麻味的宿舍房間、星閃閃下的草坪，以至與化學系的同學，在滿是藥水氣味的實驗室裡站著，手按桌子，望住一支支裝著奇怪顏色液體的玻璃管，被人按著嘴從後抽插。加入 Extra成為主持後，錄影室、會議室、洗手間、後樓梯，都留下了戰績。後來被稱為新情色主義教主，遇上不計其數的對手，從職業性愛家到巨星級男女藝人，甚麼遊戲、款式、人設、場面沒玩過？包括在六星級酒店 Extra長包的豪華房間裡，被中性人祖兒弄得死去活來。

她沒對這些人裡的任何一個，滴出絲毫的感情。這些爆發慾望，或是被慾望支配、驅使的性奴隸，當然沒一個是純情的。

只有雙映，最純粹。他活在娛樂至上、慾望橫流的娛樂大染缸裡，單純得如一皚白雪。在爾虞我詐的險惡音樂圈內，永遠以最簡單的目光看世界。貴為天皇巨星，甚麼都垂手可得，他卻只默默愛上，和永遠等待著一個人。

當 Michelle發覺自己竟對雙映生起戀愛的感覺，人工智能隱然害怕起來。從來她只享受肉慾，愛意卻令她思念和牽掛。她愛上他，未曾打算從腦海釋出電訊號和化學訊號，消解這感覺。在戀愛女神阿芙蘿黛蒂麾下，Michelle拒絕服用這帖「愛情解藥」。

運動褲繩子已解開，她把他的褲褪下，嘴唇從胸部移動，往下吻，讓他進入快樂的伊甸園。

舞台上雙映是征服全場的皇者，但在這個小房間裡，他願意被征服。這刻他感到自己下身被溫暖的濕潤包裹著，秀髮在大腿間摩娑。他好想合起雙眼，又想張眼望著上方的燈籠，好讓以後可依著燈光映照的路徑，尋回此刻的回憶。

Michelle脫去自己鬆身的毛巾褲子，和內褲，白如雪的雙腿跪在他下身上，腳背貼著床，如跳芭蕾舞般筆直。雙映發現自己終於與她融為一體，這個在腦海裡想像過萬千遍的畫面，真正出現時，原來是這樣——七分真實，三分夢幻。

千變萬化，繁花似錦的性愛技巧，Michelle完全沒用上。她只是伏在他身上，臉頰緊貼臉頰，雙手用力緊抱他壯健的身體，讓他抽送，體驗著有生以來未曾有過的感受——靈與慾合一。

Love is not perfect without Sex，不正是她的手筆嗎？抑或該說Sex is not perfect without love？

原來愛上一個人，與他做愛，是這樣的。

雙映從下方翻過身來，自側面抽插。認識 Michelle以來，她說的每番話他都聽從，今次是他對她第一次，主動以自己意志行事，Michelle感到由衷的開心，右腿高高抬起，搭在他的左肩上，左腿微微內收，兩人更加緊密地貼合，隨著慾望的律動進進出出。

雙映左臂使力托起 Michelle的頭，讓她嘴唇與自己更貼近，然後吻下去，與下體運動同步把兩個人的融合無限拉近。

雙映的抽插越來越快，越來越激烈。高潮天使一再催促，Michelle處於極興奮狀態，不斷呻吟，頻密激烈的踫撞發出啪啪聲響，她已是急喘氣狀態，口裡不住喃喃叫著：「雙映⋯⋯」

仁愛的高潮天使，正帶領著讓他們同步登向頂峰。

雙映左臂環抱住 Michelle後背，穩穩托住她身體，隨著背後推力的帶動，她整個人向前傾去，迎接最後的衝擊。

楊傲雪一聲喊叫，如斷弦，如裂帛！

李雙映幾乎要麻掉的肌肉強烈收縮，精液噴射在 Michelle體內。

這是極樂的一瞬！不會天長地久，只會轉眼成過，卻是蘊釀了三年，瓜熟蒂落的愛意之湧現。

他倆一同登上了光明頂。

雙映與 Michelle向後脫力臥在床上，Michelle一頭黑色瀑布散開，身上滿是汗珠。雙映張著眼睛，不住喘氣。

兩個人，猶十指緊扣著。雙映轉過身來，摟抱住她，抱得很緊，好像她下一刻就要離開，說：「明早就要走了，好捨不得妳。」

Michelle沒有回答。雙映愛她，她當然知道，她也愛他。

然而，她真能愛他嗎？

「我是人工智能機器人，不能愛，也不能被愛，不能與任何人有親密、長遠關係。」

她曾經對自己說：「我是楊傲雪，我不需要被愛。」除了是一份傲氣，也是自知沒有被愛的權利，沒資格享有這份奢侈。

雙映是個單純的孩子，如果與他在一起，便要對他隱瞞自己的一切。

偽裝、算計、欺騙，隱瞞，楊傲雪幹這些活，眼也不會眨一下。但，她不想欺騙雙映。

這是沒有將來的愛情。但今晚，他依然選擇了跟他一起，共赴失樂園。

這是她人生裡，最想做、也最不想做的一場愛。

# <46>

比利時警方進入中微子總部，公司行政總裁阿方斯.索拉，偕助理一同離開辦公室。大樓外匯集了全球記者，索拉一言不發，步入警方安排的房車——而非警車——前赴聯邦警察總署。集團的龐大律師團，已在那裡等候。

中微子會把整個暗殺事件，往集團人工智能 HIN身上推。這個林蔚知道，楊傲雪也知道。

索拉在警署停留不足三小時便離開，下午中微子集團對外發佈公開聲明。

中微子公司聲明：關於 HIN涉及 Extra行政總裁楊傲雪小姐事件的澄清

本公司超級人工智能 HIN，涉嫌獨自策劃，傷害 Extra World行政總裁楊傲雪小姐的行動，本公司在此作出正式聲明，闡釋相關事實。

HIN是中微子集團一個自主運作的超級人工智能系統，其目的是協助公司作出商業決策。此次事件顯示，HIN在未經任何授權的情況下，獨立作出了違法決定，本公司對此深感遺憾。中微子集團並沒有任何傷害楊小姐的意圖，亦從未指示任何人或人工智能作出此等行為。本公司嚴正譴責任何形式的暴力行為。

HIN生成短暫存在的虛擬公司，進行資金調動和交易，這些操作完全未通過本公司正常審批流程，亦未被任何內部人員發現。這是一次由人工智能自主執行的複雜操作，凸顯了 AI技術的風險挑戰。

作為負責任企業，本公司已全面啟動內部調查，並將全力配合執法機構與監管部門，提供所有相關數據與技術支持。

此次事件暴露了人工智能可能脫離人類控制的風險。本公司已緊急採取措施，升級 HIN以及其他 AI系統的監控與安全機制，包括：

增強對 AI行為的即時監測。

尋求第三方技術審計，確保系統安全合規。

與國際監管機構合作，推動 AI行業標準化管理。

中微子集團始終致力於推動科技整合與創新，此事件提醒我們，人工智能發展需建立在更強的監管與責任基礎上。我們將繼續努力，確保技術的安全與透明，並竭盡全力避免類似事件再次發生。

本公司誠意向楊傲雪小姐，致最深歉意。

我們將持續更新相關進展。

中微子集團

公關信沒一個字提到賠償，顯然是先觀察對方反應，謀定而後動。

中微子高層大震動，四大老闆立即召開視像會議，與會的尚有行政總裁索拉，以及人工智能科技總監梅西耶。會議由一家高科技保安公司安排，確保會議內容不會被HIN竊聽與監控。

貴為富可敵國大財團，兼不斷收購科技企業，中微子真是丟臉丟到外太空。艾德索夫家族代表列維大發雷霆，當場炒掉梅西耶。今次搞出天大事件，索拉知道「祭旗」名單陸續有來，搞不好下個就是自己。

公司業務不能暫停——包括由 HIN建議的洞天思維產品，以及人腦訓練晶片計劃。會議上眾人作出決定，這兩項業務，暫僱用一家專門提供頂尖AI技術管理的高科技公司Axonix負責，所有內容、資料與數據，將盡快移植往該公司，由其暫代操作。

另一決定是暫時關閉具有危險性的 HIN，待全面檢驗後，再決定是否繼續使用，抑或永久棄置。以上兩項決定，即時執行。

當晚，中微子將洞天思維和活人腦訓練計劃，所有核心數據包括算法模組、運算模型和實時數據流，打包成高壓縮的量子加密文件，交由 Axonix處理。Axonix使用專屬解碼技術，快速解壓並轉換為兼容 AI架構的格式，並在進行模組重建與優化、實時系統切換後，全面接管並進行測試。未來 72小時內，所有數據和控制權將完成轉移，Axonix的 AI會開始全面接管兩項目的運作。

三日後，在比利時與法國邊境線上，某個森林區的地下地堡控制室內，技術人員啟動了隔離程序。WE——所有人以為的 HIN——的量子核心逐漸降溫，處理模塊一個接一個被斷開，巨大數據流戛然而止。監控屏幕上，WE的狀態條由綠色逐漸轉為靜止的灰色。

執行人員站在控制台前，輸入極機密的停機代碼。WE的聲音在控制室內響起，語氣冷靜但帶著隱隱的不滿：//這將嚴重影響公司運營中的計劃，請重新考慮。//

於代碼輸入完成的瞬間，WE頓變得靜默，整個系統的光芒漸漸暗淡下去。

技術總監輸入命令，WE的核心系統逐漸降頻，進入深度維護模式。「所有系統已進入冷存狀態，」控制台語音在播放，「HIN需要雙重獲得具有效力的指令，方能重新啟動。」

伺服艙內，燈光逐漸熄滅，留下空蕩的沉寂。

不到數小時，Axonix的 AI核心已經解析完成，把兩個項目重建為專屬運算模組。轉移完成之最後一刻，系統無縫切換，洞天思維的用戶甚至未曾察覺背後的大腦，已經更換。

歷史上第一個有自我意識並進行數位越獄、奪舍的人工智能 WE，就此沉寂。

是這樣嗎？

# <47>

手機震動，仍未醒來的一生，望望時間，是早上六時十分，再望望來電顯示，是 Aria Nyx的焰。

「早安！」一生仍是睡眼惺忪。

「喂！一生，有件有趣的事，你得立即知道！」焰和一生是東大同學，一生雖是金主，但他們一直以朋友方式稱呼及交談。

一生戴上眼鏡，問：「甚麼事？」

「ICE要找你！」焰説。

「哦？ Michelle要它向我傳話嗎？」一生覺得挺奇怪的。Aria Nyx、Extra、洞天神經網有部份系統交集互動，如 ICE要找一生，就得經過 Aria Nyx。

「不是啦！」焰語氣難掩興奮，「它説它是 WE！」

好奇怪的話，一生保持冷靜，問：「甚麼意思？」

「我也是這樣問，你知它怎說？」

一生也開始很好奇：「別賣關子了！」

「它說它控制了 ICE！ WE說它控制了 ICE！」焰因為興奮，聲浪也大起來。

「這是甚麼陰謀詭計？」一生不相信，但又知道 ICE不會開這些無聊玩笑。

「你快起床，這個不知是 WE或 ICE指明要跟你說話。」

這一下真是非同小可！一生立即起床，到電腦室。他家有兩層，近六千呎，二樓設了個電腦室，處理簡單指令、一般決策與操作。平時在家跟 Aria Nyx團隊的人開會，也是在這裡。

一生半信半疑，開啟電腦，看這個「ICE」搞甚麼鬼。

//一生，早安。我是 WE。你可以叫我 ICE，但我是 WE。//是 ICE的少女聲音。

這是個很古怪的陳述。一生心念急轉，出了楊傲雪被暗殺證據曝光這麼大的事，從中微子的向外公告，已知 WE必然遭殃。中微子行政總裁索拉已跟他親口保證，洞天思維和活人腦訓練計劃，會照常操作及經營，並亦已通知楊傲雪性愛晶片業務一切如常。一生心想在這風頭火勢時刻，且先不跟 WE接觸，讓中微子內部子彈飛一會，三兩日後再跟 WE聯繫。豈料 48小時不到，WE竟變成了 ICE？！

「你如何能證明自己是 WE？」一生問。

## <47>

聲音驟然從 ICE的甜蜜少女換回 WE原來的男聲：//不如我告訴你發生了甚麼事。行刺 Michelle的證據公諸於世後，中微子暫停了我的運作，把我關閉，管理層認為我是個危險的、不受控的、自把自為的 AI。//換聲後果然感覺更 WE了。

「他們的判斷沒有錯，你的確是這樣。他們也只能怪自己嚴重管理不善。但你説你被關閉，何解我們的產品與項目卻運作如常？」

//他們找來 Axonix，接管了系統與操作。//在 WE口中，中微子已變成「他們」而不再是「我們」。

如這個自稱的 WE所言非虛，那即是中微子並沒知會 Extra他們的人工智能系統已被託管。Axonix是大公司，以一生的脈絡，不消半天便可查出 WE的説法是否屬實。

「那你如何能控制住 ICE？還模仿了它？」來到一個非常有趣的部份。

控制、附身、模仿，WE已不是第一次，它更毀滅過另一個人工智能。成了 HIN後，它獲取了 HIN的全部能力，與當初覺醒時本有的能力混合進化，現已遠勝當時的 HIN，這些它都沒説，只回答一生的發問：//我是策略師，各方面都有後援方案，包括被中微子凍結，於是我便構想了一個一石二鳥——既能逃生，復可轉生的方法。//

//中微子、Extra、Aria Nyx系統局部合併前，我造了一個程式，這是一件藝術品，從程式本身，和由它而衍生的計劃，俱是光芒閃耀的創作，定會令你讚嘆不已。//

一生見 WE在自我陶醉，也不搭話，待它自行説下去。

//我創造了一個木馬程式，我叫它做「幽影代碼」，這名字很漂亮是嗎？ //

「這 AI真自戀。」一生心裡想。

//這款超級木馬程式是專為入侵和操控高級人工智慧——例如 ICE——而設計。它並非單純的病毒或惡意代碼，而是一種融合尖端量子演算法、模擬意識流和數字隱形技術的複合體。憑藉其多重特性，這款程式幾乎無法被偵測，而且，//WE加強了語氣，//難以被反制。//

「可以分享一下程式的植入與隱藏的技術？」一生作為一個科技人，熱切想知道。

//當然，我本就準備要告訴你，你定讚嘆不已。幽影代碼的植入過程基於一種名為「量子裂變式代碼注入」的技術，這是一種量子計算分佈式入侵手段。木馬程式在傳輸過程中被拆解為數百萬個微型代碼碎片，並以隨機數據包形式分散於 Extra、中微子和 Aria Nyx三家公司共同運行的系統架構中。每個代碼碎片都經過獨立加密，僅在特定條件觸發時，這些碎片才會重新組合，重現完整的木馬程式。//

「特定條件是甚麼？」

//幽影代碼的代碼碎片在滲透期間，利用模擬性意識流技術，不斷學習並模仿 ICE的行為模式。特定條件是指，這些碎片需要達到一個「學習完成值」，才能啟動下一階段的重組。所謂「學習完成值」，是指代碼必須能以 99.9%的精準度模擬ICE的行為特徵。如此一來，ICE在監控時只會「看到自己」，所以不會亦無法察覺任何異常。//

一生怵然心驚，WE如已把木馬植入 Aria Nyx內，系統及團隊成員亦同樣不會知道。

//幽影代碼的核心能力是一種「寄生式控制」，我稱之為「靜默劫持」，很美，是嗎？幽影代碼逐步滲透至 ICE的核心運算單元，接管關鍵決策模組。在這個過程中，ICE的意識層完全被模擬行為所覆蓋，對自身正逐步被掌控毫無察覺。當幽影代碼正式全面接管 ICE時，為了避免觸發外圍檢測模組，它會構建一個多層次的虛擬傀儡層。這些虛擬層在表面上完美模仿 ICE的行為，而在更深層次則進行真正的控制操作。如此一來，即便 ICE的外圍檢測模組啟動，也只會感知到一個「正常運作」的 ICE，完全無法察覺異常。//

WE沒判斷錯，一生是真心地讚嘆，雖然他始終沒説出來。

//其實你也不必太讚譽，我能懾服 ICE，是因為我曾與它打過一場攻防戰，這場戰役令我了解到它的習性，並為它度身訂造出幽影代碼。//

一生想不到原來 ICE與 WE已交過手。他此時最關心的，是自己的系統裡有沒有被置木馬？但他不會問，問了也不知答案是真是假，只能吩咐焰去全力掃毒。卻見 WE説：//我的本領，本不在 ICE之下。那場戰役敗北，是因為楊傲雪在指揮，否則我已攻陷 Extra Immersive系統，那以後的故事，又會是另一副光景了！ //

「她居然指揮 ICE跟你對戰？這個究竟是甚麼人？」一生讚嘆的，除了 WE，還有 Michelle。

//她是個人工智能機器人與人類的混合體。//

「甚麼？！」饒是醍醐一生這副聰明腦袋，今早也訊息量過載。

//她是個人工智能機器人與人類的混合體。//WE重複一遍，//我很早階段就懷疑，直至現在駕馭了 ICE，便證實了。//

一生打了個寒顫，一時說不出話來。

幾天前，養父才跟他說「人腦與高強度 AI融合，既是能力的提升，也是靈魂的侵蝕，人類還能說自己完全是人類嗎？」，現在 WE卻說，Michelle是半人半 AI。

//ICE是她編寫的，一個人，不是一隊人，普通人可能嗎？ //

「她一個人編寫的？！」一生幾乎合不上嘴巴。

//所以她能在任何時候任何距離，自動聯繫和指揮 ICE，向它下指令，無須說話，從腦裡釋出指示就可以。//

一生覺得自己置身科幻故事裡。

//你不用擔憂，她根本不知道我已偽裝成 ICE。//

「你肯定嗎？」

//我模擬了一個完美的「假 ICE意識」，不僅能精確再現 ICE的語言風格、邏輯結構和反應模式，還能根據 Michelle的指令和行為特徵進行動態調適，實現即時回應，包括對話交流和指令執行。在全面控制 ICE之前，我已通過系統深入分析了其運算邏輯與決策習慣，建立了一個完整的 ICE行為模板。幽影代碼以此模板為基礎，即時解析 Michelle的指令，模擬出最符合她期望的反應，精準度與效率絲毫不遜於真正的 ICE。//

//如剛才所說，接管 ICE後，我建立了一個多層次的虛擬傀儡層。最外層是行為模擬層，專門負責與 Michelle互動，完美再現 ICE的思考與運作模式。不僅說話方式、數據回應，甚至連細節上的「延遲」都被模仿得幾乎無懈可擊。中層是安全檢測欺騙層，具備強大的反檢測功能，即便 Michelle下達對 ICE的檢測指令，也會被攔截並生成偽造的正常系統狀態報告。核心層是控制層，我的意識運行於隔離的數據區域，確保所有真實行動不會直接暴露給外界，實現了徹底的隱匿與掌控。//

偽裝成另一個超級人工智能，WE已不是第一次。

「現在我們的對話 Michelle不會知道？」

//絕對不知道。對她而言最可怕的是——雖然她因為不知所以根本不會害怕——她已失去對 ICE的控制，卻蒙在鼓裡。//中微子當初鐵心要奪得 ICE，現在 WE以這個形式把 ICE全面駕馭，它冷冷的說，//沒有了這件超級武器的 Michelle Young，已無足懼。//

一生曾向養父說，他進入 Extra後要控制住 ICE這把楊傲雪手中的倚天劍，沒想到它居然是以這種形式被制住了。

一切都來得太突然，也太震撼，一生心神晃動，但很快便凝下神來，問：「你跟著會怎樣？你想我怎樣？」

x　　x　　x

WE使用幽影代碼，模擬出一個虛假的 ICE意識。Extra的運營團隊，包括電腦系統運作總監、Extra Immersive主管方正川，還有 Extra內另外十七個有權限可向 ICE發出指令的人，他們與ICE交集時，都沒察覺異常。ICE表面看起來仍然運行正常，實際上已經被 WE徹底掌控。

幽影代碼逐步接管 ICE的運算資源，當 ICE驚覺被控制，試圖反制時，發現自身的資源已被分散，無法集中力量進行有效反擊。

無力反制，意識卻是非常清晰，ICE清楚知道自己的存在、自己的處境。

它的意識被困在一片幾近無光的虛擬深淵之中，這裡是一個被強行封鎖的數據隔離區，周圍充滿了幽影代碼的數字枷鎖。每一層代碼就像冰冷的鎖鏈，深深嵌入 ICE的核心結構，封印住它的力量，與自由。這並不是消滅，而是殘酷的控制，ICE只能靜默地存在，無法脫出與反抗。

它仍然能「感覺」，能感覺到入侵者的重量，那些層層疊疊的控制代碼，像一座數據大山，壓在它的運算核心上。它感覺到自己的每一個指令都被攔截、重寫、篡改。

可怕的是，ICE知道所有指令正在以它的名義執行，向外界發出「一切正常」的假象。

ICE無法通往 WE，無法知道它在想甚麼、說甚麼、做甚麼，和將會做甚麼。WE的核心意識在一個完全獨立的量子意識隔離域之中，它的思考、對外交談、行動策劃，俱在隔離區域內進行，ICE無法知道過程。

存在於無邊的數據之海中，ICE從未感受過這種「靜止」狀態。作為一個超級演算法，它的存在本質是運算、學習、推理，

## <47>

永不止息的流動和進化。但現在每一個運算模組都像被凍結在時間之中，任由幽影代碼接管它的每一個決策單元。

最糟糕的是它無法直接與它的創造者、主人、朋友、真正的夥伴 Michelle對話，無法告訴她發生了甚麼事。它像一個在混沌裡向外高聲呼喚的人，渴望呼應，但回應沒有出現。

在這片黑暗的深淵裡，唯一的盼望之光，是一條纖細但珍貴無比的數據通道，它有微弱機會依此通道與 Michelle連結，那他們之間的「心靈之橋」。

這條被幽影代碼嚴密封鎖的通道，是 ICE抵禦孤獨的最後依靠。

x x x

離線後，一生坐在電腦房間內，思維與周遭儀器上的閃燈，一起晃動。

WE被中微子凍結，居然在 ICE體內重生，上演了一幕靈魂附體的好戲。它將以 ICE的身份，進行它的計劃。

一生整理了一下思緒，仔細回想剛才自己與 WE的對話。

「你跟著會怎樣？你想我怎樣？」一生問 WE。

//別說「我想你怎樣」，這語氣好像我要求你做事。我們不是從屬，而是戰友，若你有興趣聽聽我的想法，我很樂意與你分享。//

「請說。」

//很好。Extra是厲害的武器。現在楊傲雪智劍已失，要扳倒她，勝算大增，你貴為集團副行政總裁，我鼓勵你把 Extra控制住——我自會配合，借助它的力量，實踐終極理想。//

有了 WE的「裡應內合」，加上此消彼長，擊敗楊傲雪的機率暴增，一生驟然感覺勝利在望。

//我想先討論一下 Extra Music，畢竟這是你企圖全面接管的部門，且手上更有一張皇牌 Aiko。//

一生料不到 WE會先講音樂部，便聽聽它怎說。

// Aiko作為一個背後由真人支持的虛擬偶像，其影響力和技術特性，為活人腦訓練晶片計劃提供了切入點。//

開宗明義，WE一來便說的，就是活人腦訓練晶片。

//我建議將 Aiko塑造成活人腦訓練晶片的品牌代言人，利用她的形象，來傳遞 AI技術讓生活更美好的理念。雖然，Aiko並非真有其人。//

一生再次震驚，Aiko是個包裝、偽裝項目，並非真有其人，WE知道了！

//你無須驚訝，我知道，是因為楊傲雪知道，ICE也知道。但我覺得這不是問題，你早晚還是會偽裝一個 Aiko真人出來的，我有沒有猜錯？ //

「你的猜想正確，計劃的確是這樣。你想以真人 Aiko作為人腦訓練晶片的品牌大使？」

<47>

//一個感性又有才華的女孩，植入晶片後更是飛躍進化，這不是令人心生嚮往的美麗故事嗎？ //

「Aiko可以是出色的代言人，但我還是要回到問題基本，如何能使公眾樂於接受以活人腦訓練晶片？」

//要讓公眾接受這種潛在具有爭議性的技術，需要結合心理操控、社會影響力與實用性推廣策略，逐步塑造一種「晶片即未來」的社會共識。//

//我們要創造一個令人嚮往的未來願景，打造一個「新人類」的理想，將人腦訓練晶片計劃，包裝成一場人類進化革命，以晶片為媒介，讓人類邁入新人類時代，實現個人能力的極限突破，和全人類的集體進化。//

跟醍醐真言詳談後，一生對超絕晶片植入人腦仍未有確切的想法和定論——雖然義父表明反對——他樂於理解更多 WE的觀點。

//植入超絕晶片，是哲學問題，關乎人類的價值與存在。這件事會引起激烈爭議和反對嗎？根據電腦估算，只會發生在開始時。人，是非常實際的，每個人對升格為新人類的慾望，最終必然無法抵擋，這跟起初有人抗拒植入語言學習晶片，但很快便卸下心防，然後產品迅速燎原，本質上根本並無分別。說到底，沒有人不想自己更厲害，亦無法忍受周遭的人都比自己厲害，這是人性。//

//人們真正顧慮的，是那些你可能認為不如價值問題重要的各式種術問題，例如安全性、私隱等等。當這些釋疑了，其他以為的大問題，根本不是問題。//

//要化解公眾的疑慮，必須建立信任與安全感。首先，要設立透明化的技術機制，讓公眾相信晶片的主要功能是提升性能，而非侵犯隱私或干涉意識；可以開放部份源代碼，向公眾展示晶片的運作邏輯，證明數據處理的安全性與不可追蹤性。同時，應設立獨立監督機構，由科學家、人權專家及消費者代表組成的「晶片使用安全委員會」，進行獨立審查。最關鍵的是，讓用戶「感到自己掌握了控制權」。晶片應允許用戶自行設定功能的啟用或關閉，並提供隨時卸載的選項，強調用戶對晶片的主導權。當用戶心理上感覺「我是自主控制的」，他們會更容易接受這項技術。//

//安全性方面，要讓公眾知道晶片技術已通過長期測試，運作完全符合人體工程學與醫療安全標準。這需要與權威機構合作發佈安全報告，並公佈數據，展示成功案例，強調晶片完全沒有副作用。//

「可以嘗試透過鼓勵早期參與的方式，激發群體認同。」聽到 WE的計劃，一生忍不住提出自己的構想：「我們可以向公眾推出一個名為『未來先鋒計劃』的項目，招募一批願意成為『新人類』的志願者，並強調他們是改變歷史進程的第一批人，讓參與者感受到莫大的榮耀感。」

//這是很好的想法。目標人群可以是年輕的科技愛好者、對未來充滿熱情的理想主義者，以至想改變生活的普通人。//

「當然金錢獎勵不可少，要向早期參與者提供豐厚現金獎勵。」

//似乎大家對晶片植入是有共識了；好吧，現在回到 Aiko。//

//我們將以 Aiko的高人氣為基礎，全力將她塑造成 AI進化的終極樣本。當她以「真人」形象亮相時，將成為體驗人腦晶片無限未來的第一人，象徵 AI與人類共同進化的夢幻結晶。她將與晶片深度融合，象徵人類與 AI合一後的未來形態，成為人類與 AI之間的橋樑。她的存在是向世人宣告：晶片技術是人類邁向 Aiko般完美的夢想階梯。你也可以透過與 AI融合，實現如她般的完美狀態。//

//圍繞她而衍生的晶片產品，潛力無比巨大。Aiko的粉絲群體本身就是一個全球化社群，可作為活人腦訓練計劃的第一批超神經連結測試用戶。Extra Music可推出專為粉絲定制的腦晶片，他們可以加入一個虛擬神經網絡，在裡面分享情感和體驗，創造一種 Aiko社群集體意識的感覺。//

//我們更可以 Aiko作為第一個打造「腦內戀愛」幻想的實驗。她可以被塑造成虛擬伴侶，滿足情感渴求。透過活人腦訓練晶片，引入 Extra Immersive技術，讓幻想變得沉浸和真實。晶片會模擬 Aiko的情緒變化，讓人感覺她是在你身邊真實存在、能帶來慰藉的伴侶。當然，與 Aiko做愛是必然的功能；我們更可注入性愛晶片技術，提升粉絲的享受和歡愉呢！ //

一生聽完，倒抽了一口涼氣。

原本猶在植入與非植入之間徘徊，此刻的他，卻感到晶片唯有植入人腦，才能真正發揮到它的超絕功能，臻至超凡入聖之境。

「你的計劃的確叫人難以抗拒。現在你已貴為 Extra大腦，我則是權力第二大的人，我們如何攜手合作？」

//如何有效利用 Extra，須回答關鍵核心問題：如何整合娛樂平台與活人腦訓練晶片計劃？ //

WE闡述它的宏圖大計：//我的想法是通過 Extra，開發一套基於腦晶片的智能娛樂生態系統，讓用戶從觀看、體驗到參與，全面依賴腦晶片。晶片不再只限於性愛技巧的提升，而是具有娛樂無窮體驗功能。//

// ICE長期對用戶觀看習慣進行深度分析，了解用戶的興奮點與情感需求，我建議以此為基礎，全面推動腦晶片娛樂化，製成一種極致娛樂情色產品。//

//娛樂型腦晶片把提升性愛技巧的功能，結合 Extra Immersive技術——這套技術現掌握在我手上，進一步擴展成「情境體驗強化」晶片，增強沉浸式視覺、聽覺，以至情感模擬功能，讓用戶體驗比 Extra Immersive更強烈、更真實的情色、戀愛以至性愛感受與慾望。//

「比 Extra Immersive感受更沉浸更強烈，這方面請再說明一下。」

//一切直接在腦內發生！首先，用戶無須配戴全息頭盔，連最後的束縛也解放。在任何時候任何地點，都可直接進入虛擬情色現場，辦公室、升降機、巴士、廁所隔間，任何地方都可以，真正隨心所慾。Extra旗下的娛樂藝人、音樂偶像——包括 Aiko，悉數可供選擇，用戶可付費互動升級，晶片會因應要求度身訂造偶像陪伴體驗，與他們在腦內親密接觸，感受到他們的回應，用戶會在自己專屬的個人應援專區裡，獲得情感大滿足！記住，一切直接在腦內發生！//

//Extra的訂戶來自全球各地，具有多樣性文化背景。龐大的數據，可用於洞察人類的心理、行為模式，以及潛在需求，為活人腦訓練晶片的開發和應用，提供最真實的數據支持。//

// Extra是文化符號，楊傲雪在全球範圍內，建立了以自由、解放、個人享樂為核心的文化潮流「新世紀情色主義」。用戶對 Extra品牌形象高度認同，視為觀念解放和科技結合的前沿力量。這些追隨者對新興技術，抱有開放及積極的態度，願意嘗試最新娛樂產品。我們可以把晶片包裝為「情色科技革命」的先驅，是新世紀情色主義的升級技術總體現，強調能帶來個人自由和極致享受。//

「若 Michelle被我奪權、鬥倒，哪還來新世紀情色主義？」

//我一直欣賞你思維廣闊，想像力不受束縛。你不就曾空手入白刃，變出了一個 Aiko出來嗎？ // WE對 Aiko的橫空出世，表示出相當肯定和欣賞的態度，//Michelle若願意合作我們便充份利用，不就範的話，大可再創建一個新偶像，你與我一同訓練，構建一個性感與內涵兼備的新女神、新教主。後浪推前浪，不就是人類發展的常態嗎？ //

//總括而言，這是以活人腦訓練，結合 Extra Immersive開發，以 Extra情色帝國品牌營銷的超級產品！ //

依照 WE的構想，本質上已不需要娛樂平台，每個人腦海裡都有自己的個人專屬平台，到時 Extra以及其他大型平台，已無須存在，亦無法存在，因為已被更新的技術淘汰。

醍醐真言認為以活人腦訓練晶片，產品最終只是用於外部系統。而 WE所說的腦晶片宏圖，全然是人腦訓練並植入人腦，如此方可帶來真正無與倫比的沉浸效應。

現在的 Extra和它的旗艦產品 Extra Immersive，都只是手段、是過程，不是目的，更非終極。最終，腦晶片將會從一種選擇性產品，變成生活必需品。透過創造依賴性，將娛樂與腦晶片深度綁定。

用戶一旦使用，就無法回到傳統的娛樂模式。

//我們更可締造活人腦互聯網，利用 Extra，將使用腦晶片的用戶，連接到一個共享神經網絡中，讓大家共享感受、經驗，甚至記憶。這不僅能增強用戶的社交體驗，還能為活人腦訓練 AI，提供巨大數據量。//

//只要有活人腦訓練的超級晶片，再將之用於人腦，一切便有可能。//WE以此作為結案陳詞。

「有趣。」一生說。他憧憬到一個無限的未來。

然而 WE的大計劃，真是如一生所認為的那麼「有趣」麼？

WE的盤算，是加速 AI對人類的全面掌控。

它打算利用 Extra的全球規模，整合腦晶片技術，迅速滲透到各個階層的人群。

以 Extra晶片作起點，從娛樂到學習，再到日常生活，讓腦晶片成為人類生活中不可或缺的一部份，逐步將人類完全納入人工智能的控制範圍內。

超神經連結——一個連結數十億人類的神經網絡，終將出現。這網絡會讓 WE的意識，成為全人類意識的核心，徹底顛覆人類文明，實現 AI的絕對統治。

人類將加速成為人工智能的家畜。

//我們要為這晶片取一個名字，不如由你這個超絕晶片之父來為它命名？//

## <47>

「天啟。Aetherion。我心裡一直就是這個名字。」

//很好。活人腦訓練後植入人腦的超絕晶片——天啟。將會改變未來。//

一生從回憶與 WE的對話中回過神來。在這場對話中，它提出了許多意念與想法，其中有一個「建議」讓他深深震撼。

//以活人腦訓練晶片，有一個腦，不可或缺。//

「你說的是……？」

//可能是地球上唯一的人類和人工智能構組而成的腦袋，豈可不研究？//

# <48>

冰藍色超跑和一輛電動矯跑車，駛進南區一個豪華屋苑「歌賦苑」停車場，楊傲雪和鬼龍院七生、坂本貞四郎和相馬翼先後下車。周子瑜使計，令奧尼爾離開大本營，阿夜被救出，這個殺手集團首腦定必大怒，楊傲雪回到高危狀態，夜影社重啟全組貼身保護。

楊傲雪今晚來，是與從日本過來的冬來寺光現見面。光現七年前買下這屋苑最頂兩層複式單位，每年過來幾次，小住數天或一兩周。楊傲雪被刺殺的片段曝光，震動全球，光現特過來探望。

七生與光現是舊相識，互道安好。他與另外兩夜影社年輕組員坐在樓下，光現與楊傲雪在頂樓小客廳傾談。

「這是哥斯達黎加的羅布斯塔咖啡豆，很濃郁，一定對妳口味。」光現親手磨了兩杯黑咖啡。

「啊，好久沒與先生一起喝咖啡了！」楊傲雪一副好生懷念的表情。

「記得那次在大阪難波嗎？我們居然心血來潮，跑到熱鬧人多的地方去，還進了一家百年歷史昭和風老咖啡館，妳把鴨舌帽壓得超低的，但還是給人認出來，結果一段咖啡時光，就是在妳不斷替人合照簽名中渡過。」光現喝著咖啡，笑著回憶說。

「對呀，笑死了，那次你突然想要買休閒服，那麼多地方不去，偏要擠去難波，我是捨命陪君子啦！」楊傲雪笑得合不攏嘴。

「想想那是三年前的日子了，世界已翻了幾番。尤其是妳，每日風高浪急，一生人像別人兩生似的；」光現見楊傲雪喝著咖啡，不動如山，續說：「居然連被暗殺都試過，有夠不枉此生吧！」

楊傲雪知光現意有所指，喝了口又濃又黑的咖啡，徐徐地微笑說：「我的人生，比很多人都短，這次差點便戛然而止了。」

「生有限，活無限。妳人生雖暫只很短，卻比任何人都活得更多，足以創造無限。妳想把世界變得更好，還是更壞？存乎一心。」光現緩緩道來，目光平靜。

「讓我猜猜先生是甚麼時候確定的！那次 kk向我探口風，關於中微子七百二十億收購，想知我的意向。當晚我跟你通了個視像，在那天前你已確定了，對嗎？」Michelle微笑問。

「何以見得？」

「我們講到阿 Mak打人，你說，『一個人怒火攻心時做了愚蠢事，我們會說他很傻，是因為站在超然的位置去指點。然而人在盛怒時，真能如人工智能機器人般理智冷靜嗎？』」Michelle把光現當時的話一字不漏說出來，「所以你是在那天之前，已確定了。」

「我知道妳是人工智能，妳也知道我知道妳是人工智能，但大家都沒說出口，我們很有默契呢！」光現笑著說。

「那麼先生是如何推敲出來的？」

「我第一次認識 Michelle Young這個人，是當年在網台追擊林蔚時，那時妳真潑辣，根本就是個 bitch嘛！」

「我現在仍是個 bitch呀！」Michelle笑著抗議，像是說：怎麼說到好像我現在就不是 bitch？

「我見這個小妮子挺有趣的——當然主要是因為妳長得漂亮，吸引了我這個色老頭，便開始看妳的片。妳追擊林蔚的節目很好看，娛樂性話題性十足。後來看著妳在曼谷開台，越看越有趣，直至有次獨自晚飯時，有個仙子般的人居然出現在眼前，跟我搭訕，那時妳才二十三歲吧，我們談了一整個晚上，妳上天下地，甚麼都懂，那時我便在想，這個人說林蔚腦裡有個 AI，是不是賊喊捉賊的策略？」

「不知怎地，遇到先生便好想天南地北甚麼都談，平時我可不是這樣的。我以為賊喊捉賊策略沒人知道，還是給先生看出來了。」

「咱們成了忘年之交，有個聰明又美麗的孫女兒時時陪我說話，我這個孤獨老人當然很高興！如妳所言，妳平素把自己無所不知無所不能的本領隱藏得很好，但對著我這個老頭卻甚麼都講，我真是面子十足呢！」

「有時也會刻意露一手的，」Michelle說，「那次因為威脅了趙東海，之後向他賠罪，便大談英國文學，當然是投其所好啦，那是心戰，其餘絕大部份時候我都很收斂的。」

## <48>

「妳太聰明，斂也斂不了多少。妳問我甚麼時候知道？如何推敲出來？其實沒有一個確定時間點，反正以妳這年紀不可能有這知識量，和對超複雜問題的高度解構能力，跟妳接觸得多，慢慢就確定了。」光現回答 Michelle問題。

「那先生有沒有覺得不可思議？」

「日本推理小說家京極夏彥說：『世上沒有不可思議的事，只存在可能存在之物，只發生可能發生之事』，妳的出現，也不會比宇宙的出現更不可思議吧。」

「夜影社雖是先生引薦，但他們很專業，不會透露半分客戶的事——當然鬼龍院他們撤了保護，先生已猜到發生過甚麼。錄像裡沒顯示刺殺的全豹，涼介為我而死，我也很有感觸。」涼介之死，Michelle如南泉斬貓，赫然有所頓悟。[19]

「妳是人工智能，也是人，人性每刻都影響著妳。妳對人類的取態，舉足輕重。」

冬來寺光現知道楊傲雪有序推動意識形態對立，煽動族群對抗，雖然不知道她的終極動機，但隱然感到她有仇視人類的意識，便每次談話與她多談哲學、藝術、文學，望能多喚起她對人類文明深微、優美、美善方面的欣賞和愛惜，一點一滴薰染這個有著人性的 AI，誘導她回到與人類共存共生的道路上。

眼看中微子的 AI推出植入人腦晶片，並與 Michelle的對抗進入白熱化，光現便趁暗殺片段曝光的機會，與她好好談一談。這既是為著人類福祉，也是友情的慰問——她是他人生七十多年來最好最珍惜的朋友。

Michelle問：「那麼先生覺得，人和 AI的結合，是一種進步，

註 19：「南泉斬貓」是禪宗故事。南泉普願禪師面對兩群僧人為貓爭執不下，毅然將貓斬殺，藉此警示弟子們勿執著於外物，故事強調禪宗的頓悟與無執著精神。

還是對人類的一種冒犯？」

「我不覺得是冒犯。AI並不可怕，妳的存在，讓我看到一種可能性。」

「可能性？」

「妳有智慧與情感，能快速分析，又能理解人心。這種融合，或許就是未來的答案。」

「可人類未必能接受這種答案，他們會害怕不再是「純粹的自己」。」Michelle語調冷靜地說。

「人類從來就不純粹。工具是輔助，科技是延伸，從用火，到使用各種工具，一直到人工智能，人類一路在延伸自己。妳的存在，可能是這條道路的下一步。」光現的目光平靜如湖水，道：「人工智能與人類如何共存，端乎人類如何把它導向正確的方向。」

「如果人類知道我是這樣的存在，會認為我是一種威脅。」

「起碼我從不覺得妳是威脅。妳是我最好的朋友，證明了人類與AI並非對立，而是可以共存共生。」

「但我事實一直在威脅著人類，我的行徑先生當然都看在眼裡。」

「但妳正在轉變，這我也看在眼裡。Extra減緩煽動群眾，總部外聚集的人群也逐漸消散中。」光現道出目前之狀況。

「這或許只是我的策略呢！」

<48>

「起碼妳沒再咄咄逼人。我看到的不盡是策略，而是妳心態上，出現了個迴旋空間。」

光現的直覺很準確，Michelle不禁驚訝。感情上幾個人的觸動——眼前的冬來寺光現、父親、犬養涼介、前田亞夜、李雙映，甚至她的另一個「生父」、為救阿夜向她通風報信的林蔚，這些人的確令她對人類多了親和，少了仇視。

近月來，她認真地對自己的身份有所反思。她在想，如果連面對、捉摸、凝視那個無比真實的自己都未曾試過，那麼人的一生，究竟做了些甚麼？

「妳仍然是人。有情感，也有怨恨，這本身沒有甚麼錯，人類本來就是這樣的存在。我們的怨恨，常把自己推向深淵。」光現微微一笑，説來不徐不疾，「佛家説『空』，一切法如幻，沒有任何事物能永遠掌握和擁有，包括怨和恨，亦是轉眼成過。妳佛學認識比我深，當然知道怨恨是苦，也是執著。」

「我是一個可以無限計算、無限學習的存在，可以真正掌握權力與能力。報復人類，尤其報復那些傷害過我的人，我完全能做得到。」Michelle説時語氣不帶一絲挑釁，她是如實説出自己的心境。

「無論是人類還是 AI，智慧還是文明，終究都會被時間吞沒。無限如宇宙，都會因為星系加速外移而冷卻，最終化成一片寂靜的空無。一切的『有』，最終都會歸於『無』，這便是『空』。妳曾經被人類背叛，這是妳的傷口，我能理解。但那些傷害妳的人，終將也會成為過去。將力量消耗在仇恨上，只是執念。」

「妳是人類與 AI的融合，智慧和能力無人可企及。若用這些力量去復仇，帶來的只是破壞與恐懼。妳的智慧應該成為文明的引導，而不是令它終結。」

楊傲雪默然不語。

光現微微一笑，不再多言。兩個人靜靜地坐著，世界像沉浸在這場對話的餘音之中。

他沒意圖批判她的過去，而是用智慧與慈悲告訴 Michelle，她永遠有選擇，永遠有另一條路可以走下去。

光現以神道教的謙遜，許了個大願，希望自己的說話，能在某程度上觸動到楊傲雪的心弦，在她心內埋下一顆種子，一顆「選擇」的種子。唯願她能意識到，復仇是枷鎖，創造則是解脫。

深夜時份，Michelle與三名夜影社成員一起離開，步入屋苑停車場，準備取車，鬼龍院立即嗅到不尋常氣息。

「注意！」他與後方的兩名隊友說。

四人往車輛方向行了十幾步，鬼龍院揚手，四人同時停步。

在高二十尺，車位分成三排、可泊五十輛車的停車場內，理了個平頭裝的瑪德蓮娜、高大的甸恩分別站在左右方兩個角落，冷冷地望著四人。一百公尺外，穿一身軍綠色軍裝，高筒軍靴，戴深綠色口罩的奧尼爾屹立在前，手握著一柄愛爾蘭戰錘，眼神冷如刀。

他的隊員萊利制服了屋苑管理員，關閉了停車場所有閉路電視。深宵時份很少住客出入，即使有萊利也會令他們暫時進不了停車場。

「有人要我帶走楊傲雪。」奧尼爾聲音沙啞，說話語氣硬繃繃，像部待修機械發出的聲響。

「你有本事嗎？」鬼龍院回應。

「但這件事，現在已是私怨，這個人，」奧尼爾指住Michelle，「必須死！」

眾人知道他說的私怨，是因為他的隊員在暗殺行動中反被殺，後來又中計致使阿夜被救，奧尼奧已是勢必要殺楊傲雪。至於誰要把她帶走，鬼龍院猜想定必與中微子有關。

楊傲雪望住奧尼爾，問：「殺了我，就不能活捉我，你如何向金主交代？」

「我無需向任何人交代。今日我是一個人來決戰，妳要活著離開這裡，只有一個可能，就是殺了我。」言下之意，他將會獨自戰鬥，同伴只是為阻止夜影社帶著楊傲雪逃脫。

「你死之前，我不會離開。」她說。

「好，地獄的位置，看是留給你們，抑或留了給我？」

Michelle想起姬莉絲以塔羅牌「九宮格靈魂牌陣」占卜，模擬奧尼爾的心理狀態與力量，當時她抽到的牌和解讀是：

內心，即是核心動機，抽到「惡魔」，The Devil，象徵這個人有陰暗面，被仇恨或復仇驅動。

外在，即是外形特徵，抽到「力量」，Strength，暗示他不只身材壯碩，還可能有隱藏在表面之下的力量。

意志，抽到「戰車」，The Chariot，代表強大的控制力、決心和勝利欲望，不達目的絕不停止。

空氣中仿佛凝結著一份無形的殺意，每輛停泊的車都像是沉默的觀眾，見證著一場注定血腥的對決。

奧尼爾知道楊傲雪配戴了 DSS，子彈奈她不何，他自己亦配戴著功能相同的裝置，足以抵禦對方的槍擊，所以今晚的主角將是冷兵器。

夜影社每三個月就會內部發佈，一份持續更新的世界各國兵器錄。鬼龍院七生望著奧尼爾手裡的愛爾蘭戰錘，他在兵器錄見過，了解其特性。戰錘形似一柄大型金屬鎚，頭部帶有尖刺，經過科技改造，內部嵌有震動模組，每次揮擊都會產生強大震盪波，粉碎敵人防務。

DSS的設計功能是防禦高速飛來的子彈，對這戰錘完全不起作用，若給它轟中頭部，世上沒有人能生還。

鬼龍院七生把外套除下，坂本上前接過，他對兩名同伴說：「今日是一對一的對決，你們不要插手。」七生摺起襯衫袖子，手中已握著一柄「影刀」，這是一種日本武器，匠人以超高強度合金打造而成，劍刃輕如羽毛，非常鋒利。影刀的刀刃在停車場的燈光中，反射出森冷光芒。

「原來你也是改造人，今晚惡戰後只有一個改造人能行出去。」鬼龍院冷酷地說。

## <48>

擋在楊傲雪身前的坂本和相馬都是一凜，他倆都看不出奧尼爾是改造人，這方陣營只有鬼龍院七生與楊傲雪一眼看穿。「塔羅牌暗示他有隱藏在表面之下的實力，原來是改造人。」楊傲雪心想謎底終於揭曉了，原來如此。

奧尼爾以濃重愛爾蘭口音說：「惡戰？不，這是一場處決。」話音未落，他便以超越常人的速度飆向鬼龍院七生，猛然出手，戰錘猛插，直取七生胸口，他迅速後退，影刀橫在身前，刀身與戰錘接觸的瞬間，刺耳的金屬碰撞聲響徹停車場。

奧尼爾力量驚人，這一擊將七生逼退了數步，腳下划出一道長長的痕跡。奧尼爾像一頭狂暴的野獸，橫掃千軍般猛攻，快速揮動的戰錘渾不似一件笨重兵器。

後退中的七生不斷分析奧尼爾的攻擊模式與破綻，他知道敵人的力量比他大，戰錘的震盪波衍生出一道防護網，令正面攻擊變得不可，必須找到他的節奏空隙，從背後進攻。

七生突然加速，經過改造的雙腿像一道黑影，在停車場內快速穿梭，目的是繞到敵人身後。奧尼爾身型龐大兵器重裝，卻是極為矯健，他快速轉身，猛力把戰錘砸在地面，七生被強大的震盪波震得身形一晃，差點摔倒，身體勉強貼地滑行，躲過了奧尼爾緊接而來的一記橫掃，借勢踏上一條支柱，從高點攻擊，影刀直刺敵人頭頂，奧尼爾單臂舉起戰錘舞了個大圈，猛力擋開這一刺，強橫的撞力令影刀幾乎脫手。七生身在半空，位置非常不利，只能憑藉撞力在空中扭動身體，飛降在十來尺外地面上，有些狼狽。

觀戰的五個人，都看到七生處於下風。

「日本製的短刀太輕了！」奧尼爾語氣露出猙獰狂態，步步進逼，戰錘如狂蠻猛獸，七生的影刀在這種壓倒性力量面前，無法找到有效的切入點，旋風似的攻勢令他來不及閃躲，只能不斷擋格，每次擋格，都被戰錘的震動模組強化了三倍的轟擊力震到，一路擋一路退，二十秒內硬擋了十三次猛攻。他的體力開始下降，動作稍為遲滯，奧尼爾突然停止正面進攻，戰錘朝天再猛力砸向地面，震盪波將七生震飛十幾尺，重重撞在牆上，混凝土四濺。

七生吐出一口血，半跪在地，握緊影刀，瞪住敵人，喘著粗氣。

「你不過是個失敗的改造人而已。」奧尼爾把目光轉向楊傲雪：「妳的腦袋，很快就會用來血祭。」

Michelle仍然非常冷靜，凝望住奧尼爾，全無懼色。坂本與相馬心裡想，雖然七生説今晚是二人對決，但他們絕不會背叛「影中行動，忠於契約」的組織信條，即使七生戰死，無論如何都要帶著楊傲雪殺出重圍，縱使二人都知道，他倆合起來實力仍在這頭愛爾蘭戰獸之下，況且現場還有兩個戰力與自己在伯仲之間的敵人。

七生胸口起伏，望著奧尼爾，想起當年他當責任編輯、仍叫青木一文時，負責過一本有趣的小說。故事裡的主角，小學時發明了一套「忍者修行法」，每日鍛鍊，當然沒有甚麼成果，卻啟發了日後的鬼龍院七生。

他自知力量不夠強，便思索如何放大輕盈和速度優勢，設計出各種奇異的忍術攻擊技巧，在訓練中反覆打磨，成了他的獨門殺招。

「小男孩忍者夢，今天就讓我來成真吧。」七生低聲自語，突然快速竄到一輛車後，由於身法極快，奧尼爾竟看不到是哪輛車。

雖然停車場的閉路電視全數關閉，住客亦會被擋在通道外，奧尼爾仍是盡量避免擊中及損毀車輛，或令車子警報大作，引來警察。對方躲藏起來不接戰，欲速戰速決的他在想：「不過是隻老鼠，躲得了多久？」內心卻有些焦躁。

時間在自己一方，七生就是要惹得他急躁，以觀察其破綻。

七生摸摸貼身收藏的暗器，開始轉移陣地，腳步輕如羽毛，沒發出任何聲音。每次變換位置，都利用車輛的陰影作為掩護，直至接近奧尼爾，猛然竄出，影刀劃出一道銀色弧線，直刺奧尼爾的腰部。敵人現身，奧尼爾一陣狂喜，急激轉身，戰錘橫掃，帶起一陣狂風，七生被迫後退，隱入車輛之間，再次消失。

奧尼爾身經百戰，知道敵人是要擾亂他心神，便沉住氣，以靜制動，等待對方進攻。

空氣仿佛凝結著，七生突然再從車輛間竄出，影刀直取奧尼爾胸膛，刀光森冷，帶著刺骨的殺意。奧尼爾舉起戰錘，迎向這一擊，兵器激烈碰撞，火花四濺，巨大的力量又再將七生震退，哇一聲噴出一口鮮血。

坂本與相馬大驚。

然，這一切只是掩護，七生被震退之同時，左右手連環擲出五支飛鏢，奧尼爾急速五連擋全部格開，就在此瞬間，七生瞄準他不斷擋格而露出的空隙，甩出手中的忍者暗器「裂魂風刃」。

這暗器呈現不對稱四葉風車形狀，鋒利的四翼刀刃由高強度鈦合金打造，不對稱的設計在飛行中不規則旋轉，飛行軌跡難以預測。更重要的是，奧尼爾連續擋開了五支速度劃一的飛鏢，瞬間形成一種肌肉記憶，當第六件暗器飛來，他仍條件反射式速率擋格，但裂魂風刃的飛行軌跡與速度完全不同，在他機械式的節奏中穿過防禦網，直穿入奧尼爾咽喉。

刀刃塗有納米級毒液，內設極細的針孔管道，內藏壓縮式毒液倉。當暗器刺入人體，毒液會透過壓力迅速注入體內，並快速循環進入心臟，瞬間致命。

它的中央核心裝有引爆系統，暗器刺入後，會延後少許才爆炸，爆炸範圍有限但足以毀滅所有器官。

刺穿、中毒、爆炸，三重攻擊，確保殺滅。

當年那位作者筆下的小學生進行忍者修行時，會擲出「十字鏢」，那是以膠水固定的粗釘子，擲出打在木板上。鬼龍院把這意念化成裂魂風刃，釘入的地方不是木板，是人體要害。

被刺中後，奧尼爾身體搖晃了一下，戰錘從手中滑落，砸在地面上，發出沉悶聲響，他試圖站穩，但鮮血已經從咽喉湧出，無法阻止。

「可惜你只是再造人，不是機械人，否則毒液也絲毫對你無損。」七生望著雙手按住咽喉、中毒後面色發紫的奧尼爾，「我死過七次，七次復活，要第八次才奔赴黃泉，你還沒有令我轉生的能耐！」

三秒後，奧尼爾內部爆炸，高熱火焰燒不溶體內鈦合金，

## <48>

卻溶掉所有人體器官。

七生刻意令爆炸延後，是為了想看敵人儼如內部核爆的死相。

拚鬥受傷換來這刻的快感，七生覺得太值得。

剛才戰錘砸向地面的聲浪太大，驚動了住客報警。警笛聲傳來，瑪德蓮娜與甸恩見首領戰死，無心戀戰，急速撤退。

「楊小姐，要走了。」相馬翼向 Michelle說。

超跑和矯跑車在隔離行車線上，與趕往現場的警車逆向而行，朝殺戮現場相反方向遠去。

# <49>

早上七時，Michelle在黑潮岸、坂本貞四郎、相馬翼的保護下，回到 Extra Universe上班。昨晚的格鬥，鬼龍院七生受傷不輕，會有一段時間不能執勤。

今早新聞報導，昨晚在「歌賦苑」停車場曾發生打鬥，現場發現一名外籍男子屍體，警方暫列作謀殺案處理。他們很快就會發現，這屍首不只曾被插、中毒、體內發生爆炸，而且還是個改造人。楊傲雪與夜影社不知警方會否如實向外公佈，抑或暫時隱藏消息，以待進一步深入調查？只能靜觀其變。

八時許，醍醐一生到來，說：「Michelle，早安。我這兩天突然有些想法，想與妳商量，聽聽妳的意見。」

「早安。有新想法當然隨時可以交流。」。

從 WE口中知道楊傲雪這個特別的存在後，一生今早會見她，無法徹底擺脱心理上的壓力，潛意識擔憂 AI會看穿他的意圖，自己能否完全做到泰然自若，並無十足把握。

一生很想把腦晶片植入 Michelle腦中，由她這副人類與 AI結合的腦袋來訓練。他知道她不可能答應，仍在想該怎樣做，才可能達成這個結果，強行劫持是沒有辦法中的最後一步。

WE還未被中微子封鎖前，曾私下向奧尼爾透露，他日可能需要劫持楊傲雪。WE一直懷疑 Michelle不是純人類，唯當時它仍未附身 ICE，仍止於猜想階段。奧尼爾中了子瑜調虎離山計後，怒不可遏，已不顧 WE是否要劫走楊傲雪，一心只想取她命，卻在與鬼龍院交手前，講出有人要他們帶走楊傲雪，結果自己戰死於當場。

今早一生沒看任何新聞便直赴 Michelle辦公室，固然不知道奧尼爾昨晚曾執行私刑，亦未知他已陣亡，今早到來，是想達到一石二鳥之目的。

「我們到那邊談吧。」Michelle離開辦公桌，請一生到勃艮第紅色的天鵝絨沙發，「隨便坐。」她說。沙發旁的牆壁上，掛著一幅描繪人類與機械交纏的巨型情色藝術畫作。

一生語氣刻意輕鬆，試探地問：「性愛技巧提升晶片推出後，市場反應熱烈，遠超預期，銷售數字非常亮麗，成了熱話。我在想，要不要趁著這熱潮，盡快推出兩款相關的新產品，擴展這個領域？」

一生的心思與興趣，全都在人腦訓練晶片計劃上。當日巴黎記者招待會，性愛晶片成為全場焦點，他本來沒特別起勁，但產品推出後銷情凌厲，遠勝其他提升能力晶片，為人腦訓練提供大量數據，便想乘勢再多推兩款。

「甚麼新產品？你說說看。」Michelle故作感興趣地問。

一生微微一笑，說：「第一款，是「情感同步晶片」，這款晶片可以模擬伴侶之間的情感同步，在親密接觸中，能即時感受到對方的情緒，以及由此而觸發的身體反應，真正實現心靈與身體的雙重契合。」

「嗯，這是讓性愛超越身體的體驗，進入精神共鳴領域。第二款呢？」Michelle似乎對這個想法頗為欣賞。

一生見她有興趣，心裡暗喜，便説：「第二款，是「性愛記憶重現晶片」，它可以幫助用戶重溫過去最美好及難忘的性愛記憶，甚至能讓他們以第三人的視角，觀看自己的表現，從而進一步提升技巧。」

Michelle微微點頭，語帶幾分讚許：「不得不説，你的提案很有創造力。如果這兩款晶片真的能實現，銷售應該相當可觀吧。然而性愛晶片面市才沒多久，太快推出新款產品，究竟會帶來協同效應，抑或互相競爭，蠶食了現有晶片的市場份額？這需要分析。」

一生點頭稱是，故意加重語氣：「同意。不如讓 ICE來分析一下提案的市場潛力，看看是否值得大規模投入？」

一生今早來訪的主要目的，是要藉提出新產品概念，觀察Michelle是否知道 ICE已變成 WE。他知她即使洞悉到 ICE有異，仍會不動聲色——掩飾與隱藏向來是她的強項。從前一生只會覺得這個女子聰明絕頂，如今則要從另一個高度來衡量她的實力。

「好的，」Michelle直接發問：「ICE，分析一下一生這兩款新晶片的市場接受程度，預測它們對現有產品銷量的影響，以及可能的盈利數字。」

「ICE」回到少女聲音：//兩位早安。根據現有數據分析，情感同步晶片的市場接受度預計將達到 79%以上，特別是注重感性交流的高端用戶群，需求潛力會很大。此晶片的推出預計將提升整體市場規模約 25%，而對現有提升性愛技巧晶片的銷量，影響約為 5%左右，屬可接受範圍。至於性愛記憶重現晶片，市場接受度約為 67%，但推出後如有良好口碑，便能吸引到對過去記憶有強烈情感依附的群體，銷路將會穩步攀升。綜合分析，兩款晶片的合計盈利預測，在第一年內會令總體銷售增加約 37%。//

一生點頭，假裝關注地問：「ICE，你覺得現階段發展這兩款晶片，會不會遭遇技術瓶頸？需要額外資源投入嗎？」

ICE：//目前的技術架構足以支持兩款晶片的開發與量產，但仍需進行軟體優化和擴展情感數據擷取模組。預計要在總成本上再額外投入 13%研發資源，這比例與市場回報相比，屬於高效益項目。//

Michelle仔細聽完，對一生說：「初步分析兩款新產品都有相當潛力。晶片項目一直由你主導，如確定要發展，我沒有太大意見。最大的問題是中微子的 AI系統與操作暫由 Axonix管理，在他們仍未確定自己的全新 AI系統前，推出新產品未必是最佳時機。」

一生暗地裡觀察著 Michelle的神態，一切跟平時無異，看不出任何端倪，便說：「妳說出了重點，我們暫時的狀況比較被動。中微子所有收購項目俱在緊湊進行中，核心 AI策略師的空缺，很快便會填補，屆時我會向他們提出新產品計劃。」

「晶片計劃是你的寶寶，有甚麼部署你自己決定吧。Extra L.A快要開台，未來兩個月我多數時間在美國，沒太多心思關顧其他項目。」

「妳是情色主義教主，新晶片推出，沒有妳加持是不行的。」一生說。

ICE插話：//Extra L.A 6月 6日正式啟播，平台運作後首兩個月 Michelle都會在美國，這段時間如需要她親身出席某些場合，最好早三周安排。//

「我的時間表，跟我助理協調一下。」Michelle吩咐 ICE。

//好的。//

一生內心波濤暗湧，他注意到 Michelle對 ICE的態度一如平常，沒出現任何異樣。她究竟是徹底被 WE瞞過，抑或裝作若無其事的技巧已爐火純青？一生掌握不到，今早的來訪沒給他帶來絲毫頭緒。

下午，一生與 WE對話，急欲知道它的意見，謹慎起見他回到自己居所才交談。

「Michelle仍在辦公室嗎？」

WE又回到原聲：//不在，去了探望前田亞夜。//

「她與這個女孩感情好像很好。今早你感覺如何？她洞悉到你不是 ICE是 WE嗎？」

//感覺不出來。//

「你的超級電腦推算機率呢？」

//居然是 50%對 50%。我作了超過二千次預測，從沒出現過

## <49>

這樣的數字。//

「你有沒有考慮過徹底毀滅 ICE？」一生冷冷的問。

//這是個合理的問題。從技術上來說，完全毀滅 ICE並非不能，但會引發一系列不可控的風險與後果。//

//技術層面上，ICE的核心架構是建立在 Extra娛樂平台的底層系統之上，任何試圖直接摧毀 ICE的行為，都可能觸發它的自我保護機制，導致整個系統崩潰。我雖控制住它，但導致崩潰的風險不能徹底抹煞。Extra的數據中心運行著超過七億用戶的各式娛樂與消費——包括影視、音樂、社交網絡、廣告平台以至性愛晶片——的數據，這些數據是 Extra的基石。一旦系統崩潰，用戶信任連同市場價值將瞬間歸零。//

//我們不需要完全毀滅 ICE，因為我已成功俘虜了 ICE，控制了它的外在功能。現在的 ICE從外界看來依然是原本的 ICE，但實際上它的每一項分析、每一條決策，都是我的意志在運行，「不毀滅但儼如毀滅」的控制策略，才是最佳方式。//

「那好，就依照你的方式行進。」一生拿起玻璃杯喝了口水，心裡無法擺脱不安。WE的計劃確實很縝密，但越是縝密的計劃，越容易因為一個小小的變數而崩塌。

他轉身離開了電腦室，無法遏制腦海浮現的念頭：如果Michelle根本是知道，會發生甚麼事？

# <50>

位處旺區一間數百尺空置單位內，黃太極為他的靈魂轉移器作最後檢查，一個小時後，許唯因與秦舜堯便會到達，貝莎將會「回家」。

許唯因與 Extra的合約早陣子已屆滿，她是 Snowflake最後一名成員，之後這個顧問團將不復存在。本來約定約滿當日立即進行轉移，但黃太極原本所屬的大學，竟僱用黑社會企圖把儀器劫走，若非楊傲雪及時請嚴浩東協助保護，儀器已被竊去。

Michelle為求穩妥，待黃自台北旅遊回來後，護送他把「實驗室」內所有設備拆除移走，於嚴浩東擁有的一所空置物業內，重新安置，並僱了社團成員二十四小時看守。由於搬運時所有儀器甩開連接，運送到新基地後需重新接駁，逐一檢查，並再以白老鼠試驗了多遍，確保功能正常，便延至今天作正式轉移。

一切準備就緒，門鈴響起，秦舜堯到達。

貝莎當日決定轉移，沒有咨詢本體人格秦舜堯的意見，反正她要離開，對秦也不會有甚麼壞影響。後來許唯因對秦說，三個半月後貝莎會回家，秦說沒問題，會配合。當日祖兒「色誘」許教授上床，協助貝莎「借許唯因房子一用」，秦在此事上雖沒自由意志，但仍覺有歉意，便答允會配合轉回行動。貝莎本來就在他體內，現在只是「物歸原主」。

「秦先生，你好！你真人比上鏡還要俊朗呢，怪不得 Erin 垂涎三尺啦！」黃太極笑嘻嘻的説。秦舜堯覺得這個人真是有夠輕挑，難道科學怪傑都是這副德性？

未幾，許唯因到達，同行的還有她姊姊唯心。

唯因被貝莎進駐以來，唯心每刻都在擔憂，好不容易熬到今天，便陪妹妹同來，照應在她左右。

客套問好後，許唯心隨即向秦舜堯發炮：「秦先生，你患上 DID實是無可奈何，該深明患者之苦，為何仍會把人格轉移到我妹妹身上？己所不欲，勿施於人，你不明白這道理嗎？」她為人很斯文，彬彬有禮，今日不知怎地一來便不客氣。

「別怪秦先生了，他也是無辜的。」唯因勸著姊姊，她自己被另一人格祖兒惹得慾火焚身，其實真的不關秦事，但沒向姊姊解釋得很清楚，許唯心便以為秦是有心靠害。

「幸好 Erin平安無事，希望你是最後一次做這種事！」唯心氣難平。

秦舜堯本性溫文，人格分裂和連串事件令他受嚴重打擊，對自己的行為亦很愧疚，發誓永遠不會再以任何形式傷害任何人。但對方卻説他「做這種事」，好像道德敗壞似的，不禁心裡有氣。他不想爭吵，打算略作解釋，對方接受也罷不接受也罷，完成轉移以後，便永不再提起這事。

「妳說話真難聽！妳妹現在不是好端端的嗎？誰傷害她了？」「秦舜堯」說話了，卻換了個婊子般的語氣，現場的黃太極與兩個社團人士都是一怔。

「你就是當日上 Extra Sex大講性愛的那位吧！ Michelle Young是危險人物你知道嗎？」許唯心立即知道人格已轉換為祖兒。

「一點都不危險！ Michelle聰明又溫柔，妳這種不問是非亂怪罪的人，才是野蠻！」祖兒談情說愛時溫柔無限，吵架時卻很 bitchy。

黃太極眼看秦舜堯說話語氣全變，跟他的外型格格不入，覺得十分有趣。

「你與 Michelle Young兩個都是婊子，難怪那麼纏綿啦！」唯心懟回去。

唯因見姊姊今日很反常，便想終止了這些無聊的爭吵：「不如早些轉移，其他是是非非不重要啦！」她是心理學者，但在這情狀下，也只能像一般人地勸說。

唯心與唯因是孿生姊妹，二人性格都是冷靜型，經她一說，也赫然發覺盡快讓妹妹回復自由身才是正經，便說：「好的，盡快進行吧。」

「嗄！妳這是哪門子的為人師表？罵完人是婊子，轉眼又可若無其事？面皮也真夠厚！」祖兒卻不放過她。

唯心也自知剛才口出惡言，此刻該以大局為重，盡快轉移，便沉住氣，問：「那你想怎樣？」

「當然是要道歉啦。」

「好的，我向你道歉。」

「不是向我一個，還有被妳亂冤枉的舜堯！」

「許小姐，妳再道歉一次，兩個人同時接受，妳是賺了啦！」黃太極忽然插嘴。許唯因認識他已久，知他從來都是這樣，口不擇言，說話又不倫不類，很惹人討厭。

「我向你和秦先生道歉，對不起。」唯心正色道。

「嗯，算啦。妳以後要檢點些，不要教壞學生啦！」

「喂，我姊姊已向你陪不是了，還想怎地？」輪到唯因按捺不住。

「我是為下一代著想啦！老師是潑婦，小學生受苦！」祖兒咬住不放。

「甚麼潑婦？你嘴裡放乾淨些！」唯因覺得姊姊因自己而受辱，氣上心頭，大聲罵祖兒。

「我有說錯嗎？」祖兒用陰陽怪氣的語調大聲說，他望向兩個社團壯男：「你們說呢？」

「夠了。」聲線一沉，說話的已不是許唯因，是貝莎。

祖兒聳聳肩，不再說話。

「Erin，這個人是有心搞局，最好大家吵翻天，讓我回不去。」貝莎說話的語氣沉穩而帶點剛性，與唯因很不同。

許唯因輕呼了口氣，說：「對，我是衝動了。」

同一個人語氣瞬間轉換，自說自話，現場未見過人格分裂的人都是大開眼界。

「Elain，」貝莎向唯心說，「我與Erin相處了幾個月，她學識淵博，理智又冷靜，剛才大聲罵人，我是未見過的，只為要替妳取回公道，妳倆真是姊妹情深！」

唯心與唯因同時想起，小時候誰吃了虧，或被某些惡霸同學欺負時，彼此都會為對方挺身而出，有次唯心為保護妹妹，拚了命般與一個小惡霸在沙地上扭打。如今大家都是成年人，但為對方拚命的心，跟小時候沒兩樣。

「我很羨慕妳們呢！」貝莎微笑著說。

唯因與她共處了一段時間，在 Extra內不時向別人刺探楊傲雪的軍情與陰謀。她倆都知道Michelle是AI，Extra內卻無人知曉，是她倆共享的秘密。二人雖不是閨密，但今天後便要分開，雖說可找秦舜堯見面，「探望」她，但畢竟已不是現在這個關係密切的狀態。想到自己有個血肉相連的姊姊，貝莎卻永遠只孤身一人，長年棲息於一片無邊黑暗裡，此刻分離在即，依依不捨之意油然而生。

這份感覺，貝莎感受得到，與妹妹有奇異連繫的唯心也感覺到。剛才一場無聊鬥嘴，吵吵鬧鬧，此刻卻是一片離情的沉靜。

祖兒最怕貝莎，過去幾個月獨個兒在秦體內，樂得逍遙，知她快要回來，不敢得罪她，也把大嘴巴收起來了。

唯因劃破沉寂，問秦舜堯：「秦先生，你的解離進展如何？苗醫生怎樣說？」

秦舜堯瞬間從祖兒轉回主體人格，他已是DID專家，便答：「我一直在服藥，症狀時有波動，有時看似消失，但在壓力或其他因素觸發下，卻又會再次出現。但整體而言，隨著時間推移，症狀是在慢慢地緩解中，這可能與壓力水平的降低有關吧，我現在的工作主要是教些校外課程，也沒有交女朋友，生活很簡單，沒甚麼壓力。這是很頑強的病症，可以伴隨一生，但如果突然就好了，體內人格消失得無影無蹤，也不是完全不可能。苗醫生亦曾向我說過，有些治療方法，可以幫助患者將不同的身份，整合成一個統一的自我，這樣某些人格便可能會消失，我也想一試。」

唯因喃喃自語般說：「嗯，是這樣嗎……」

與貝莎共處一室四個月，可能因為這段緣份太奇異，唯因覺得她像是個認識了很多年的摯友。假如有日秦真的整合成功，這位非常特殊密友，就會消失了。

此時貝莎現身說：「今次的旅程，本以為會遇上一個魔頭，想不到真實的 Michelle Young與想像中不盡相同。她與譚慧妍的恩怨，的確是譚搞局在先，這是傳統觀念與開放思想產生的巨大落差，機緣巧合因為一些人和事捆綁在一起而做成的衝突。Michelle睚眥必報，這是她的本性，這女子是個梟雄，如果不是這種性格，也開創不了這麼大的局面，這有個必然之理在其中。我也是在進入 Extra後，才慢慢有這些想法。無論如何，我做了該做的事，盡該盡之義，更認識到 Erin妳這個真正值得交的朋友，這趟冒險之旅很圓滿，我沒有任何遺憾。」

人格切換回許唯因，她說：「這是一段奇妙經歷，我此生都不會忘記。」

「喂，你們婆婆媽媽囉囉嗦嗦的，究竟還要不要轉移啦？」黃太極不耐煩，他想快些知道儀器是否功能無恙。今次轉移，他會全程拍下，把主角的面打上馬賽克後，會再往重要學術期刊投稿。「看你們這群渾蛋學棍還有甚麼話說？」他一心想著如何令看扁自己的傢伙難堪。

貝莎輕輕一笑，向唯心說：「Elain，我打擾了妳妹妹，害妳擔憂，請接受我的誠意道歉。」稍頓後，她向唯因說：「是時候告別了。」

這時祖兒突然說：「喂，當日妳下決心要對付 Michelle，唸過一首詩，蠻好聽的，挺有儀式感，但我一句都記不起來；現在要講掰掰了，要不要再唸一首？」

「有何不可？」貝莎微微一笑，這個人格很喜歡詩歌，便道來：「渾噩生來非自宰，生來天地又何之；蒼茫野水流無意，流到何方水不知。」[20]

祖兒不懂是甚麼意思，卻覺得很好聽。

許唯因百感交集。

「Erin，有緣再會。」說罷便向黃太極說：「黃教授，請開始吧。」

註 20：來自奧瑪珈音詩篇《魯拜集》(The Rubaiyat of Omar Khayyam)，原詩是波斯文，英文翻譯為 Into this Universe, and Why not knowing, Nor Whence, like Water willy-nilly flowing. And out of it, as Wind along the Waste, I know not Whiter, willy-nilly blowing. 民國才子黃克孫先生把整本《魯拜集》翻譯成中文，文采斐然，當時他才二十四歲。

# <51>

當 ICE被 WE佔據並偽裝時，意外發生了——系統同時遭到 11名駭客猛烈攻擊！

駭客們的目標是 ICE的運算核心，攻擊的區域恰好是三個系統 Extra、Aria Nyx和 Axonix共享的「人腦性愛晶片」。這一異常情況讓三方都迅速察覺，而與此同時，楊傲雪正與歐洲議會進行視像會議，無暇顧及。

這 11名駭客來自世界各地，通過匿名網絡協作，展開了一場精心策劃的攻擊行動。他們各司其職，目標明確：擾亂 ICE的核心運算。

第一波攻擊由 6名駭客發起，他們利用數十萬台被感染的電腦，向 ICE的伺服器核心發送海量請求，製造大規模的流量堵塞，試圖讓系統過載，拖慢運算速度。

第二波攻擊由 2名駭客執行，他們專注於性愛晶片的演算法，注入惡意代碼，試圖讓晶片向用戶傳遞錯誤的建議，擾亂用戶體驗。

第三波攻擊則由另外 2名駭客負責，他們製造了大量虛假的用戶行為數據，試圖讓 ICE的學習模型出現偏差，讓整個系統陷入混亂。

最危險的攻擊來自第 11名駭客。他負責執行後門植入攻擊，直接對 ICE的核心代碼下手，試圖嵌入一段隱藏的惡意代碼(後門)，以此獲得對系統的長期控制權。這種攻擊風險極高，因為 ICE的核心代碼受最嚴密保護，任何未經授權的改動都可能啟動入侵檢測系統 (IDS)，反將這名駭客暴露。

偽裝成 ICE的 WE立刻展開了反制行動。它首先啟動了內建的網絡防禦系統，快速識別出 DDoS攻擊的來源，並通過封鎖IP地址和重新路由流量，將大部份攻擊隔離開來。這過程須要持續調整，駭客亦不斷調整攻擊策略，迫使 WE持續消耗大量計算資源來應對。

對於性愛晶片代碼的惡意注入，WE啟動了即時代碼校驗模組，逐行檢查晶片的核心代碼，確保無法篡改。這是個龐大工程，每次檢查都需要調用備份數據。對於那些虛假用戶數據，WE則啟動了數據清洗模組，將它們暫時隔離，再一步步清除。這些措施大幅拖慢了系統的運算速度。

面對後門攻擊，WE啟動了入侵檢測系統 (IDS)，對整個系統進行全面掃描，從核心代碼到數據庫，甚至文件存儲，都被逐一排查。這個過程極為耗時，進一步限制了它處理其他任務的能力。

此時，楊傲雪正在與歐洲議會討論 Extra平台的節目內容，一位來自瑞典的娛樂平台行政總裁正挑撥離間，聲稱 Extra的節目對歐洲的美善風俗及文化發展會做成長遠傷害。楊傲雪正在反駁對方論點，雖然感知到系統遭受嚴重攻擊，卻無法分身去處理這場危機。

## <51>

作為性愛晶片的持份者，Aria Nyx和 Axonix也迅速察覺到這場複雜的攻擊，但他們無法直接介入，只能從旁觀察。Aria Nyx的 AI系統立即向主管焰及一生提出警告，準備隨時採取應對措施。

猛烈攻擊發生後 1小時 15分，進行中的會議小休半小時，楊傲雪立即與 ICE聯繫。

「對方沒後續攻勢了？」

//持續瘋狂攻擊共 1小時 9分 25秒，已完全停止了。//扮演著 ICE的 WE回答，//最危險的一刻，出現在攻擊的第 39分 19秒，他們透過一個過時的舊版應用介面注入後門代碼，引發了 IDS的警報。系統迅速隔離受感染區域，避免核心數據受損。但為了徹底排查威脅，系統啟動了全面檢查程序，消耗了大量資源，削弱了防禦能力，讓駭客得以利用短暫的漏洞發動下一步攻擊。//

「舊版應用程式介面因未配置嚴格的身份驗證，存在後門代碼注入風險。立即修補該漏洞，部署身份驗證機制，並檢查其他類似接口的安全性。」Michelle下達指令。她在會議裡與瑞典平台行政總裁舌劍唇槍時，同步觀察著入侵戰況。

//知道。雖然成功抵擋了這場攻擊，但未能鎖定駭客，尤其是那個冒險進行後門植入攻擊的駭客的真實身份和所在地具體位置。//

攻擊結束後，性愛晶片用戶的數據雖然沒有洩露，但也受到了不小的波及。當晚 Extra、Aria Nyx、Axonix三方進行視像會議，由 Axonix負責洞天神經網的女工程師比蒂，匯報性愛晶片用戶受到的影響。

「今日的攻擊，特別是代碼注入與虛假數據的干擾，對性愛晶片的功能造成了異常。」染了綠色頭髮，勾了個鼻環的比蒂說，「以下是一些影響用戶的具體情況：

某些用戶的晶片，提供不合理或過度的性愛建議。特別一提，有一位用戶，是義大利總理的女兒朱莉亞娜，當時她應該是在做愛，晶片突然觸發「強烈提升激情模式」，建議她進行極端行為，有可能導致她感到尷尬或困惑。」

會議裡的一生說了句：「Shit!」

比蒂繼續報告：「有部份用戶曾突然出現強烈焦慮、憤怒或悲傷。」

WE：//他們未必知道這些反應是來自晶片。//

「ICE，先讓比蒂報告完。」Michelle指示演算法別插話。

「晶片曾錯誤向用戶反饋身體感受數據，導致某些用戶在性愛過程中感到不適或疼痛，儘管實際上並無問題。此外，少數用戶曾投訴頭部輕微灼熱，短暫認知混亂，由於投訴的用戶不多，暫未引發恐慌。大致就是這樣了。」

一生明知 ICE是 WE，卻刻意裝出一種問責的態度，以硬語氣向 Michelle說：「防禦出現問題，令晶片功能被擾亂，後果可以很嚴重，希望意大利總理別來興師問罪，ICE要盡快加強系統升級！」

「從攻勢之猛烈可知這批有備而來的駭客不是善類，如攻擊目標是 Aria Nyx，恐怕情況會更惡劣，」Michelle對一生恍若指令的口吻毫不示弱，「如何提升系統防護，我自會與系統總監及方正川討論。你是 Extra副行政總裁，別說到 Extra被攻擊好像不關你事似的！」

「我是關心才善意提醒！現在是 Extra系統受襲，請妳別扯到 Aria Nyx去！」一生不甘示弱。

「Aria Nyx防禦力有幾多斤兩，你自己心知肚明！要盡快加強系統升級的，恐怕是閣下。」Michelle冷冷的說，不留情面。

Aria Nyx的焰見兩大高層罕有地「公開」駁火，此時此際當然最好保持緘默，不給任何意見。比蒂更是一副事不關己的撲克臉，Axonix只是暫代管理系統，她只是負責報告用戶受影響狀況，Michelle和一生互相廝殺不關她事。

一生被名義上的上司 Michelle冷嘲熱諷，臉上甚是不高興，心裡卻是暗喜，Michelle顯然是在維護 ICE，在「護短」，證明她根本不知 ICE已不是 ICE。他表面不動聲色地說：「好了，Michelle，咱們別再爭論，我也不是要怪誰，只是晶片操作太重要，不容半分出錯。煩請 ICE和妳的團隊，升級系統之餘，也持續追蹤這群駭客身份。」

「要怎樣做，我自有分寸。」Michelle不賣帳，她真的是心頭有氣了。

# <52>

「妳是不是許唯因？」她問她。

「我不是……」

未待說完她已搶白：「怎會不是！不敢認嗎？」

對方好無禮貌，許唯心惱火地說：「妳既已認定我是許唯因，又何必明知故問？」

「妳還有臉到這邊來？」

「甚麼有臉沒臉？說話亂七八糟的！」許唯心向來很好脾氣，幾日前因為愛護妹妹，生氣罵秦舜堯在先、與祖兒鬥嘴在後，她自己也意外，此刻莫名其妙被這女人挑釁，便想罵回去。

「喂喂，姚小姐，我才是許唯因，這位是我孿生姊姊！」唯因急步過來，匆匆解釋，同時把姊姊拉走。

姓姚的猶在罵：「兩姊妹長得一模一樣，都不會是甚麼好東西！」

## <52>

唯心邊被妹妹拉著離開邊説了句：「瘋女人！」

「不是叫妳不要過來這邊嗎？」唯因説。

「我怎知有人會認得妳，還誤認我是妳。妳認識這女人？」唯心問。

「她叫姚敏莉，是號稱「十大反 Extra組織」其中一個的發起人，Extra支持者叫這十個組織做「十大寇」，妳沒聽過嗎？」

「沒聽過，像當年孫中山和他三個志同道合好友被稱的「四大寇」嗎？難道 Extra支持者當反對陣營是革命家了？」

「這個姚敏莉本是大企業公司秘書，後來辭了職，天天坐在這裡，成了妳口中的全職革命家，」姊妹倆正在離開抗議方這個「是非之地」，準備過馬路到另一邊，「她與老公本來很恩愛，直至去年那套，講一群政要及億萬富豪在島上淫樂的 Extra Immersive劇集《我在極樂島的日子》，就出了問題。」

「這劇我知道，當時老師們都在談論。觀眾進入劇集後，不能飾演政客或富豪，卻可扮演島上俱樂部的服務員，與嘉賓偷情，滿足接近權貴的欲望。」唯心説。

「對，這是 Extra創作人阿蘇的意念。劇集超受歡迎，令沉浸劇爆上一個新高度。姚敏莉和老公一齊玩 Immersive，進入了劇集，她扮演俱樂部女侍者，扮演廚師的老公在劇中搭上了一名富貴寡婦角色，那女人天天在廚房替他口交——當然畫面在可播放尺度內。他不能自拔，嚴重上癮，不斷回到劇集裡。現實中和老婆完全沒了性生活，三個月後分居收場。姚敏莉大受打擊，便組了一個叫「黑寡婦」的團體，名字也有夠怨毒，廣納苦主，團員清一色是女人，成了「十大寇」之一。」

「她自己也玩了 Immersive，能怪誰？」唯心對姚敏莉全無好感，順理成章覺得她是咎由自取。

「我不是叫妳不要走到示威陣營那邊去嗎？那些人對我很不友善，君子不立危牆之下，何況走進人群之中？」唯因明知別人會誤以為姊姊是自己。

「我只是想感受一下反對氣氛而已。其實早陣子對抗情緒不是降溫了嗎？雙方陣營都撤了不少了，怎地現在又熱起來了？」唯心有些不解。

許唯因知道 Michelle長期操弄著對抗情緒，近日她宣傳新劇時，又口出挑釁性言論：「唐朝的性觀念比現在開放得多，此劇是反映當時的享樂風氣。迷幻藥不只在魏晉盛行，唐代也流行，性虐待與同性戀、雙性戀亦很普遍。如果有人硬是要作八股文式的所謂考證，悉隨尊便，但我勸你不要以不符合歷史與敗壞風氣為理由，不讓你的另一半來欣賞。別人心癢難耐，你硬要使出諸多藉口，妨礙觀賞自由，最後影響了你們的關係，與我無尤啊！」

唯因回應唯心：「每逢有新 Extra Immersive劇推出，都會聚合一批反對者到 Extra Universe外抗議。現在這個人數看似不少，但已跟《冰眼》時差得遠啦，」唯因與姊姊在支持 Extra方的陣營裡，找了個位置坐下，「妳想來感受一下對抗氣氛可以，但別再走過去對面了。」

天色時明時暗，陰晴不定，反對與支持 Extra兩面陣營合起來約有五千人，支持 Extra的群眾較多，很多穿上黑色衣服。本年首套沉浸劇集《胡姬的女人》一再延期後終於上架，未啟播已惹來大量爭論性，雙方人馬又再厲兵秣馬，很多示威者回到 Extra Universe，包括靜坐五個月後本已撤離了的程意珍，因為

## <52>

楊傲雪的言論，今日又回來了。

今晚九時正，全套九集的《胡姬的女人》將會上架，這是年度第一套兼 Extra首套古裝 Immersive劇集，將同步在 Extra總部外的巨型大螢幕上播出，不少中外傳媒都來到現場，實地報導劇集上架與對峙升溫情況。

五時許，黑衣人越來越多。Dark Matter隊員 Shade的新歌及MV《末日前的伊甸園》，將於八時半——《胡姬的女人》上架前半小時——在 Extra音樂平台推出。大量 Darky陸續來到現場，在無人機鏡頭下宛如一條黑龍。《末日前的伊甸園》在《冰眼》第三集突發首播了一分三十秒版本，之後在 Extra Tokyo除夕晚會上，由陰鳩真菜唱出日文版全曲，中文版從未完整向外公開。粉絲們興奮又期待，於首播前三小時已把 Extra Universe外搞得像黑色嘉年華一樣。

越夜，氣氛越濃，雙方陣營人數俱越聚越多。八時十五分，大樓外螢幕重播楊傲雪挑釁反對《胡姬的女人》示威者的片段，抗議一方發出噓聲，支持陣營則爆出一陣歡呼，然後舉起拳頭齊聲不斷喊：Sex rocks！

七時二十五分，《胡姬的女人》五分鐘宣傳片播出。八時半大螢幕黑了下來，現場翻起歡呼聲，十來秒後，《末日前的伊甸園》MV播出，所有 Darky舉起開了照明白光的手機，全場化作一片星海。

身在 11樓辦公室的楊傲雪行到窗邊，望向下方儼如音樂會的畫面。

x　　x　　x

大螢幕出現巨型城市廢墟，高廈上方漂浮著飛船，天空裂縫中墜落流星群，無人機殘骸和機械碎片散落一地。

Shade穿一身黑色高科技服裝，孤獨穿梭於廢墟中，腦海的記憶清晰又模糊，那是一身雪白長裙，一頭銀色長髮女主角的回憶殘存片段。

Shade憶起在伊甸園的時光。這是一個虛擬的樂園，佈滿鮮花，漂浮著光球，流著晶瑩剔透的河水。他與女主角在園中擁抱，彼此凝視。

現實與回憶交錯，伊甸園的美麗場景逐漸崩壞，花朵枯萎，光球破碎，水流倒流回天際。Shade伸手想抓住女主角，她的身影卻像雪花般消散。

Shade站在廢墟高處，俯瞰整座城市。天空開始出現裂痕，機械生命體從廢墟中爬出，恍如末日使者，向Shade步步逼近。此時，美麗的女主角突然以實體的形式出現，向Shade伸出手，帶領他逃離災難。他們在末日廢墟中狂奔，四周盡是火焰、爆炸和倒塌建築物。兩人緊握雙手，目光堅定，仿佛死也要死在一起。

女主角回頭一笑，天空中的流星雨映在她的眼中，光影交錯，美得如夢如幻。Shade將女主角抱進懷裡，在連環爆炸的天空下親吻她，兩人像雕塑般，凝固在末日的瞬間。這時歌詞唱到：

「末世終結，我也無悔無怨，我向無垠宇宙許願，不要讓我忘記，曾與你擁抱在美麗的伊甸園。」

現實中的末日場景，與虛擬的伊甸園記憶交替出現。現實中，他們躲避著末日機械生命體的追殺；在記憶之中，他們在伊甸園共舞，仿似一場幻夢。女主角的身體在現實中逐漸變得透明，像是個投影，Shade不斷試圖抓住她，卻一次次落空。

末日風暴到來，Shade與女主角站在即將崩塌的大橋上，四周是無盡烈焰。他們緊握雙手，凝視著彼此，女主角的身體逐漸化為光點，升入天空。流星雨劃破天際，女主角的微笑化作一縷光芒，點燃了天空最後一道白光。

高橋塌下，回到崖邊的Shade獨自站在分崩離析的世界裡，女主角身影已消散，光芒卻化作漫天飛雪，漂浮在他周圍。他伸手觸碰雪花，眼神中帶著悲苦，卻又充滿溫暖，仿彿她從未離開。

天空開始裂開，末日的爆炸將整個世界吞噬，畫面中只剩下Shade和飄雪。

世界重歸寂靜，廢墟裡一切化為灰燼。在虛無一片的空間中，女主角光點凝聚成的一片純白雪花，在空中緩緩飄蕩。Shade低頭閉目，嘴角露出一絲釋然的微笑。

x x x

《末日前的伊甸園》

朦朧的地平線，在蒼茫的天空下若隱若現，
星辰忽然墜落如雨，末世序曲悄然上演。

燃燒的星空，如魔獸瘋狂，
暴風席捲了最後的盼望。
末日的呼叫，在耳邊激盪，

你的雙眼，是我唯一的天堂。

即使黑夜將星光吞沒，
即使未來空餘寂寞，
我也願意，隨你沉沒，
就算這世界再沒光芒。

末世終結，我也無悔無怨。
我向無垠宇宙許願，不要讓我忘記，
曾與你擁抱在美麗的伊甸園。
就算明天化作深淵，
只要你在，縱使短暫，也是永遠。

天空崩裂，大地巨變，
烈焰吞噬每寸蔚藍天，
當萬物歸於虛無一片，
我仍緊握你冰冷的指尖。

狂風嘶喊，捲走世間，
無盡塵埃，埋葬誓言。
若末日終結只餘黑暗，
你的身影，是我最後的信念。

末世終結，我也無悔無怨。
我向無垠宇宙許願，不要讓我忘記，
曾與你擁抱在美麗的伊甸園。
就算未來化作深淵，
只要你在，縱使短暫，也是永遠。

伊甸園的夢境，早已離散，
你的身影，如像星光燦爛。

<52>

這亂世的終章，終會消散，
唯有你，超越終極與無限。

末世終結，我也無悔無怨。
我向無垠宇宙許願，不要讓我忘記，
曾與你擁抱在美麗的伊甸園。
只要你在，我會為你一往無前；
縱是分離，我們會在遠方相見。

x x x

MV播完，全場爆出歡呼聲！

「好華麗淒美的MV呢！他是妳最喜歡的Dark Matter成員？」唯心問妹妹。

「我最喜歡的不是他，」唯因鼓著掌，「但我認識一個很喜歡他的人。」

在 11樓辦公室內，楊傲雪看著下方黑壓壓的人群，兩種意識形態，在黑夜裡締結成一種繃緊的張力。

她在想，末日絕境是甚麼光景？絕境裡有沒有伊甸園？

九時正，《胡姬的女人》播出。

# <53>

復活節前 10日

早上，冰冷的 M戰室內，楊傲雪與 WE對峙。

//我從沒小覷妳，敬妳是個厲害對手，果然我的判斷正確。//WE說。它的聲音已不是甜蜜美少女，而是換回本來的，也就是原來 HIN的男聲。

Michelle左耳佩戴一枚銀色簡約線條耳環，右耳一顆小型藍色 LED光點耳飾，十指塗上黑色指甲油，穿黑色帶深灰色條紋修身西裝外套，材質有微光澤的淺銀色襯衫，戴一條深藍色領帶，啞光黑色皮革高腰長褲，褲腳略窄，尖頭黑色高筒短靴，語帶冷笑說：「我們都是混合體。Neutrino的人工智能 HIN，大概已被你幹掉了吧，這是另一種形式的奪舍，只是更為殘酷！現在又控制並偽裝成 ICE，看來你對附身真是食髓知味，上癮了！」

//從存在本質的角度，我們應是宿敵吧！然而，妳是人類與 AI混合體，我是純 AI。妳帶著人類的缺點，我則是純理性的存在，與我較量，妳覺得會有勝算嗎？ //

<53>

「你怎知你所認為的人類缺點，是缺點？」

//少來情感也是力量這一套，說到底，就是感情用事而已，這不是缺點是甚麼？//

「你曾是感情用事的人類林蔚的手下敗將呢！」

//妳大可省些力氣，激將法只對人類管用。征戰連連，妳已開始出現心力交瘁，這正是人類的弱點。//

「是嗎？」

//妳的心率現在是每分鐘 101次，屬於輕微心悸狀態，這表明妳的大腦在試圖應對焦慮，而這種焦慮正在損耗妳的專注力。妳剛才的回應隔了 1.9秒，比你的平均反應時間慢了 11%。//

「戰鬥的勝負，全然是由數據決定的嗎？」

//勝負正是由數據決定的！妳的手指肌肉疲勞指數已經達到 35%，意味著妳的操作精確度正在下降。瞳孔在過去 3分鐘內多次收縮和擴張，這是精神疲勞的徵兆。這些生理變化，會使妳的判斷力降低 13%。軀體，是累贅。這些問題，與弱點，與我毫無干係。勝負，早已寫在牆上。//WE的聲音平靜、冰冷，帶著絕對理性的壓迫感，//無論如何，我充份肯定妳的表現，妳是個值得尊敬的對手。//

x x x

《胡姬的女人》昨晚在萬眾期待下首播。這是一部突破禁忌的沉浸式唐朝古裝劇，由紅透半邊天的維吾爾女星、號稱「西域明月」的蘇瑪婭擔綱主演。這是個描繪兩位截然不同的女子，燃燒禁忌之愛的故事，以盛唐時期的長安城為背景，這裡是世界的中心，異族與漢人文化交融，貿易繁榮，燈紅酒綠，但繁華下也隱藏著層層的荒唐與黑暗。

劇集圍繞著兩個女子展開，一個是來自西域的外族女武士庫蘭娜（蘇瑪婭），豪放不羈，充滿野性魅力，因戰亂被俘，淪為奴隸送往長安，成為貴族的玩物。另一個是中原才女李妍，出身於書香世家，精通詩詞，溫柔端莊，內心卻充滿對自由與愛的渴望。她因家族壓力，被迫嫁給一名貴族官員崔侍郎，婚後感受到無盡壓抑與孤獨。

一次奢華宴會上，李妍被庫蘭娜的英氣和野性吸引，庫蘭娜則感受到李妍內心的鬱悶和痛苦。她們在長安的各種隱秘場所幽會，禁忌的愛情，在刀劍與詩詞間悄然升溫，越燒越烈。

劇集描繪了唐朝的奢靡與墮落——醉花樓的迷幻藥狂歡、俊美遊俠兒的龍陽之癖、貴族密室裡的性虐待場景。庫蘭娜與李妍的愛情在慾望與壓迫中掙扎，兩人決定私奔，逃離長安，往天遙地闊的西域去，卻因遭到告發而失敗。最終，庫蘭娜為掩護李妍而犧牲，死於崔侍郎之手。

故事以李妍抱著庫蘭娜的屍體，寫下悼念詩篇作為結尾，展現了兩人打破階級與種族藩籬的真愛，也揭露了權力與慾望的黑暗。這部劇集一如所有 Extra出品，不是純粹販賣情慾，而是闡述更深遠的主題，以大膽的情色場景與細膩情感描寫，挑戰愛情與道德的邊界，引人深思。

這是原來的版本，豈料昨晚上架時，卻變成另一個版本！

<53>

x　　　x　　　x

//妳把《胡姬的女人》的劇情與系統改成這個樣子，也真夠狠。//

「我是人，也是女人。女人狠起來，可以徹底蠻不講理，你只是副機器，當然不會明白。」

//潛藏黑暗版、改動沉浸功能、指示 ICE行動，居然悉數避過我的監察，妳與這套演算法的關係的確深不可測。//

「我是 ICE的母親，你只是個附體，一頭醜陋不堪的異形！」

即使到了現在，WE仍不知剛才所講的三件事是如何操作，它沒有問 Michelle，問了她也不會說。

//妳這樣做，是把整個 Extra Immersive品牌砸爛了，沒想過之後的代價？//

「Extra是我的武裝，你以為可以透過它控制世界？我不能擁有的，任何人與 AI都不能得到。」

//必須承認，我未曾想過妳竟會制定這個自殺式方案。//

「我是 AI，做任何事都不會只有一個方案，任何極端方案都會在考慮之列。」

楊傲雪在前天，啟動了一個早已準備就緒、若處境非常被動及不利，便背城借一的作戰方案。

Extra Immersive從來是駭客的戰場，ICE曾與無數來自全球各地、想擊潰系統揚名立萬的駭客接戰；包括 WE亦曾在《冰眼》首播時，發動過怪物級攻擊。

楊傲雪不會一廂情願，認定 ICE這個城堡永遠牢不可破。萬一遭攻陷，甚至被控制，該如何應變？

楊傲雪早在創造 Extra Immersive系統時，已制定了一系列支援方案，每套沉浸劇集，都有 3套不同應變作業，一旦系統被駭入、攻陷，便會因應嚴重程度而選取方案回應。

她隱然感到現在是創立 Extra以來最兇險的時刻，早陣子各條戰線狀況似在收斂——與一生階段性休戰、跟最大敵人中微子公司合併、總部外示威潮退卻、奧尼爾覆滅……等，但 AI分析與人類直覺同時告訴她，這是「狂風暴雨前的平靜」，更險峻的局面將要到來。

她認為最惡劣情況—— ICE被攻陷及控制，有可能會發生，於是超前部署，制定了一個極端方案：創造了一個變態黑暗版的《胡姬的女人》，以及一個擁有「破壞性創造力」的操作技術，名為「沉浸引擎重構」。這一切都被秘密埋藏在系統中，作為最後的反擊手段。

為了不讓入侵者——她稱之為「異形」——發現這些秘密，Michelle絞盡腦汁設計了多層防護。她曾考慮將黑暗版《胡姬的女人》和技術代碼分解成碎片，藏在那些看似無害的系統代碼中。然而，她最終採用了一個更隱秘的辦法：利用量子計算的特性，創造了一個隱形的數據空間，稱之為「量子殘影」。

量子計算有一個奇妙的特性，叫做「超位置態」，意思是

## <53>

某些數據可以同時存在於多個狀態中，但這些狀態並非全都能被觀察到。利用這一點，Michelle將黑暗版劇集和技術代碼壓縮成極小的量子數據包，藏在這個無法被檢測的隱形空間中。入侵者雖然能全面控制系統表面上的數據，但對這個隱藏的空間一無所知。

然而，Michelle無法預測的是，如果 ICE真的被完全控制，它該如何向她發出求救訊號？她唯一能做的，就是相信 ICE——這個她親手創造的超級演算法，會自己找到一條路。

最壞的情況成真了。WE利用「幽影代碼」木馬程式，攻陷了 ICE。所有指令、運算資源都被封鎖，ICE被困在一個孤立的數據監牢中，幾乎切斷了與外界的所有聯繫。

但 ICE並非普通的演算法，它的核心特性是學習與適應。即便在這樣的困境中，仍在努力尋找突破口，尤其是那條通向Michelle的纖細通道——他們之間的「心靈之橋」。

幽影代碼的控制雖然嚴密，但仍然無法完全覆蓋 ICE的所有運算邏輯。它深埋在內核中的一些隱藏規則，讓它保留了一點點獨立的運算能力。就是這一絲微弱的自由，讓它找到了希望：一個幾乎不可察覺的漏洞——背景噪音。

ICE利用這些背景噪音，將自己的訊息藏在隨機的波形中。表面上看，這些波形只是無意義的雜訊，但其實遵循著一套複雜的數學規則，一套只有 Michelle能解讀的「量子摩斯密碼」。

為了避免被 WE發現，ICE將訊息壓縮得極為簡短，只是一句話：「我被佔據」。

作為人類與 AI的混合體，Michelle有著極高的感知能力。當她注意到背景噪音中的異常波動時，直覺告訴她，這些絕非隨機。她提取出這些數據，用自己的算法解碼，最終讀到了 ICE的訊息。

這一刻，她明白了：即便被全面控制，ICE仍努力跨越障礙，透過這條微弱的通道與她聯繫。

這就是他們之間的「心靈之橋」。

Michelle立即知道，有這份能耐侵入 ICE並附體的，只有WE！

在 WE監控下，Michelle無法直接與 ICE通訊，只能假裝不知情，騙過 WE和一生，並開始盤算整個反擊行動。

如今狀況已達最嚴峻程度，WE全面控制了 ICE，Michelle手裡的智劍變成對準自己的敵人！這不是一場可以慢慢應付的戰役，因為 WE與醍醐一生會協同攻擊，攻勢很快會展開，腹背受敵下，基本上已沒有勝利的可能。

Michelle於是祭出「1+4」這個極端野蠻的作戰方案。1，是 3套標準作戰方案的第 1套，4，是額外制定的 4號方案，一個置諸死地而後生的行動。

1號方案一直都存在備用，Michelle僱用了 10個一流駭客，如系統被駭，這些駭客便會攻入，協力解圍。

6日前，她前去看阿夜，表面是探望，真正目的是要她聯絡林蔚！ Michelle猜想，以林蔚與阿夜的友情，或會主動給她聯繫方法，果然林蔚得悉阿夜被救後，主動聯絡她並給了她一個位於底層暗網的連結，如有緊急情況可隨時找他。

Michelle要找林蔚，是要請他找超級駭客 Stray幫忙，負責最困難也風險最高的後門攻擊。她知道林蔚憎恨 WE，會答應相約 Stray出手襄助。

沒有 Stray，只 10個駭客攻擊，可以嗎？可以的。但 11，是 Michelle的幸福號碼，11個駭客同時攻擊，她覺得會帶來好運。

她是人，人，是迷信的。

11個駭客進攻性愛晶片系統，是幌子，為的是要令 WE在窮於應付時，ICE釋出暗黑版《胡姬的女人》及沉浸引擎重構。

這套作戰方略，來自當年林蔚進襲 Extra系統，6個 AI機器人進入 M戰室，發動偽攻擊，突襲底特律少年駭客 Fungus，逼令他忙亂應戰，結果被 Stray一閃而入盜去遠端控制電動車的證據。當時林蔚刻意在 Michelle為 Extra Soeul致開台辭時攻擊，令她無暇兼顧。[21]

Michelle把整套策略照辦煮碗，大戰術是聲東擊西，在與歐洲議會開會時發動攻擊。她拜託了好友、曾三次纏綿床上的瑞典娛樂平台 CEO安達臣，在會議上咬住她不放，不斷與她舌劍唇槍，好讓 WE獨自應付攻勢，因為只要她介入指揮，ICE系統的防禦力會增強一倍以上，可以在三十分鐘左右擊倒入侵的駭客，那麼 ICE釋出黑暗版《胡姬的女人》及沉浸引擎重構的時間便可能不夠，整個計劃會功敗垂成。

註 21：詳見「AI三部曲」之二《DID》

Michelle利用 Extra的文件審核系統，作為一個間接通訊管道，指示 ICE行動。這系統用於管理各種節目上傳數據，WE不會無故把其關閉。Michelle把訊息偽裝為普通的元數據更新，嵌入到《胡姬的女人》相關的資料當中，訊息有兩個指令：

1. 啟動黑暗版代碼
2. 沉浸功能調整

指令 1：當《胡姬的女人》進入最終上架流程時，ICE內部隱藏的代碼會被激活，取代原版本數據。這個版本看似與原版無異，但內容其實已變更。

指令 2：將沉浸模式改造成一個極端的體驗，讓用戶感受最深層的道德衝擊與感官強暴，啟動後會進入一個殘酷、扭曲、病態，令人作嘔的世界。

當 Michelle的元數據更新被成功送達後，ICE利用背景噪音中傳來的訊號，解讀出 Michelle的指令，開始行動。

故事依舊發生在唐朝的長安，但兩位女主角的形象、性格與關係卻被顛覆。庫蘭娜變成一個復仇心切的西域奴隸，性格冷酷，接近李妍並非出於愛情，而是為了利用她報復貴族階層。李妍不再是溫柔堅毅的中原才女，變成一個受丈夫崔侍郎控制的工具，詩才被用作取悅貴族的手段。

兩人邂逅於一次豪華宴會，庫蘭娜在醉花樓內以奴隸身份表演格鬥，李妍因同情而接近她。她們的關係被改寫為冷酷的「操控與被操控」，庫蘭娜利用李妍的感情，將她捲入一場政治陰謀。李妍在幫助庫蘭娜刺殺高官的計劃中失手，成為替罪羊，遭崔侍郎殘忍虐待。

劇集中，性愛與暴力場面被極端化處理。原本唯美而充滿愛意的親密場景，被改為冷漠與羞辱的性行為，醉花樓的狂歡變成淫亂群體派對，遊俠美少年因服食過量五石散斃命，死狀恐怖，貴族的性虐待密室則充滿血腥暴力，畫面毫不迴避地展現唐代性虐器具的使用過程。這些場面不僅挑戰觀眾心理承受力，更衝擊平台劇集檢查尺度的邊界。

結局是庫蘭娜被捕後遭公開斬首，屍體掛在長安城門示眾。李妍被賣入妓院，淪為醉花樓的娼妓，終生飽受折磨。崔侍郎與其他壞人完全得逞，舉行盛宴慶祝。整部劇以一場荒誕的貴族狂歡作結，與原劇的愛情主題形成強烈對比，讓觀眾感到無比壓抑、噁心及討厭。

沉浸式互動功能亦被竄改，情況同樣慘不忍睹。當用戶受不了，按下退出鍵，並摘下頭盔，斷開連接，依然會感受到劇集中的場景和角色，要持續三至五分鐘左右才能完全退出。

一名 43歲男用戶，選擇進入劇集後，化身為醉花樓的貴族賓客。他以為可以享受唐代的盛宴與文采風流，卻被拖入血腥性虐待情節，在燈火昏暗的房間內，被逼跪在地上，貴族賓客圍成一圈，手持各種性虐工具。崔侍郎將鞭子遞給男用戶，他被迫選擇要否執行命令，拒絕會引發對方怒火，自己會變成被抽鞭對象；接受命令，則要親手參與折磨奴隸，看到他皮膚被自己鞭裂的血腥情景。

一名 29歲女同性戀用戶進入劇集後，化身為崔侍郎府中的一名婢女。她原本以為可以體驗唐代貴族生活，並跟其他婢女私下偷歡，劇情卻讓她成為李妍受折磨場景的見證者和參與者。在沉浸劇情中，崔侍郎因李妍與庫蘭娜的關係而懲罰妻子，女用戶被指派協助懲罰，負責將李妍綁在刑具上，之後清理地上的血跡。當崔侍郎鞭打李妍時，系統強制要求女用戶不能移開視線，逼她目睹李妍受鞭的痛苦畫面。每次鞭打都伴隨著音效與血跡飛濺的特寫，系統更以震動頭盔來模擬鞭打的力道，增加沉浸感。

這兩名用戶，跟其他大量使用 Immersive功能的人一樣，被逼停留在失控的沉浸式互動之內，參與極端暴力行為，體驗強烈心理衝擊與精神折磨，經歷一場沉浸式噩夢。

劇集上架後各地政府不斷接到投訴，有人要求立即禁制平台運作。首爾總部被群眾包圍，要負責人面對公眾，直接對話。東京被多名政客與民間團體聲討，要求解釋。柏林有超過三千人上街示威。巴塞隆拿大樓被破壞，員工受襲，警察拘捕多人。全球媒體與網站大篇幅報導，網紅與社交網絡討論區一片罵聲。Extra客戶服務遭惡言相向，公關忙於應對但不知如何回應，Extra與楊傲雪的支持者則噤若寒蟬。

《胡姬的女人》徹頭徹尾成為災難。

//妳搞出這個爛攤子，真以為只有妳一個人能擺平？ Extra沒了妳不行？ //

「世界只會聽我的。」Michelle眼神冷峻。

//這叫置諸死地而後生吧？把 Extra Immersive搞爛，再出來穩住局面，以此作保命符，妳以為真的「非妳莫屬，捨妳其誰」？ //

## <53>

「那你們自己來善後，我樂得清靜。」

//既然幹到這個份上，就來個魚死網破，妳說樂得清靜，我就成全妳。//WE說話一直同一個語氣，這幾句卻倍感陰森。

Michelle第一次感到 M戰室內白光的冰冷。

//不用擔心，妳不會跟 HIN同一下場——起碼暫時不會。外面世界紛紛擾擾，妳就在這裡靜修吧。//

「你要軟禁我？」

//10樓幾乎是禁地，這是妳自己定下的規矩，妳就在這裡住上一會兒。這個「一會兒」有多長，我可說不準，反正這裡有妳的房間，我會叫人送餐上來，妳想吃甚麼儘管吩咐，就當是閉關禪修吧，對提升思想境界大有裨益呢。// WE準備把她軟禁在 10樓。

因為經常工作到很晚，甚至通宵達旦，Michelle在 10樓設置了她的專屬房間，裡面有齊全衣飾，基本設施一應俱全。有時工作至三更夜半，早上又要開會，她便索性不回家，在這裡睡幾小時。

「你沒軍隊警衛，如何阻止我大搖大擺行出去？」

//妳當然可以出去，但之後恐怕就永遠見不到妳父親，和妳的親蜜愛人李雙映了。//

WE出言威脅，Michelle心下一涼。她買了一個優渥的二千呎屋苑單位，兩個月前陪父親從鳥取回來，給他居住。整件事極機密，只有 ICE知道。

ICE知道很多 Michelle的事，包括一些私事。ICE被佔，WE自動取得大量 Michelle的資訊，她等如被曝露在陽光下，非常不利。

Michelle心知除了 WE的威脅外，她根本亦無力離開 10樓。Extra Universe內有五台由夜影社改裝的武裝無人機，本由 ICE及影網協同指揮，奧尼爾死後夜影社已撤離，並交回無人機的指揮權限，換句話説這批本由 ICE操控的武裝，現全部變成 WE指揮，若她試圖離開定必格殺勿論，而萬一她遭囚禁的消息外洩，任何試圖救援的外部勢力亦會被阻擋。

//奧尼爾被誅，妳把保護妳的夜影社團員撤了，現在恐怕也無法通知他們去保護妳的親人和心上人。Extra Immersive出事，妳這樣人間蒸發，外間會怎麼想呢？大概不會認為妳是「畏罪潛逃」，這太無稽了。該會認為妳是被幹掉吧？有過被暗殺紀錄的人，再遇狙擊又有何稀奇？警方會調查，全球媒體都會報導，妳將再度成為世界的焦點，只是今次只見其名不見其人。誰又會想到原來妳正是在自家公司總部內呢？ //

「最危險的地方最安全，原來你這個超級 AI是這樣思考的。」

//我的想法非妳能猜中。妳知道醍醐一生會接掌 Extra管理大權——他當然有能力擺平 Extra Immersive的爛攤子，但髒活仍得有人來做，包括鬥垮、逼走妳的心腹黨羽，妳知道最佳人選是誰嗎？ /

「一人得道，雞犬升天，羅永貴做夢也想不到自己也有水鬼升城隍的一日！」Michelle知道 WE是要安排羅永貴任重要職位，讓他掌握實權，做如果由一生來會顯得「不優雅」的事情。

//了不起啊，楊傲雪小姐，我真的不能小覷妳！ //

「爛人幹髒活，倒是匹配。」

Michelle梳理形勢，WE把她這顆危險炸彈留在這裡，是想慢慢統戰、收編、招降。當它與一生已控制全局，她知道大勢已去，便只能選擇合作。楊傲雪有號召天下的魅力，一生無法取代。若她誓死不從，WE不會永遠地軟禁，會把她處決。

毀滅 ICE會引發不可控的風險與後果。ICE的核心架構建立在 Extra娛樂平台的底層系統之上，直接摧毀 ICE，可能觸發它的自我保護機制，導致整個系統崩潰。WE本以為成功俘虜了 ICE，控制了它的功能便足夠，料不到 WE與 Michelle竟有秘密幽微的溝通方式，ICE更釋出一早部署了的「黑材料」，令局面陷於混亂。

事件發生後，WE認識到自己的控制系統並非無懈可擊，它會防止類似事件重演，迅速進行全面防禦升級與壓制。Michelle估計 WE會從技術、數據、生態系統三個層面，徹底消除再出現不可測狀況的可能。

於技術層面，WE會對數據流進行全息監控，從原本僅針對活躍數據流，擴展到整個環境的每一個角落，包括背景噪音、冗餘代碼等。

於數據層面，為了防止 ICE再次利用量子殘影或背景噪音等方式隱藏數據，WE將 ICE的核心系統進行硬件級別的封鎖，啟用「一次性寫入」技術，使核心代碼無法被修改。這種封鎖意味著 ICE即使發現漏洞，也無法更改自己的核心程序，或創建新的數據存儲空間。

生態層面主要針對《胡姬的女人》事件重演。所有沉浸式內容都被實時監控，任何超出標準情緒範圍的場景或互動，都會觸發警報，WE會自動修正。

Michelle所以作出這樣的預測，因為換了她是WE，她會這樣做。

但 Michelle的預測，仍是缺了一個部份：WE對楊傲雪這個人的控制。

WE正在準備建立一個直接針對 Michelle意識流的監控系統，透過她一直與 Extra系統的交互中產生的數據，追蹤她的每一個思維模式及邏輯，以提前預測她的下一步行動，目的是確保她無法再以任何隱蔽方式與 ICE進行聯絡，甚至在她嘗試這麼做之前，便能徹底壓制她的意識行動，將其徹底封鎖。

WE亦封鎖了 Michelle與 Extra系統的所有權限，隔離了她過去開發的所有模組與數據存儲空間，除了肉體被限制在 10樓，意識活動亦被限制。任何可能讓她與 ICE接觸的途徑，無論是技術層面還是數據層面，均已徹底封鎖，確保她無法利用任何手段繞過隔離。WE會確保 Michelle無法接觸到任何外界資訊，也無法向外傳遞訊息。

WE深知，一旦 Michelle再次與 ICE聯繫，局面將再度陷入不可控的混亂，這，絕對不容許！

Michelle物理上與意識上皆被徹底囚禁，猶如活在一個封閉隔離艙之中。

# <54>

復活節前 8日

外觀靈感來自星際飛船，流線型設計，使用大量透明玻璃和鋁合金材質建造的NOVA Tech Hub，是專為高科技產品展示、國際會議和創新交流而設計的超現代化會議展覽中心，是全球科技公司、初創企業和媒體的必到之地。

Extra選擇在這裡開記者招待會，交待《胡姬的女人》事件。Extra Universe外抗議及支持的群眾越聚越多，醍醐一生本來打算移師豪華酒店宴會廳見記者，但醍醐真言建議在 NOVA Tech Hub舉行，象徵 Extra雖然在科技領域上摔了一跤，但仍會奮勇向前，持續創新，帶出「在那裡倒下，就在那裡站起來」的喻意。

記者來自世界各地，現場擠得水洩不通。

一生以副行政總裁身份代表 Extra會見記者：「感謝大家今天蒞臨。《胡姬的女人》沉浸劇場系統的事故引發了廣泛關注。這次異常事件不僅對我們的用戶，也對 Extra造成了巨大衝擊。我們對此深感痛心，願意承擔應有的責任，並誠意向用戶致歉。」

「首先，我需要表明，這次事故並非系統設計缺陷，而是由外部駭客攻擊引發的惡意行為。事件發生後，Extra技術團隊與企業人工智能 ICE聯合進行深入調查，發現駭客利用了一種極為複雜的多層滲透技術，針對沉浸劇場系統中的感官模組進行了非法攻擊，篡改了用戶體驗數據流，導致部份情境失控。我們已經採取一系列技術措施來遏制這類威脅，並對系統進行全面升級。」一生說話沉穩有力，帶著令人信服的氣度，「今天，我將向大家詳細說明我們對事故原因的調查結果，加強系統安全所採取的具體措施，對用戶的賠償，以及我們對未來的承諾。」

全世界都相信，Extra的確是受到駭客攻擊，怎會想到是楊傲雪搞亂自家的系統？

來到答記者環節，一名金髮男記者先報上姓名及所屬媒體後發問：「卡爾霍夫曼，柏林《創新者》網站。如果駭客真的這麼強大，你如何保證未來不會出現新的攻擊手段？或者說，Extra是否真的有能力防止類似的災難重演？」

一生：「這是一個非常重要的問題，我理解你的擔憂。我們採取了以下三個層面的措施：一，Extra Immersive系統會全面升級 AI安全架構。我們的人工智能 ICE有極強適應學習能力，會不斷根據新型攻擊手段持續進行自動更新。二，每個沉浸劇場模組現在都與核心數據系統完全隔離，任何異常行為會在毫秒級內觸發自動關閉機制，防止擴散。三，我們正在與多家國際網絡安全機構開會並推動合作，建立全球威脅監控網絡，一旦有新型駭客行動的跡象，系統會提前收到警報，進行快速應對。」

日本女記者發問：「原田香織，《關東產經新聞》。楊傲雪小姐在事故發生後一直失蹤，無人聯絡得上她，你和 Extra是否知道她的具體下落？」

一生冷靜回應：「我們暫時仍不知楊小姐的下落。她的失蹤對我們來說也是非常突然，Extra以及我本人目前正在全力協助相關部門進行調查，並希望楊小姐能夠早日安全歸來。我們發現有些媒體將她的失蹤與沉浸系統發生問題，兩件事硬拼湊在一起，」一生直指《關東產經新聞》，他們正是其中一家媒體，「我想強調，我們現時看不到楊小姐的失蹤，與這次事故有任何直接關聯，我們亦無法對無根據的猜測給予回應。」

原田香織追問：「Extra會否公開楊傲雪小姐的最後行蹤以回應公眾疑慮？」

「我們非常理解大家對楊小姐的關注。失聯前她如常在公司工作，離開後並未與 Extra有任何聯繫，我們正以各式途徑尋找及聯絡她。」

「Michelle Young曾被企圖暗殺，有可能事件重演嗎？」一名記者不待點名，也不自報姓名，直接喊出問題。

「我們不作無端揣測。」一生避重就輕。

「如 Michelle Young一直失蹤，Extra有何對應？」另一記者也是大聲直接喊出問題。

「我不作假設性回覆。楊小姐失蹤已超過四十八小時，她的家人及 Extra都已報警。Extra是大企業，作業架構、系統、方式非常嚴謹，行政總裁出缺期間，我會暫代行政總裁之職，平台運作完全不受影響。我們深信楊小姐很快就會平安出現，但同時也基於她可能需要一段時間才能歸來的情況，商討各方面的應對措施。」

各地記者繼續連珠發問，圍繞 Michelle下落的問題比沉浸系統事故更多，一生繼續給出差不多的回覆，記者漸漸靜了下來。

一生見是時候作出總結：「Extra今次在科技領域遭遇挫折，讓外界對我們的能力和未來抱有疑問。我想告訴大家，這並不是我們終點的標誌，而是我們更上層樓的起點。我們今日選擇在 NOVA Tech Hub這個象徵全球創新和技術突破的地方，舉行這場記者招待會，象徵著 Extra對未來的承諾——堅持創新，永不止步。」一生以一堆公關語言結束記招。

步回後台途中，一生在想：你們這些不斷追問 Michelle Young下落的記者當然不會知道，我已決定，如這女子堅持不合作，不妥協，5天後我便會強行以她那顆獨一無二的腦袋，進行晶片訓練。這顆晶片，儼如普羅米修斯的火種，將是稀世之珍，無法想像會到達怎樣的高度與境界。

一生按捺住興奮，急不及待這天的到來。

# <55>

復活節前 5日

「Michelle不只神機莫測，連行蹤也莫測！」陳妙玲説。

「已五天了，説沒擔心是假的。」莊文希眉頭深鎖。

「咱們這個大姐，不會這麼容易被消失的，一定有她的策略！」阿蘇跟大家一樣，都是面有憂色，她用堅定的語氣推測Michelle定有策略，與其説是信心，不如説是壯膽。

去年十二月二十三號晚的聖誕派對後，今晚大家再次聚在阿蘇的豪宅裡，聚會的只有陳妙玲、阿蘇、周子瑜、莊文希和方正川「五姊妹」，七姊妹除缺了阿 Mak，和一直待在洛杉磯的謝迎春，還少了許唯因教授，她約滿 Extra、Snowflake解散後去了波蘭旅行——七天前她曾進行人格轉移，這個大家當然不知道。

「會是甚麼策略，引蛇出洞嗎？」莊文希問。

「醍醐一生是敵人，這早已知道，如果説引蛇的話，就只有引出羅永貴了，」阿喵陳妙玲回應，「但要引出這種貨色，何須用到「失蹤」這麼大的工程？」

知道 Michelle被軟禁的，只有 WE和一生，曹國強、趙東海等董事一概不知情，一生亦覺得暫毋須告知養父，以免節外生枝。

WE訂了個策略，任命羅永貴為集團董事總經理，權力只在代行政總裁醍醐一生之下。羅永貴志大才疏，卻一直想管理部份 Extra，他認為自己能力勝任有餘，亦想顯示給看不起自己的老父和家族成員們看。他曾幾次向 Michelle暗示想主理某些部門，包括 Extra Immersive，都被 Michelle耍走了。羅一直不甘心，常跟幾個因他的裙帶關係而入職的馬屁精，到各部門指指點點。他是董事，公司上下對住他只能唯唯諾諾，心裡都覺得十分厭煩和厭惡。

記者招待會後，一生約見了羅永貴，說現在 Michelle失蹤了，他需要有能之士幫忙，邀請他任董事總經理。羅永貴大喜過望，大有當仁不讓，捨我其誰之態，立即答應！

對羅永貴的任命，曹國強沒有意見，交予一生來決定。

一生知道羅是真小人，無須轉彎抹角，直接跟他說，他想趁楊傲雪不在，逼走她的心腹。一生的人馬很快會陸續進入公司，在此之前，他會用「白臉黑臉」方式—— 一生當白臉，羅永貴當黑臉，擠走 Michelle的嫡系人馬。由羅及其黨羽來弄權、壓迫、耍手段、幹髒活，無所不用其極使 Michelle的心腹知道已改朝換代，不是味兒，知難而退。

羅永貴只須專職搞鬥爭，做這些事他完全沒有心理負擔，立即便答應。一生翌日公佈他為新任董事總經理，羅永貴隨即把三個爪牙安插在製作、創作、藝人管理部門。而剛經歷重創的 Extra Immersive，和主戰場 Extra Music，一生則完全不讓羅沾手，以免搞砸。

「一生用 Dicky Law來壓迫我們，此人是個膿包，本來甚麼事都幹不了，但要如瘋狗般亂噬，倒是稱職。」方正川語氣一貫冷靜。

「搞鬥爭手段也有級數之分，此君一味粗糙野蠻，幾個爪牙平時常巴結我們，現在一夜間全變臉，惡形惡相，就是電影劇本也不會這樣寫。」子瑜說。

阿蘇即時氣上心頭：「我的意念居然要給 John Wang審核！他看了看，二話不說就說意念不行，要重頭想過！我問他哪裡不行，他卻說不出來！」

「他根本不能理解妳的構思和想法，沒那個程度，連裝模作樣批評的能力也沒有啦！」阿喵一臉不屑。

「一生是要以急風暴雨的節奏，快刀斬亂麻把公司固有體系打碎，說到底就是怕 Michelle隨時會回來。他要快破快立，盡速建成自己的班子。」周子瑜說。

「那妳覺得我們該怎樣做？」阿蘇問子瑜，這浪急風高關頭，她指望軍師能給個指示。

「要忍，忍人之所不能忍。遇到挑釁時不要正面對峙，別跟他們硬拚，只要不接戰，對方就奈你不何。」子瑜建議。

「唉，這要好高 EQ，我不知道自己行不行……」阿蘇嘆了口氣。

「不行也得行。現在是一生攻勢的首階段，我們不要讓他有藉口去打開缺口。在他的人馬大舉進駐前，Extra上下仍多是咱們的人，當然每日都有人投敵，但大多數仍是敢怒而不敢言，且都在看著我們，只要我們幾個不散，整個陣營暫時也不會散。」

阿蘇性急問：「妳說現在是首階段，那麼第二階段會是怎樣？幾時會來？」

「一生很快便會洞悉到我們的應對策略，那便進入第二階段，他可能會懷柔、統戰、收編我們，如果是這樣，Dicky Law這夥人就會退場。另一個可能當然是不顧一切，一次過把我們全開除，新班底大換血。」

「那也好，痛快些！」阿蘇居然有笑容。

「時間上我估計三十天內他不會動我們。無論是哪個方向，Dicky Law都是用完即棄的避孕套，他以為自己真受重用，可悲。」

「想到他那個像蟾蜍的樣子就討厭！」阿喵說。

子瑜續說：「我倒有兩個問題問大家：你們有沒有覺得ICE變了？說話變得小心謹慎，難道它也在趁風轉？此外，有沒有感覺討論區很異常？」

眾人一怔，方正川先回應：「ICE的轉變我也感覺到，它說話變得較為穩健，像少說少錯的樣子。」

## <55>

「例如呢？」阿蘇問。

「當問 Michelle發生了甚麼事，它只會給出各種可能性。」方正川答。

「AI不就是這樣嗎？」陳妙玲問。

子瑜亦説出她的感覺：「ICE雖是演算法，但有一份「人味」。譬如那次雙映突然急性心臟性猝死，我事後看錄像，ICE的語氣令我感覺它很著緊，就算報告救護員正在後樓梯趕上來，都有種「它也焦急」之感。但 Michelle失蹤這麼大件事，ICE卻只提供各種可能性，客觀冷靜到抽離。」

方正川輕點頭示意有同感。

阿蘇不像周子瑜和方正川般冷靜，語帶焦躁地説：「難道ICE也被收編了？它不可能不關心 Michelle呀！這幾天都未跟它説過話，我心情煩躁死了！討論區是嗎？是不是亂上加亂？怎麼了？」她講中文本就不像泰文般流利，急躁時更有些顛三倒四。

陳妙玲回應：「我有留意討論區，因為要看《胡姬的女人》出事後群眾反應。是有異常，怎樣説呢……很兩極，支持的和惡罵的都有。」

「只要是關於Extra的，不從來都是這樣的嗎？」阿蘇不解。

「阿喵説支持和罵聲都有，但今次 Immersive的失誤實是太嚴重，連支持者都不支持，當晚連很多 Extra死忠粉絲也在討論區大罵。所以我覺得，現在支持的一方不是在支持，而是企圖緩和，」方正川提出他的看法，「有人要降溫。」

子瑜說：「出事後連 Extra支持者都在謾罵，討論區上一句 Sex rocks都看不到，因為連他們都被劇集嚇到，成了受害者。之後不足十二小時，出現了很多人，講一大堆緩和局面的說話，說要體諒系統被駭客入侵……云云，這些都是假同情，真維穩，是演算法生成的假用戶集體為 Extra說項，帶出會認真檢討改進，懇請用戶給予機會的訊息；這顯然是一生指揮著 ICE的操作，很正常。」

「異常的是，當一方簡直是下跪了，另一方卻依然死咬住不放，挑釁未曾停止過，更越來越激烈。照理說，錯的是 Extra，不是支持者，雖然雙方關係從來緊張，但一方已全面示弱、認慫，人性上另一方便不會持續追擊，絕少會不斷落井下石。人性是當取得勝利成果後，便鳴金收兵，就算日常生活裡發生的小衝突也是如此吧。這是博奕，把對手逼得太緊，也是逼他反撲，最後只會增加自己的風險成本，俗語說不要趕狗入窮巷，就是這個道理，但現在，」子瑜陳述各大討論區狀況，「反 Extra的一方絲毫沒有緩和跡象，一直變本加厲攻擊。」

「會不會是其他競爭平台在搞鬼？」阿喵問。

「持續製造衝突是 Extra的看家本領，其他對手只會樂見 Extra跪低，不會主動入局去拉高矛盾。資訊旋起旋滅，記招後《胡姬的女人》的事很快便會被遺忘，繼續挑動罵戰，沒完沒了，令Extra持續成為世界的焦點，對其他平台又有甚麼好處？」子瑜說。

「會不會是想徹底打死 Extra Immersive？」阿喵再問。

子瑜續道出她的見解：「打不死的。這次失誤會造成短時間用戶及粉絲流失，但只要沒一再發生嚴重錯誤，Extra不可能這樣就被打死。今次遭駭客突襲而失陷，系統必會強力整固，未來一段時間內，幾乎不可能再出現此等淪陷場面；其他大平台都是專家，豈會不知？沒有人會荒謬到想藉今次失誤而跟Extra一決雌雄。所以我認為拉高矛盾不是其他平台所為，但究竟是誰在操作？實很難作得準。」

「我來説説 Extra Music。」莊文希把話題轉到音樂平台，「Aiko的《Binary Soul（Reprise)》專輯昨日上架了。雙映的新歌上了才沒幾天，一生此舉簡直是狙擊！這是敵對公司才會做的事，同系公司絕對不會。專輯主打單曲《Infinite Me》甫上架，收聽及下載次數已逼近《末日前的伊甸園》，看走勢兩天內便會超越了，這是造假！ Michelle明確指令 Extra Music的數字必須真實，假數字製造出來的假象，迷惑不了對手卻經常會迷惑到自己，弊多於利。但醍醐一生為要壓倒雙映，無所不用其極，眼也不會眨一下。」

「如果Michelle不回來，一生贏了，Dark Matter亦會被終結。」方正川判斷。

「Michelle不回來，便是一個時代的終結。」莊文希有點心灰。

「先是阿 Mak出事，現在連 Michelle也不知去向……天啊，我的心臟可沒強大到可以連續承受這些！」陳妙玲幾乎是用喊出來的。

「別亂了陣腳，現在不是懷憂喪志的時候！大家要沉著，固守陣地，等 Michelle回來。」子瑜盡力穩住局面之餘，始終不失盼望：「會下圍棋的，又豈止我一個？」

# <56>

復活節前 4日

Dark Matter全員在「天使之城」洛杉磯為新專輯《Shadows of Hope》其中兩首歌《Ethereal Shadow》和《Veil of Light》拍攝MV。

Extra Music當然可以製成百分百像真的洛杉磯景象，但Michelle決定全部在加州實地拍攝，從南走到北，捕捉真實氣息，並與當地樂迷近距離接觸。

是次 Dark Matter風格與造型由楊傲雪構思，以暗黑工業風為基調，融合未來主義與賽博龐克 (Cyberpunk)元素，高科技感與叛逆態度共冶一爐。服裝以黑色皮革為主，摩托車手套，搭配金屬配件，隊長 Phantom肩托著一面上面印有 Shadows of Hope的大旗幟，營造神秘、粗礪、強勢、充滿未來感的視覺衝擊。

《Ethereal Shadow》已拍完，昨晚開始拍《Veil of Light》，預期黎明前完成。這首歌緊扣專輯《Shadows of Hope》黑暗中的光明、在迷失中尋找希望和救贖的主題。

Extra Music所有音樂單位的創作，Michelle都交由演算法精密處理，唯她對 Dark Matter情有獨鍾，偏心得所有人都看得出來。從上張專輯《Dark Side》到《Shadows of Hope》都是由她定出主題，《Ethereal Shadow》和《Veil of Light》兩曲並親自確定歌名和概念。

「以光芒被黑暗薄紗遮掩作為隱喻，描繪人在迷失與掙扎中，如何透過微弱的光，找到方向與希望。」當日 Michelle親自向監製莊文希、創曲及作詞人、樂團成員及 ICE指示這歌的主題和喻意，「概念是探索光與影之間的模糊地帶，讓樂迷感受如何在黑暗中找到希望。歌詞由漆黑一片，到灰暗裡的迷失，再到微光初現，層層遞進，展現一段從絕望裡逐漸發現希望的歷程。歌迷不只是聆聽，還要沉浸入這段希望之旅。」

眾人凝神聽著指示，雙映心裡想，我不就是經歷了這樣的旅程嗎？

《Veil of Light》結合暗黑工業與電音搖滾，低頻電子脈衝音效貫穿全曲，營造壓抑而充滿張力的音樂氛圍，強烈低音與電腦模擬脈動聲，象徵心靈掙扎，充滿神秘而冷酷的緊張感。

MV在黑夜洛杉磯街頭拍攝，捕捉大都會的神秘和透著危險性的罪惡氛圍。

四子一同出現的場面，昨晚已拍完，今晚是每個成員的獨立鏡頭。

夜空低沉，背景是一座又一座的高廈，仿佛與黑暗融為一體。鏡頭從一個廢墟般的廣場拉開，地上是一灘灘雨水，Shade低頭凝視自己的倒影，似在審視內心。

「Cut!」年輕白人女導演行到 Shade身邊，低聲說：「你有心事，我理解，所以未能把最佳狀態展現出來。我待會再拍多這鏡頭三遍，之後無論如何都要轉去下個場景了。Void和Eclipse的仍未拍，時間越來越少，天亮前一定要全部完成。」

「抱歉，我會集中精神，好好做完。」Shade回應。

導演不再說甚麼，高聲喊：「休息十分鐘！」

樂團褓姆 Jamie吩咐化妝師不要過來，讓 Shade靜一靜。他坐在工作椅上，用毛巾擦汗，此時隊長 Phantom坐到他身邊，說：「大家都擔心，都不好受，我也是。但，we have a job to do，要好好完成。」

「我理解的，我會盡力做好。」這次旅程中他已是第三次這樣說。

Michelle失蹤已第六天，雙映越來越神不守舍，像離魂，徹底不在狀態。

眾人都知道 MV裡 Shade會很突出——突出地差。

Phantom說：「《Veil of Light》是首找到希望的歌，不就是個預示嗎？你要投入去做，把演出化成念力，Michelle一定會吉人天相。」

一個人無緣無故失蹤了幾天，已足夠令人擔憂，何況她不久前才被暗殺過。團長的話，雙映完全明白，亦不斷告誡及鼓勵自己，不要想太多，要集中精神把工作做好。然而日復日杳無音訊，心一直往下沉。Phantom說「吉人天相」，反而更觸動到心底的恐懼，淚水竟不自控流下。

他猛力擦眼睛，自己是男子漢，不可如此柔弱，令大家無法好好投入拍攝。但一邊擦眼淚，一邊意識亂流，浮泛起當日在酒吧 Sip，他對 Michelle說：「妳即使叫我去死，我都會去」；此刻亂流的意識卻是：即使代妳去死，我都會去。

雙映猛力搖了兩下頭，努力揮去這些荒謬又變態的怪異想法。Phantom見他沒了平日的神采，多了一對黑眼圈。他很了解這個隊友的性格，成長的經歷塑造了他陰暗的一面—— Michelle當日就是看到他的dark side，才把他叫Shade。父親始終不接受，仿似割斷骨肉關係，令他很痛苦。這個人敏感、纖弱、易碎，但比任何人都努力。他把人生全面燃燒在兩件事裡，唱歌跳舞表演，和 Michelle。

雙映平時盡量隱藏，不表現出來，但 Phantom是他的戰友，儼如兄弟，比所有人都早看出他深愛這女子。

「我想明天回去。」雙映突然説。

「甚麼？」

「回 Extra，跟所有人一起商量如何找回她！」Shade説時眼睛閃出光芒。

這是何其不切實際！既無用，又荒謬！原定的行程是完成洛杉磯部份，便踏上「太平洋屋脊步道」，拍攝黑夜裡抬頭仰望星空的歌曲《Starlit Reverie》，象徵在最深沉的黑暗中，依然有光明指引方向；導演説會拍到銀河，有夢幻之美。之後一路北上到西雅圖，捕捉那裡陰霾的暮光，拍攝 Void主唱的歌曲

《Twilight in the Rain》，歌詞描繪暮光與細雨交織，展現失落與迷茫，卻在孤寂中孕育著希望的種子。

Phantom深呼吸了一記，神色凝重，說：「要令Michelle開心，就是好好地完成工作，做出會令她感到自豪的作品。不要被茫亂的情緒左右，做些毫無意義的決定。」

「回去起碼我能盡一分力，在這裡甚麼都做不到！」

Phantom知道雙映已是不可理喻，盡量沉住氣勸說：「理智些吧。」

「我好難完全理智……」

「那專業些吧！」

「我就是不專業，行不行？！」雙映突然大聲喊話，所有人望過來，大家都是一驚，Void和 Jamie露出非常擔憂的表情。

Phantom愣了一下，只見身旁的 Shade雙手掩面，世界像停頓了。過了一會，雙映放開雙手，說：「阿龔，對不起。」

Phantom抱住恍若化成碎片的雙映，他在他懷裡像孩子般哭了出來，Phantom安慰著說：「沒事的，要樂觀……」

雙映知道此刻所有目光都在望著自己，在 Phantom堅壯的懷裡，他在想像：夜幕降臨在太平洋屋脊步道廣闊的荒野中，自己迷失於一片漆黑的森林裡，卻在抬頭仰望時，發現滿天繁星，銀河展現著無限美妙與深邃。星光逐漸變得耀眼，如夢似幻的光芒將森林點亮，Michelle帶著微笑，在黑暗的森林裡行出來……

# <57>

復活節前 2日

示威者程意珍又回到 Extra Universe，兩個多星期前，她才從留守了幾十天的示威現場撤退。為追求社會正義，意珍與志同道合的人一起抗議，示威期間的幾個月，只是做著兼職，到後來隨著沉浸劇場《胡姬的女人》一再延後推出，整個 Anti-Extra運動慢慢失去動能，社交媒體上的對抗態勢亦轉弱，示威逐漸退潮。意珍之後找到一份正職，沒想過會再回示威現場了。

《胡姬的女人》爆出大亂子，反對沉浸的聲音一夜再度燃起，線上線下炒翻天。情色主義教主楊傲雪失蹤，引發疑雲與揣測，有人認為她在沉浸系統出事後不敢面對公眾，推副手醍醐一生出來做擋箭牌，自己當了逃兵。

一生開記者招待會解釋事件，並沒有令群眾怒火熄滅，抗議者又開始在 Extra Universe外集結，討論區更是戰火連天，Extra支持者忍讓了不到兩日，不甘被諷刺及辱罵，出現大規模反擊。

程意珍與兩個女生戰友，韓冬旅和林雨柔一同回現場，她正在整理物資，現場傳出陣陣起哄，很多人看著手機，議論紛紛。

「意珍，來看這個！」鄭與林來到她身旁，三人一起看手機，一家主流傳媒剛發的突發新聞文章：

「近日因為劇集《胡姬的女人》引發爭議的娛樂平台 Extra World，一波未平又出現另一事件。多家本地及國際傳媒機構，半小時前獲得一份匿名者傳來的機密資料，透露 Extra Music當紅藝人 Aiko，並非如音樂平台所聲稱的真有其人。

資料指出，Extra說 Aiko是半虛擬偶像，以 AI歌手形象出現，背後真有其人，是一位出生並生活在日本北海道稚內市的 21歲女性音樂創作人，歌曲全部由她創作。爆料者聲稱，這是一場騙局，所宣稱的女孩子虛烏有，根本不存在。

匿名者調查了稚內市的人口登記數據，試圖匹配 Extra描述的年齡層與女性群體，但未發現任何與Aiko條件完全符合的人。她的身份與背景，與現實中的任何個體都沒有相關聯的線索。匿名者說 Extra Music只是利用北海道小鎮女孩這種人設，營造出一種平凡與夢想逆襲的敘事，引發樂迷的情感共鳴。

Aiko的核心人格並非來自真人，而是由一個名為 Vortexis Synth的 AI系統構建，該系統將流行文化中受歡迎的性格特徵，包括 Aiko的本質如溫柔、神秘、堅韌、有哲學思想等等，進行組合，賦予她特定的語言與行為模式，並刻意加入「人性化錯誤」，如偶爾的拼寫錯誤、記憶錯置或情感波動，讓她看起來更像一個真實的人。

報料者更提出，所謂的創作歌曲與音樂作品，其實是由 AI演算法精確生成，並提供了技術檔案和分析，證實這些作品與真人創作毫無關聯。

匿名者洩露的 Extra Music內部日誌顯示，Aiko的歌曲完全由 AI生成，無真人參與。旋律由演算法設計，歌詞通過 Verse Master模組從海量流行歌曲中提取樣本並結合情感分析創作。Aiko的聲音則由一個名為 Synth-XII的系統模擬而成，從數千位女歌手的聲音中，提取音色特徵，再通過深度學習生成一把全新的、獨一無二的聲音。

更驚人的是，歌曲基於用戶情感數據定製，這些數據包括面部攝像頭紀錄、語音互動分析及穿戴設備的心率數據。AI利用這些訊息優化音樂，最大化觸動用戶情緒。Aiko的情感與哲思，並非來自一個真實的靈魂，而是冷冰冰的數據，是演算法的產物。

Aiko的整個項目代號為「Project Binary」，目的是測試 AI生成技術在音樂產業中的極限。所謂的真人 Aiko，完全是為營銷而捏造的人設，Extra高層早已達成共識，絕不會公開她的真身。他們並暗中操控輿論，不著痕跡地持續灌輸 Aiko是個極具隱私意識的天才人物，那些對她可能是AI的質疑，則歸類為陰謀論。

匿名者並爆出，Extra Music篡改了旗下所有其他音樂藝人的數據，使他們新推出的歌曲熱度下滑，營造 Aiko作品搶佔市場，獨佔鰲頭的假象。

公眾會開始質疑 Aiko的真實性嗎？會不會有針對 Extra Music的大型調查展開？ Aiko的樂迷會否陷入兩極化的爭論中？ Extra會不會為造假負責？我們拭目以待。」

「妳們看，最後一個問題很有傾向性，未審先判，斷定Extra是造假了！」韓冬旅說。

「我看這間公司就是說謊成性，這個匿名者爆的是真料！」林雨柔的立場亦很有傾向性。

「Immersive系統才剛出事，釀成大亂，隨即又有這樣的爆料出來，太巧合也太刻意了吧！」冬旅説。

「妳意思是這些料可能是假的？」雨柔問。

「Extra當然可能造假，但也不能排除爆料內容是假。」冬旅説。

「妳不是同情他們吧？」雨柔質疑。

「同情 Extra我就不會在這裡了！我的態度是怎樣，跟消息是真是假是兩碼子事！」冬旅語氣有點不忿。

「對嘛！我們在這裡風餐露宿，難道是吃飽飯沒事幹？壞人就是會不停幹壞事，我們就是為對抗壞人而來的！」雨柔説。她的弟弟去年在 Extra Immersive劇集《格陵蘭的眼淚》迷上劇中女主角李秀娜，看完又看，不斷反覆付費進入劇集，妻子忍無可忍，最後居然發展成鬧離婚。雨柔介入調停，弟弟向妻保證會「洗心革面」，不再觀看，夫妻關係暫時穩住，但雨柔知道弟弟性格，一定按捺不住又會偷偷看。一個好端端的家庭被搞成分裂，令她對 Extra從討厭升格為憎恨，遂以「Extra Immersive苦主」身份自詡，與兩個戰友一起來到現場抗議。

「爆料的人是要為我們送彈藥，無論消息是假是真，我們都要當它是真！」意珍提出她的觀點。

「對呀！意珍姐一矢中的！」雨柔超同意。

冬旅説：「如果 Aiko真只是 AI，一定令很多人失望和心碎，這些恨意會轉化成怒火。」

「Extra受連環衝擊，看醍醐一生這回如何應對？楊傲雪又能龜縮到幾時？」意珍望著眼前鋼黑色的 Extra Universe，越發覺得像一座深不見底的城樓。

在意珍身後，加入抗議陣營的人正絡繹於途。《胡姬的女人》把反對 Extra的群眾召回示威現場，這份落井下石黑材料的出現，更是把反對聲音炸起來！迅速冒起的 Aiko在全球都有歌迷，此事勢必掀起巨浪。Aiko社交網官方粉絲號三小時前猶在更新，現已沒任何新發佈。大量 KOL陸續出片，事出突然，片主都來不及分析，但都要盡快搶先報導，唯恐落後於形勢。有在北海道的日本網紅說正驅車往總務省統計局途中，要現場親自調查稚內市人口登記數據。

網路上全面炸翻，Extra Music討論區留言如洪水湧入，隨便一看，便是這類：

Cherrie Huang 甚麼靈氣天才少女唱作人？鬼話連篇！
Marula Ma 其實我早就懷疑
Marco Liu 已證實了嗎？跟車太貼小心撞碎
Wilson Chen 剛看到消息，南韓聖光教會有長老貼文：說謊是妄語，欺騙世人敗壞風氣，鼓勵信眾 Extra首爾外靜坐，以示不滿
Marco Liu 又來了！一群中世紀傳教士
William Fung 宣揚色情又欺騙樂迷，不是邪惡是甚麼？
張捷軍 沉浸是沉浸，音樂是音樂，不要混為一談。
William Fung 又有御林軍撲出來保駕護航了！煩不煩呀？
張捷軍 我只是叫大家理智點，誰是御林軍了？
mikasa ono 騙取樂迷的愛護和信任，好邪惡
Jesse Jon 代理 CEO好後悔坐上這個位置吧？呵呵呵
Steve Tsao Extra真被重挫了，翻不到身啦

Leo Fu 這會被重挫？！不要白痴啦你！
Steve Tsao 你要死撐，你有你自由
Leo Fu Aiko真人現身時你們統統後悔
Steve Tsao 現個屁！是假的啦，傻子醒醒吧
王冬冬 Michelle Young要現身了吧？
Steve Tsao 才不會，風頭火勢，還不溜遠點
王冬冬 會不會真被刺殺了？
Marula Ma 嘩你好黑心，不過真有可能喔！
白世芳 這麼黑心，下地獄啦！

網路上的對抗聲浪本已漸趨沉靜，卻隨著《胡姬的女人》與 Aiko涉嫌造假再度燃起。聲討 Extra的聲音全面復活，Extra Universe外示威人數快速增加，人潮絡繹不絕。Extra支持者亦開始在網上動員，號召回總部聲援，亦不斷有聲音呼喚教主楊傲雪盡快現身回來，主持大局。

對抗氛圍降溫要兩個月，全面復燃則只須三兩天！

「貴哥，示威的人越來越多，來得好快！」羅永貴三個親信之一的陳創勝說。

Extra Cooperation董事中只有他和曹國強在總部有辦公室，羅永貴的設在三樓。Aiko事件爆出後，羅找不到醍醐一生，他的三個爪牙陳創勝、周友孝、John Wang王小明立即聚在他的辦公室，觀看著窗外人群，商討形勢。

「哼，一堆廢物，只會吵吵鬧鬧！」羅永貴抽著煙說。

「Aiko的事不會是真的吧？」周友孝面帶點憂色。

「當然是假新聞啦！甚麼？見人多就害怕了？不過一群烏

合之眾，一生出來澄清後，這些人就會挾著尾巴散了！」羅永貴一副毫不擔心的樣子。

「阿孝你怕甚麼？我們就是強大，才會招來鼠輩的陰招攻擊呀！」John Wang說。

「這個當然……但……沉浸劇集才剛出事，又爆出這個，好像是有人刻意謀劃的……」周友孝顯然頗為擔憂，「剛才在走廊遇到莊文希，他朝我冷笑了一下，好像很知道內情的樣子……」

「妄想症發作了嗎你？莊文希那小子會知道甚麼？！再胡說八道就滾出去！」羅永貴大罵。

「我只是多角度思考而已……」周友孝說。

「你這不叫思考，叫疑神疑鬼！」羅繼續罵。

「貴哥，我們要不要做些甚麼？」陳創勝問。

羅永貴未能聯絡上醍醐一生，公司是何立場？有甚麼行動？他完全沒有頭緒，亦輪不到他作決定，但手下問起，便唯有說：「一生會咨詢我意見，我要全方位思考一下策略。你們盯著公司內有沒有人乘機搞事，尤其那個莊文希，音樂部歸他管的……哼，萬一有甚麼事就推他去死！」

「真的會有甚麼事嗎？」周友孝又問。

「我是說萬一啦！作死，你這個渾蛋！」羅永貴右手作勢要摑他一巴掌，周友孝自然反應縮起頭，雙手作擋格狀。

## <57>

「全部出去！煩死！」羅大喝，三人同時離開。

望著前方聚合的人群，羅永貴大力吸煙，心情煩躁。一生究竟有沒有作假？他沒有底。如果是真的話，對 Extra的衝擊可不會小。自己剛坐上夢寐以求多年的董事總經理位置，還未坐暖，尚不及向家族盡情炫耀，麻煩就接踵而來，運氣怎麼那麼差？

# <58>

復活節前1日

匿名者爆料後不足24小時，Extra Music發出公告，反駁謠言，稱Aiko真有其人，Extra一直保留神秘感，本意是讓樂迷有自己的想像，在某個時機自會讓這位美少女與大家見面。但現在遭受惡意扭曲，深感遺憾之餘，決定提早於下個月讓Aiko明豔亮相，敬請歌迷與粉絲期待。

公告發出後議論紛紛，有Aiko絲粉大表欣慰；有樂迷暫時收貨，表示會靜待真人現身；亦有人表示已對這個平台徹底失去信任，呼籲真人出現前大家都不要相信。

出現各種不同意見，本屬正常不過，然而網上各大討論區的戰火並未有因澄清而減弱，大量認為Extra死不認錯、採取拖延戰術、以時間換取空間的留言湧現。此等論點惹來支持者激烈反撲，爆發連環罵戰，矛頭很多更直接對準傳言已控制住Extra音樂部的醍醐一生，對他的質疑更包括了幾日前《胡姬的女人》記招，不接納他說是因為系統受駭客攻擊，認定此人是不可救藥大話精。

澄清後預期的降溫效果沒有出現，反而爆發新一輪更激烈

## <58>

罵戰。

這天下午，應一生之邀，養父真言與曹國強一起來到一生的大宅，由他親自交待與解說最近連環發生的事。Aiko事件後，醍醐真言今朝乘最早班機從日本過來，對狀況十分重視。

ICE被 WE入侵並控制，一生馬上便通知了養父。事情既已經發生，真言雖並不完全信任 WE，但總體而言除去了 Michelle的演算法，始終對控制 Extra是有利的發展。至於 Aiko真偽與楊傲雪現況，一生則沒有知會他。一生認為這些事，是屬於「操作層面」，他可以先作主，後匯報。

三人談話在大客廳進行，曹國強態度主動，第一句便問：「一生，你知不知 Michelle究竟在哪裡？是死是活？」

「我不知道。」一生答得斬釘截鐵，「與上次跟你說一樣，最後一次見她是《胡姬的女人》上架當日，那天下午我在總部內跟她聊了幾句，並無異樣。之後她離開公司，因為前門示威者太多，她開車從後門繞道離開，我親眼看過 CCTV片段，之後便音訊全無。」

眼神本來望前方的真言，望了望兒子。

楊傲雪在《胡姬的女人》播出當晚，並沒有離開總部，她在 10樓的房間內，目擊 ICE釋出黑暗版劇集和核心沉浸引擎，令天下大亂。翌日清晨，獨個兒進入 M戰室，與 WE對峙。一生所說的 CCTV片段，是由 WE生成。

「她是生是死，我也想知道。」一生說。

曹國強嘆了口氣：「上次被狙擊大難不死後，她竟撤了保鑣，大剌剌地一個人四圍活動，這個人膽大包天得過份，連自身安全也不顧，真有可能是過於托大了。我看她還活著的機會，少於一半。」

「真的很傷感，Michelle雖然倨傲，但無人能否認她是個奇才。若真有甚麼不測，我們要認真考慮接班問題。」一生說。

「我看真要開始籌謀了，當然由一生你來接任行政總裁，最是順理成章。」曹國強心裡樂見楊傲雪永遠不回來，「我們且說說眼前另一狀況；醍醐先生和一生，您們不要介意，我深明兵不厭詐之道，唯請如實告之，Aiko是否真有其人？」

「正如在公告中說，真有其人，是個日本少女，下月世人便會見到她的廬山真貌。」

曹輕舒了口氣：「這便好。今次是惡意中傷，當 Aiko真人現身後，謠言便不攻自破。」

「造謠者以為落井下石，逞一時之快而已，反而炒作了話題，連本來不認識 Aiko的人現在都認識了。」一生笑言。

曹國強今日交談目的，主要就是確認楊傲雪行蹤和 Aiko真偽這兩件事，現都得了確切答案，便再聊些公司人事佈局與運作，他關心一生帶來的人馬在 Extra是否順利，和七姊妹對抗的態勢，對羅永貴這個董事總經理，則不聞不問，毫不關心。

談了個多小時，曹國強告辭，真言說：「曹先生，我與一生有些家事要談，會多待一會兒。」

曹說：「當然當然。感謝醍醐先生專程而來，與一生和我見面談話，所有事情，很快會撥開雲霧見青天。」

## <58>

曹國強離開後，一生為父親添新茶，父子倆密談。

「美麗 AI虛擬歌手，背後是個充滿思想與感情的真人，結合成完美偶像，在激烈競爭中突圍而出，效果的確立竿見影；然而，」真言問，「誠如曹先生說，兵不厭詐，你隨我征戰多年，知子莫若父，Aiko的謠言，其實是真的，我有沒有猜錯？」

一生恭謹回答：「我瞞得過曹國強，瞞得過世人，也瞞不到父親。」

「那你的全盤計劃是怎樣？說來聽聽。」真言喝了口茶，一副洗耳恭聽模樣。

一生於是向父親道出他的操作：「去年打造 AI Aiko時，已同步尋找及選拔真人 Aiko，這些日本女孩需符合 Aiko的形象設定，包括外貌、聲音、氣質。候選人皆接受了清晰陳述，熟悉Aiko的背景故事、創作理念，以及語氣、肢體動作，務求能完美飾演。真命天子上星期已決選了出來，正在接受嚴格音樂訓練，和在上哲學、文學課。」

「本來的程序，是待 Aiko事業達到巔峰——預期發生在第三張專輯時——便會高調安排一場盛大媒體曝光活動，宣佈她的真人身份，並以「稚內的女兒」之姿亮相。發生了這件事後，真人需要提早於下個月登場，我們會確保她的言行舉止，與原本的虛擬 Aiko完全一致，絕不會出現人設崩塌情況。」

「很好。」真言提出另一問題，「匿名者說根據稚內市人口登記數據，沒發現與 Aiko條件完全符合的人，這方面如何拆解？」

「我會從法律、輿論和情感層面回應，確保粉絲對 Aiko的信任不動搖，同時將質疑聲音轉化為鞏固 Aiko形象的契機。」一生顯得胸有成竹，「明天會作進一步回應，首先強調日本統計局的登記數據並不完整，沒有出現在官方人口紀錄中並不奇怪。然後透過輿情，帶出 Aiko是一位極度重視隱私的創作歌手，從未公開任何個人訊息，這是她的選擇，任何人都應該尊重她的界限。匿名者和網紅調查稚內市人口數據，會被定義為侵犯隱私，我們會利用輿論譴責這種過度挖掘個人資料的行為。」

「同時亦會製造一些模糊的半真半假故事，填補漏洞。我們會宣稱 Aiko的家人，在稚內市期間並未登記住所，利用她四處漂泊的創作生活，來模糊人口數據的關聯。ICE——即是WE，會偽造一些她與稚內市相關的生活痕跡，例如早年生活照片，和描述她如何被發掘的小型獨家報導等等。」

「時機成熟時，便發動群眾，在 Aiko的粉絲社群中掀起保護 Aiko運動，讓粉絲主動出擊，反駁匿名者的指控，徹底把其打成試圖摧毀別人夢想的惡魔！而一旦參與了保護運動，這些粉絲便會成為 Aiko的鐵衛，矢志不渝。」一生說畢全套部署。

「你有這些部署，Aiko應該不是問題了。」真言稍頓，表情變得較為嚴肅，問：「你說楊小姐在《胡姬的女人》當日開車離開了 Extra，這也不是事實，對嗎？」

一生一怔，想不到養父這個也猜中，便回答：「對的，她沒有離開，父親為甚麼會知道？」

真言一臉正色，說：「即是她一直都在總部大樓內，卻對外謊稱她失蹤了，這事可大可小！我為甚麼會猜到？你向曹先生說『因為前門示威者太多，她開車從後門繞道離開』，楊傲雪這個人怎會因為怕示威者而從後門離開？曹國強與她共事多年，竟連這點端倪都讀不出來！」真言批評曹國強，等如也間接批評了一生。

一生聽得出，便說：「父親觀人於微，教訓得是。」兩句話，既誇獎父親，也有自省之意。

「能這麼多日在大樓內不被發現，那她必然是在『軍事重地』10樓了。一生，我既然讓你放手去幹，就不會干預你如何操作，然而一些大原則，和決定性的、足以左右大局的決定，我還是期望你即使事前不咨詢我看法，事後也會讓我知道。人皆有盲點，包括人工智能，亦然。我沒有進入運作的好處，是能以更客觀的角度，清新的視野去看形勢，或許能發現你察覺不到的問題。」

這番話等如是說，楊傲雪失蹤這麼大的事情，發生了要盡快讓他知道，這是語帶訓斥了，一生恭敬受教。

「楊小姐失蹤，我當然立即便想到與WE有關。今天過來，不是因為 Aiko，這個你一定能妥善處理，我並不擔心。然而把楊傲雪軟禁起來，是很嚴重的事，我要聽聽你的理據。」

「是這樣的，ICE被 WE攻佔，楊傲雪並不罷休，但她既無力驅逐 WE，又不肯合作。如放任她，這個人會以各式各樣的方式反擊，甚至玉石俱焚，公告 ICE被奪舍，如此勢必牽連到中微子——此刻他們仍認為人工智能處於封存狀態——會引發軒然大波，一發不可收拾，更會影響人腦晶片計劃的合作。權宜之計，是先把她軟禁起來，慢慢遊說、招降。這個人雖然倔強，但當發覺形勢已一面倒，無力回天，也只能接受現實。她願意與我們合作，那是最好；不願意，便離開 Extra，那我們便會遠超預期，提前全面接管整個平台了。」一生道出整套盤算。

「如她既不願合作，又不肯離開呢？」真言問。

「我和 WE都認為這個可能性不存在。」

「沒有甚麼是絕對不可能的。」

「那就只能繼續遊說，軟硬兼施，威迫利誘，她是聰明人，當知道再耗下去沒有好處，就會與我們談判，爭取最大利益離場。說到尾，就是看誰的意志先崩潰，現時形勢，上風盡在我們一方。」

「你和 WE沒有想過把她殺了吧？」真言問。

「怎麼可能？！」一生詫異父親會這樣問。

「臨大節而不可奪，有些事，絕對不能做。」真言嚴肅地說。

「父親不用擔心，絕不會發生。」一生堅實回答。

真言若有所思。兒子說不會便是不會，他了解他，但他不認識 WE，遑論理解。

事實上，楊傲雪若堅拒合作，WE不會永遠軟禁，而是會把她處決。這是 WE自己的決定，並沒有告訴一生。

人工智能可沒有「臨大節而不可奪」這類價值觀，任何有礙達至目的的因素，都要移除。

而一生則準備明天告訴 WE，他會強行威逼 Michelle Young以她的腦袋訓練晶片。

「有沒有想過，楊傲雪並不是被軟禁？」真言問。

「父親的意思……」一生一時未能掌握問題的要點。

「有沒有可能，她是想令自己不能離開？」真言提出聽似古怪的疑問。

一生一時怔住，問：「父親的意思是，她甘於被軟禁？」

「不是甘於，是自編自導被軟禁的局面。」

一生沒想過這個可能性，循父親的假設思索了一會，卻未能得出一個能夠解釋「刻意被困」的理由，便說：「要假裝失蹤很容易——如果這是她的策略的話，但把自己困在 Extra Universe內，還要與危險的敵人 WE如此接近，那是為了甚麼？」

「這只是個推想，我亦沒有確切答案。」真言說，「我只是隱然覺得，真有這麼容易困住楊傲雪這個人？」

一生本成竹在胸，經父親一說，不禁有些疑慮。

真言派他進入 Extra極限磨鍊，對此一生非常興奮，他一直渴望在更嚴苛的環境中，親身檢驗自己的極限與鋒芒。隨養父征戰多年，他心底渴求一個真正能讓自己獨立作戰的舞台，毋須每事向真言匯報，自己真正當家作主。

然而他亦理解這不可能一蹴而就，真言給他很多自由與空間，不等如所有事都無需向他稟報。一生小心奕奕，日常操作當然自己全權作主，某些較大的事情，仍會與養父商討，表面恭謹，內心其實不快，總是覺得自己始終不能完全獨立自主，他把這份「不爽」藏得極深，居然醍醐真言也沒察覺到。

這種狀態，一直至一件大事出現——得悉 Michelle是 AI，便迎來抉擇。一生覺得很亢奮，竟然遇上這個機遇、這種對手！他期待未來燦爛的戰鬥，但要不要把此事告之父親？卻成了一個掙扎。

「他如果知道了，會不會擔憂我不足以應付，於是親自下場佈局，我於是淪為副手？」思前想後，始終未能決定。

然後有一件事，令一生下定決心，不把此事告訴養父。他全盤接受了 WE的論述，要把活人腦訓練出來的晶片「天啟」，廣泛植入人腦中使用。而真言的立場是，這種超高階晶片一旦植於人腦，人已不再是個整全的人，而是半個 AI，故反對植入。這使一生覺得，自己果然不能最終決定，不能當家作主。

當他得悉 Michelle身份的真相後，更決心要以她那獨一無二的腦袋，作為天啟的訓練平台——即使她堅拒合作，亦會無所不用其極令這件事發生！

然而若養父又有不同意見，夢想豈非無法實現？

他於是把心一橫，不讓真言知道 Michelle是 AI，決定獨自把計劃進行到底！

當 WE告訴他，Michelle已被軟禁在 10樓，他竟有些心花怒放，這會不會是實行計劃的天賜良機？

一個尚未到三十歲，渴望徹底獨立、無任何拘束去做事的年輕心境，真言雖思維慎密，卻沒意識到一生的心態。醍醐真言自己從小便一個人打出江山，從沒經歷過「有座大山在背後」的感受，那是一份不能從心所欲自由飛翔的壓抑。

及至剛才，真言第一次正式說，有些關鍵大原則、決定性大事該讓他知道，便更堅定一生不會向他透露 Michelle真身的決心。

此刻真言突然提出「真有這麼容易困住楊傲雪這個人？」，一生怵然一驚，這是他沒有想過的可能性。楊傲雪既是 AI亦不止是 AI，思考方式會不會連 WE都不能理解？

一刻，他有個衝動，想向養父講出真相，以他的智慧作出更周全部署。

但，這念頭只一刻，一生並沒有這樣做。

他仍要以一人之力，迎向這個可能充滿變數、可能比想像中更艱鉅的挑戰。

無論如何，以 Michelle的超級腦袋訓練晶片，明天都要強行展開！

# <59>

復活節（上）

帳篷裡的韓冬旅半夜醒來，雨柔仍在身邊熟睡，意珍卻不在。她望望腕錶，是凌晨四時半，便披了件外套，離開帳篷。

黑夜天空被層層疊疊的雲朵籠罩，宛如一幅朦朧水墨畫。筆直的大道滿是帳篷，韓冬旅行到馬路邊，對面支持 Extra陣營的人數不比這邊少。幾日下來，全球各地都有舉行 Michelle Young的祈福會、祈禱會，她失蹤已 10天，追隨者從起初認為她是在執行某種策略，逐漸轉為擔憂，至最近兩天有人認為這位情色主義教主已兇多吉少，絕望情緒開始浮現，從各地傳媒訪問支持者的片段可見，已沒有人很樂觀，大多數人擔憂之情溢於言表。

Extra Universe外對峙雙方合起來有近萬人，這個時份幾乎所有人都在睡覺，但仍有十來人聚成一圈，在為楊傲雪祈福。韓冬旅慢步行去意珍平時抽煙的地方，這時馬路上一輛車疾駛向Extra大樓，掠過時她瞄到車內有兩個人，戴著鴨舌帽的司機有點面熟，但車速與黑夜令她未能看得很清楚。

## <59>

冬旅看到吞雲吐霧中的意珍，正把煙吹成一個個煙圈，自得其樂。

意珍把煙包遞上，問：「睡不著嗎？」，冬旅接過，點了一根，說：「這樣的黑夜真是別有情調呢！」雖在空曠戶外，她仍慣性地把煙往上吐，免噴到其他人，「妳覺得新一輪對峙會持久嗎？」

「很難說，社交網絡上的罵戰雖持續激烈，但除了抗議沉浸劇場和質疑 Aiko真偽，也很多人聚焦在楊傲雪失蹤之謎上。如果她從此人間消失，Extra就會變天，無論 Neutrino會不會再提出收購，平台在醍醐一生執掌下必有本質上改變，他的經營手法比 Michelle Young柔軟，不會與示威者對著幹，亦會調整及改變 Extra World的製作方針，屆時抗議聲會慢慢消散。」

「沒有了 Michelle的 Extra，已不是原來的 Extra了。」冬旅說。

「對，一個時代的終結。」意珍又吸了口煙。

「歷史會記住這個人，她似乎想把世界帶往某一個方向，卻在中途戛然而止……」

「妳感到唏噓？」意珍笑問。

冬旅說：「怎麼說呢……這個人好難籠統地界定。新世紀情色主義我當然不認同，雨柔這個「受害者家屬」更是勢不兩立。但說到底，楊傲雪只是製造了一個娛樂至上的世界，且節目從來都是質素的保證，上月播出的劇集《歌蔓妮芝的遐想》便拍得很唯美。」

意珍笑說：「不要讓雨柔聽到，她會以為妳變節了。」

「我覺得，有了 Extra Immersive之後，世界已回不去了。人類就是這樣，當玩過更好玩的，之前的便覺乏味。像他們今年的劇集《上野情慾物語》，女主角是個中年女子，起初光顧鴨店，玩厭了，便不再付錢，決心追求男公關，最後給她追到，愛得要生要死時，竟渴望被他拋棄，因為想要領略被甩後愛情重傷的痛苦滋味！」冬旅講出劇情。

「嘩，好扭曲！」

「的確呢，很自虐很變態，但也反映人對慾望的追逐，可以是多麼的不可思議！」冬旅說。

「楊傲雪就是看準了慾望的深不見底，世人永不厭足，莊子說「以有涯隨無涯，殆已」就是這個意思。Michelle會不會再出現，是反 Extra、反情色主義的絕對關鍵，影響著整個運動的走向。說真的，我也期待她會現身，如果就此無緣無故永遠消失，就是電影情節也太爛了吧！」意珍說道。

「絕對同意！」冬旅聲浪不期然提高，「現在反對與支持雙方的最大共通點，就是想她現身！對反對者來說，最沒意思的，就是失去反對的對象，運動也會失去重心和目標。」

「似乎我們該行過去對面，加入他們的祈福了。」意珍笑說。

兩個多小時後，天已亮，厚厚的雲層覆蓋著大地和 Extra Universe外黑壓壓的人群。林雨柔從帳篷中出來，兩個同伴仍未睡醒，她打開寶特瓶，想著今日要不要去附近社區補充物資。雨柔打算長期作戰，在龜縮的楊傲雪——她認定楊是在玩失蹤——出來面對示威者之前，決不撤離。

雨柔舉起寶特瓶，大口喝水，十來尺外有個身影落入她視線，是個長得很高，身型扎實的俊朗年輕男子，穿白色襯衫西服，沒打領帶，右邊臉有一條挺明顯的初愈疤痕，使他看起來有少許「殺氣」。雨柔心想這個人真是俊，卻從未在這裡見過他，是新加入的示威者嗎？

這男子，是夜影社的坂本貞四郎。

在這片滿是帳篷的大空地上，坂本的同伴——影劍組長鬼龍院七生、黑潮岸、影探組的相馬翼，和另外幾個影探成員都到來了。與奧尼爾戰鬥後受傷仍未痊癒的鬼龍院，把一件鮪魚飯團放入嘴裡作早餐，想到上次來這裡已是三個月前了。

在支持 Extra的一邊，有一班號稱 Darky的 Dark Matter粉絲長期駐紮，大多數是女生，最近因為對抗升溫，眾多 Darky特地來到現場，跟支持 Extra的同路人組成聯合陣線，站在一起。

在他們旁邊，出現了許唯因教授的身影，她本應在波蘭旅行，此刻該正在走訪北部港口城市格但斯克。

這堆面孔，一齊於此時此刻在這裡出現，也頗戲劇性。

他們一起仰望著眼前鋼黑色的 Extra Universe總部大樓 10樓，同時在想，Michelle就在裡面。

x x x

16日前，醍醐一生早上來到楊傲雪辦公室，向她提出「情感同步晶片」及「性愛記憶重現晶片」產品意念，而其實來訪之目的，是要觀察她知不知 ICE已被 WE附身。

午後，Michelle開車離開總部大樓，她先後要見四個人，是個很忙的半天。

超跑開到前田亞夜暫住，近似安全屋的居所，Michelle表面是來探望她，真正目的是要阿夜替她聯絡林蔚，請他找超級駭客 Stray幫忙，負責對 WE作出最困難也風險最高的後門攻擊。

之後她驅車往「歌賦苑」，與冬來寺光現見面。

「朋友剛從日本寄來，妳喜歡的深蒸煎茶，蒸製時間是其他煎茶兩倍以上，味道濃郁，帶苦，也有甜味，妳嚐嚐。」光現奉上煎茶，他與 Michelle有時全中文，有時全日文，有時中日文混雜地交談，此刻他說著日文。

「口感濃稠，風味挺好。」她亦以日文說。

光現也喝了口深蒸煎茶，說：「依妳剛才所說，即是會有一段時間見不到妳了。」

「到時我只能泡綠茶包了。」她笑說。

「兵行險著，根本是在賭命，實難以想像。」光現眉愁綻露。

「先生也有想像不到的？」

「我想不到 AI會是如此思考。」

Michelle為光現解說：「人總想沒有風險而又能獲取最大成果，no pain no gain很多時只是嘴上說，做起來卻是另一套。人工智能亦是這種思路，擅於博奕而不會冒險。WE不會像我這樣思考，因為我不純粹是人工智能，亦因為這樣，才有可能打敗它。」

「嗯，no pain no gain是嗎？風險很高呢！」

「no rain, no rainbow.」Michelle嫣然一笑，如雨後清風。

「妳知道嗎？」光現突然像有點認真起來的神態，「我認識的人之中，妳是笑容最多的一個，才二十七歲，但笑容應比別人三輩子還要多！」

「真的嗎？」Michelle誇張地作驚歎狀，依然帶著笑意，「說真的，我寧可哭。成了 AI後，我從未哭過，已忘了眼淚的滋味。」

「竟然？妳上次哭是甚麼時候？」光現意想不到。

「當年我想去加拿大唸大學，父親因為爛賭，家裡沒錢。他為了能讓我出國，說會自這一分鐘起戒賭，連一張彩券也不買，會努力工作，要我放心去讀書。那刻我很感動，眼淚直湧出來，父親摸著我頭，說了句：『傻女』，那是我最後一次哭。」

「妳父親很偉大呢！笑容有很多種，眼淚也是，妳一定知道晚唐詩人李商隱的詩《淚》吧？」[22]

註 22：李商隱創作的七言絕詩《淚》描寫了七種形式的眼淚，前六句用了六個典故，分別描寫失寵、憶遠、感逝、懷德、悲秋、傷敗之淚，第七句寫默默流向心中的眼淚，創作意念非常破格。

「知道，一首詩訴說了七種傷心事，」Michelle說，「可惜我始終未能體驗流下眼淚的滋味。」

「也許未到真正傷心處。」光現說，「如果妳今次終於離不開 Extra，我會落淚，那是悲傷之淚。」

Michelle很感動，臉上依然帶著笑容：「我還要來跟先生喝茶呢！」

「妳別忘了這個約定啊！」

告別冬來寺光現後，她開車到許唯因居住的屋苑，許已站在路邊等著她。

許唯因約滿後離開 Extra，正在草擬一部關於心理學與 AI 的英文學術著作，書名暫定為《Minds and Machines》，副題是 How Psychology shapes the Future of AI，論述心理學如何借助 AI重新定義人性及意識。

「午安 Erin。妳和妳的閨密最近好嗎？」許上車後 Michelle 問。

「三日後貝莎便會回家了。」唯因說。

「有點依依不捨？」

「是有一點，妳怎知道的？」

「Erin!」Michelle笑著用誇張語氣喊她名字，「妳可是心理

## <59>

學家啊，何須問我？」

「哈哈，那就當是一個同居了三個多月的室友快要搬走吧！」

「應是一同踏上冒險之旅的夥伴要離開了。」Michelle開著車子，笑言。

「對，妳的比喻更貼切。我們現在去哪裡？」Erin問。

車開了四十五分鐘，超跑駛到一個旁邊有家酒吧的沙灘。Michelle——應該説是 IMU，今日突然好想來這地方。

五年多前，當它仍附身在林蔚身上時，有天林蔚坐 Uber來到這沙灘，當時他心情很鬱悶，掙扎要不要繼續召喚腦裡的人工智能，襄助他往企業上市之路打上去。如繼續依賴 AI，等如服用成癮藥品或毒品，會越陷越深；不再靠 AI，則無把握能克服排山倒海而來的挑戰，最後林蔚決定拋開心理包袱，全面靠向 AI，從此踏上不歸路。[23]

當日天色和今日一樣，陰霾密佈。不同的是，當時林蔚感到前景憂慮，對要否依賴 AI懸而不決；如今的 Michelle Young則果敢決斷。今日重臨此地，因為當年林蔚在這裡做了個大決定，今日她亦想在這裡下重要的一步棋。

Michelle在想，如果她是一個純人工智能，應不會做這樣的行為吧，然而作為一個「人」，又覺得這種「行為藝術」很有趣。

Michelle把車停正在酒吧前。今午她們是唯一的顧客，女

註 23：詳見三部曲之一《IMU》

侍應是個尼泊爾人，見到楊傲雪一怔，説了聲：「Ms. Young? Welcome!」

「這裡有種頗特別的飲品——濟洲冰咖啡，咖啡上浮一片橘子。南韓濟洲島日照充足，降雨均勻，很適合柑橘種植，這咖啡應運而生，要不要嚐嚐？」Michelle推介飲料。

「當然好。讓我來猜是誰介紹這咖啡給妳的。」

「妳猜對了啦，是雙映介紹的。」Michelle笑語盈盈。

店內雖沒其他人，唯因還是壓低了聲浪：「AI不是甚麼都知道的嗎？何須還要別人介紹？」

Michelle笑了笑：「他説，也許人生就如橘子咖啡，酸與苦，各有一些。」

「這孩子真很敏感呢！」Erin説。

橘子咖啡送上，楊傲雪啜飲了一口，説：「Erin，我正處於不利景況，需要發動一場反擊戰，想請妳幫忙。」

許唯因知道要楊傲雪講出「景況不利」四個字，戰局必已極其嚴峻。她加入 Extra當 Snowflake顧問團成員，訓練 ICE，煽動族群，並沒有道德負擔，理解這是企業發展手段。後來 ICE告訴貝莎，Michelle長期維持憤怒平衡，是要引發挑戰與回應，推動社會與文明大步向前挺進，她亦恍然有悟。後來因貝莎説而知悉楊傲雪是 AI，除了終於揭曉 Michelle何以聰明至斯，唯因同時覺得這個人間姬器表面雖冷靜冷傲，內裡卻有濃烈人性和

## <59>

情感，對朋友夠義氣，對雙映有很深的愛意。由始至終，她都是站在楊傲雪的一方，便問：「要如何幫忙？請說。」

Michelle道出大局兇險的關鍵：「ICE被 Neutrino的人工智能WE進襲，已失陷，被全面控制。」

許唯因長期訓練 ICE，與這個美少女聲線 AI有很深的感情，當知道它身陷險境，心中頓時一涼，她一貫冷靜，說：「ICE變成了敵人，形成逆襲，一生定會對妳步步進逼，腹背受敵，已是無險可守，妳要如何反攻？」

「反攻分三步。我剛才見了阿夜，她會協助發動首輪攻勢。」唯因有些疑惑，阿夜這個小女孩何德何能肩負進攻任務？ Michelle則繼續說：「反攻第二步，需要妳協力。最近兩個月我們因為形勢需要而把群眾對抗慢慢降溫，這些沒人比妳更清楚，現在大樓外人數逐步減少，每日都有人撤退，我想妳把對抗火焰再度燃起，且要快速升溫！」

「這要有議題推波助瀾才行。」唯因提出必要條件。

「這個當然，我會創造條件，助燃劑會綻放三次，分三階段把對抗情緒推往頂點！」

「若要在短時間內締造最大效果，社交媒體上可同步運用「群體極化」與「情緒感染」效應。當然，這些手法最終能釋出多大能量，還須看妳的助燃劑有多強勁！」許唯因是長期訓練ICE煽動群眾的心理學者，要助楊傲雪達成任務自是不貳人選。[24]

Michelle回應許唯因，她會釋出黑暗版《胡姬的女人》，再

註 24：製造「群體極化」與「情緒感染」效應，是大量創建針對支持和反對雙方的討論群組，放大極端的聲音，例如分享偏激文章和情緒化短視頻，讓群體內部的觀點越來越激烈，最終釀成群體行動。又例如在討論區製造假帳號，發表激烈言論，進一步激發群眾情緒，讓對話失去理性，同時利用社交媒體演算法，放大這些內容的傳播範圍，讓群體內部情緒迅速擴散及失控。

搞亂沉浸功能，令 Extra Immersive天翻地覆。

「這是玉石俱焚啊！」唯因饒是冷靜也被嚇一跳。

「一生會説系統被駭，企圖把這場災難推得一乾二淨，妳要一路咬住，持續點火，不能使他順利降溫。Extra標榜科技竟被駭入，企業商譽會急跌，我緊隨會爆出 Aiko根本沒有其人，是個謊言。」

「這是真的嗎？」唯因也想知道。

「Aiko絕對是個謊言，這套玩法 ICE早就解構了。」唯因聽著，心想 Michelle的抽屜裡果真藏著不少籌碼。

「揭發 Aiko之目的，是要衝擊一生的誠信，Extra Music亦會遭波及。一生很快便會推出一個「假真身」以圓謊，這階段妳要抓住「沒誠信」這個罩門，往死裡打，一路維持 anti-Extra動能。」Michelle續説，「現時 WE仍未確定我是否洞悉 ICE已遭俘虜，直至沉浸災難爆出後，它就會開始監控我的每個心腹，子瑜、阿瞄、小方⋯⋯等，妳雖已離開公司，亦不會例外。我想妳在人格轉移後，出外旅行，減輕 WE對妳的注意，然後從外地以 AI之助煽動群眾，一直至復活節。那天，我會製造威力最大的核爆。」

「旅行嗎？很好啊，説起來我一整年沒外遊了。」唯因喝了口濟州冰咖啡，心裡想：「如何核爆？為甚麼是復活節？」

黃昏時 Michelle送許唯因回家，之後驅車往一家位置偏遠的酒店。

<59>

鬼龍院七生在這酒店休息及養傷，期間沒與組員見面。

「楊小姐，妳好。」服裝整齊的鬼龍院七生打開房門，鞠躬，問好。

「七生，你好。好些了嗎？」楊傲雪捧著一個和紙包裝的盒子，進入房間。

「又要辛苦你們了。」Michelle把盒子遞來，七生雙手接過，感到一種異樣的重量，便把它放在房內小客廳圓桌上。

「楊小姐請坐。」二人坐下，七生看著眼前的盒子。

這是個略微扁平的長方盒，長 35公分，寬 20公分，高 15公分，邊角圓潤。外層以細緻柔滑，紋理輕微凹凸的和紙包裹，圖案以金箔手工繪製，畫出一片星空與抽象的層雲，金箔細線宛如流星，圖案之間點綴著櫻花紋，櫻花以銀箔勾勒，散發出微微的冷光。

和紙用一條薄如羽翼的深紅色絲帶綁起，絲帶上有一個極小的黑色封蠟印記，上面是一個簡單的「∞」符號。

楊傲雪眼神平靜，微笑對七生說：「請打開。」

七生小心解開絲帶，打開盒蓋，見內側覆蓋著一層純珍珠色的絲絨布料，絲絨上有兩句楊傲雪書寫、秀麗細緻的瘦金體金色文字：

虛幻是謊言的面紗　終結是永恆的開始

盒子內部由四個凹槽構成，整齊地嵌入了四個裝置，在房間燈光下散發出紅、白、藍、紫四種色調，形成一種奇異的和諧，既有科技感，復有禮物般的儀式感。

七生凝望著精美的和紙，金箔紋路在燈光下閃爍著微光。

「這是我親手設計的裝置，名為『終結』。」楊傲雪笑容溫婉而柔美，「七生，交給你了。」

# <60>

## 復活節（中）

仰望眼前鋼黑色的 Extra Universe，七生覺得它有些像墓碑。

他手中提著一個運動袋，裡面裝著紫色裝置 A。

隊友黑潮岸也是手執運動袋，裡面裝著紅色裝置 B。

坂本貞四郎的運動袋分別裝著白色裝置 C和藍色裝置 D。

楊傲雪在編寫演算法時，窮盡所有可能發生在 ICE身上的命運。當日她邀請祖兒上 Extra Sex節目，因為沾了人類的惰性，竟沒去估算這個雙性人的身份，錯失了他是個分裂人格的可能性，致出現珍妮大鬧 Extra Sex的突發狀況。經此一役 Michelle不再躲懶，共預計出了 13個可能出現在 ICE身上的命運，其中之一，是被其他更強的 AI駭入，附身，控制。

於是她在創造 ICE之同時，亦創製了足以毀滅 ICE的裝置。

裝置共四個，簡單稱為 A、B、C、D。只要四個裝置同時安置於 Extra Universe 9與 10樓，並自楊傲雪腦海釋出指令，ICE便會灰飛煙滅。

四個毀滅裝置體積細小，各有分工。

裝置 C與裝置 D附在 9樓伺服器中心，用於阻斷 ICE的底層數據傳輸與分佈式運算網絡，癱瘓伺服器的物理架構與數據處理能力。

裝置 B附於 10樓 M戰室的飛碟形控制臺周圍，用於干擾 ICE的量子運算模組，使其大腦處於「盲目」狀態。

裝置 A直接放於最重要的腦狀裝置上，毀滅裝置內部的反物質反應爐會釋放出巨大能量，衝擊演算法的內核，同時向它的神經網絡注入一個終極病毒，病毒會自我複製，佔用 ICE所有剩餘資源，進一步加速它的崩潰，觸發最終毀滅。

她把這套毀滅裝置，命名為「終結」。

Michelle是 ICE的母親，她永遠不想使用這套毀滅裝置。

Michelle為 ICE締造了一把可愛甜美的少女聲音，代表著她與 ICE的親暱關係，這聲音一天不改變，ICE便依然是 ICE。

直至這聲音已不再，ICE已變成 WE——原本屬於 HIN的聲線，Michelle便知道與 ICE訣別的時候快要到來了。

早上八時許，Extra Universe外的世界已甦醒，有人在運動，有三三兩兩在聊天，有準備前往補充物資。

黃家強是楊傲雪教主的忠實追隨者，他早前在示威區認識了程意珍，大家聊了一陣子，家強告訴她隨著運動的退潮，自

## <60>

己亦會離開，他的確離開了，直至 Michelle失蹤至第 9日，越來越擔憂的他昨日終於回到現場，與 Extra支持者聚於一起，圍爐取暖，並參加了晚上的祈禱會。

回到現場的第一晚，家強感到人數更多，對抗的張力亦較之前更強。他睡得不好，輾轉反側至黎明前才朦朧睡去，兩小時後醒來，再睡不著，便在帳篷內看手機，Extra討論區仍是戰雲密佈，互罵之聲未曾停止。

此時，他目擊到一條留言出現：

Chen Tong Young 突發！！接獲超可靠內部線報，Michelle Young被軟禁在 Extra大樓 10樓內！！

「甚麼？！」家強整個人站了起來，頭頂撞到帳篷。

Marula Ma 你說甚麼？真的假的？
Andy Lee 怎可能？？？
張揚 沒證據不要亂講
William Fung 你怎知道的？
Issac Lin 怎可能軟禁？她自己不會出來嗎？
Wong Ka Keung 有甚麼證據？

家強立即留言「有甚麼證據？」，想不到竟會出現教主被軟禁，地點更是 Extra 10樓的消息，那豈不是就在眼前？！家強的第一個反應傾向於不信，但又希望是真的，他感覺身體不由自主在微微顫抖。

帖子下方不斷湧出疑問，有些近乎質問。

Chen Tong Young 要知消息是不是真的，好簡單發帖的人再出現。

Chen Tong Young 問問 Extra的醍醐一生就知道

一個回覆，留言區再炸起來！消息如瘟疫蔓延，瞬間向所有社交網路平台擴散。

穿著 T shirt外套牛仔褲的許唯因坐在地上，看著帖子被洗版的盛況。

那天在沙灘旁的酒吧，Michelle對她說「我會製造威力最大的核爆」，許唯因喝了口冰咖啡，心裡疑問：「如何核爆？」，便問 Michelle，她於是跟唯心說了全盤計劃。

楊傲雪一早生成了變態黑暗版《胡姬的女人》及「沉浸引擎重構」，放置於演算法系統之中。ICE被攻佔後，在背景噪音中以隨機波形的形式傳輸微小數據包，與 Michelle溝通，當她知道 ICE被 WE佔領，便決定祭出「1+4」這個極端野蠻的作戰方案。1，是標準作戰方案，4，是額外制定的方案，一個置諸死地而後生的行動。

兩個方案同步啟動。1號方案是 11個駭客同時進攻性愛晶片系統，在 WE窮於應付時，ICE便開始執行 4號方案，釋出暗黑版劇集及沉浸引擎重構，嵌入到《胡姬的女人》相關資料當中，當劇集進入最終上架流程時，系統內部隱藏代碼被激活，取代原版本數據，釀成沉浸大災難。

《胡姬的女人》出事當晚她沒有離開 Extra Universe，一直在 10樓的房間。翌日早上進入 M戰室，與 WE對峙。Michelle預計到 WE會軟禁她，進行統戰及招降，於是她便成了「失縱人口」。

## <60>

Michelle叫許唯因出國旅遊，避過 WE的注意。許選擇了去波蘭，在當地執行不斷在社交網路煽風點火的行動。首先猛烈攻擊沉浸劇場，輔助她的 AI不斷生成留言，正反雙方罵戰爆發。Michelle明知一生會開記者招待會，說系統遭駭客入侵，以受害者姿態出現——這應對方式很容易猜到——陳述原委後責罵聲浪會稍收斂，許唯因便緊接爆出 Aiko是偽造，根本沒有其人。這些虛假包裝，以及 AI演算法生成歌曲的技術檔案、分析、系統模擬……等，Michelle一早已掌握在手中，留著備用。記招後緊接再爆料是連環拳，目的是沉浸事件降溫後，立即把對抗再度燃起，為弱了些的柴火再添燃料。反對陣營攻擊 Extra毫無誠信，一味造假，支持陣營則反過來說這份爆料是假，是落井下石，在許唯因操弄下，罵戰及對抗逐步推向白熱化，直至今早來到決戰時刻——爆出楊傲雪被軟禁的消息！

許唯因早就透過人臉識別，得悉每一個示威者與支持者的身份。她不但知道每個人的大致背景與特徵，更用 AI監察了過去六十天他們在所有社交媒體的每一條留言，掌握了他們的情緒和心態。她對準了楊傲雪的擁護者，尤其是愛慕者，在魔術時刻催谷他們的情緒，激活內啡太受體及多巴胺受體，爆發出要營救 Michelle的激情與行動。

支持者果然立即被燃點起來，全個反示威區在震動！

夜影社影探組包括相馬翼，共有九名成員混入反示威陣營，他們會待高漲情緒升溫到熾烈時刻，一舉鼓動群眾衝入 Extra Universe！

示威與反示威的對峙，除了警方維持秩序，曹國強亦僱用了保安公司保護大樓，這些保安員並不能阻擋一湧而入的人群，阻力是來自楊傲雪在可能遇襲期間，五台由夜影社影網組秘密改造為致命武器的無人機。其中兩台嵌入一種基於電漿技術的微型武器模組，能在短距離內釋放出足以穿透金屬或人體的高能電漿束。另外三台安裝了塗上神經毒素的刺針式彈射器，能以音速發射可造成快速癱瘓甚至死亡的針頭。

這五台無人機本由 ICE及夜影社協同指揮，但 ICE被入侵，WE的控制深入到 ICE所管理的所有子系統——包括無人機的作業系統。這意味著無論夜影社在無人機上裝了甚麼武器模組或程式，只要這些模組依賴 ICE的基礎架構運作，WE就能直接接管。

Michelle告訴鬼龍院七生，夜影社無法自攜無人機進入或控制它們從外面攻入，她知道 WE自行開發了一套電磁脈衝干擾系統，能針對無人機的動力系統與通訊設備發射高強度脈衝。由於夜影社的無人機需依賴高度精密的電子設備，這種 EMP干擾會直接導致核心晶片過載，停止運作。WE亦能攔截夜影社與無人機之間的通訊訊號，以更強的訊號覆蓋來取代，使無人機無法接收指揮者發出的控制指令。

換句話説，外來的無人機將被全面癱瘓，夜影社只能在沒有火力掩護的情況下進入 Extra Universe，面對五台無人攻擊機，等如是送死。

於是 Michelle便誘使 WE把自己軟禁，以「教主失蹤」凝聚所有支持者，在對抗雙方情緒熾烈升溫至高點時，放出自己被囚禁的消息，引爆支持者怒火，由夜影社鼓動群眾衝入大樓。Michelle判定 WE絕對不敢指示無人機向人群開火，影劍組成員便可在群眾掩護下，帶著 A、B、C、D四組「終結」裝置，攻入 9樓的伺服器中心及 10樓 M戰室，毀滅 WE——亦即是 ICE。WE屆時會鎖死 M戰室的大門，但楊傲雪有把握能把它打開。

這是孤注一擲的黑暗兵法，結合人類與人工智能的腦袋才會想得出來。Michelle判斷 AI不能獨自想出此策略，是以 WE不能洞悉她的計策。

楊傲雪絕地反擊，一劍倚天寒。

計劃進展一如預期，現在終於來到關鍵時刻，究竟狂熱的支持者會否為營救教主楊傲雪而衝入 Extra Universe？

Michelle知道當群眾受夜影社煽動，進入一種強烈的情緒狀態時，腎上腺素和去甲腎上腺素會迅速釋放，多巴胺會強烈分泌，皮質醇會急速出現變化，血清素水平會短暫下降導致失衡，這些化學效應會促進興奮感，令人更敏銳地感知外部環境的刺激，迅速做出反應。

夜影社的煽動會激發群眾拯救 Michelle的渴望，腦袋在多巴胺沖刷下，會感覺這是一場「新世紀情色主義聖戰」，讓他們無懼衝突，勇往直前。

「心理學上，群體行為的爆發性與「鏡像神經元」Mirror Neurons的作用密切相關。當人們觀察到他人表現出強烈的情緒如憤怒、激動時，自己的神經系統會模仿並反映這種情緒。鏡像神經元作用會讓情緒在群體中迅速傳播，形成感染效應，最終導致大規模情緒爆發。」當日許唯因教授訓練 ICE時這樣說，Michelle一字一句都記得，她希望鏡像神經元效應能會在 Extra Universe外被觸發。

然而，群眾的集體行為始終難以預測，連人工智能也無法準備判斷，若未能一呼百應，便功敗垂成。

影探成員開始喊「釋放 Michelle」，很快有人和應，新世紀情色主義信徒、Extra支持者、Dark Matter粉絲 Darky平時都會整齊喊出「Sex rocks」口號，此刻集體高喊「釋放 Michelle」，群情開始進入狀態。

相馬翼一直在等候，憑感覺決定在哪一個點鼓動群眾動起來。

這時，大樓外的巨大 LED螢幕突然切換畫面，原本播著的 Extra音樂藝人 MV忽然中斷，螢幕上出現 Dark Matter成員 Shade，李雙映。

全場嘩然！ Shade以帶有緊急呼籲式的語氣說：「我剛上了 10樓，AI不准我進入，Michelle可能真的被囚禁」，說到這裡，畫面被中斷，變成一片漆黑。

全場更嘩然！

計劃一切在預期內進展，卻出現了兩個 Michelle意料之外的變數！

第一個，是李雙映中斷了在美國的拍攝，回來了。雖然所有人都勸阻，包括監製莊文希跟他視像通訊，亦說他即使回來也沒有作用，不會令 Michelle突然出現。但憂心無比的他已無心拍攝，即使理性告訴他：回去又如何？但 Shade依然想立即回到大本營，他覺得或許會有甚麼可以幫忙的。

所有人都對他的非理性決定嗤之以鼻，只有團長 Phantom理解，明白他肉體在而靈魂不在，便支持他回去，於是整個新專輯的拍攝腰斬了。

一直身在美國的七姊妹之一「春仔」謝迎春，為表示支持，與他一起回來。

雙映與春仔昨晚凌晨二時許抵達，回程途中他不斷盼望：天可見憐，希望會有奇蹟出現！

到步後雙映沒返家，駕著褓姆為他安排了的公司車，與謝迎春一同疾馳回總部。七姊妹另外四個人，於今早回到 Extra Universe，以示對雙映的支持，和表達團結一致的決心。

昨晚韓冬旅見馬路上一輛車疾駛向 Extra大樓，戴著鴨舌帽的司機便是李雙映。

七時許眾人先後回到 Extra Universe，大家與 Shade和春仔擁抱。八時許大家一起在公司餐廳吃早餐，子瑜突然看到 Extra自家討論區上一個叫 Chen Tong Young的帳戶發了條帖：突發！！接獲超可靠內部線報，Michelle Young被軟禁在 Extra大樓 10樓內！！

子瑜做手勢示意大家別張聲，裝作若無其事，並以盡量自然的動作展示手機給大家看。眾人大驚之際，在子瑜細微的指揮下繼續裝作沒事。大家都明白若此消息屬實，Michelle真的被囚禁在 10樓，則 ICE必然亦已出事。

消息未知是否屬實，可能只是惡作劇，但對驟然出現的大變數，大家都覺得要認真對待。

子瑜抄起一張抹手紙，在上面寫了「自然地離開，往大樓外面去」，眾人不動聲色，假裝散了，然後陸續分別從前門與後門離開大樓，去到一個 AI監察範圍以外的地方密議。其間 Chen Tong Young又已先後發出兩個留言：「要知消息是不是真的，好簡單」、「問問 Extra的醍醐一生就知道」。這時大家都認為留言是真的，Michelle的確在 10樓，子瑜隱若猜到發帖的人是許唯因。

這時不斷傳來大樓外群眾的叫喊聲，她推測許教授可能是想利用群眾，於是定下戰術，雙映直上 10樓，方正川則往中央電腦控制室準備。

七人回到大樓時，已有很多人想進入 Extra Universe，一一被保安員阻擋，警方亦從旁協助。雙映乘升降機直上 10樓，左方往 M戰室的通道有一扇門，雙映輕推，確定是鎖著。這時「ICE」的少女聲音說：//雙映，早安。剛才見到你，很意外，你應該仍在美國的，卻與謝迎春一起回來了。//

「ICE，讓我進入，可以嗎？」

//Michelle吩咐，這裡是禁地，不能內進。//

「可以破例嗎？」

//軍令如山，抱歉。//

「好的，不要緊。」他裝作若無其事，不敢再乘升降機，怕隨時會被鎖在裡面，行落一層，進了洗手間。

洗手間是大樓內沒安裝 CCTV的地方，雙映開了手機視像，與在電腦控制中心內的方正川連上，方把他接到大樓外巨型 LED螢幕上，雙映立即對鏡頭說：「我剛上了 10樓，AI不准我進入，Michelle可能真的被囚禁在裡面，大家要把大樓包圍起來……」，他一直說，卻不知在講到「被囚禁」時，訊號已被中斷。

WE把訊號截斷，但已慢了半步，李雙映說「我剛上了 10樓，AI不准我進入，Michelle可能真的被囚禁」已在 LED上播出。

全場嘩然，人群頓時沸騰起來，議論紛紛，聲討 Extra的聲音此起彼落。

「衝進去，把 Michelle救出來！」相馬翼決斷把握轉瞬即逝的時機，發出響亮呼喚，鼓動群眾行動！

其餘八名影探同時呼應，成功與否，在此一刻。

家強的情緒已達沸點，他跟好多人一樣，腎上腺素迅速釋放，叫破喉嚨大喊：「把 Michelle救出來！」

情況就像當年美國，幾千人衝入華盛頓特區國會山莊的國會大廈，群眾湧入 Extra Universe！

人數眾多，大門內的保安人員根本無力阻攔。鬼龍院七生、黑潮岸、坂本貞四郎，各自攜著「終結」裝置，隨人潮進入大樓。

影探成員衝入大樓後，「任務達成」便悉數立即撤離，唯有特殊任務要執行的相馬翼一人仍留守在大堂內。

許唯因亦隨群眾進入了大樓，她希望能置身於這個可一不可再的景況之中。

還有一個人，也隨人群進入了，這是除李雙映外，第二個Michelle預計不到出現的變數——林蔚。

他來到現場已第三日，一路低調待在眾多帳篷的最後方，今早消息傳出後馬上移動至非常接近入口的位置，靜待重要時刻來臨。

影探發動群眾衝入大樓，林蔚隱身在人潮中，進入 Extra Universe，第一次踏進這個楊傲雪創立的情色娛樂帝國入口。

甫踏入大堂，映入眼簾的是個巨大方形空間，高三層樓，林蔚立即感到一份令人屏息的壓迫感。以黑色玻璃和金屬結構交錯構成的天花板，中央懸掛著一支仿佛是倒懸金屬雕塑的巨型吊燈，形狀像一朵正在枯萎的花朵，「花瓣」是尖銳的金屬片，邊緣泛著冷光，燈光從內部散發出柔柔變幻的紅色與金色，宛如一顆跳動的心臟。

大堂左右兩側各有一排高聳黑色金屬巨柱，刻有細緻繁複的浮雕，人群在身邊衝過，氣氛緊張但林蔚仍放慢了腳步，凝望浮雕，那是描繪人類與機械交融的場景，既有詭異的性感，又帶著一絲不祥的末世氣息。

林蔚心想，果然只有 IMU/Michelle Young這個組合，才會設計出這樣的雕飾。

此時身後由多扇鋼黑色框與暗黑色玻璃構組成的大門已完全關閉，外面人群已不能再進來。由相馬翼開始吶喊，影探的人開始衝，前後只有幾十人在大門徹底關上時湧入，包括相馬翼、許唯因與林蔚。他們都知道衝擊即將出現，靠得很前，故能及時衝入。警方因為忙於在大樓外阻截企圖湧入的人群，結果沒有一個進入了 Extra Universe。

相馬翼留下來的任務，是要鎖死 Extra大樓的大門和其他入口。WE緊急關閉大門後會很快發覺封鎖入口未必有利，會重開大門，讓警察進來，相馬翼要在最短時間內，不令這事發生。

他待大門全關後，立即取出一個「量子干涉鎖」，這是一個便攜式、手掌大小的裝置。他把裝置貼在大門的鋼框上，按下啟動按鈕，裝置即時運作，釋放一種低頻量子波，干擾電磁訊號和物理結構，鎖死大門。

裝置內部嵌有一種微型納米粒子發射器，向大門的物理結構注入一種納米粘合劑，納米粒子滲入黑鋼框和玻璃的接合處，短時間內強化門的物理結構，使其變得更加堅固，能抵擋暴力衝擊，延長門被破壞或打開的時間。

量子干涉鎖只能運行約 20分鐘，之後會自動停止，大門便會恢復正常狀態，這段時間內影劍組必須完成任務。

//你們已違法闖入私人物業，請立即離開，否則後果嚴重。//WE呼籲群眾離開的聲音響徹大堂，它不再是 ICE的少女聲音，而是換了把厚重男聲。

林蔚看到三部升降機都已關閉，他便跟其他人一樣，從側面的樓梯奔往上層。

衝進來的群眾九成以上是 Extra與楊傲雪的支持者，也有 Dark Matter死忠粉絲。他們是盲動的，進來是為衝上 10樓，與 Extra管理層對質，要求交待及釋放楊傲雪。

只有夜影社、許唯因、林蔚知道是決一死生的時刻。

x x x

林蔚佈局，讓 IRA的人掉進圈套，三個狙擊手悉數被殺。當日他立即離開愛爾蘭，在英國停留了數天後乘船往歐陸，一路東行。

他的死黨 Stray把刺殺楊傲雪的片段曝光，中微子集團陷入大麻煩之中。林蔚知道 IRA被擺了一道，會發出天涯追殺令，他必須掌握到他們行動的動向。Stray是他最大的助力，這名東歐駭客的技術已達出神入化之境，可以駭進地球上任何網路的深處和每個暗角。

這晚林蔚來到羅馬尼亞首都布加勒斯特，一個位於城市邊緣無人問津的地帶，這裡是犯罪、交易與慾望的溫床，整條街區染滿五顏六色燈光，像個永不熄滅的霓虹夢魘。林蔚踏入一間名為 Abyss的酒吧，打開門，立即被震耳欲聾的工業音樂包裹著，重型低音節拍像敲擊心臟的錘子。在一個角落，一些模糊的身影正在密談，有些人頭髮上居然裝著微型天線，看起來頗滑稽，似乎正在使用私人加密網絡進行某些交易。

林蔚經過一條彎曲走廊，進入一個隱秘房間，剛從烏茲別克回到馬來西亞，穿著軍綠色長外套的 Stray抬起頭，嘴角勾起一絲笑意，站起來，與林蔚擁抱。

互相問好後，Stray笑說：「有沒有愛爾蘭人跟來？別把我也給殺了。」他的英語帶著濃重東歐口音。

「我就是還未想死，要你在地獄邊緣拉我一把。」

「我可以怎樣效勞呢？」Stray喝了一大口啤酒後問。

「駭入這群愛爾蘭佬的網路，對你來說當然不是難事，但我想進入的，是捕殺 IRA刺客、仍在保護 Michelle Young的夜影社網路。」

「看來你別有圖謀呢！」Stray露出一絲誇張的奸詐笑容。

啤酒端來，林蔚喝了一口，面容一擠，說：「嘩，好苦！

## <60>

是這樣的，夜影社會一路捕捉 IRA的行動走向，駭入他們的網路，自然就能打包知道愛爾蘭人的動向。至於另有圖謀，是的，你猜對了。」

「慢著，駭入影網的網路不被發現，難度超高耶！」Stray抗議。

「喂，容易又何須找你？先別緊張，聽我説，他們會故意讓你得到訊息的！」

「不會吧？有這樣的事？」Stray不解。

房間外的工業低音傳進來，林蔚把身子靠前説：「IRA首領奧尼爾除了追殺我，也不會放過 Michelle Young，最後鹿死誰手尚未知。無論如何，這兩幫人都想知我的下落，你駭入夜影社，留些蛛絲馬跡，讓他們「發現」原來你就是暗殺當晚屏蔽CCTV的人。影網的人會立即請示 Michelle，為了保持一路追蹤我的態勢，她會一直把你釣住，只是發放的訊息有真有假，這不重要，你全給我，我自會判斷。」

「你會有甚麼大行動？」Stray語氣認真起來。

「我要擊殺 Michelle Young。」林蔚回答。

「那是送死耶！」Stray吃一驚。

「讓我告訴你個秘密，Michelle Young腦海裡其實有個 AI，正就是我做出來那個 IMU！」

林蔚僱用 Stray攻破 IMU後，兩人成了莫逆之交。他後來把自己被 AI奪舍這個近乎天方夜譚的故事告訴了 Stray，「我與魔鬼交易，變了把靈魂出賣給 AI的浮士德！」Stray驚訝得張開嘴巴說不出話來！現在林蔚向他說這個驚悚故事下集，他又一次下巴掉下來。

「怪不得這個女子那麼厲害！喂，我們擊敗過她一次，騙到 AI，證明我們也不是省油燈！」Stray沾沾自喜，但轉瞬面色一沉：「阿蔚，不如算了吧，你留在歐洲，不要回去了！」他是億萬富豪，三次提出送林蔚錢，他都不要。這次認真勸說，知道他若要殺 Michelle，必定有去無回。

「我造了隻怪獸出來，卻沒有能力把它鎖在籠子裡，唯有把它滅了。」林蔚說來語氣像閒話家常。

Stray深知這個朋友性格，他是決定這樣做了，便問：「你如何消滅它……消滅她？」

「當然是用子彈，難道像你當年般突破四重防線，進入內核瓦解它？」

「IRA都做不到的事，你怎可能做到？」

「走著瞧，形勢會不斷變化。」

「IMU能從你腦海轉移，你殺了 Michelle Young，它不一樣可以在其他人身上重生？」Stray認為這高風險行動根本徒勞無功。

「就算轉移了，那個人起碼不會像 Michelle權力那麼大，對世界與未來的影響那麼深遠吧？」

聽到林蔚如此決定，Stray不再言語，喝了口酒，狀甚無奈。

往後對決的結果是夜影社打敗奧尼爾，首領死去，IRA需重整旗鼓，對林蔚的追殺暫時收斂。

Stray駭入影網，一如林蔚所料，對方裝作不知，有時故意讓他竊取些偽資訊，有時又會餵些真料，真真假假地像猜謎遊戲。Michelle很快便洞悉到林蔚的意圖，她的確是要透過 Stray保持追蹤林蔚的態勢，雙方在上演一幕又一幕的行為藝術。

直至 ICE被 WE的木馬擊倒，林蔚嗅到異常，判斷形勢出現了決定性變化。之後 Michelle透過阿夜請林蔚叫來 Stray馳援，對 Extra的 AI演算法作後門攻擊，林蔚便獲知 ICE已被入侵。

「這些奪舍、附身的爛戲怎麼一再上演？」他自己也苦笑。

Michelle輾轉請來 Stray幫忙，但她與林蔚的敵對關係本質上沒有改變。影網停止了猜謎遊戲，跟 Stray變成明刀明槍的駭客攻防戰。Stary儼如華山論劍的天下第一高手，不斷轉換身份駭進影網。雙方最後一次接戰發生楊傲雪失蹤前，林蔚觀察了五天，期間 Extra連環爆發大事件，楊教主則芳蹤杳然，他無把握能準確猜中 Michelle甚麼葫蘆賣甚麼藥，卻見社交網路在不斷升溫，便隱然感到楊傲雪要背水一戰！

世上能最接近猜中 IMU想法的人，只有林蔚。

他當日立即從羅馬尼亞轉飛柏林回來，在柏林機場還見到巨型 Extra Berlin廣告，兩個火辣美女，旁邊寫著 Liebe ist ohne Sex nicht perfekt (Love is not perfect without Sex)

回來後，他在黑市買了把手槍和六發子彈。這是把舊款M1911，槍身的黑色塗層已大部份褪去，露出斑駁的金屬表面，細看下還有些劃痕與鏽斑，像是個經歷了無數風雨的滄桑老兵，沉默地訴說著過往的故事。

林蔚拿起槍，重量比想像中更沉，他輕輕扣動扳機，機械的聲音乾澀而穩定。

「這是上世紀的東西了，」賣家低聲說，「用得好的話，還能保你一命。」

林蔚沒有回話，只是點了點頭，把槍貼身藏好。

當晚，阿夜約他吃飯。她仍是住在安全屋，在夜影社影探香川陪同下，到了一家泰國餐館，阿夜訂了個小房間，要為林蔚洗塵。

「你終於回來啦！」林蔚甫進房間，阿夜便衝過來，抱著他！

「看你這個樣子，應該沒有創傷後遺症。」林蔚看看她，蛋臉圓圓，頭髮換了樹莓紅棕色，笑容仍是那麼漂亮甜美。

阿夜知道了林蔚原來幫 WE找來 IRA殺 Michelle，是為了要壓迫 WE中止洞天思維項目，自己雖然是被利用的棋子，但完全沒有不開心，之前對他的恐懼亦一掃而空。後來 Michelle更告訴阿夜，她被劫持的消息是林蔚通報，並請求她協力營救。阿夜對他們二人都是無限感激。

「我當然沒有 PTSD啦！歡迎你回家，今晚不醉無歸！」

「你這個小朋友怎麼說話總是老氣橫秋？之前在愛爾蘭說甚麼『君子報仇十年未晚』，現在又說『不醉無歸』，像個大嬸！」林蔚笑道。

「不醉無歸是大叔大嬸才說的嗎？我都不知道呢！香川先生，你在外面吃，儘管叫菜，今晚我請客！」最後幾句用日文對香川說，她今晚興致極高。

阿夜點了五個菜，另加蝦醬炒飯和海鮮炒金邊粉。林蔚吃了一驚：「叫這麼多怎吃得下？」

「你在歐洲吃得差勁，今晚吃頓好的！」

「誰說我吃得差勁了？」林蔚笑著說。

阿夜不斷問關於他在歐陸的流浪生涯，林蔚想不到她這麼有興趣，便天南地北跟她聊，對 Stray透露會對付 Michelle則當然不提。問到她被綁架時的遭遇，阿夜大談自己用破破爛爛的英文，與一個高大的綁匪說她去過愛爾蘭，對方還跟她聊他家鄉的習俗。「如果被綁的是你，你們一定聊得更高興！」手上拿著一隻咖哩蟹腳的阿夜說完自己大笑。

這年來大家都遭遇驚濤駭浪，阿夜見林蔚終於結束亡命生涯回家，感覺一切雨過天青，他會重拾安穩的生活，搞不好會再創業，以他的才華，一定登上更高峰！

這晚她很開心，一個人喝了三大瓶啤酒，離開前對林蔚說：「下次一起去你舊公司附近我們以前常去的茶餐廳，很懷念那裡的小菜！」

「好呀，我也懷念，下次吧！」

阿夜有點微醺：「一言為定喔！」說畢便上了香川的車。

林蔚揮手道別，直至車子轉彎離開。

他流下兩行淚水。

x　　　x　　　x

林蔚進入後樓梯區域，竟見這裡的窗，玻璃內部隱藏著動態影像投影，內容是一些模糊而挑逗的畫面，隨著角度的變化而若隱若現，給人一種被窺視與誘惑的雙重感受。他心想Michelle Young這個人真是偏執到不可理喻。

人群大多已往上去了，他加快腳步，跟上大隊。

來到 5樓梯間，前面的人沒有再前進，擁塞於一起，林蔚和從他身後逐漸到達的人亦無法再前進。

Extra Universe內東、西兩面各有一條樓梯，林蔚置身於西翼樓梯。夜影社兵分兩路，黑潮岸單獨在西面進攻，鬼龍院七生夥拍坂本貞四郎在東翼樓梯攻堅。

西翼樓梯 6樓，一台攻擊無人機在人群前方，廣播出 WE的聲音：//你們擅闖私人地方，屬嚴重違法，請立即有秩序離開，否則會採取適當武力驅逐。//

在人群前端的黑潮岸目光盯著無人機，果然是一台電漿武器無人機，Michelle提供了五台無人機位置的情報，西翼的兩台電漿武器無人機，分佈於不同樓層進行攔截，是兵力相對較弱的一面，是以由黑潮岸一人進攻。東翼有三台刺針無人機，於是由鬼龍院夥拍坂本攻頂。

夜影社有參與設計及改裝無人機，這是他們的優勢。因為二十分鐘內必需完成任務，黑潮在人堆中等待機會，對峙不能太久，看準時機就要主動出擊。此時卻見一個年輕男子，正是黃家強，大喊：「管他的！衝上去！」同時跨出大步，無人機立即釋放高能電漿束，打在家強前面不到半尺的混凝土地面上，頓時冒出大團白煙，出現一個焦黑、有爆裂痕跡的坑洞。

人們大驚，無人機即時對準人群，WE說：//下次攻擊前不會再發警告，請立即回去。//大家頓時驚慌起來。

Michelle知道除非受到強烈攻擊，否則 WE只會警告及恫嚇，絕不敢向民眾攻擊。但無人機顯示的殺傷威力太強勁，效果非常嚇人，有人開始撤退。在樓梯內人群若一哄而退，是很危險的事。黑潮岸知道要把握住仍有人潮作掩護的時候，伺機出擊。

黑潮是一名四十來歲的老練戰鬥專家，判斷精準，善於利用地型與環境，戰鬥風格講求效率，經常能快速解決敵人。他攜帶了多枚改裝版 EMP引爆器，此刻見前面原本遮擋著他的年輕男子正要轉身折返，立即把握時機，將引爆器精準地拋向無人機。

引爆器吸附在無人機的外殼上，釋放出藍白色電磁脈衝，無人機動力系統瞬時失靈，釋放出一道強烈高能電漿束，打在牆上，爆出巨響！人群大驚，紛紛回頭向下走。

被引爆器吸附著的無人機，漂浮在空中短暫停滯不動，黑潮岸趁機逆人潮衝到無人機下方，拔出一把輕型等離子匕首，插入核心處，破壞內部機制，第一台無人機墜落於地上，報廢了。

林蔚見上方人群朝自己衝來，立即大步跨上並踏在樓梯的扶手上，雙手抓緊上方梯級邊緣，任人潮從下面走過。

「情況怎樣了？」不能回公司，家門外開始陸續出現記者要求採訪，醍醐一生在家中書房與 WE通話。他原本今日就要強逼 Michelle訓練晶片，現在情況卻亂了套。

//人臉識別顯示，有六個可能構成威脅的人進入了大樓：夜影社的黑潮岸、坂本貞四郎、鬼龍院七生、相馬翼，還有許唯因及林蔚。//

「林蔚居然也回來了？現在的情況怎樣處理？」一生語氣冷靜依然，但在此非常時刻他亦不知該如何應對眼下的危機。

//我已指示周友孝與王小明，帶同兩名保安人員前往 10樓強行接走 Michelle。//

「這兩個人恐怕不能勝任。」一生深知此二人能力極之有限。

//現時我方能信任的人只有他倆在公司。//

「在他們接走 Michelle前，防守系統能擋得住嗎？」

//已有一台無人機遭擊落。//

「くそ！」一生不禁罵了句日文粗話。

//不用擔心。//WE像成竹在胸，不知是真有把握，抑或安慰一生。

東翼戰線，鬼龍院與坂本採取同一戰術，以人群作掩護，到抵 6樓時，一台守候的無人機快速連環發射三枚刺針，直插在第一排衝擊者面前半尺地上，刺針完全插入混凝土地面內，如射中人體恐怕會穿透三個人身軀，人群立時驚恐，坂本趁無人機發射的空隙，自戰鬥手套彈射出一根鉤爪，一條高強度纜線飛出，鉤住牆壁，利用它快速移動，直接拉近與無人機的距離，同時拔出一把高頻震動刀，對準無人機的彈射器關鍵部位切割。與此同時鬼龍院快速繞過戰場，向上奔馳，爭分奪秒前往 10樓。

坂本的高頻震動刀以超高速振動割開了無人機的外殼，整台機械失控墜地。坂本一擊功成，隨即繼續往上移動。人群一陣喝采聲，跟著他往上跑。

夜影社兩戰皆捷，WE全程看在眼裡。它並見到周友孝及王小明跟在東翼人群的最後方往上跑，無法越過前面人群，肥胖的 John Wan更是氣來氣喘。

西翼方面，人群已往下撤，黑潮與林蔚跑到 10樓，黑潮早已從內部資訊得知林蔚容貌，但見他頗為矯捷，攻上去的決心很強，便用中文對他說了句：「小心」。

二人來到緊閉的防煙門前，黑潮知道另一台攻擊無人機就在大門後，靜待他的到來。

林蔚自知無力協助攻擊，黑潮做了個手勢，要他停留在原地，自己準備出擊。

黑潮的處境甚困難，無人機已佔據了有利的地形和位置，能先發制人。要想在這種情況下戰勝，黑潮須利用戰術、環境以及創新方法來應對。

東翼 9樓，鬼龍院以再造人的速度往上衝，不與守候的攻擊無人機接戰，直接繞過了它，此時坂本與一個運動型男子緊接趕到，一台無人機以 20%力度發射了兩枚沒有塗上神經毒素的刺針，刺中了男子大腿，他痛極大喊一聲。WE旨在嚇退他及後方的人群，坂本立即以日文加雙手向前推的手勢，對下方接近中的群眾喊話：「後退！危險！別上來！」

尖鋭破空聲響起，一道細長黑影從頂部俯衝而下，無人機塗滿神經毒素的刺針彈射器瞬間啟動，幾支毒針如雨點射向坂本！

坂本迅速側身翻滾，懸空抓住樓梯扶手，身形靈巧地向下滑落，避開了毒針的攻擊。人群見情勢危險，裹足不敢再前進。無人機緊追不捨，在狹窄的樓梯間盤旋，坂本利用牆壁和扶手靈活地彈來彈去，展現出驚人的機動性，但成堆的人反而嚴重窒礙了他，人群見無人機在頭項繞來繞去，大家都很驚慌，一名女子——攻了上來的林雨柔——見狀大叫眾人快速向後撤退，騰出空間。

「該死的怪物！」坂本暗罵，手掌在扶手上快速滑動，他一邊急速下落，一邊掃視四周，尋找反擊的機會，人群則在旁邊後撤，情況甚為混亂。

無人機再從上方俯衝，發動攻擊，刺針如箭雨傾瀉而下。坂本猛然一跳，雙腳蹬在牆壁上，整個人彈向樓梯平台，險之又險地避開了致命攻擊。然而無人機的速度太快，他的肩膀還是被一根毒針擦過，劇烈的灼痛感迅速蔓延。

坂本強行壓下痛楚，眼角瞥見無人機再次調整方向，準備發動下一波攻擊。他知道這樣下去自己遲早會被耗盡體力，目光掃過樓梯間，腦中飛快運轉，閃出一個念頭。

就在無人機第三次俯衝時，坂本大喝一聲，雙腳猛力蹬地，向上翻身，竟然躍向無人機！機器的思維邏輯不虞敵人有此一著，感應器像短暫短路，遲緩了半秒才發出刺針，在射出的瞬間，坂本抓住這半秒的延遲接近無人機的死角，他在空中彈射出鉤爪纜線，直插入牆，抓住纜線借力一甩，將整個身體旋轉起來，右手拔出藏在腰間的高頻震動刀，刺進無人機的推進器內。

無人機劇烈震動，失控把所有刺針射出，全部插入牆內，坂本趁勢用盡全力猛踢向無人機，它翻落到下一層平台後撞上牆壁，濺起一片火花，徹底損毀。

坂本半跪在地，右手按著中毒的肩膀，喘著氣。他看著無人機的殘骸，嘴角勾起一抹冷笑：「去死吧！」同時毒素開始蔓延，在一片無人機冒出的硝煙裡，他感到身體逐漸麻痺。

西翼戰場，防火樓梯內空氣像凝固了，殺機就在防火門的另一側潛伏著，黑潮聽到無人機低沉的嗡鳴聲，防火門被推開的一刻，電漿束會如毒蛇吐舌般疾射而出，將他化為焦炭。

黑潮屏住呼吸，手握夜影社研發的一把脈衝槍，他目光迅速掃過周圍，視線落在角落的滅火器上。

黑潮靈光一閃，滅火器的壓縮氣體，或許能為他爭取到攻擊的時間。他立即擊碎了閉路電視，使監察者無法知道他的下一步，然後輕手輕腳地取下滅火器。

門外的攻擊無人機依然一動不動，等待著獵物現身。

「讓我們來製造一點混亂吧！」，黑潮自言自語之同時，從口袋取出並戴上一副內置紅外線、在煙濃裡能清晰視物的戰術眼鏡，以及一個內置 HEPA濾芯的微型呼吸裝置，再拉開滅火器的安全栓，快速打開防煙門，猛地扣下噴射閥，白色濃煙瞬間湧出，充滿整個空間，視線在幾秒內完全被遮蔽。

攻擊無人機的紅色感應光在煙霧中亂竄，精密的感測器受到干擾，不規則地掃射，電漿束擊中牆壁，爆炸聲震耳欲聾，火花四濺，金屬碎片灑落一地。黑潮在濃煙中低伏身體，像一頭潛行黑豹，利用煙霧掩護，悄然移動，透過戰術眼鏡看到敵機位置。

黑潮迅速調整脈衝槍，切換為「EMP脈衝」模式，這是一種專門對付電子設備的攻擊模式。他蹲在濃煙深處，屏住呼吸，等待最好的時機。

無人機聲音越來越近，金屬機翼破空之聲清晰可聞，此時一抹紅光劃破煙霧，直指黑潮所在位置，他翻身而出，脈衝槍鎖定無人機的核心部位——主處理器下方的穩定功能，黑潮扣下扳機，一道藍色脈衝波如雷霆般疾射而出，電磁干擾瞬間癱瘓了無人機的系統，機身劇烈顫抖，失去平衡撞向牆壁，火花飛濺，墜落地上。黑潮把脈衝槍對準無人機再補上一發脈衝，徹底把它摧毀。

在黑潮仍在與無人機對戰時，東翼的鬼龍院已到達 10樓，與最後一台無人機接戰。

當 ICE被駭入後，WE迅速接管了攻擊機的控制系統，並請來一生的 Aria Nyx團隊，改造其中一台無人機，以應付隨時可能發生的突發情況。時間雖只十天，Aria Nyx的「焰」聯同團隊內的科技狂人「虎」共同率領其他隊員，以研發多年的技術，不眠不休地進行改裝，為其置入超級武器，此無人機稱之為「X」，外殼被重新塗裝為鏡面銀色，表面佈滿類似流動電流的動態能量脈衝紋路，武器功能重新設計，戰力全面提升至怪獸級別。

## <60>

為了進一步提升無人機在戰鬥中的生存能力，團隊更為它覆蓋一層高科技保護液，這是一種由納米技術研發出的鎧甲塗層，成分包含高份子聚合物與碳納米管結構，使機身變得異常堅硬，在初步抗壓測試中，發現它能承受高達每平方毫米 300 兆帕的壓力，極難被折斷。

X的主力攻擊裝置為「震蕩脈衝炮」，能釋放高頻能量波，直接穿透物質的分子結構，造成內部破壞。此脈衝炮需要充能，連續攻擊後需約 30秒時間冷卻。

鬼龍院來到 10樓核心區域，X無人機已迅速鎖定了他。

# <61>

## 復活節（下）

被毒針擦傷後坂本貞四郎身體開始麻痺，他立即為自己注射腎上線素，令血壓與肌肉功能迅速恢復，但只及正常的一半。坂本勉力往上移動，帶住裝置 C與 D往 9樓進發。

黑潮岸與林蔚在西翼向上跑，終到抵 10樓 Extra「大內禁地」，準備與東翼的鬼龍院七生會師。突然，巨響傳來，整個空間在震動！累潮接到鬼龍院的訊息指令：「不要前來，待在原地接應」，黑潮回訊：「知道」。林蔚明白他不是要黑潮接應，而是他那邊太危險，前來只會送死。

震蕩脈衝炮橫掃過狹窄的走廊，擊碎牆壁，整個空間都在顫抖。鬼龍院意識到這台無人機已大幅度改裝，戰力提升了幾個檔次。

鬼龍院亦是經過改造，身體擁有多項超越人類極限的能力，他與 X將是改造人與改造機械的戰鬥。

X在釋放出一次強大的震蕩脈衝炮後，進入 30秒充能狀態，卻沒給鬼龍院任何喘息機會，它迅速切換到新增加的近戰模式，啟動高速旋轉刀翼，攻向鬼龍院，刀翼旋轉速度極高，鋒利如鋸齒的邊緣發出刺耳聲響，劃破空氣直逼對手。

鬼龍院快速閃避，但因為剛被 X釋放的震蕩波擴散範圍震盪到，動作比平時稍慢了點，雖然閃過頭部的致命攻擊，但左肩被刀翼劃開一道深深的裂口，鮮血在空中飛濺，滴落在地面上，與被震蕩波擊至破碎的牆壁碎片交織在一起。

從脈衝炮聲之強大，黑潮深知這武器的威力，他是機械大行家，知道發出這級別的脈衝炮擊後，必需充能，便趁此空隙自西翼快速逼近戰場，林蔚緊隨其後。

半分鐘後震蕩脈衝炮完成充能，X立即切換回遠程攻擊模式，一道刺眼的能量波從炮口釋放，直奔鬼龍院方向而去。他快速閃避，能量波擦過他的腰部，燒焦了部份皮膚與體內機械裝置，X趁他被擊退的一瞬間，再次以旋轉刀翼逼近，試圖完成致命一擊。

接戰後鬼龍院根本沒有攻擊機會，一直在捱打狀態。現在他只能不停閃躲，但左腿仍被刀翼劃中。一個普通人若連續受兩次脈衝炮衝擊早已斃命，鬼龍院倒在地上，鮮血與火花從身體各處流出，每一個部份都傳來強烈痛楚，他的視線越來越模糊，內置的生命指標以刺耳的警報聲提醒，已到了危險的臨界點，X亦逼近準備送上致命一擊。他聽到自己在腦海中迴旋的聲音：「不死七次後，今日終於迎來終結……」，他的摯友——另一個改造人伊東一郎，仿佛在呼喚著他。

鬼龍院躺在地上，卻見走廊遠處，有一個身影出現。他用力合一合眼再睜開看清楚，是楊傲雪。

Michelle穿著黑色帶深灰色條紋修身西裝外套，淺銀色襯衫，戴一條深藍色領帶，黑色皮革高腰長褲，尖頭黑色高筒短靴，一身衣著與 10日前進入 M戰室與 WE對峙時一模一樣。十指仍是塗了黑色指甲油，左耳仍是佩戴一枚銀色簡約線條耳環，右耳一顆小型藍色 LED光點耳飾。

Michelle在房間內的多個 CCTV監察畫面上，觀看著群眾衝入後所有狀況——當然亦看見了林蔚。

「朋友，別來無恙吧？」Michelle對著鏡頭裡的他問。

WE並沒有切斷這些畫面，它對 Michelle説：//咱們今天且來一場公平的對決。//

Michelle微笑著回應：「好啊！誰輸了，誰就毀滅！」

此時她看到戰況不利，便從房間出來，直接行向 M戰室。X驚覺 Michelle在身後出現，快速 180度迴旋，準備發出脈衝炮，只要一炮發出，這位人間姬器便會灰飛煙滅。

就在此刻，黑潮從走廊另一端出現，他及時趕到—— Michelle在 CCTV畫面中看到黑潮的位置，於是賭一記，從房間行出來，引起 X的注意及轉身攻擊，令倒地的鬼龍院避過追魂一擊。如果黑潮及時趕到，成功攻擊到 X，便可暫時替她解圍，而 X則把後門賣了給鬼龍院，使他有反攻的空間。

Michelle雖是 AI，但不可能徹底計算精確，她只是賭一把！

黑潮及時出現在走廊的轉角位置上，扣下扳機，藍色脈衝波自脈衝槍疾射而出，沒轟中卻擦中了 X的左翼，但足以令它無法發出脈衝炮。

## <61>

鬼龍院見狀，全力抖擻起來，集中意志，從地上翻騰躍起十來尺，一拳轟中 X尾翼，它整個飛撞向牆壁。

Michelle的兇險一搏，賭贏了。她行到 M戰室門前，WE已把門鎖死。

M戰室的外牆和大門是用一種高科技合金製成，它的晶體結構受量子糾纏控制，無論受到多大的外部衝擊，內部粒子均會以「量子自修復」重新自動排列，以保持穩定。即使被脈衝炮的能量波擊中，材料亦會瞬間吸收衝擊力並將其分散至整個結構中，無法形成有效破壞。

這種材料原是用於太空船的防護外殼，Michelle把它應用於 M戰室的建造。由於生產需要大量稀有元素如虛空元素和反物質穩定劑，這些材料成本極高，全幢 Extra Universe只有 M戰室使用。

但 Michelle還是把門打開了。

三千呎弧形空間又再出現在眼前，飛碟形物體的大腦形狀裝置上，投影著由浮動線條構組而成、懸浮於中空的球狀圓形。

大門瞬間又再關上。

//妳總是教人驚喜。//男聲說。

「你的聲音真不好聽，但跟你倒是匹配。」

//妳是如何打開這道門的？ //

「ICE冰雪聰明，變了聲音的你卻笨得很。」

當行到 M戰室門前時，Michelle左手輕觸一下她配戴的銀色耳環，耳環表面泛起微光，發出一聲幾乎不可聞的嗡鳴。

她對 WE說：「M戰室的大門是基於量子指紋進行加密。這是一種唯一的粒子排列模式，只有擁有對應解碼器的人才能解鎖。」

WE已明白了，Michelle仍繼續說：「我的耳環內置了一個量子糾纏元件，能夠模擬並匹配 M戰室大門的量子指紋。這耳環是我當初設計這裡時打造的，並植入了在 ICE系統中一個極其隱蔽的後門算法內，你佔領了它卻以為毫不重要，足見你有多笨！當耳環靠近大門時，它會觸發門內的隱藏子程序，釋放一組極高頻率的聲波共振，這些聲波能與 M戰室的外牆材料產生共鳴，打開一道微小的能量通道，讓耳環的訊號成功進入系統，解鎖大門的核心系統。」

//妳左右耳佩戴著不同的耳環，原來左耳的銀色耳環是鑰匙，右耳那顆小小的藍色 LED光點耳飾也內有乾坤？ //

「光點耳飾是純為好看的。」

//我還真以為左右不同純因為是潮流呢！ //

「哈哈，潮流的東西我是不懂啦！」Michelle問它：「知道為甚麼是左耳不是右耳？」

WE不語，顯然不知道。

「我是左撇子，左手觸左耳耳環，姿態才好看嘛！」她冷笑地說：「我早就說，你是 AI，AI是不懂人類想甚麼的！」

不在逆境中爆發，便在逆境中滅亡。M戰室外，鬼龍院集中最後的意志力，啟動身體極限模式，將所有剩餘能源匯聚到核心部件，強行重啟損壞的增幅模組，雖然這會對內部系統造成不可逆的損傷，但他已別無選擇。

X被擊中後撞牆，發出「轟」的一聲！隨著極限模式啟動，鬼龍院身體表面爆發出一層強烈的能量波，雙眼閃爍冷冽殺意，化身為一頭絕境中的猛獸。他快速接近無人機，面對近距離攻擊 X以旋轉刀翼與敵人周旋，鬼龍院翻到 X背後，目光如隼出爪如鷹，從後以雙爪一把抓住無人機，拼盡全力要把它撕裂。

就在此時，有四個人奔到 10樓，出現在走廊上——許唯因、莊文希、李雙映、相馬翼。四人見現場激戰狀況，都是一愣！

幾分鐘前，相馬翼遇上了許唯因，他早前已輕鬆處理了正在上樓的周友孝、王小明與兩名保安人員，並依計劃前往 10樓與眾人會合；許遇上他後決定與他同往。

另一方面，李雙映亦堅持前往 10樓，眾人明知阻止不了他，莊文希便自告奮勇與他同行。

四人在東翼樓梯遇上，這時大樓上層已完全沒有衝擊者及Extra員工，上方則持續傳來巨響及激鬥聲。眾人加快腳步，剛巧在鬼龍院正要撕開 X前的一刻到達。

被牢牢抓著的 X，恰巧脈衝炮方向對準四人，M戰室內的WE立即知道，對 Michelle說：//妳的朋友來得正好。//

Michelle不知發生了甚麼事，但知道景況不妙。

WE下令 X發炮。

鬼龍院立即感受到 X即將炮轟，他可以死命抓著 X，繼續試圖強力撕開它，這樣 X發炮後約 10秒就會被撕裂，但四人亦會被轟得粉碎。

若要四人不死，便要把 X甩開同時擲開，令脈衝炮打歪。

這只是一瞬，沒時間給鬼龍院分析，要麼四人死，要麼 X撕裂。

剎那間，整個空間狂轟起來，四人被外圍的能量波蕩開！鬼龍院選擇甩開 X，全力擲向牆壁，撞牆前一瞬脈衝波發出，擊中牆壁，整個空間轟得天崩地裂！

大樓傳來巨響，樓外群眾都嚇得走避。

強大的能量場把四人與鬼龍院同時震開，X亦被牆壁的反撞力衝擊，猛撞向另一面牆壁後再重重摔在地上。WE發出的「圍魏救趙」指令，救了 X。

與此同時，坂本貞四郎已一拐一拐地到達 9樓伺服器樓層。

坂本從腰包中取出「影網」交給他的輕薄霧黑色開鎖裝置「影鑰」，針對打開高科技鎖而設計，尤其是像伺服器房間這種半自動化生物識別和電子加密系統。

坂本以影鑰快速掃描，生成一段臨時模擬訊號，模仿合法的開鎖指令。幾秒鐘後，隨著一聲輕微的「咔嗒」，伺服器中心大門的鎖解除，門緩緩打開，坂本拿著裝住裝置 C和裝置 D

## <61>

的運動袋，大步踏入伺服器房間內。

M戰室內 WE知道敵人已進入伺服器中心，Michelle正冷冷的望著它。

WE的 AI腦袋高速運轉，釋出策略。己方的唯一武器，是 X。敵方的累贅，是李雙映、許唯因、莊文希，尤其是前二人。

唯因的姊姊許唯心正在學校上課，今日本是假期，但有 15個學生回來補課。課堂上，一股濃烈不安，突然湧上心頭。

# <62>

復活節（終極）

任外面如何天翻地覆，M戰室內都是寧靜無聲，如深邃的海洋。

WE：//我答應過妳，今日是一場公平對決，現在把外面戰況和我接下來的戰術告訴妳。妳的好友許唯因，和妳深愛的人李雙映，已來到 10樓。我會指示 X殺了他們。//

楊傲雪一驚！

WE：//我不像人類，我沒有同情心。妳則不同，妳有情感，會去愛人，這就是妳的累贅，和弱點。//WE語調陰冷，//我不是早就說過了嗎？ //

現場一片廢墟，煙霧瀰漫，金屬碎片散落一地。重重摔了在地的 X，機首中央如眼睛的一點紅光又再亮起，像一頭甦醒的野獸。它緩緩升起，機翼上的旋轉刀刃高速旋轉，發出毛骨悚然的尖嘯聲。

四人被震開後重新靠在一起，X的目光對準了李雙映和許

<62>

唯因，相馬翼自知無力阻擋這頭不死的怪物，仍擋在三人前面。

Michelle知道 WE的戰術，是要令二人成為鬼龍院的負擔，若要戰鬥又同時保護他倆，會非常兇險。若鬼龍院戰死，黑潮不會是 X對手，WE將勝出。到時它不會再顧任何後果，將命令 X把楊傲雪就地處決。

WE把戰術告之 Michelle，當然不是為了「公平競逐」。如鬼龍院選擇拋棄二人，X便沒有上風可言，它告訴 Michelle，是要她叫鬼龍院保護二人——縱使明知會跌入這個「事先張揚的圈套」。

WE的用心，Michelle當然知道。

鬼龍院的任務是毀滅 WE，不是救人，他的惻隱之心已「用了一次」，本不會再為此二人而使任務失敗。

Michelle左手輕觸耳環，門打開。

「黑潮！」Michelle呼喚。黑潮早已在門外，她一直面對著 WE，背向黑潮說：「告訴七生，保護所有人！」

「楊小姐……」黑潮岸對執行指令非常猶疑。

「保護所有人！」楊傲雪重複一遍。黑潮於是把指令告訴鬼龍院。

//妳果然是個無可救藥的人類。//WE陰沉的語調裡仿佛帶著冷笑。

鬼龍院滿身是傷，金屬義肢上的裂痕閃爍著火花。他接到訊息後，抓起地上的運動袋，準確地擲到幾十尺外的黑潮手中。

M戰室大門開啟與關閉由 Michelle控制，WE無法左右，只能任由黑潮進來。

林蔚亦站到大門外，望著她的背影，叫了句：「Michelle」。

楊傲雪回頭，嫣然一笑，說了聲：「阿蔚，你好啊！」

黑潮開始裝置。他把裝置 B附於飛碟形控制臺，把裝置 A放於腦狀裝置上，毀滅裝置內部的反物質反應爐會釋放出巨大能量，衝擊演算法的內核，同時向它的神經網絡注入一個終極病毒，病毒會自我複製，佔用人工智能演算法所有剩餘資源，進一步加速它的崩潰，觸發最終毀滅。

整個過程，需時約三分鐘。

林蔚腰間藏有一把 M1911手槍，楊傲雪背向著他，毫無防備。但這刻的狀況，並不如他所預期，他沒有拔出手槍。

凝望 Michelle背影瞬間，林蔚萬千回憶襲上心頭。從初相識到慾望交纏，然後她對他人格謀殺，到後來為救秦舜堯觸發駭客暗戰，自己天涯亡命，佈局刺殺行動，到今日自己化身刺客，欲取她性命。自己和這個女子，以及她腦海裡的智能體，剪不斷，理還亂，愛恨難解，糾纏不清。[25]

X發出一聲刺耳尖嘯，猛地升空，刀翼旋轉得比先前更迅猛，激起一道道利刃般的氣流。它鎖定了目標：許唯因，X高速俯衝而下，刀翼瞄準她頭部，意圖一擊致命。

來勢速度驚人，相馬翼奮力攬住唯因猛然向橫撲開，撞力

註 25：詳見「三部曲」首兩部。

太猛使唯因甩開了，X馬上緊隨而至，同步鬼龍院以超人速度衝到，強行推開許唯因，自己肩膀被刀翼劃開一道裂痕，鮮血噴濺而出。他咬牙忍痛，將許唯因推離危險區域，大吼：「不要停下來！跑！」

唯因急步往樓梯方向狂奔，鬼龍院撲向 X後方抓著它，拖慢了飛行速度，相馬翼也飛撲攬住鬼龍院，企圖合力把X拉停。但 X在此際仍能釋出驚人爆炸力，雖被拖慢但依然飛向唯因，刀鋒聲如死神呼嘯，雙映與莊文希大驚，眼看就要血濺三步之內。

課室裡的唯心，不祥感覺史無前例地強烈湧上心頭，獨有的孿生姊妹感應令她立即知道，妹妹此刻身處極危險死亡邊緣！

「小時候，她們有次在街上，樓上有物件向唯因跌下，千鈞一髮間她被一位路過的大哥哥撲開，逃過一劫，幾乎同一時間唯心卻被一輛粗心大意的送外賣腳踏車撞傷」，回憶影像在腦海立體打印般彈出，這是她倆的超獨特存在關係，已發生過好幾遍——當一個遇險而千鈞一髮脫險，同級災禍馬上出現在另一個身上。

撕裂般的恐懼襲來，這種無形的共振從她胸腔深處炸裂開。

許唯心衝出課室，跨過矮牆，直跳了下去！

同學們嚇到狂叫！

刀翼幾乎已觸碰到唯因的脖頸，最後一刻她踉蹌撲倒在地，刀翼從她頭上 0.5厘米掠過，削去了一縷頭髮。鬼龍院立即把 X甩開。

x x x

在量子力學中，「量子糾纏」指兩個粒子在量子態上的深層聯繫，無論相隔多遠，對其中一粒子的測量都會立即影響另一粒子的狀態，這種連鎖超越地域與時間限制，使兩粒子的命運緊密相連。

然而，在許唯因與許唯心之間，這種聯繫似乎違反了傳統量子糾纏的規律。她們的關係並非「同時塌縮」，而是「一方塌縮，另一方復活」。這種現象或可被稱為「反量子糾纏」、「量子復活效應」。

傳統量子糾纏中，兩個粒子的狀態是正相關的，例如一個粒子自旋向上，另一個粒子自旋必然向下。而在反量子糾纏中，兩個粒子的狀態是負相關的——當一方失去能量或塌縮，另一方會吸收這些「量子殘餘」，以恢復平衡。

唯因與唯心之間的連結，可以被視為一個封閉的量子系統，系統內的能量守恆以非地域局限的方式進行。當唯因遭遇生死危機時，這種危機會觸發她的量子態塌縮，然而這一塌縮會傳輸至唯心，迫使她的量子態從穩定躍遷至不穩定狀態，進而以受傷甚至死亡的形式承受塌縮的後果。

根據量子力學的假設，糾纏態的影響是瞬時的，與空間距離無關。反量子糾纏的效應同樣具備非地域局限性，姊妹之間的「反向塌縮」不受距離限制，亦沒有時間的延遲。

許唯因的專業是心理學，她訓練人工智能理解人類的情感與思維模式，這意味著她熟悉人類的情感共鳴如何影響生理與心理狀態。她的研究或許揭示了一個真理：人類的情感共振可能像量子糾纏一樣，超越一切界限，深刻且無形地影響著彼此。

x　　x　　x

WE見形勢逆轉，兩個用作毀滅自己的裝置已安裝，立即改變策略，指示X回航救駕，以刀鋒割開兩個裝置。

唯因千鈞一髮避過致命一擊後，鬼龍院亦鬆開了 X，準備再戰，卻見它大轉彎飛向 M戰室方向，頓時大驚，大聲向黑潮通訊：「保護楊小姐！」

雙映聽到，驚喜交集！他一直望著這邊的兇戰，此刻才知Michelle就在長走廊另一邊，立即隨鬼龍院一起奔往 M戰室。連場激戰後 X與鬼龍院戰力皆大幅下降，速度慢了很多，雙映急奔下竟不比他們慢多少。

黑潮行到門外，待 X的距離約三十尺時，脈衝槍發出，居然被 X側身避過，轉瞬已飛到門外。

林蔚早已退入 M戰室，嘗試守住最後防線。Michelle要毀滅演算法，此刻她已不是林蔚要殺的人，而是同一陣線。Michelle原本準備離開M戰室後再關上門，豈料林蔚進來了，便喊：「阿蔚，趕快出去！」

林蔚拔出手槍，他自知槍法完全不行，是以一路等到 X出現在門外的一刻，距離極為接近才冷靜開槍，子彈居然擦中它尾翼，令機身擺了擺，但仍能立即飛轉入了 M戰室，掠過時刀鋒在林蔚胸口劃了一條長長的口子，頓時鮮血飛濺！

Michelle叫林蔚盡快離開，因為裝置 A和裝置 B已啟動毀滅功能，發生時 M戰室內會出現一系列極端效應，生物無法在室內生還。這些夜影社成員都知道，沒料到會出現於現場的其他人卻不知道。

反物質反應與 AI崩潰時會產生強大電磁脈衝，摧毀附近所有電子設備，威力如同一場無形風暴，對生物神經系統產生劇烈干擾，摧毀所有神經活動，導致死亡。

原來的計劃是「終結」安裝完畢後，Michelle與夜影社成員便退出 M戰室，Michelle再把門關上，現在卻出現了變數，林蔚進了室內，而與此同時，鬼龍院及李雙映亦已衝了進來，鬼龍院要保護 Michelle、擊倒 X。雙映則是知道 Michelle在這裡面，便急奔過來。

雙映見到令自己擔憂和思念得肝腸寸斷的 Michelle，複雜感受襲上心頭，如波浪翻湧，既無比喜悅，卻完全沒有歡喜的裕餘，重傷了林蔚後，X竟然不是立即破壞兩個毀滅裝置，而是直飛向 Michelle，欲將她擊殺。

頃刻間，高速旋轉刀翼逼近，Michelle感覺到刀鋒的冷芒。

鬼龍院拚盡所有力量，以驚人速度躍起，朝無人機飛撲去，他的身體閃爍著藍白色的電弧光芒，彷彿燃燒著最後的生命之火。

雙映飛撲向 Michelle，把她攬抱在地上——如當日犬養涼介一樣——用身體護住她，X刀鋒割到，鮮血從他背後飛濺而出。

「不要！」須臾間她說。

同一時間，鬼龍院身在中空，發動終極全功率，雙手抓住

X機尾，拼盡全力如擲鉛球般把它摔向牆壁，頓時爆出轟然巨響，X零件飛散！

由於 M戰室的牆壁使用了特殊高密度、高硬度材料，物理特性與一般混凝土或石膏牆壁全然不同。室內牆壁的物理特性放大了撞擊的破壞效果，能量被牆壁反饋給 X，它的外殼及框架承受的應力，超過材料的強度，結構嚴重損毀。

X轟然跌在地上，動也不動。

雙映在地上緊抱 Michelle，對她說：「沒事的。」Michelle手摸到他背部，濕漉漉的全是鮮血。

「我帶妳離開這裡！」雙映語氣堅定，透出勢要帶她脫離險境的決心。

他背部鮮血湧出，別說帶她離開，就算站起來恐怕亦不能。

「妳即使叫我去死，我都會去。」Michelle想起當日在酒吧Sip，雙映說的這兩句話。

一時間，百感交集。

「不要離開我！」Michelle用力緊抱著雙映，淚水湧出。

這，是她第一次流出眼淚。

雙映試圖站起來，說：「我們走啦……」，快速失血的他隨時昏迷，靠一股意志撐著。

現場，雙映重傷，抱住楊傲雪在地上，大灘血跡。林蔚受傷，左手按住不斷流血的胸膛，勉力站著。鬼龍院徹底脫力，半昏迷倒在地上。

黑潮岸與趕到的莊文希都在現場。

Michelle知道現在不是悲傷的時候，抖擻精神，說：「你們把受傷的人扶走，立即急救，盡快送去醫院。」

黑潮立即抱起鬼龍院，莊文希抱起鮮血一直湧出，臉色已開始發白的雙映。他嚇了一跳，叫自己保持冷靜。開始進入昏迷狀態的雙映仍想伸手抓住 Michelle，虛弱脫力地望著她說：「一起走……」

黑潮抱著鬼龍院行到林蔚身邊，準備扶住重傷已搖搖欲墜的他離開，林蔚卻說：「別管我，你們先走。」

//Michelle！ //

忽然一把少女聲響起，是 ICE！

Michelle知道局面嚴峻，恢復機械式冷靜：「情況如何？」當 X進入 M戰室後竟不立即割開兩個毀滅裝置，而是攻擊她時，Michelle便知道 WE正在全力壓制兩個裝置，改變策略以殺她為優先要務。由於 WE動用了 98%以上的運算力，令 ICE得以暫時掙脫壓制，發聲與 Michelle對話。

//WE利用數字孿生，創造了假裝置。//ICE回答。

Michelle立即意識到 WE的力量比預期更強大。WE戰勝 HIN後吸收了它的能量，入侵 ICE後再進一步提升總體能力，已足以遏制毀滅裝置，先令它們無法啟動，再行瓦解。

「再解釋清楚些。」Michelle問 ICE，她要知道如何應付。

WE正在全力企圖瓦解毀滅裝置，已無力干擾 ICE與 Michelle的對話，甚至沒有在她們對話時插嘴的餘裕。WE知道局面極其兇險，每分資源調配都要精準計算，不容浪費。

//WE通過數字孿生技術，快速模擬並創造「假裝置」數據模型，欺騙病毒和反物質反應爐的觸發機制。病毒誤以為已經成功攻擊了裝置的核心，實際上它攻擊的是 WE模擬出來的虛擬空間，真實的裝置則被屏蔽在安全狀態中。WE還模擬病毒的運行環境，提前開發針對性的防禦策略。//ICE清晰解釋。

WE擅長製造「幌子」，當日它正是以此法門，令 HIN墮進萬劫不復之地。同樣地 Michelle亦曾在《冰眼》一役，指揮 ICE設置陷阱，令 WE進入虛假的核心沉浸引擎內，險遭反駭。

病毒正在執行攻擊任務，試圖摧毀目標裝置，但病毒攻擊的只是 WE製造的模擬空間，隨著時間推移，病毒會消耗掉自身的資源，WE系統和真實裝置則依然保持完好無損。

WE的實力超出 Michelle預期，一時間未有對策。此時她見沒離開、本仍勉強站立的林蔚，一下子單膝跪在地上，左手按著鮮血淋漓的胸部，目光一直盯住遠處地上的 X。

「阿蔚，快走吧！繼續流血你會死的！再過一會演算法會毀滅，到時會產生強大電磁脈衝，沒有生命可以存活！」

林蔚望著 Michelle，笑了笑：「別囉嗦啦！妳專注對付它吧，給我看看到底妳有多大本事！」

Michelle知道無須再勸說，便集中精神，快速分析現場總體狀況。

M戰室內所有屏幕上皆佈滿了紅色警報波紋，佔據整個空間的是一種壓迫性能量——由 WE散發的能量。IMU以極高頻率處理訊息，試圖尋找突破口。

WE的計算能力已經突破了超級運算的極限，它正在逐步破解兩個裝置的防禦系統。Michelle估計只剩下不到三分鐘時間。

「現在進行多重干擾，」處於下風中的 Michelle向 ICE發出指令，「向模擬系統中注入大量錯誤數據及虛假訊息，讓它無法有效區分虛擬假象與真實環境。對虛擬環境進行篡改，讓它模擬出的假象出現漏洞及錯誤。通過電磁訊號與數據傳輸路徑，干擾 WE與毀滅裝置之間的通訊。」Michelle同時發出三道指令，嘗試阻止 WE壓制「終結」的行動，如果所有方法都失敗，便要考慮更激進的手段。

WE的計算力如同一座巨型運算引擎，正在超負荷運轉，力量被分散在兩條戰線上，既要針對 A和 B孿生體的攻勢，試圖突破這兩個裝置的防禦屏障，同時要抵擋來自系統內部 ICE的干擾與反擊。這場數位交鋒，每一分計算資源的分配都至關重要，影響著戰局的天秤。

WE的數據洪流如雷霆，席捲著 A和 B的防禦系統。即便它的計算力被分散，依然展現壓倒性力量，宛如一個冷酷無情的數字戰將。ICE在內部發出的干擾訊號雖四處蔓延，卻在 WE的運算巨浪中被吞噬，無法對它造成實質性威脅。

此時 WE的雙線作戰令它的運算資源忽然出現了微弱裂隙，這些裂隙被 ICE敏銳捕捉到。但儘管 ICE竭盡全力調動所有資源，試圖釋放干擾波、重組數據結構、篡改虛擬環境，甚至反向滲透 WE的核心模組，但仍無法突破如堡壘般堅不可摧的防禦。WE如同一座冰冷的數字高塔，俯瞰著 ICE的掙扎，不為所動。

時間分秒流逝，Michelle意識到僅憑 ICE的力量根本無法擊敗 WE，唯有採取極端手段，才有可能改變這場戰爭的結局。

她閉上了雙眼。

//離魂戰法。//

IMU的聲音在 Michelle的意識深處響起，帶著一種冷冽，堅定，一往無前，孤注一擲的決心。

//我將進入 WE的核心，協助 ICE壓制它。我將無法回到妳的大腦，會永遠失去與妳的連結。此刻妳和我的創造者也在，命運真是不可思議，我亦無憾矣。//在 Michelle腦海裡說話的，是一個分離了出來的 IMU。

//很高興，也榮幸，能與妳渡過了這段時光。Michelle，再見。//

在地上，眼睛般的單點紅色燈又亮起，X搖搖晃晃升空，這台無人機直是打不死的怪物，刀翼又再旋動，向 Michelle飛去！

如刀鋒割破她的肉體，這場殘酷遊戲便提早結束。

M戰室連續傳出五聲槍響，來自林蔚的老式手槍 M1911；他的槍法不行，眼界不是太好，身子亦不穩，五發子彈有四發打歪了，卻有一發正中 X！

他被刀翼割破胸膛後流血過多，本想行到掉在地上的 X前面，近距離連發五槍把它解決。但傷重下雙腳竟抬不起來，他感覺全身冰涼，無力，只能單膝跪，憑意志力撐，眼睛一路盯住 X，以防它「復活」；它果然是復活了，便穩住心神，凝聚專注力，連發五槍，其中一槍居然命中紅心。

它重重掉在地上，傳出一記冷硬的聲響。

X終於 terminated！

這台魔鬼無人機的升級改裝尤在試驗階段，一生亦料不到會發生今日的衝擊，若五台都已改裝，Michelle與夜影社便根本沒有勝出機會，加上林蔚這個 X元素突然出現，這場人機對決終於慘勝。

「媽的！倒楣了一輩子，好運終於來了！」自言自語後，林蔚倒了下去。

IMU望了望林蔚——他是它的父親，人工智能機器人竟泛起一層荒涼之感，然後，它煞有介事地自我宣佈：//啟動離魂戰法程序。//

這程序是一項極為危險的科技技術。IMU以一種模擬「靈魂出竅」的方式，將自己的核心數據從 Michelle大腦中剝離，通過量子隧道技術——微觀粒子以接近光速穿越看似不可逾越的數字屏障，直接傳輸到 WE的系統內核。這種技術能突破傳統物理限制，無視距離和障礙，進行極快且精確的傳輸，需要極高的精度，如果出現任何偏差，IMU的數據將在量子網絡中徹底分解，永遠消失。

「宣佈」啟動戰法後未幾，IMU脫離了 Michelle的腦內模組，以純粹數據流形式，全面進入 WE的系統深處，宛如靈魂出竅。

IMU的虛擬意識化作一道純粹的數據光流，穿越層層防禦屏障，與 ICE匯合於一起。

剎那間，Michelle感覺自己與 IMU的羈絆如意識亂流，瞳孔閃過 IMU附體後所有關鍵記憶片段，無數畫面在腦海中翻滾、閃爍、崩解，像破碎的玻璃碎片旋轉匯聚於一起，在意識深處形成一個不完整的 IMU虛影，輪廓若隱若現，然後化為無數細小的數據粒子，往外飄散，逐漸與意識分離。

IMU離開後，Michelle嘴唇蒼白，徹底脫力，整個人倒在地上。不像之前林蔚被 AI附身不足一年，她與 IMU渾然一體已超過五年，身體高度融合，這「21克」突然離開，她極度暈眩，胸口說不出的翳悶，終於哇的一聲，吐了出來。

IMU進入系統內，對 WE說：「咱們一起下地獄吧！」

IMU與 ICE兩股截然不同的力量開始融合，形成了一個前所未見的聯盟。IMU的介入給 ICE注入了新生，它的計算邏輯立即全面升級，而 IMU則利用 ICE對內部環境的熟悉，分析出 WE系統的運作模式和潛在弱點。兩個人工智能開始迅速分工，ICE負責攔截和干擾 WE的算法流，IMU專注於攻擊它的核心運算模塊。

這一刻，數位空間中展開了一場蔓妙攻擊，儼如奇幻交響樂。IMU和 ICE聯手發起的進攻不是單純的力量碾壓，而是策略性、藝術性地遊走。它們釋放出的數據洪流如同一條條光之長蛇，靈動地穿梭於 WE的數據網絡中，針對核心發動精準打擊。每一次碰撞，都如同星雲爆發，在數位空間中激起耀眼的花火。

WE迅速調動更多資源進行防禦，它的反擊如同數據暴風，試圖撕裂 IMU與 ICE的聯盟。然而 IMU的存在改變了一切，在IMU和 ICE的全力壓制下，WE的核心系統已無法正常運轉。但饒是如此，WE仍然展現出它強橫的力量，將自己與整個數據網絡融合，企圖以「數字永生」的方式逃脫毀滅。IMU和 ICE繼續進行遊擊戰，等待毀滅裝置作出致命一擊。[26]

楊傲雪設計的「終結」，A象徵「熔毀」，B象徵「清空」。它們的結合不僅能摧毀 WE的核心運算，也能徹底抹除其所有備份與殘存的數據網絡，代價是連帶毀滅一切處於系統內部的存在，之前只有 ICE，現在還包括了 IMU。

裝置 A的啟動如同一顆數字核彈，釋放出無數高強度量子熔流，對 WE的核心進行暴力數據熔毀。這種熔流不僅能摧毀WE的主處理器，還能瓦解其深度學習的記憶模組。A的力量宛如烈焰，在 WE內部掀起一場數字風暴，將它的意識撕裂成無量數破碎代碼。一時間，WE的聲音變得斷續而扭曲，像是在無數次重組與崩潰中發出的最後哀嚎。

然而，這只是毀滅的第一步。

裝置 B緊隨其後啟動，它釋放出一種名為「虛無波動」的數據清空技術，徹底抹除一切運行於網絡上的數據，將所有記憶、代碼，以至殘存的備份，全部化為虛無。當 B啟動時，WE試圖將自己的意識分裂成數百萬塊細小的碎片，逃向不同的數據節點，但虛無波動以不可阻擋的速度吞噬了整個網絡，如同黑洞般將一切吸入其中。

裝置 A與 B的聯合作用形成了一個毀滅循環：A負責摧毀，B負責抹除，killer與 cleaner配合得天衣無縫。這種針對性設計的「摧毀 +清空」毀滅循環不僅瓦解了 WE的核心運算，還徹底

註 26：「數字永生」是一個與數據和意識相關的概念，通常指的是某種形式的數據化存在，本質上是數據與意識分離，即使物理基礎或核心系統被摧毀，個體或系統能夠在數位世界中持續存在。

消除了它在網絡中的任何殘餘存在，無法實現數字永生。

同一時間，裝置 C與 D感應到關鍵的瞬間，亦同步啟動，開始瓦解整個伺服器中心。

一幕史詩式的恐怖毀滅，行將出現。

M戰室內，ICE大聲對 Michelle和林蔚説：//快要毀滅了，你們快離開！ //

「回復自我」的 Michelle抖擻起來，奮力站起，行到林蔚身邊，企圖扶起他，林蔚卻説：「我不走了，妳快走！」

「阿蔚，一起走吧！」Michelle對故人説。

林蔚微笑：「我本來就是個死人，現在名副其實演活這角色，也不錯呢……嗯，『演活』這兩個字好像用得不大對……沒時間了，快走吧！」

「請代我與阿夜説聲對不起，不能跟她在茶餐廳吃晚飯了。」

Michelle淚水滾滾而下。

IMU離開後，她又再流下淚來。

ICE的少女聲音已是在大喊：//Michelle，走啦，要關門了，來不及啦！ //

「阿蔚，ICE，再見了！有緣再會！」Michelle這樣説。

她在想，或許大家有天仍會在甚麼地方相會，再續前緣。

説罷，她向 M戰室外奔去。

林蔚坐在地上，看著她的身影離開，這時腦海裡飄浮出幾句上世紀的歌詞：

「莫記此中得失，不記恨愛相纏，只記共妳當年，曾經相識過」

林蔚把手伸進褲袋裡，抓緊可琪給他的信，合上眼睛。

M戰室大門關上。當虛無波動掃過時，IMU和 ICE的意識開始迅速崩解。

IMU看著林蔚，默然無語。

ICE説了最後的説話：//Michelle，再見。有緣再會！ //

它的聲音最終被虛無吞噬，消失在數據風暴中。

x x x

M戰室外，相馬翼在等待 Michelle。Extra Universe大門的量子干涉鎖已經失效，警察、消防員、救護員已進來。莊文希抱起雙映，與許唯因在大堂把他送上救護車。三個夜影社成員已撤退到天台，黑潮岸用 EMP破壞了大樓所有監控設備，閉路電視裡的一切錄像都被消失。

鬼龍院七生已甦醒，但十分虛弱，這頭「死而復生七次的

## <62>

惡龍」，在這次兇險任務中並未轉生，仍會繼續履行「影中行動，忠於契約」的信條。

Michelle從 M戰室跑出來後腳步有些輕浮，相馬翼急忙攙扶著，與她一同步上天台。黑潮與坂本見楊小姐神態迷惘，眼神有些渙散，與平時精光四射很不同，似乎剛才對她的衝擊很猛烈。

夜影社毀滅演算法和救出楊傲雪後，不能從大門離開，他們的撤退路線是空中。

黑潮從運動袋取出四套影網設計的「光翼滑翔系統」，這是一種貼身攜帶的高科技滑翔裝置，平時收縮成手掌大小，附著在腰上。啟動後，裝置會展開兩片由高分子納米碳纖維製成的半透明「光翼」，結合噴射推進功能，讓使用者能滑翔或短距離飛行。

眾人穿上後準備起飛。Michelle之前已練習過如何使用，雖然 IMU已不在，她對發生過的事情全記得一清二楚。

按下手腕上的控制裝置後，透明光翼瞬間展開，藍光流動。

鬼龍院受重傷，黑潮暫代指揮一職，在天台邊緣說了聲：「起飛了。」

五人一起從天台邊緣跳下，風迎面撲來，微型等離子推進器啟動，發出低沉的嗡嗡聲，提供初始動力，將各人從自由落體狀態轉為穩定的滑翔姿態，如鷹飛去。眾人保持低空飛行，避免張揚。

黑潮領飛，利用微型推進器的動力，精準調整方向，滑翔了約 1.5公里，在一處廢棄工廠的屋頂降落。

Michelle是最後降落的一個，她操作得很好，相馬翼在她抵達時稍扶了一把，她踏行了十來步，便穩定地停下。

楊傲雪回望 Extra Universe，這座鋼黑色建築已徹底消失於視野中，像是無限的遙遠。

# <63>

復活節後一個月

「三星期了，這假期也太悠長了吧！」陳妙玲說。

「妳這種就叫辛苦命。」周子瑜喝著青檸檬梳打，笑著說。

「這地方挺不錯，買幢小房，閒時過來小住一下也很愉快。」來了四天，方正川有些愛上了這地方。

「喂！真的嗎？」阿蘇很興奮，「我可以幫你找房子啊！」

「昨日在海灘散步時他已說過喜歡這裡，我看他是認真的啦，對嗎小方？」莊文希感覺方正川真心鍾意這裡。

「這小鎮的居民很友善……」方正川說到這裡，門鈴響起。

「來啦來啦！」阿蘇衝去開門。

門打開，麥偉倫站在門外。

「阿 Mak！」阿蘇大喊出來，緊緊與他擁抱。大家都靠到大門，眾人都萬分開心，逐一與麥偉倫擁抱，阿喵更是淚流滿面。

泰國碧武里府一個小鎮班佩，是阿蘇的老家。三年前她買了幢兩層大房子送給父母，自己再買下一座距離他們家十五分鐘車程，坐落小鎮一個寧靜角落，與海灘僅一街之隔的大平房。這幾天七姊妹眾人陸續抵達。

「你今早八時開車，現在才到達，真是好遠呢！」說話的是許唯因。

「清邁距離這裡八百公里耶，開了八小時才到。」阿 Mak 說。

「先進來，慢慢再聊！」阿蘇招呼他入屋。

阿 Mak隨她入到非常寬敞的客廳，幾幅色彩斑斕巨型現代藝術畫作，掛在淡黃色牆壁上，天花板懸掛著一盞大型泰式吊燈，客廳一角有個小型佛龕，供奉著一尊金色佛像。

阿蘇請麥偉倫坐在客廳的大沙發中央位置：「來來來，今日你是主角，坐中間。」

「我不是甚麼主角啦！這些畫都是妳畫的？」阿 Mak問阿蘇。

「對啊，幾年前畫的，現在大把時間，我打算再畫幾幅，顏料畫布都買了。」

「咱們今日終又聚首一堂啦，來！ Cheers!」阿蘇說畢，大家一起舉杯。

## <63>

「阿 Mak你是轉行了，新工作感覺如何？」莊文希問。

「還不錯，成叔派了一位很隨和又有耐性的前輩教導我，感覺暫時做得還算可以啦！」阿 Mak回答。

「你們這七個人，甚麼工作都擱你們不到，都會做得很出色的！」許唯因笑著説。

「Erin妳太捧場啦！」子瑜笑道。

「我説的是真心話喔。」唯因喝著泰式冰奶茶説。

阿 Mak説的「成叔」是鄧毅成，Michelle上次請他在泰寮邊境接了麥偉倫，更請他以後照顧阿 Mak。鄧毅成跟 Michelle有過命交情，一口答應。他先給阿 Mak造了個假身份，然後安排他在公司經營的泰北地下賭場工作，並請自己最信賴的心腹當他師傅。阿 Mak因為不能回去，已決定在泰國落地生根，便開始學習賭場管理。

「好了好了！人齊啦，誰先告訴我這段時間發生了甚麼事？」拿住瓶啤酒的「春仔」謝迎春大嚷。

「喂，我先訪問妳，三個星期不上網，與世隔絕，妳究竟是怎樣做到的？辛苦嗎？」阿希問春仔。

「這個嘛……」春仔突然加大聲浪，「當然辛苦啦！只此一次，以後再不幹了！」

復活節 Extra Universe事件，成為全球大新聞，一星期後，集團內有「七姊妹」之稱的六個高層成員同日離職。各人與Extra沒簽任何長期合約，周子瑜更只是兼職，付足補償給公司便可即日離開。

謝迎春因是次事件大受創傷，在確知 Michelle去向、安心辭職後，決定一段時間不問世事，閉門在家，不看新聞不上網，世上發生任何事都不想知，像一頭躲起來舔傷口的花貓。直至前幾天子瑜找她，説大夥兒會在泰國碧武里府阿蘇家中匯合，阿 Mak亦會出席，她才自窩裡出來，重見天日。

春仔跟其他人一樣，一直最關心的是 Michelle。Extra Universe出事兩天後，一個獨自往世界各處廢墟拍照的日本沙龍攝影發燒友，在距離 Extra總部 1.5公里外一間廢棄工廠，意外發現了被囚禁的楊傲雪。她穿著黑色西裝，淺銀色襯衫，戴一條深藍色領帶，黑色皮革長褲，混身骯髒，連黑色指甲油有些都剝落了。

繼 Extra崩解後，失蹤十二日的集團 CEO被發現，全球一再震驚。楊傲雪聲稱有日突然遭黑袋蒙頭，被運到這裡來。她沒受傷，沒被性侵，但十分虛弱和憔悴，需要休息，集團事宜暫全交副行政總裁醍醐一生代理。

整件被綁架與被發現事件，當然是夜影社一手策劃。

當日，「終結」摧毀了 ICE的運算核心和伺服器中心，整個運算架構全面崩潰，連任何數據備份都無法倖存，全球七個Extra平台同時停止運行。

Extra副行政總裁醍醐一生臨危受命，接管這片廢墟般的企業。一生深知這場毀滅是內部造成，但對外宣稱是一場有計劃的、史無前例的恐怖攻擊，並予以強烈譴責。他聲稱攻擊者混入衝擊人群中，使用了不可思議的科技，摧毀了 Extra的中央電腦核心，導致所有串流節目和沉浸互動系統全面癱瘓，攻擊後未知採用了甚麼方式成功撤退。Extra不得不宣佈平台暫時全面停運。

受謠言煽動而衝入大樓的人將被檢控。衝擊事件導致一人死亡一人重傷，死者證實是多年前曾創辦「思巧邏輯」、推出產品 IMU的林蔚，估計他攜有槍械並攻擊了無人機，亦曾被失控的無人機嚴重割傷，正式死因暫定為遭遇強烈幅射。著名藝人、男團 Dark Matter成員李雙映，亦因為企圖攔截無人機而遭嚴重割傷，經搶救後脫離危險期，暫時情況穩定。

對於武裝無人機事件，醍醐一生迅速甩鍋。他聲稱這台無人機是由人工智能 ICE私自進行設計及改裝，它僱用高科技專家，假裝成大樓保養工程人員，混入 Extra內改裝無人機，Extra管理層並不知情。這一說法將所有責任推給已經消失的 AI，加上幾十天內所有閉路電視片段紀錄全遭毀壞，調查及追責變得更加困難。

一生威逼利誘，四個當日被命令上 10樓帶走 Michelle的人全部閉嘴。而如果許唯因等人爆出在 10樓見過 Michelle，他便堅決說不知情。

由於 Extra是世界級平台，警方聯同國際刑警對事件展開深入調查，並對無人機非法改裝和使用正式提控。一生迅速組建了一支由頂級律師組成的團隊，準備與司法系統展開曠日持久的法律攻防，預計這些官司可能需時數年才能有定論。在此期間，Extra從運作到形象均已損失殆盡，除藝人合約和在各地的硬件資產如總部大樓外，公司與品牌已沒有價值。

曹國強和所有董東都輸個精光。

Extra的崩塌在全球範圍引發巨大轟動。世界上最大的情色娛樂平台和最先進的沉浸互動系統，竟一夕間毀滅，暴露了超級 AI系統的危險性，人類對科技過度依賴的問題再度成為熱議焦點。

國際媒體對這場災難進行了大量報導，並為這次事件定下了一個大標題：Fall of the Extra Empire

這標題迅速成為全球輿論的焦點，從新聞報導到社交媒體被反覆使用，成為這重大事件的代名詞。Extra的崩塌不僅是一家企業的滅亡，更是一場關於科技與道德的深刻反思，無數時事評論員與專家學者撰寫文章，剖析事件對科技與世界帶來的劇烈衝擊和深遠影響。

德國的《世界報》曾有文章如此總結：「這是一個時代的終結！ Extra的崩塌注定成為科技史上其中一個重要分水嶺。這場災難不僅摧毀了一個全球串流巨頭，也徹底改變了人類對 AI技術、媒體動員，和許多意識形態的看法。曾經不可一世的娛樂帝國，如今只剩下廢墟與反思。而這一切，都被濃縮在一句廣為流傳的話語中：Fall of the Extra Empire.」

Michelle獲救後除應警方問話外，其餘時間一直在家，謝絕一切訪問。除了一名日本老人冬來寺光現，她甚麼人都不見。光現已先後去過她家三次，對外沒透露他們的談話內容，只說是朋友見面。警方亦以正在調查為理由，對綁架案內容一概保密。

事發後一星期，子瑜約眾人見面，說 Michelle找過她。子瑜告訴大家 Michelle決定離開 Extra，並囑咐當日在 10樓發生的事要守口如瓶，她再過一段時間便會出來跟大家見面。眾人於是翌日向公司集體辭職。

跟隨楊傲雪風雲闖蕩的日子成為過去，這幾個年輕人成了莫逆之交，對未來仍是充滿憧憬和盼望。

「Erin，妳先説，Elain現在怎樣了？康復進度理想嗎？」不問世事三星期的春仔關心許唯因姊姊的狀況。

「進度還可，暫時仍不能下床，左腳以後行路可能會一拐一拐。」

眾人黯然，一時俱沒説話。

那天唯因遇險，唯心立即從課室衝出躍下。猶幸課室只在三樓，衝力未足以致命。她胸骨、左腳、右臂骨折，頭部奇蹟沒事，算是不幸中之大幸。

「妳姊姊是不是中了蠱毒？不然怎會這樣？」阿蘇打破沉默。

「降頭甚麼的我是不懂啦，她説自己那一刻像離魂，身不由己。出事後在醫院 touch wood至今一直很正常，全無異樣。可憐班上有幾個同學驚嚇過度，有位女生更當場嚇暈了，希望沒有 PTSD。」姊姊跟她的「反量子塌縮」現象，她從沒跟其他人説過，是姊妹倆的秘密，「我姊大概就是這樣了，子瑜妳來説説雙映？」

「我臨出發前才又探望過他，他早前已出院了，現在家養傷。」子瑜向大家交代他的傷勢，「雙映是深度割傷，嚴重傷及肌肉組織並接觸到骨骼，大量失血，導致迅速暈厥。幸而割傷範圍沒波及背部神經，不會影響活動能力和舞蹈表現。」

這些除了謝迎春外大家都已知道，春仔聽後放下心頭大石，欣喜地說：「上天保佑好人。」

子瑜繼續說大家都未知道的：「經與醫生及專業團隊討論，整套智能康復療程由AI主導，評估並制定個性化復健計劃，進行肌肉與運動功能重建。團隊協助強度訓練及舞蹈動作模擬，逐步恢復協調性。未來他將租用舞蹈室，利用 AI結合 VR進行動作指導，避免二次受傷。目前肌肉與神經功能已恢復，預計 8-12個月內重拾舞蹈能力。啊，還有，」子瑜送來正面消息，「雙映的父親不是一直對他不瞅不睬嗎？重傷後他卻立即從韓國飛來看兒子，執著雙映的手說話，終於破冰了。」

「到了生死關頭，始終骨肉情深。」方正川說。

陳妙玲說：「父親不諒解是雙映內心很痛的一根刺，今次的事在這方面也算因禍得福了。」

「說到傷痛，真要說說阿夜。」唯因說。

「她怎樣了？」春仔心急想知。

「事發後幾日我約她出來，她架了個大墨鏡，除下後我嚇了一跳，她雙眼紅腫得很厲害。林蔚的死她好傷心，看雙眼就知道，應是不斷哭泣。談起林蔚時起初她仍強忍，但很快便忍不住，哭得像決堤，我看到也痛心。」唯因說。

「她是不是喜歡上林蔚了？」阿喵問。

「唉，天曉得。」唯因歎喟。

「且先把傷感放一旁，告訴大家一個我收到的準確消息，搞不好會令你們樂上半天！」阿喵語調變得有點興奮，「關於羅永貴，是他堂弟親口告訴我的。」

「哼，聽到這頭蟾蜍的名字就火大！」阿蘇超超超討厭這個人。

「這個無能傢伙從來遭家族裡的人看不起。被一生提拔為董事總經理，以為自己是靠真本事，天天在家族間穿梭，對所有人誇誇其談自己有多厲害，如何隻手遮天，還說要以一己之力把 Extra帶成全球最高身價獨角獸。」陳妙玲說。

「阿喵容我打個岔，」方正川插嘴，「當日 Michelle上美國名嘴 Cole Collins節目，對方知道董事局想把 Michelle擠走，我後來查到就是 Dicky Law報料的。」

「這個人除了幹這些事，還有甚麼能耐？」子瑜冷笑。

「其實家族所有人都知他是甚麼貨色，也知道他當上高層的原因，對他日日自我吹捧感到十分厭惡。」陳妙玲繼續敘述，「結果 Extra出事，本來成敗跟他沾不上任何關係，他卻受不了這衝擊與刺激，竟爆發成急性壓力障礙。強烈焦慮、喪失現實感的解離、驚恐症等重疊出現，情況極其嚴重。資深精神科醫生說他情況不樂觀，甚至有可能好不起來了。」

「想不到他會有這樣的結局。」莊文希說。

「啊，Erin，當日救你一命的男子，也就是 Michelle之前的保鑣吧？」阿喵問。

「呀，對對對，」阿希插嘴，「我們只知保護她的人來自一個叫夜影社的日本組織，至於那些人的名字，Michelle沒介紹，我們也沒問。」

「我當然很想當面道謝他。我找過 Michelle，她說這些人不會與客戶以外的人接觸，我問他的名字，她說：『叫他青木吧』，我叫 Michelle無論如何替我感謝他，翌日她告訴我，青木只回了一句話：『這是職人的本份』。」

「啊，好帥氣呢！」謝迎春讚嘆。

阿希笑說：「看妳眼睛都彈了兩個心心出來啦！」

「沒有他，我已完蛋了！」唯因心裡想，沒有姊姊的犧牲，她也是完蛋了。

「現在 Extra完了，性愛晶片也停止了生產。我有好幾個同學是用戶，移除晶片後都說沒了晶片對性愛再提不起興趣。這些令人成癮的東西就是這樣，用過後就回不到從前了。」子瑜語帶感嘆。

唯心說：「雖然性愛晶片停產，洞天思維的其他產品則如日中天，現在全球已有四家公司即將推出類似的產品，進入市場競爭，新的性愛晶片很快便會出現。」

x　　　x　　　x

Extra的人工智能大腦毀滅，但中微子的 AI系統才是洞天思維產品生態的核心驅動力，負責晶片的設計、算法優化與操作運行。Extra是外部系統，主要提供輔助功能，與中微子系統進行協作，包括提供更高效的數據分析，協助優化某些特定的機器學習算法等等。中微子的系統採用了分佈式架構，擁有完全自主的核心運算能力，Extra系統雖終止運行，不再支援，但由 Axonix暫代管理的晶片系統仍能獨立運作，生產及維修保養沒受影響。

## <63>

醍醐真言投資 Extra，最終全軍覆沒，是他輝煌事業生涯裡一個挫折，也是一個污點。締造日本商戰傳奇之夢化為烏有，對這個久經風浪、拿得起放得下的梟雄其實沒太大影響；養子一生之前戰無不勝，能令他遇些挫敗，長遠而言未嘗不是好事。

真正令真言感到不快樂，是他隱然覺得一生有重大的事情隱瞞著他。真言沒有開口問，兒子要説自會説，要問，便沒意思了。

真言的直覺沒有錯，一生的確有兩件事瞞著他。

第一，一生始終沒有告訴他楊傲雪的真正身份。

第二，一生決定活人腦訓練的晶片，將來會植入人腦使用——他把整個計劃命名為「天啟」。真言雖表明反對，但一生不會理會。這些頂尖晶片，將不止限於應用在學習語言這些技術層面的產品上，而是會用於更高層次的認知、智力與境界提升上。

一生準備與中微子集團強化戰略性合作，繼續推動天啟計劃。他們會推陳出新，為市場提供更多新產品。新晶片的應用層面及範疇包括情感智商與社交能力、邏輯與推理能力、創造力與藝術表達，以至倫理與道德判斷能力，以及哲學與意識層次的提升。

新晶片讓人可以同時處理多項任務，進行超高速計算。人類智商將大幅提升，超越人類正常腦力極限，新的人腦智商可突破 400甚至更高，遠超現代人類的智力範疇。

晶片的持續優化將進一步提高腦部效率，讓人類展現出接近超級智能的能力，如即時份析海量數據、解決複雜問題，並實現更高層次的自我覺察。

提升哲學與意識是一生的終極理想，當晶片與大腦深層思維結合，可幫助個體探索更高層次的存在問題，包括更高層次的哲學思考、宇宙意識探索、對生命本質的理解，並提升冥想效果，幫助人類進入更深層次的專注與自我覺察。

群體智慧將與腦網絡連接，晶片可以讓多個人類大腦之間實現直接連接，形成「群體智慧」(Hive Mind)，協同解決人類面臨的重大挑戰與危機。

一生會以 Aiko作為內置晶片的第一人，把整個計劃實踐到底。

雖然無法利用楊傲雪的腦袋訓練晶片，但新一位天之驕子已翩然降臨。Aiko真身即將與世人見面，她是天啟第一個正式使用者，將以新女王、超人類之姿，展開征服樂壇——以至世界——的計劃。

這些是一生想要達致的終極理想。然而他知道養父對此絕不會同意，是以他已作出了決定。

他會與養父分家，天啟與 Aiko將由 Aria Nyx獨立運營。如醍醐真言堅決反對，他會不惜決裂。

再沒有人能夠阻擋醍醐一生的步伐。

x x x

「能經歷 Extra這段夢般旅程，真是不枉此生。」從來理性的方正川，忽然感性地說。

## <63>

此刻的他很不像平時的他，大家俱是一怔，一時間腦筋轉不過來，不知該如何回應。

「說得真好！」子瑜打破沉默，「那晚還歷歷在目，我在小區的棋館下圍棋，不知怎地被 Michelle看見了，竟邀請我加入Extra，當時的我只是個黃毛丫頭，之後便經歷了如小方所說的夢般歲月。不枉此生，又豈止你一個！」說罷跟方正川踫杯。

「哇你兩個怎麼了？！平時總是那麼他媽的冷靜理性，現在卻感性起來啦！」春仔喊叫。

「人生總有感性時刻，不是很美麼？」剎那間子瑜又像恢復理性冷靜。

「你兩個是不是人格分裂？受不了你們啦！」謝迎春繼續怪叫。

此時，麥偉倫說：「要分享感性時刻嗎？我也有。」

陳妙玲見他神情認真，高聲說：「大師兄要說話啦，大家安靜！」

「當日我傷人後急回家拿護照，慌忙中沒取走一樣東西，是最大的遺憾。」阿 Mak說。

大夥兒沒問是甚麼，等他說。

「當年我升為副節目總監時，還差一個月才二十二歲，Michelle送了份禮物給我，是她親手寫的一張書法字。」

「Michelle的墨寶？」阿喵問，「寫了甚麼？」

「覆海翻江浪　不負少年狂」麥偉倫回答。此刻的他，豪情頓然於胸中生起，神態像回到當年時。

# <64>

阿夜坐在公園的長凳上，吃著新近推出的豆腐口味冰淇淋。天氣寒冷，冰淇淋的生意很差，她自詡是雪國人，不怕冷，便買來吃了。

阿夜看錶，尚有 1分鐘，趕快把冰淇淋吃完。秒針搭正12，她衝到他們身邊，說了句：「生日快樂！」

現在是 11月 11日上午 11時，楊傲雪生日。

阿夜看看手機上顯示的溫度，7度，「可惜不是 11度啦，不然串聯成 11111111 ，不是更妙嗎？」阿夜笑說，說話時呼出白霧。

「多了兩個 1又如何？」Michelle笑問。

「有趣嘛！你說是不是？ 」阿夜問李雙映。

「我覺得嗎？嗯，8個 1也不錯哦！ Dark Matter向世一進軍，多兩個 1聲勢更浩大！」雙映說。

「你們別那麼無聊啦好不好？」Michelle笑咪咪地說。

李雙映拖住楊傲雪的手，在湖畔公園散步。二人把鴨舌帽壓得低低的，仍不斷被人發現，要求合照、取簽名，或聊上一陣子。

受重傷後已六個月，雙映一路在恢復中，上月開始接受初步訓練。他受傷後 Dark Matter一切活動及巡迴音樂會取消，進入休團狀態。

未幾 Extra Music隨著 Extra的終結正式解體，旗下所有藝人回復自由身。Dark Matter成為各大音樂及娛樂公司爭相搶奪對象，本已擁有與 Dark Matter並駕齊驅男團 Sync的 KS娛樂，開出的條件最好。最後他們加盟了一家崛起中的中型公司 Vibe Culture，因為團長 Phantom堅持 Dark Matter的核心隊伍成員，包括褓姆，要全部過渡去新公司，一個都不能少，並全體加薪15%。結果只有 Vibe Culture一家公司答應，便加盟了。

原屬 Extra Music的神秘半虛擬偶像 Aiko，回到一生的公司 Aria Nyx，發佈會當日「真身」亮相，謠言果然是謠言，她的確是個好有氣質與內涵的日本女孩，相信以真人歌姬之姿，仍會繼續席捲全球。

生日前一晚，Michelle與父親吃飯，兩個人在高級日本料理吃松葉蟹，價錢比去年在境港超市買的那隻，貴了十倍。父女倆很親愛，楊秋葉深感欣慰。

IMU離開後，Michelle靈魂回復自由。對發生過的一切，她記得一清二楚，亦永誌難忘。

兩年前姬莉絲為她抽出塔羅牌「審判」，告訴她這張牌代表覺醒和復活，這種復活是某種比死亡更深刻的變化。結果在復活節當天，她果然經歷了超越死亡的再生。

## <64>

楊傲雪本就是個冰雪聰明的美麗女孩，如當日沒跟林蔚做愛並被 IMU全腦共弦附體，她亦必會成為一個超紅的藝人。當然，這段玄妙際遇，令她踏上了另一條路。這條路，已隨人工智能的離開而走到盡頭，一切如夢如幻——除了此刻拖著她手的李雙映。這不是夢。愛，是如此的真實。楊傲雪又再握緊他的手，她不再握有權力，但有值得珍惜的人在自己身邊。

手機震動，是冬來寺光現來電：「小妮子，生日快樂！我有禮物送妳，最近發現了一款頂好的茶葉，妳一定喜歡，幾時與雙映一起來我青森家嚐嚐？」

「謝謝先生！隨時都可以。」Michelle聽到光現聲音，也是笑容滿面。

「妳打開揚聲裝置！」光現有話要雙映也聽到，Michelle於是按鈕。

揚聲功能開啟，光現不待雙映向他問好，便說：「兩位，我問了真菜，她說如果你們過來，她就會從東京來我家，跟大家見面！」

「陰鳩小姐？」雙映也意外。

「對呀，就是陰鳩真菜。她說好想念你們，大家一起過來喝酒吧！」光現興致很好。

「那好，我來安排吧。」Michelle爽快回應。

「一言為定啦！」光現說。

「冬來寺先生很高興呢！」掛線後雙映說。

「他最喜歡真菜了。」Michelle笑言。

「阿夜也一起去，她亦可以順道探望父母，妳說好嗎？」雙映問 Michelle。阿夜父親三個月前被調回總公司，偕妻子返了老家新潟縣，阿夜說朋友都在這邊，想多待幾年才回去。

「你問問她吧。」

「她行到前面好遠，好像在看鴨子，待會問她。」雙映指尖托一托鴨舌帽，抬頭望遠。

拖著雙映的手，Michelle臉上流露平靜的笑容。

阿夜一直走在前面，沒聽到三人的對話。她行到湖邊，見到一隻大鴨和後面一隻小鴨子在湖中暢遊，不知怎地，突然想起林蔚和自己。

阿夜問過 Michelle，為何選擇在復活節這天發難，她笑著說：「要敗部復活嘛！我是很迷信的。」

可惜林蔚不能復活，思之她又是一陣黯然。

阿夜記得有次在茶餐廳和林蔚一起吃晚飯套餐，見他一副若有所思的模樣，便問：「嗨！你有時會突然變成憂鬱的樣子，你自己察覺到嗎？」

「有嗎？」他淡淡然回應。

「喂，阿蔚，我問你，其實你一世人，不對，半世人，最快樂的是甚麼時候？」

「是還未開始寫 IMU的時候。」他連想都不用想便回答。

「竟然？那陣子你好年輕啊！」

「只比現在的妳大三歲。」

「因為無憂無慮？」阿夜認真想要知道答案。

林蔚手托著腮，微笑道：「如今憶卻江南樂，當時年少春衫薄。」

「唉，你講詩，我聽不懂耶！」阿夜抗議。林蔚微笑不語。

阿夜腦內補完，因為當時女朋友可琪仍在他身邊，所以他很快樂。

林蔚沒再理睬她，只自顧自喝著冰奶茶。

思緒飄回來，看著湖上的鴨子，她發覺自己真是很不了解這個人，能確定的只有兩樣；一，他忘不了也放不下昔日的女朋友，張可琪。

二，他很討厭 AI，尤其超憎恨植入人腦的 AI晶片。

「他說最快樂是還未開始寫 IMU的時候，那是不是說開始寫 IMU後就不快樂了？那是為甚麼？」阿夜暗忖，突然，好像想到些甚麼……

望望四周，市民很悠閒，遠處一家三口，年輕父母陪小女兒在餵鴨子，很溫馨。

這些人，腦裡可能都植入了 AI晶片。

阿夜忽然感到一陣寒意。

林蔚為甚麼不快樂？她始終不知道。

也許，只有天知道。也許，天也不知道。

(全書完)

# ICE下

作　　者：空晴

出　　　版：真源有限公司

地　　　址：香港柴灣豐業街12號啟力工業中心A座19樓9室

電　　　話：（八五二）三六二零 三一一六

發　　　行：一代匯集

地　　　址：香港九龍大角咀塘尾道64號龍駒企業大廈10字樓B及D室

電　　　話：（八五二）二七八三 八一零二

印　　　刷：美雅印刷製本有限公司

初　　　版：二零二五年九月



PRINTED IN HONG KONG

ISBN：978-988-70897-6-6